全圖解！
日語 慣用語句
最佳用法

福長浩二・檸檬樹日語教學團隊——著

封面上的 慣用語句 正解：
- 油を売る → 上班打混　（單元018）
- 船を漕ぐ → 打瞌睡　　（單元241）
- 舌を巻く → 讚嘆不已　（單元134）

※本書為《專門替華人寫的圖解日語慣用句》全新封面版

出版前言

―― 為什麼要學習「慣用語句」？ ――

> **1**　「慣用語句」是「兩個以上的單語結合」形成的
> 「超越字面意思」的「固定表現」；
>
> 日本人在「對話」或「文章」經常使用，
> 生活中自然說出口！

例如，當藝人被問到「年齢」：

『 年齢（ねんれい）は…まあ、ちょっと鯖（さば）（を）読（よ）んでもいいですか？ 』

（ 年齢嘛…可以稍微「鯖を読む」一下嗎？ ）

「鯖（さば）を読（よ）む」絕對不是「讀鯖魚」，

而是「謊報較小的年齡、謊稱對自己有利的數字」的
定型化日語表達。

> **2**　掌握「超越字面意思」的「慣用表現」，
> 幫助理解「對話」和「文章」，
> 提升「讀解力・聽解力」！

出版前言

── 為什麼要學習「慣用語句」？──

- 「慣用語句」文字精簡，清楚傳達特定語意；
  是日本人生活中「聽說讀寫」頻繁使用的固定表達，也是很基本的日語能力。

- 會出現「慣用語句」，
  是因為很多日本人覺得「某種特定說法很貼切地傳達想要表達的意思」，
  因而被多數人重複、且固定地使用，
  進而成為大家共同且常用的「慣用語句」。

- 在對話或文章中使用「慣用語句」能讓表達更生動、有畫面感、容易理解。

- 這種日本人從小學習與使用的自然表達，
  外國人的學習難處在於 ── 無法依賴單字原義，精準掌握慣用句真義。
  因此「掌握使用情境並熟記」是最好的方法。

3 　檢測你的「慣用語句實力」，
下面這些「一定要會的」，你掌握了幾個呢？⬇

無論如何，
請把書裡「328 個日語必學慣用語句」通通學起來！

☐ 油を売る　　☐ 船を漕ぐ　　☐ 舌を巻く　　☐ 高を括る
☐ 馬が合う　　☐ 腰が強い　　☐ 気が多い　　☐ 手を引く
☐ 山を張る　　☐ 門を叩く　　☐ 虫がいい　　☐ 根に持つ

本書特色 1 ── 整合【相同字首群組】方便學習・記憶

> 「本書目錄」就是方便記憶的「必學慣用語句列表」！

- 「慣用語句」通常使用於「人事物的比喻」，常見「名詞」搭配不同的「助詞、形容詞、動詞」等。
- 有些慣用語句「構成的單語很相似」，例如「口」開頭的「慣用語句」有：〈口が堅い〉〈口が重い〉〈口が滑る〉〈口に合う〉〈口を出す〉〈口を割る〉等。整合相同字首群組，全盤記憶更方便。

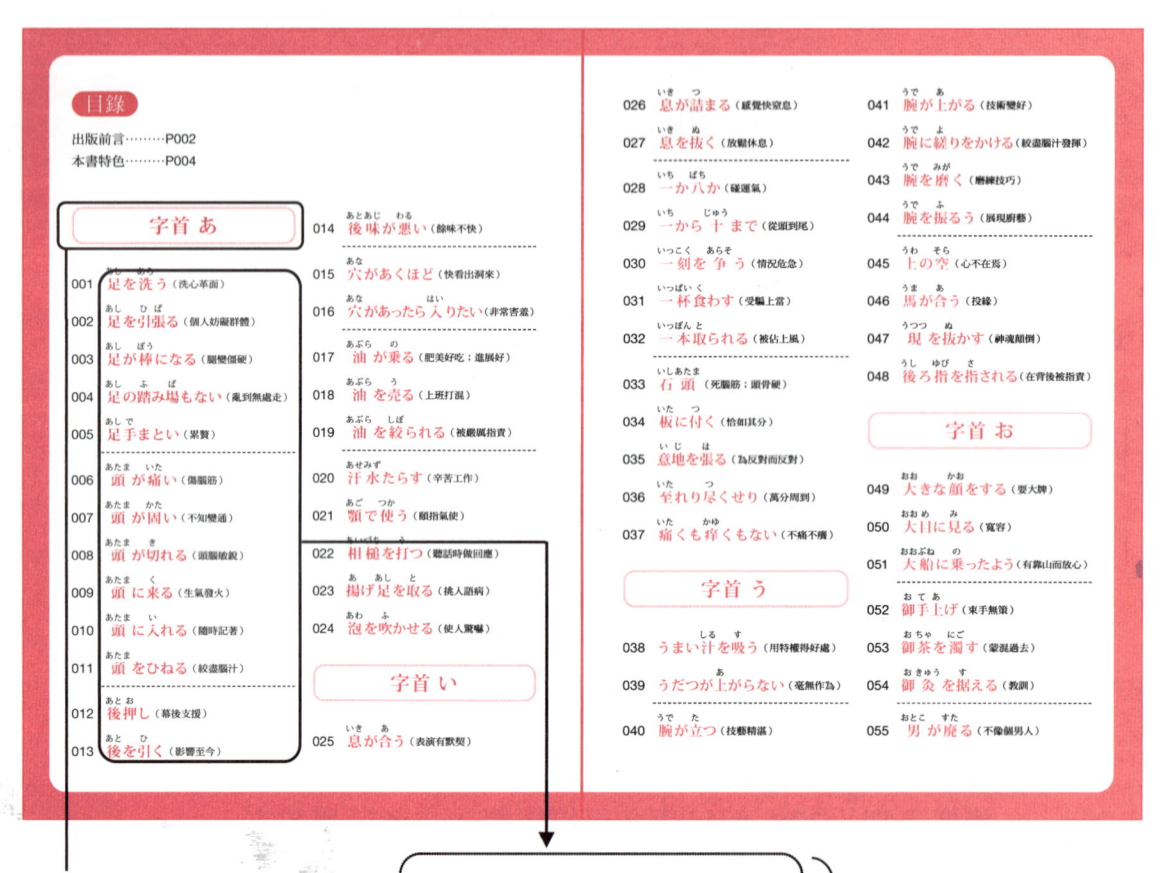

目錄

出版前言………P002
本書特色………P004

字首 あ

- 001 足を洗う（洗心革面）
- 002 足を引張る（個人妨礙群體）
- 003 足が棒になる（腳酸僵硬）
- 004 足の踏み場もない（亂到無處走）
- 005 足手まとい（累贅）
- 006 頭が痛い（傷腦筋）
- 007 頭が固い（不知變通）
- 008 頭が切れる（頭腦敏銳）
- 009 頭に来る（生氣發火）
- 010 頭に入れる（隨時記著）
- 011 頭をひねる（絞盡腦汁）
- 012 後押し（幕後支援）
- 013 後を引く（影響至今）
- 014 後味が悪い（餘味不快）
- 015 穴があくほど（緊看出洞來）
- 016 穴があったら入りたい（非常害羞）
- 017 油が乗る（肥美好吃；進展好）
- 018 油を売る（上班打混）
- 019 油を絞られる（被嚴厲指責）
- 020 汗水たらす（辛苦工作）
- 021 顎で使う（頤指氣使）
- 022 相槌を打つ（聽話時做回應）
- 023 揚げ足を取る（挑人語病）
- 024 泡を吹かせる（使人驚嚇）

字首 い

- 025 息が合う（表演有默契）
- 026 息が詰まる（感覺快窒息）
- 027 息を抜く（放鬆休息）
- 028 一か八か（碰運氣）
- 029 一から十まで（從頭到尾）
- 030 一刻を争う（情況危急）
- 031 一杯食わす（受騙上當）
- 032 一本取られる（被佔上風）
- 033 石頭（死腦筋；頭骨硬）
- 034 板に付く（恰如其分）
- 035 意地を張る（為反對而反對）
- 036 至れり尽くせり（萬分周到）
- 037 痛くも痒くもない（不痛不癢）

字首 う

- 038 うまい汁を吸う（用特權得好處）
- 039 うだつが上がらない（毫無作為）
- 040 腕が立つ（技藝精湛）
- 041 腕が上がる（技術變好）
- 042 腕に縒りをかける（絞盡腦汁發揮）
- 043 腕を磨く（磨練技巧）
- 044 腕を振るう（展現廚藝）
- 045 上の空（心不在焉）
- 046 馬が合う（投緣）
- 047 現を抜かす（神魂顛倒）
- 048 後ろ指を指される（在背後被指責）

字首 お

- 049 大きな顔をする（耍大牌）
- 050 大目に見る（寬容）
- 051 大船に乗ったよう（有靠山而放心）
- 052 御手上げ（束手無策）
- 053 御茶を濁す（蒙混過去）
- 054 御灸を据える（教訓）
- 055 男が廃る（不像個男人）

依照〔日語 50 音順序〕
依照〔字首發音〕分類

例如：字首 あ ➡

頭（あたま）が切れる
頭（あたま）に来る
頭（あたま）に入れる

後　（あと）を引く
後味（あとあじ）が悪い

油　（あぶら）が乗る
油　（あぶら）を売る

〔相同漢字字首〕也整合在一起！

本書特色 2 —— 安排能夠【深刻記憶】的學習脈絡

詳述「原字義・引申義・情境圖・活用句」

- 〔原字義〕：看圖理解「慣用語句構成單語」原本字義
- 〔引申義〕：說明「慣用句真義」對比「原字義落差」加深印象
- 〔活用句〕：提供新造句，理解＆運用一次完備！

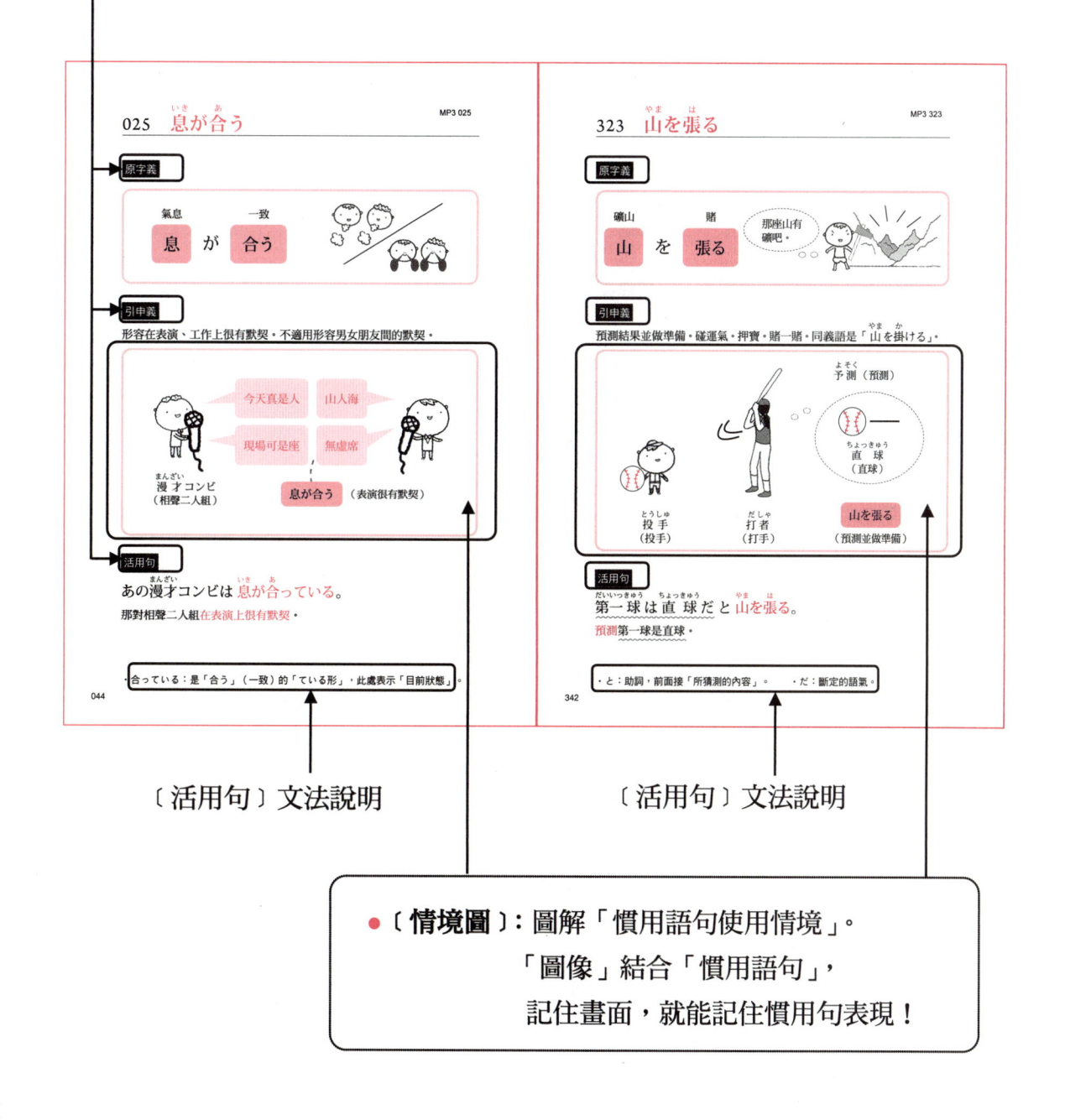

---

025 息が合う　MP3 025

原字義

| 氣息 | 一致 |
| 息 が | 合う |

引申義

形容在表演、工作上很有默契。不適用形容男女朋友間的默契。

今天真是人山人海　現場可是座無虛席
漫才コンビ（相聲二人組）　息が合う（表演很有默契）

活用句

あの漫才コンビは息が合っている。
那對相聲二人組在表演上很有默契。

・合っている：是「合う」（一致）的「ている形」，此處表示「目前狀態」。

〔活用句〕文法說明

---

323 山を張る　MP3 323

原字義

| 礦山 | 賭 |
| 山 を | 張る |

那座山有礦吧.

引申義

預測結果並做準備。碰運氣。押寶。賭一賭。同義語是「山を掛ける」。

予測（預測）
直球（直球）
投手（投手）　打者（打手）　山を張る（預測並做準備）

活用句

第一球は直球だと山を張る。
預測第一球是直球。

・と：助詞，前面接「所猜測的內容」。　・だ：斷定的語氣。

〔活用句〕文法說明

- 〔情境圖〕：圖解「慣用語句使用情境」。
  「圖像」結合「慣用語句」，
  記住畫面，就能記住慣用句表現！

目錄

出版前言………P002

本書特色………P004

字首 あ

001 <small>あし　あら</small>
　　足を洗う（洗心革面）

002 <small>あし　ひぱ</small>
　　足を引張る（個人妨礙群體）

003 <small>あし　ぼう</small>
　　足が棒になる（腿變僵硬）

004 <small>あし　ふ　ば</small>
　　足の踏み場もない（亂到無處走）

005 <small>あしで</small>
　　足手まとい（累贅）

---

006 <small>あたま　いた</small>
　　頭が痛い（傷腦筋）

007 <small>あたま　かた</small>
　　頭が固い（不知變通）

008 <small>あたま　き</small>
　　頭が切れる（頭腦敏銳）

009 <small>あたま　く</small>
　　頭に来る（生氣發火）

010 <small>あたま　い</small>
　　頭に入れる（隨時記著）

011 <small>あたま</small>
　　頭をひねる（絞盡腦汁）

---

012 <small>あとお</small>
　　後押し（幕後支援）

013 <small>あと　ひ</small>
　　後を引く（影響至今）

014 <small>あとあじ　わる</small>
　　後味が悪い（餘味不快）

---

015 <small>あな</small>
　　穴があくほど（快看出洞來）

016 <small>あな　はい</small>
　　穴があったら入りたい（非常害羞）

---

017 <small>あぶら　の</small>
　　油が乗る（肥美好吃；進展好）

018 <small>あぶら　う</small>
　　油を売る（上班打混）

019 <small>あぶら　しぼ</small>
　　油を絞られる（被嚴厲指責）

---

020 <small>あせみず</small>
　　汗水たらす（辛苦工作）

021 <small>あご　つか</small>
　　顎で使う（頤指氣使）

022 <small>あいづち　う</small>
　　相槌を打つ（聽話時做回應）

023 <small>あ　あし　と</small>
　　揚げ足を取る（挑人語病）

024 <small>あわ　ふ</small>
　　泡を吹かせる（使人驚嚇）

字首 い

025 <small>いき　あ</small>
　　息が合う（表演有默契）

026 息が詰まる（感覺快窒息）

027 息を抜く（放鬆休息）

---

028 一か八か（碰運氣）

029 一から十まで（從頭到尾）

030 一刻を争う（情況危急）

031 一杯食わす（受騙上當）

032 一本取られる（被佔上風）

---

033 石頭（死腦筋；頭骨硬）

034 板に付く（恰如其分）

035 意地を張る（為反對而反對）

036 至れり尽くせり（萬分周到）

037 痛くも痒くもない（不痛不癢）

字首 う

038 うまい汁を吸う（用特權得好處）

039 うだつが上がらない（毫無作為）

---

040 腕が立つ（技藝精湛）

041 腕が上がる（技術變好）

042 腕に縒りをかける（絞盡腦汁發揮）

043 腕を磨く（磨練技巧）

044 腕を振るう（展現廚藝）

---

045 上の空（心不在焉）

046 馬が合う（投緣）

047 現を抜かす（神魂顛倒）

048 後ろ指を指される（在背後被指責）

字首 お

049 大きな顔をする（耍大牌）

050 大目に見る（寬容）

051 大船に乗ったよう（有靠山而放心）

---

052 御手上げ（束手無策）

053 御茶を濁す（蒙混過去）

054 御灸を据える（教訓）

---

055 男が廃る（不像個男人）

056 男が上がる（男性能力獲肯定）

057 尾を振る（巴結）

058 尾ひれ背びれを付ける（加油添醋）

059 恩を売る（期待回報而施恩）

060 恩を仇で返す（恩將仇報）

061 恩に着せる（要求感恩）

062 重荷が下りる（如釋重負）

063 親の臑をかじる（靠父母養）

字首 か・が

064 顔が広い（很多人認識）

065 顔が揃う（該出現的人都出現）

066 顔が利く（獲得特別待遇）

067 顔をつぶす（沒面子）

068 顔を立てる（顧對方面子）

069 顔に泥を塗る（蒙羞）

070 顔から火が出る（害羞到漲紅臉）

071 顔色を窺う（察言觀色）

072 肩を持つ（站在某人那邊）

073 肩身が狭い（無法隨心所欲）

074 角が取れる（變得圓融）

075 株が上がる（評價變好）

076 雷を落とす（大發雷霆）

077 壁にぶち当たる（遭遇挫折）

078 我が強い（倔強）

字首 き

079 気が多い（花心）

080 気が短い（容易生氣；不耐煩）

081 気が利く（體貼）

082 気が散る（分心）

083 気が抜ける（放鬆；氣跑掉）

084 気が引ける（不好意思做～）

085 気が気ではない（不安）

086 気に入る（中意）

087 気に掛かる（自然會注意）
088 気を配る（關心別人）
089 気を呑まれる（退縮）

---

090 肝が据わる（冷靜沉著）
091 狐につままれる（難以置信）

字首 く

092 口がうまい（嘴甜）
093 口が堅い（口風緊）
094 口が軽い（口風不緊）
095 口が重い（不愛講話）
096 口が悪い（講話惡毒）
097 口が減らない（廢話很多）
098 口が滑る（說溜嘴）
099 口が酸っぱくなる（講很多遍）
100 口に合う（合口味）
101 口に乗せられる（花言巧語騙人）
102 口を出す（插嘴別人的事）
103 口を割る（坦白招供）
104 口を挟む（插嘴無關的話題）
105 口を揃える（異口同聲）
106 口を尖らす（噘嘴表示不滿）
107 口から先に生まれる（喋喋不休）
108 口車に乗る（聽信花言巧語）

---

109 首にする（開除）
110 首を傾げる（匪夷所思）
111 首を突っ込む（涉入）
112 首を長くする（一直期待某事）

---

113 釘を刺す（事先聲明阻止）
114 唇を噛む（壓抑憤怒）
115 草の根を分けて捜し出す（找遍）

字首 け・げ

116 けりをつける（有著落）
117 桁が違う（相差懸殊）
118 芸が細かい（做工精細）

字首 こ・ご

119 心が動く（轉念、心動）

120 心がこもった（充滿愛意的）

121 心に残る（留下深刻印象）

122 心を鬼にする（鐵了心要求）

123 腰が強い（Q彈、有嚼勁）

124 腰が低い（謙虛）

125 腰が抜ける（嚇到癱軟）

126 腰を折る（打斷別人說話）

127 腰を上げる（開始著手處理）

128 腰を据える（長時間專心做）

129 胡麻を擂る（拍馬屁）

字首 さ

130 三度目の正直（第三次應有好結果）

131 三拍子揃う（重要三條件都很好）

132 鯖を読む（謊稱較小年齡）

133 様になる（變得有模有樣）

字首 し・じ

134 舌を巻く（讚嘆不已）

135 舌が回る（話很多講不停）

136 舌が肥える（太講究吃）

137 尻が重い（沒幹勁、拖拉）

138 尻が軽い（女生見一個愛一個）

139 尻を拭う（幫人善後）

140 尻に敷く（態度強勢）

141 尻に火が付く（事態緊急）

142 尻尾を出す（露出馬腳）

143 尻尾を掴む（抓到做惡證據）

144 尻尾を巻く（落荒而逃）

145 白を切る（假裝不知情）

146 白い目で見る（冷眼看待）

147 自腹を切る（自掏腰包）
　　　じばら　き

字首 す

148 雀の涙（金額、數量微薄）
　　　すずめ　なみだ

149 隅に置けない（不容小看）
　　　すみ　お

字首 せ

150 背筋が寒くなる（毛骨悚然）
　　　せすじ　さむ

151 背に腹はかえられない（不得已的取捨）
　　　せ　はら

---

152 精が出る（拼命努力工作）
　　　せい　で

153 世話をする（照顧）
　　　せわ

154 先手を打つ（先發制人）
　　　せんて　う

字首 そ

155 底を突く（花光積蓄）
　　　そこ　つ

字首 た・だ

156 高を括る（小看）
　　　たか　くく

157 種を蒔く（埋下導火線）
　　　たね　ま

158 太鼓判を捺す（掛保證）
　　　たいこばん　お

159 棚に上げる（迴避不提）
　　　たな　あ

160 竹を割ったよう（直爽）
　　　たけ　わ

161 出しにする（利用～達成利益）
　　　だ

字首 ち

162 力を貸す（伸出援手）
　　　ちから　か

163 力を入れる（傾注金錢）
　　　ちから　い

---

164 血が上る（氣到漲紅臉）
　　　ち　のぼ

165 血の気が引く（嚇到臉發白）
　　　ち　け　ひ

166 血の滲むよう（費盡心血）
　　　ち　にじ

167 血も涙もない（兇殘）
　　　ち　なみだ

---

168 知恵を絞る（努力想好點子）
　　　ちえ　しぼ

字首 つ

169 唾を付ける（做記號佔據）
　　　つば　つ

170 潰しが効く（換工作也能做好）
　　　つぶ　き

171 旋毛を曲げる（不高興就鬧彆扭）

172 面の皮が厚い（厚臉皮）

173 爪の垢を煎じて飲む（多學某人長處）

字首 て

174 手に汗を握る（十分緊張）

175 手に付かない（心裡想著別的）

176 手が付けられない（難處理）

177 手を打つ（採取對策）

178 手を切る（斷絕關係）

179 手を引く（退出某領域）

180 手を焼く（感到棘手）

181 手を尽くす（用盡方法）

182 手の裏を返す（態度大轉變）

183 手取り足取り（親自示範指導）

184 手も足も出ない（無計可施）

字首 と・ど

185 鳥肌が立つ（起雞皮疙瘩）

186 度肝を抜く（使人大吃一驚）

187 何処吹く風（不受影響）

字首 な

188 泣きを見る（將來會很慘）

189 泣きっ面に蜂（禍不單行）

---

190 謎を掛ける（暗示）

191 涙を呑む（飲恨吞聲）

192 長い目で見る（長遠眼光來看）

193 並ぶ者がない（無人能及）

字首 に

194 二枚舌（講話矛盾）

195 二の次にする（當作其次）

196 二の舞を演ずる（悲劇重演）

---

197 睨みが利く（有威嚴）

字首 ぬ

198 糠に釘（無效）
199 微温湯につかる（安於現狀）
200 濡れ衣を着せられる（被冤枉）

字首 ね

201 熱が冷める（熱情退燒）
202 熱に浮かされる（著魔般入迷）
---
203 根に持つ（記恨）
204 根が深い（錯綜複雜）
205 根も葉もない（毫無根據）
206 根掘り葉掘り（追根究底）
---
207 猫を被る（裝乖巧溫柔）
208 念を押す（再三叮嚀）
209 音を上げる（痛苦的哇哇叫）
210 寝た子を起こす（讓人想起遺忘的事）

字首 の

211 喉から手が出る（非常想要）

字首 は・ば・バ

212 歯が立たない（無法匹敵）
213 歯を食いしばる（咬緊牙關）
214 歯止めをかける（預作防範）
---
215 鼻の先（不遠的距離）
216 鼻が高い（十分得意）
217 鼻につく（特殊味道撲鼻）
218 鼻を折る（信心受打擊）
219 鼻が曲がる（惡臭撲鼻）
220 鼻であしらう（冷淡對待）
---
221 腹が黒い（內心骯髒）
222 腹が立つ（生氣）
223 腹を割る（開誠布公）
224 腹を抱える（捧腹大笑）

225 腹を決める（做好心理準備）

226 羽目を外す（得意忘形）

227 花を持たせる（功勞讓給別人）

228 腫物に触るよう（小心翼翼）

229 ばつが悪い（難為情）

230 バトンを手渡す（親手交接工作）

字首 ひ・ひゃ・ピ

231 火がつく（引發事件）

232 火花を散らす（激烈競爭）

233 一溜まりもない（撐不久就垮）

234 一肌脱ぐ（助人一臂之力）

235 膝を崩す（維持輕鬆坐姿）

236 百も承知（心知肚明）

237 ピッチを上げる（加快節奏）

238 ピンからキリまで（最好到最差）

字首 ふ

239 袋の鼠（甕中之鱉）

240 懐が寂しい（手頭吃緊）

241 船を漕ぐ（打瞌睡）

242 不意を突く（出其不意行動）

字首 へ・ベ

243 臍を曲げる（不痛快而鬧彆扭）

244 屁理屈をこねる（強詞奪理）

245 平行線をたどる（無法有共識）

246 ベストを尽くす（全力以赴）

字首 ほ・ぼ

247 頬が落ちる（非常好吃）

248 骨が折れる（吃力）

249 ぼろが出る（曝露本性）

字首 ま

250 負け犬の遠吠え（虛張聲勢）
251 股にかける（活躍世界各地）
252 眉を顰める（眉頭深鎖）
253 丸く収める（圓滿解決）

字首 み・みゃ

254 水に流す（既往不咎）
255 水を打ったよう（鴉雀無聲）
---
256 耳が痛い（很刺耳）
257 耳が早い（消息靈通）
258 耳に障る（聽了覺得煩）
259 耳に付く（聽了忘不了）
260 耳に挟む（約略聽到）
261 耳にたこができる（聽膩）
262 耳を塞ぐ（刻意不聽）
263 耳を澄ます（專心聽）
264 耳を疑う（懷疑自己聽錯）
265 耳を揃える（一毛不差）
266 耳を傾ける（專注聆聽）
---
267 三日坊主（三分鐘熱度）
268 実を結ぶ（開花結果）
269 身に付ける（學會；配戴）
270 御輿を担ぐ（捧他人）
271 道草を食う（做其他事耽擱）
272 脈がある（有希望）

字首 む

273 虫がいい（只顧自己方便）
274 虫の居所が悪い（容易生氣）
---
275 胸が痛む（沉重又悲痛）
276 胸が騒ぐ（忐忑不安）
277 胸がいっぱいになる（內心充滿情緒）
278 胸に刻む（銘記在心）
279 胸に秘める（深藏心裡）

280	胸に手を置く（捫心自問）	296	目に入れても痛くない（非常疼愛）
281	胸を打つ（打動、心動）	297	目を引く（引人注目）
282	胸を張る（自信滿滿）	298	目を通す（看過一遍）
283	胸を躍らせる（歡欣雀躍）	299	目を離す（視線離開一下）
284	胸を撫で下ろす（鬆一口氣）	300	目を盗む（偷偷做某事）
285	胸をふくらませる（滿心歡喜）	301	目を疑う（懷疑自己看錯）
		302	目を晦ます（矇騙他人眼睛）
		303	目を凝らす（凝視）

字首 め

286	目が無い（喜歡到無法抗拒）	304	目を付ける（查覺到）
287	目が早い（很快注意到）	305	目をつぶる（睜一隻眼閉一隻眼）
288	目が利く（有鑑賞眼光）	306	目を見張る（因讚嘆而睜大眼）
289	目が眩む（被錢沖昏頭）	307	目を丸くする（驚訝到睜大眼）
290	目が光る（眼睛為之一亮）	308	目と鼻の先（距離非常近）
291	目が回る（忙到頭昏眼花）	309	目もくれない（不屑一顧）
292	目が冴える（很清醒睡不著）	310	目も当てられない（慘不忍睹）
293	目が覚める（醒來）	311	目の付け所（著眼點）
294	目に付く（非常明顯）	312	目の上のこぶ（眼中釘）
295	目に留まる（剛好看到）	313	目の敵にする（視為眼中釘）

314 目の色を変える（改變態度熱衷～）
315 目の前が暗くなる（絕望）
316 目から鱗が落ちる（恍然大悟）
317 目くじらを立てる（對小事生氣）
------
318 芽が出る（發跡、出名）
319 芽を摘む（抑止發展可能）

字首 も

320 元も子もない（本利全無）
321 門を叩く（拜師學藝）

字首 や

322 やけを起こす（憤而胡亂行動）
323 山を張る（預測並做準備）

字首 ゆ

324 指をくわえる（光在一旁羨慕）

字首 よ

325 読みが深い（深謀遠慮）

字首 ら

326 埒が明かない（毫無進展）

字首 レ

327 レッテルを貼る（貼標籤）

字首 ろ

328 呂律が回らない（口齒不清）

全圖解！
日語慣用語句
最佳用法

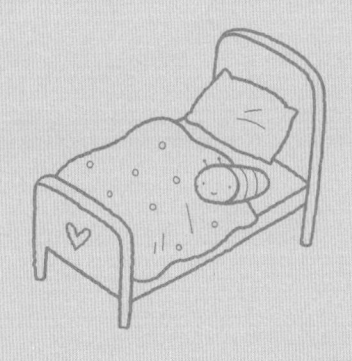

001　足を洗う

原字義

腿、脚　　洗
足 を **洗う**

引申義

指「不再做壞事、洗心革面、洗手不幹」。也能形容「不再做好事」，但多用於形容「不再做不好的事」。

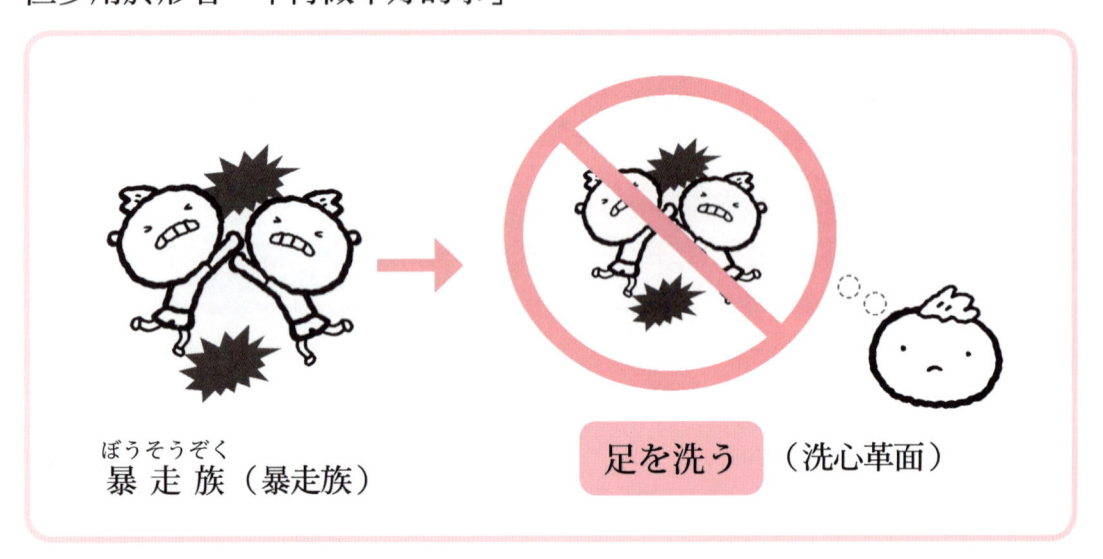

暴走族（暴走族）　→　足を洗う（洗心革面）

活用句

彼は暴走族から足を洗った。

他從暴走族洗心革面了。

・～から足を洗う：從～洗心革面。
・洗った：是「洗う」（洗）的「た形」，此處表示「過去」。

002　足を引っ張る
あし　ひ　ぱ

MP3 002

原字義

腿、腳　　　　拉
足　を　引っ張る

引申義

指個人言行妨礙群體或造成傷害。意思接近害群之馬、扯後腿。例如，大家都士氣高昂，某個人卻說洩氣話；或對外洩漏團隊機密等。

這次比賽我們一定要贏！　一定贏！　必勝！　我不想贏～　要贏！

チーム（隊伍）

足を引っ張る　（個人言行妨礙群體）

活用句

彼女は このチームの 足を引っ張っている。
かのじょ　　　　　　　　　　あし　ひ　ぱ

<u>她常常做出妨礙這個團隊的行為</u>。

・引っ張っている：是「引っ張る」（拉）的「ている形」，此處表示「經常性的行為」。

003 足が棒になる

原字義

腿、腳　　棒子　　變成
足 が 棒 に なる

引申義

形容走很多路導致雙腿僵硬疲累。雙腿像棒子一樣直直的，很難彎曲。

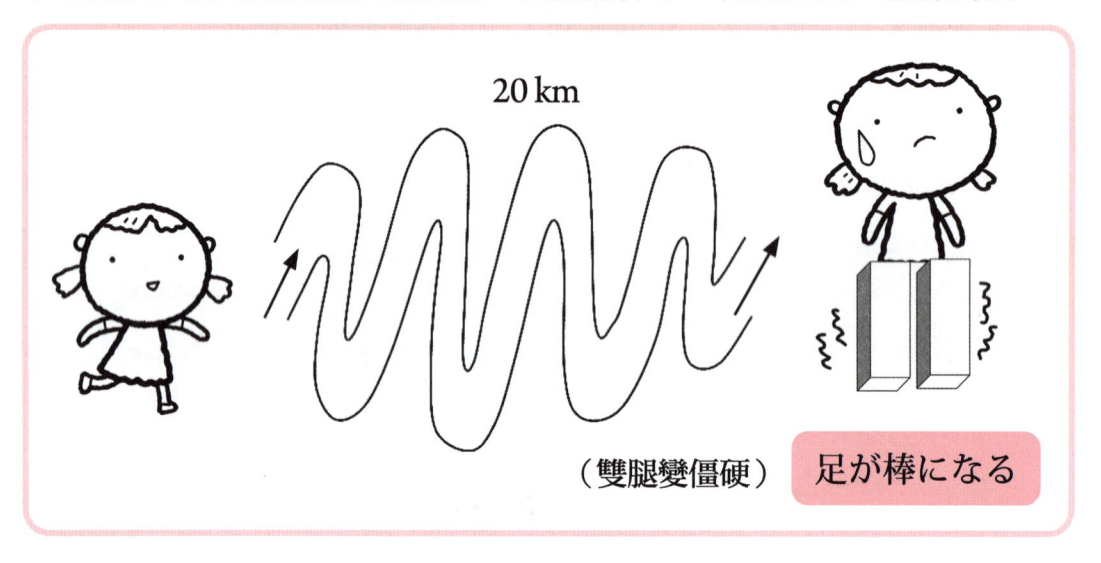

20 km
（雙腿變僵硬）　足が棒になる

活用句

昨日は 遠足で 足が棒になるまで 歩いた。

昨天因為遠足走路走到甚至雙腿僵硬的程度。

・で：助詞，因為～。　・まで：助詞，甚至達到某種程度。
・歩いた：是「歩く」（走）的「た形」，此處表示「過去」。

004 足の踏み場もない

あし　ふ　ば

MP3 004

原字義

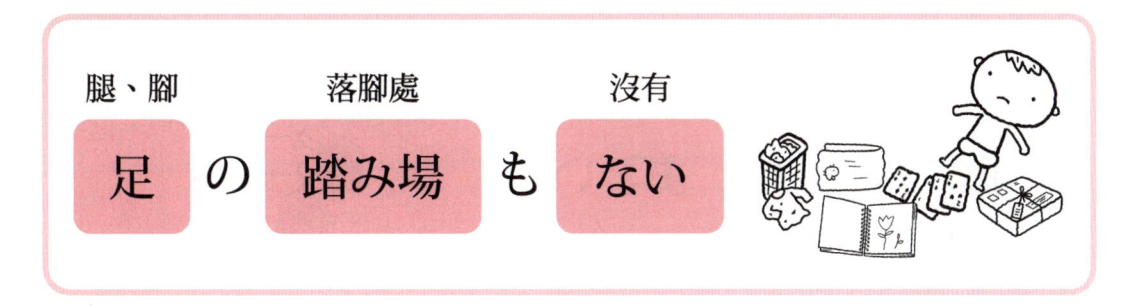

腿、腳	落腳處	沒有
足 の	踏み場 も	ない

引申義

形容東西散亂一地，連站的地方都沒有。一走動就會踩到東西。

足の踏み場もない
（亂到連走路的地方都沒有）

活用句

彼の部屋は足の踏み場もない。
かれ　へや　　あし　ふ　ば

他的房間亂到連走路的地方都沒有。

・彼：他。　・部屋：房間。

005 足手まとい
あし で

MP3 005

原字義

腿、腳	手	纏住、纏繞
足	手	まとい

引申義

累贅。

足手まとい（累贅）　　パーティー（登山隊）

活用句

彼は パーティーの 足手まとい に なった。
かれ　　　　　　　　　あし で

他變成登山隊的累贅。

・に：助詞，前面接「變化結果」。　　・〜になった：變成了〜。
・なった：是「なる」（變成）的「た形」，此處表示「過去」。

006　頭が痛い

MP3 006

原字義

頭（頭）　が　痛い（疼痛）

引申義

形容「感到苦惱、傷透腦筋」，並非指真正的頭痛。

沒有停車位…

頭が痛い　（傷腦筋）

活用句

頭が痛い問題だ。
是個傷腦筋的問題。

・だ：斷定的語氣。

025

007 頭が固い（あたま が かた い）

MP3 007

原字義

頭 　 硬的
頭 が **固い**

引申義

想法不知變通，不懂得視情況調整。固執己見，無法溝通，無法接受別人的建議或新的想法。

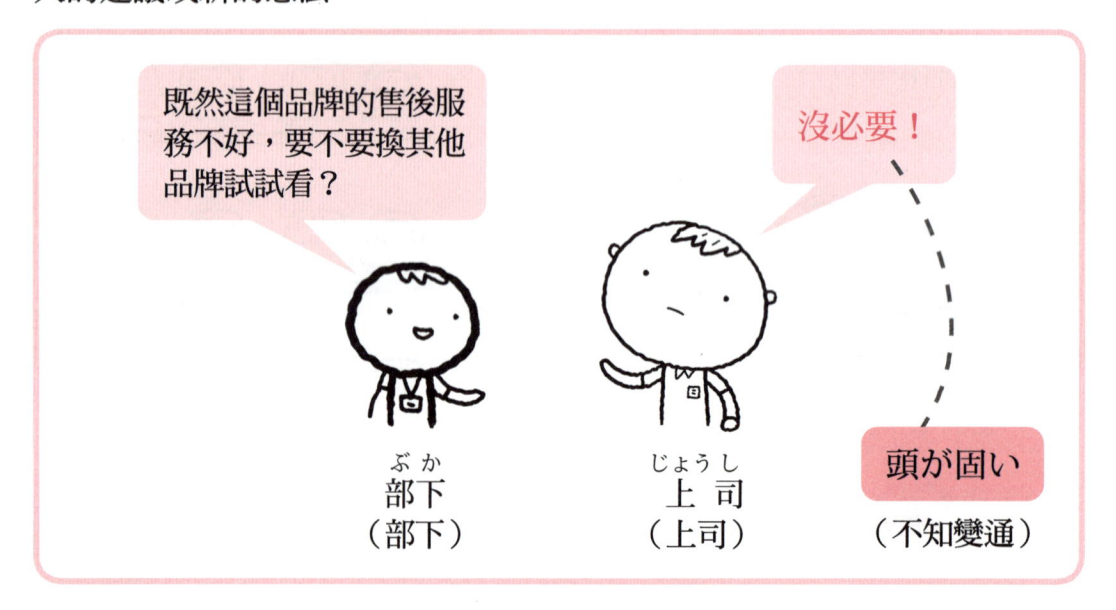

> 既然這個品牌的售後服務不好，要不要換其他品牌試試看？

> 沒必要！

ぶか
部下
（部下）

じょうし
上司
（上司）

頭が固い
（不知變通）

活用句

うちの上司（じょうし）は頭（あたま）が固（かた）い。

我的上司固執己見，不知變通。

・うち：自己所有的、自己所屬的。

008 頭が切れる

あたま　き

MP3 008

原字義

頭（頭） が 切れる（精明）

引申義

頭腦聰明、反應很快。頭腦敏銳。精明能幹。

怎麼辦？突然有好多客人都要退貨！

首先，你去…，然後再…，最後再…，這樣就沒問題了。

しんにゅうしゃいん
新入社員
（新進職員）

て　しゃいん
やり手の社員
（能幹的職員）

頭が切れる
（頭腦敏銳、反應快）

活用句

かれ　ほんとう　あたま　き
彼は 本当に 頭 が 切れる。

他真是頭腦聰明、反應快。

・本当に：真的是～、實在是～。

027

009 頭に来る

原字義

頭 來
[頭] に [来る]

引申義

事情超過容忍的極限，氣到火冒三丈。意思接近「發火了」、「火大了」。

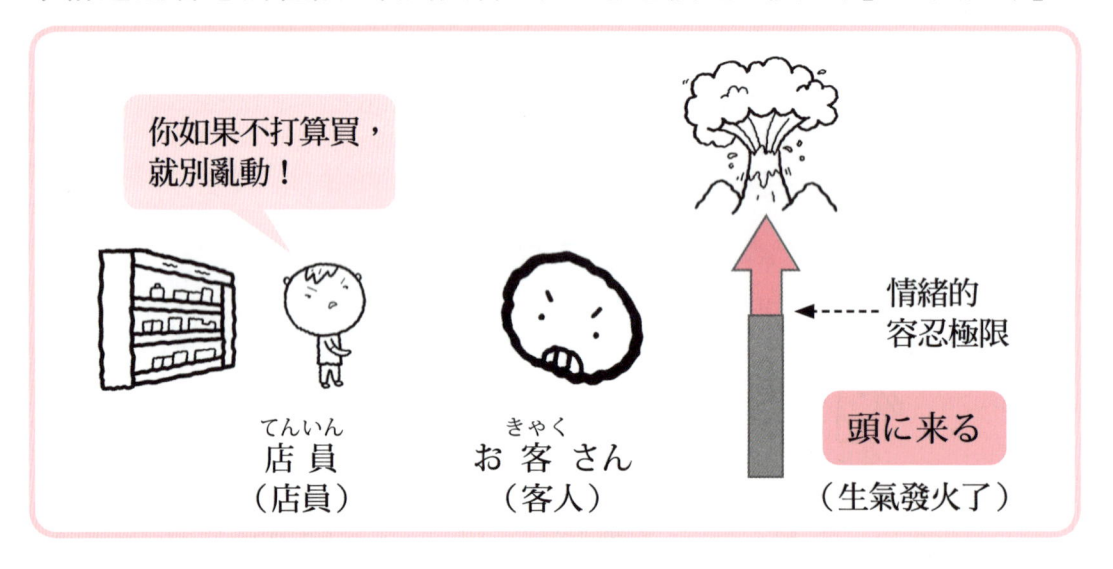

店員（店員）
お客さん（客人）
情緒的容忍極限
頭に来る（生氣發火了）

你如果不打算買，就別亂動！

活用句

頭に来てしまった。

忍不住發火了。

- 来（き）て：是「来（く）る」（來）的「て形」。
- 動詞て形＋しまった：「動詞て形＋しまう」的「過去形」，此處表示「不小心、禁不住做了～」。

010　頭<ruby>あたま</ruby>に入<ruby>い</ruby>れる

MP3 010

原字義

頭　　　　放入
頭　に　入れる

引申義

隨時記著某種想法，不能忘記。

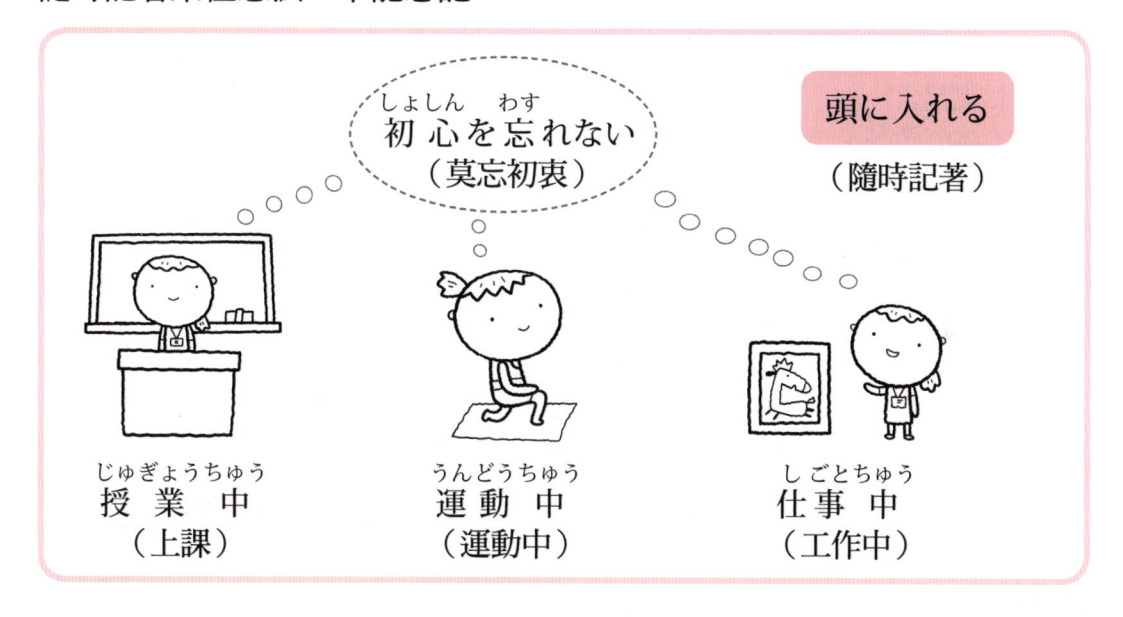

初心<ruby>しょしん</ruby>を忘<ruby>わす</ruby>れない
（莫忘初衷）

頭に入れる
（隨時記著）

授業中<ruby>じゅぎょうちゅう</ruby>
（上課）

運動中<ruby>うんどうちゅう</ruby>
（運動中）

仕事中<ruby>しごとちゅう</ruby>
（工作中）

活用句

頭<ruby>あたま</ruby>に入<ruby>い</ruby>れておいてください。

請先牢牢記著。

・入れて：是「入れる」（放入）的「て形」。
・動詞て形＋おいてください：此處表示「請先做〜」。

029

011　頭をひねる

原字義

頭（頭）を ひねる（扭）

引申義

絞盡腦汁，拼命地要想出好辦法。費盡心思。

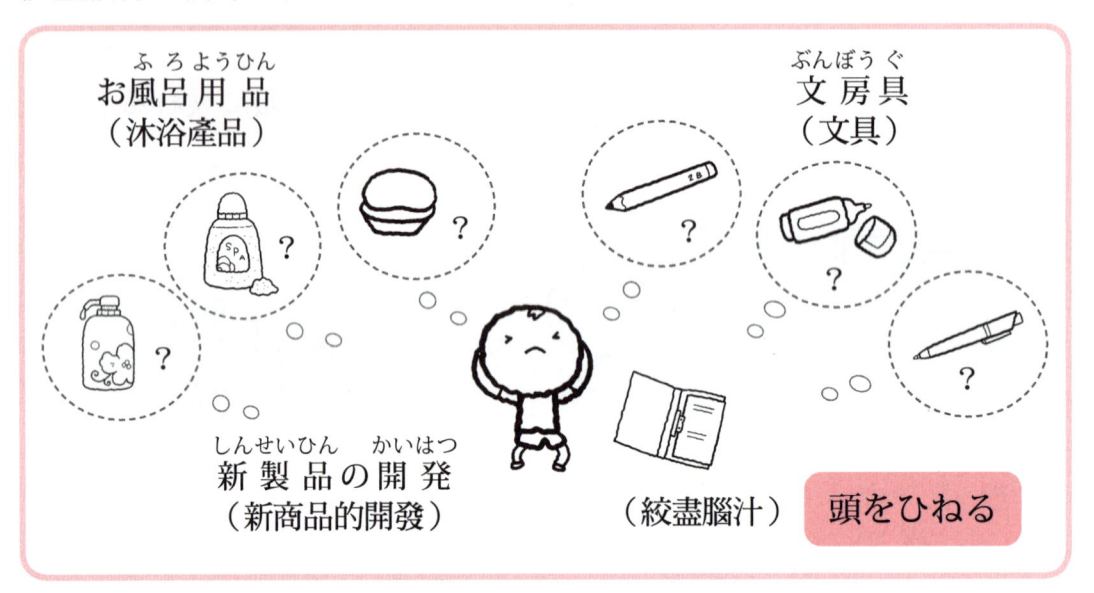

お風呂用品（沐浴產品）　文房具（文具）
新製品の開発（新商品的開發）　（絞盡腦汁）頭をひねる

活用句

これは頭をひねって考え出した新製品だ。

這是絞盡腦汁想出來的新商品。

・これ：這～。　・ひねって：是「ひねる」（扭）的「て形」，此處表示「描述狀態」。
・考え出した：是「考え出す」（想出）的「た形」，後面接續「名詞」，用來「修飾名詞」。

012　後押し
あと お

MP3 012

原字義

後面	推
後	押し

引申義

在背後、幕後、暗地裡提供支援。支援者。

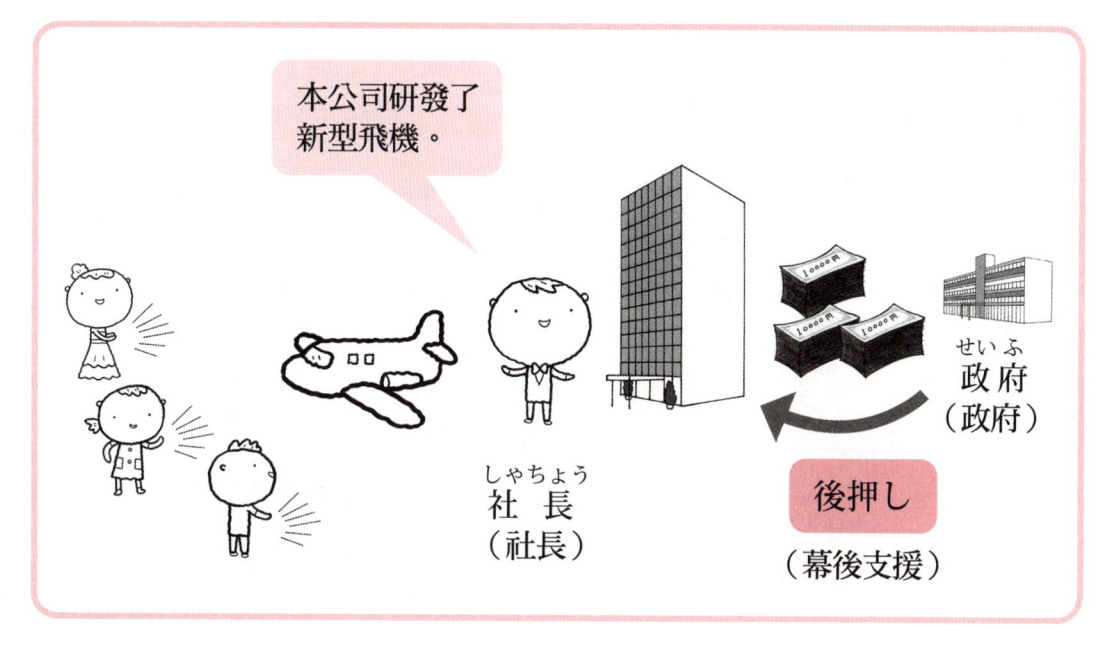

本公司研發了新型飛機。

社長（社長）
政府（政府）
後押し（幕後支援）

活用句

政府の後押しを受けている。
せいふ　あとお　う

接受著政府的幕後支援。

・受けている：是「受ける」（接受、得到）的「ている形」，此處表示「目前狀態」。

013 後を引く

MP3 013

原字義

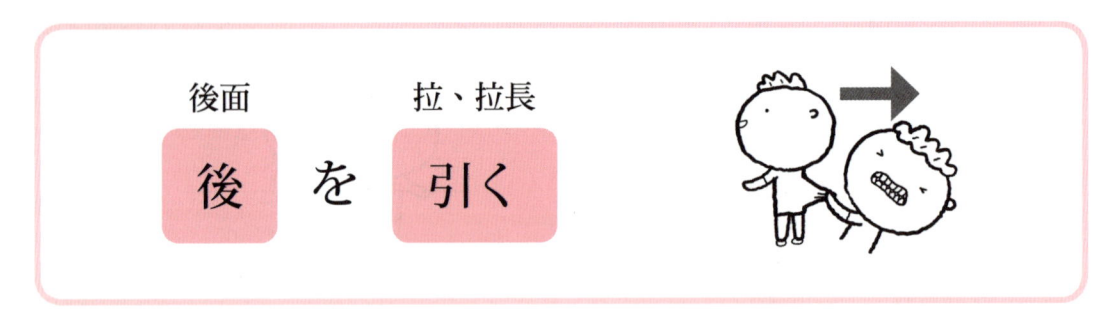

| 後（後面） | を | 引く（拉、拉長） |

引申義

受到某件事影響，而且影響力持續到現在。沒完沒了。無休無止。

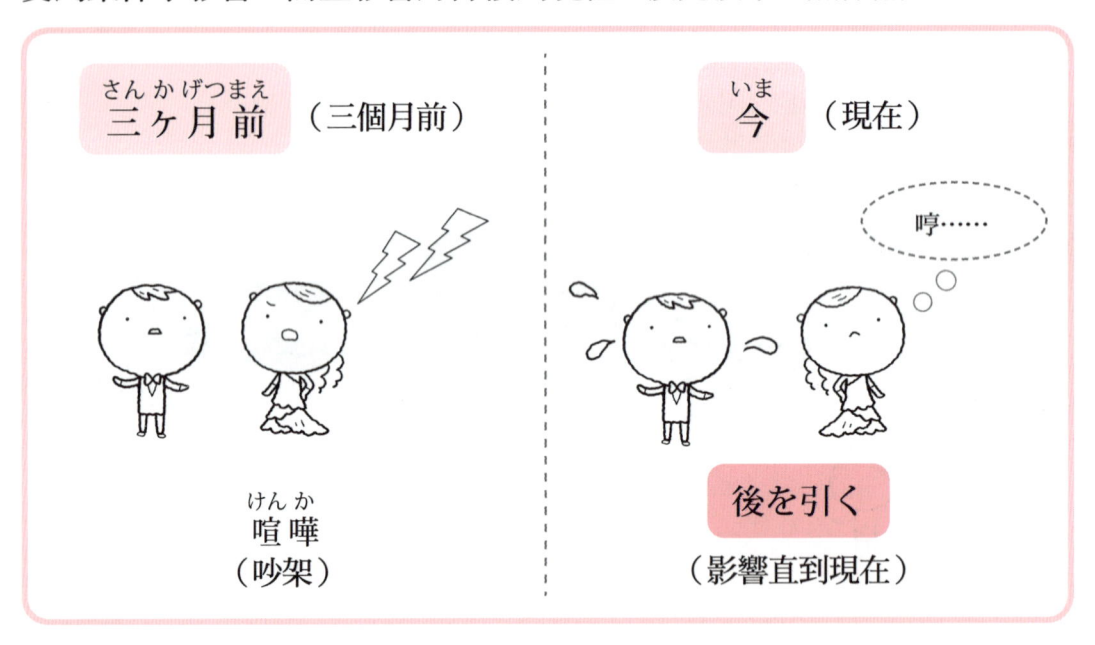

三ヶ月前（三個月前）
喧嘩（吵架）

今（現在）
哼……
後を引く
（影響直到現在）

活用句

この前の喧嘩が後を引いている。

之前的吵架影響到現在。

・引いている：是「引く」（拉、拉長）的「ている形」，此處表示「目前狀態」。

014　後味が悪い
あとあじ　わる

MP3 014

原字義

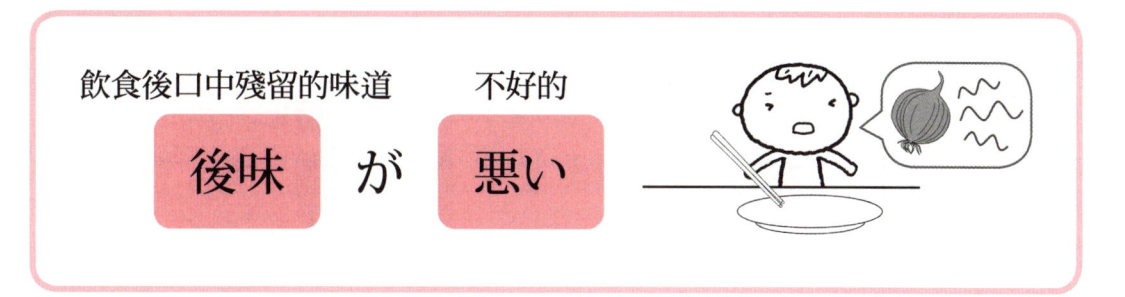

飲食後口中殘留的味道　　不好的
後味　が　**悪い**

引申義

歷經某件事情之後的感覺不是很好。餘味不快。

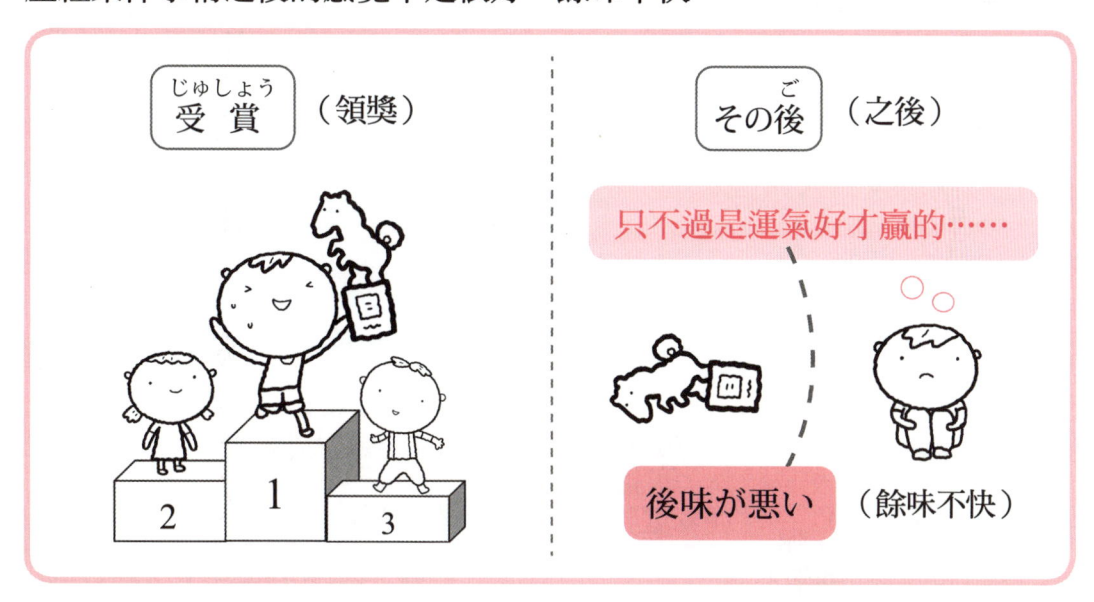

受賞（じゅしょう）（領獎）　　その後（ご）（之後）

只不過是運氣好才贏的……

後味が悪い（餘味不快）

活用句

運良（うんよ）く勝（か）っただけ のような 感（かん）じがして 後味（あとあじ）が悪（わる）い。

因為產生只是運氣好才贏了這樣的感受，所以事後的感覺不是很好。

・〜のような：像〜一樣的。
・感じがして：是「感じがする」（產生某種感受）的「て形」，此處表示「原因」。

015　穴(あな)があくほど

原字義

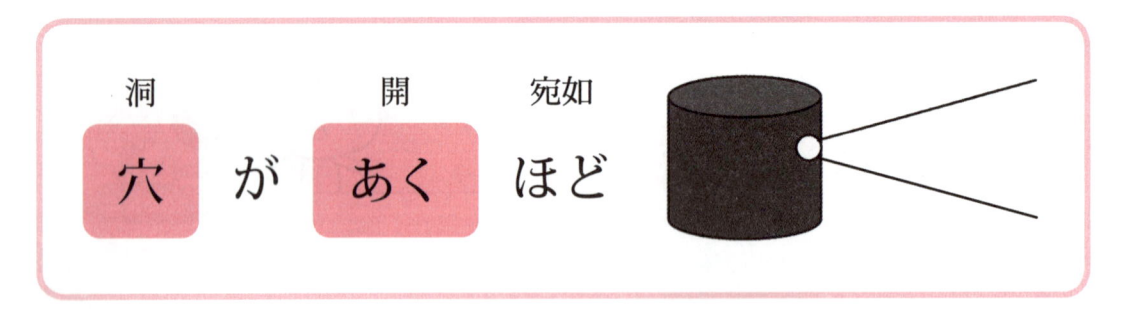

洞　　開　　宛如
穴 が **あく** ほど

引申義

一直盯著看。類似「一直看，都快看出一個洞來」。

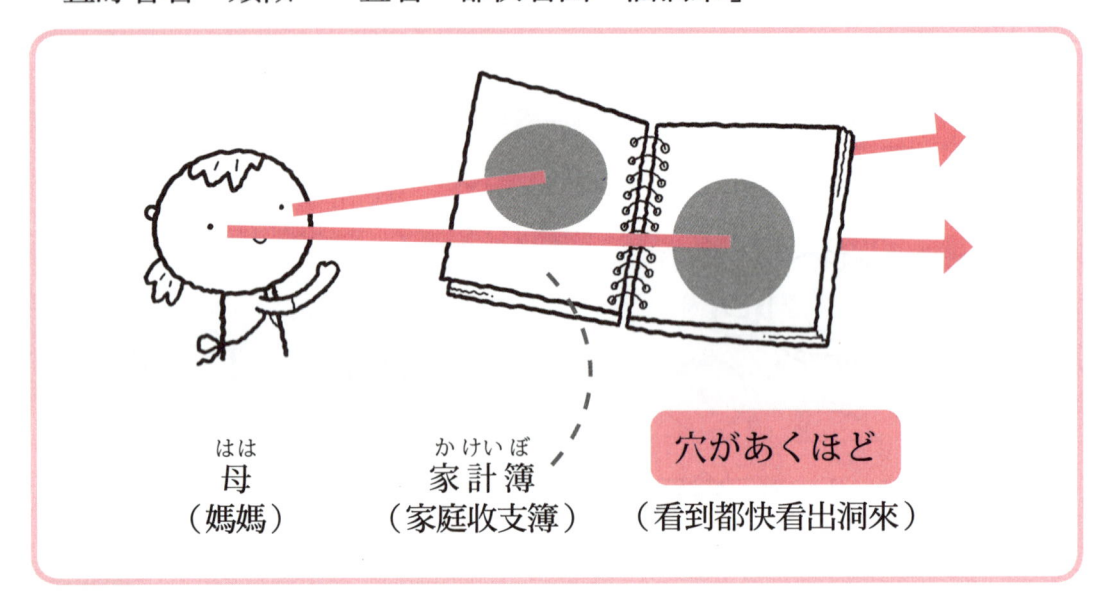

母(はは)（媽媽）　家計簿(かけいぼ)（家庭收支簿）　穴があくほど（看到都快看出洞來）

活用句

穴(あな)があくほど 見(み)つめている。

一直看，宛如快看出一個洞來。

・見つめている：是「見つめる」（注視）的「ている形」，此處表示「目前狀態」。

016 穴があったら入りたい

MP3 016

原字義

穴	あったら	入りたい
洞	如果有的話	想進入

引申義

非常害羞，害羞到想找個地方躲起來。

你褲子的拉鍊沒拉！

（害羞到想找個洞鑽進去）　穴があったら入りたい

活用句

穴があったら入りたい 気分に なった。

害羞到想找個洞鑽進去的心情。

・気分：心情。　・に：助詞，前面接「變化結果」。　・〜になった：變成了〜。
・なった：是「なる」（變成）的「た形」，此處表示「過去」。

017 　油が乗る
あぶら　の

MP3 017

原字義

油　　　　附著、趨勢

油 が **乗る**

あぶら
油

引申義

魚或鳥類等因季節而脂肪增加肥美好吃。或指工作、學業進展良好。

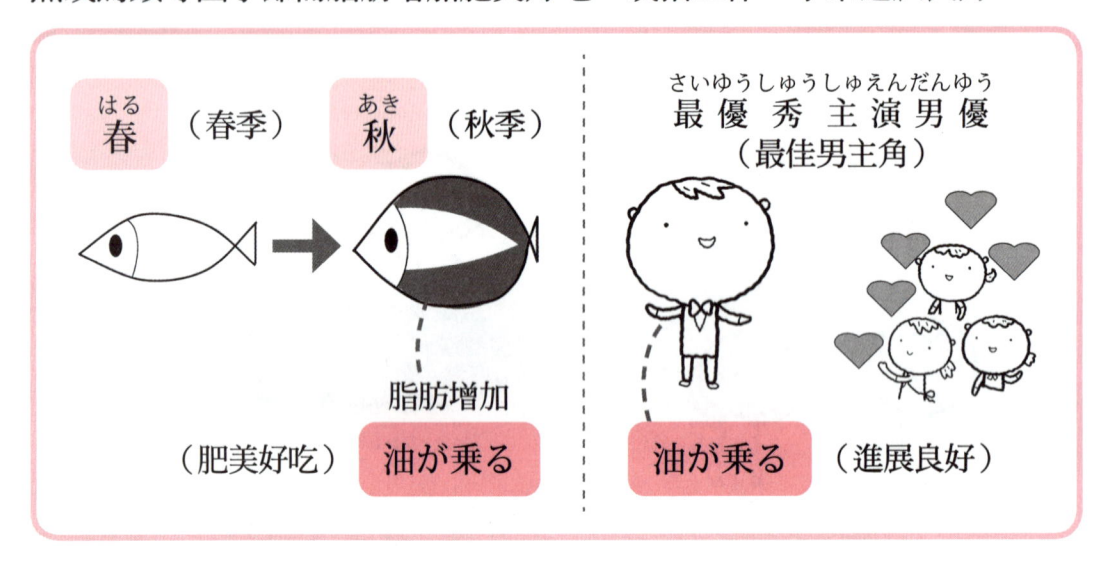

はる（春季）　あき（秋季）　　　さいゆうしゅうしゅえんだんゆう
　春　　　　　秋　　　　　　　最 優 秀 主 演 男 優
　　　　　　　　　　　　　　　　　（最佳男主角）

脂肪增加
（肥美好吃）　油が乗る　　　油が乗る　（進展良好）

活用句

さんま　　あぶら　の
秋刀魚は 油が乗って おいしい。秋刀魚因脂肪增加而味美。

・乗って：是「乗る」（附著）的「て形」，此處表示「原因」。

かれ　はいゆう　　　　あぶら　の
彼は 俳優として 油が乗っている。他作為演員發展良好。

・身分＋として：以～的身分。
・乗っている：是「乗る」（趨勢）的「ている形」，此處表示「目前狀態」。

018 　油を売る
あぶら　う

MP3 018

原字義

油 　　　 賣
油 を 売る

引申義

上班時間偷懶、不工作，聊天、混時間。

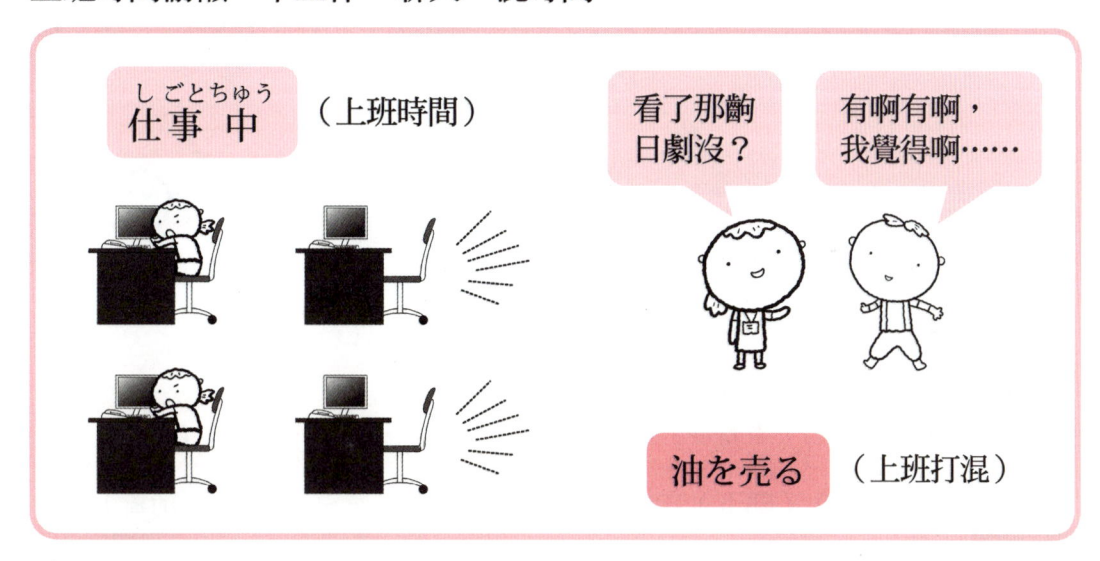

仕事中（しごとちゅう）（上班時間）

看了那齣日劇沒？

有啊有啊，我覺得啊……

油を売る（上班打混）

活用句

どこで 油を売っていた の？　你在哪裡鬼混到現在啊？
　　　あぶら　う

・どこ：哪裡。
・で：助詞，表示「地點」。
・売っていた：是「売る」（賣）的「ている形（売っている）的た形」，此處表示「過去持續到目前的行為」。
・の？：抱持強烈興趣而提出疑問的語氣。

019　油を絞られる

原字義

油（油）を（被擰）絞られる（しぼられる）

引申義

因為犯錯或失敗，受到十分嚴厲的指責。

大失敗（嚴重失誤）　部下（部下）　部長（部長）

你怎麼搞的！

油を絞られる（被嚴厲指責）

活用句

部長に油を絞られた。

被部長狠狠地罵了一頓。

・に：助詞，前面接「動作對象」。
・絞られた：是「絞られる」（被擰）的「た形」，此處表示「過去」。

020　汗水たらす
あせみず

MP3 020

原字義

汗水	滴、流
汗水	たらす

引申義

汗水淋漓、辛苦地努力工作。

檸檬樹搬家公司

汗水たらす（汗水淋漓、辛苦工作）

活用句

人が汗水たらして稼いだ金を詐欺する。
ひと　あせみず　　　　　かせ　かね　さぎ

詐騙別人辛苦工作賺的錢。

- たらして：是「たらす」（滴、流）的「て形」，此處表示「描述狀態」。
- 稼いだ：是「稼ぐ」（賺錢）的「た形」，後面接續「名詞」，用來「修飾名詞」。

039

021　顎で使う
あご　つか

MP3 021

原字義

下巴　　　使用
顎 で **使う**

引申義

頤指氣使。用高傲的態度、不好的口氣叫別人做事。

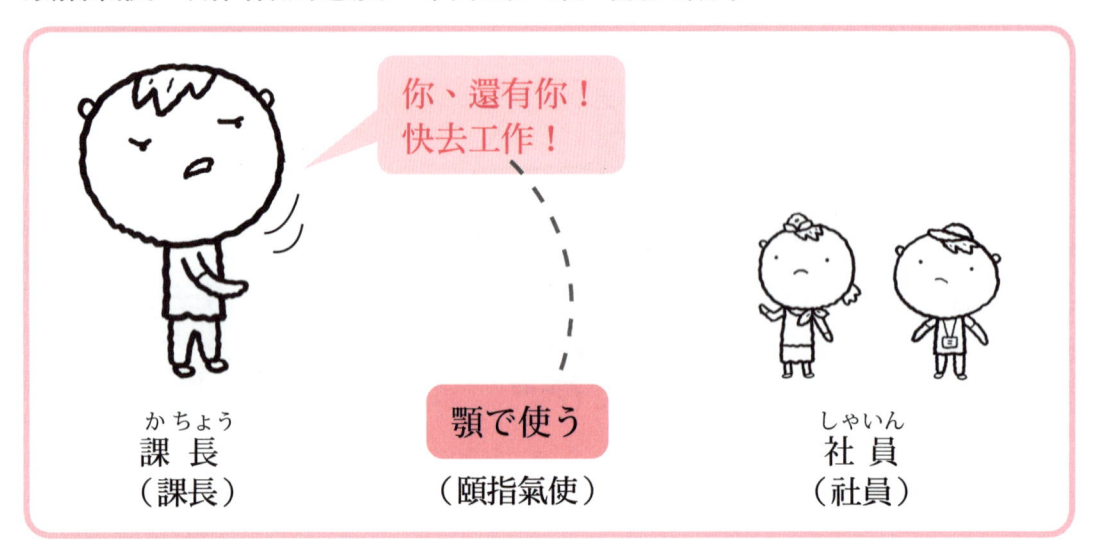

你、還有你！
快去工作！

かちょう
課長
（課長）

顎で使う
（頤指氣使）

しゃいん
社員
（社員）

活用句

課長 は いつも 人を 顎で使う ので みんなに 嫌われている。
かちょう　　　　　ひと　あご　つか　　　　　　　　　きら

因為課長總是對人頤指氣使，所以被大家討厭。

・ので：助詞，因為～所以～。みんな：大家。に：助詞，前面接「動作對象」。
・嫌われている：是「嫌う」（討厭）的「被動形（嫌われる）的ている形」，此處表示「目前被～的狀態」。某人＋に＋嫌われている：被某人討厭。

022　相槌を打つ
あいづち　う

MP3 022

原字義

打對錘　　　　　　打
相槌　を　**打つ**

引申義

原字義「打對錘」是指「日本人搗年糕時，兩人一來一往拿槌子敲打的動作」。引申為「聽別人說話時，配合對方說話的情況做出回應」。

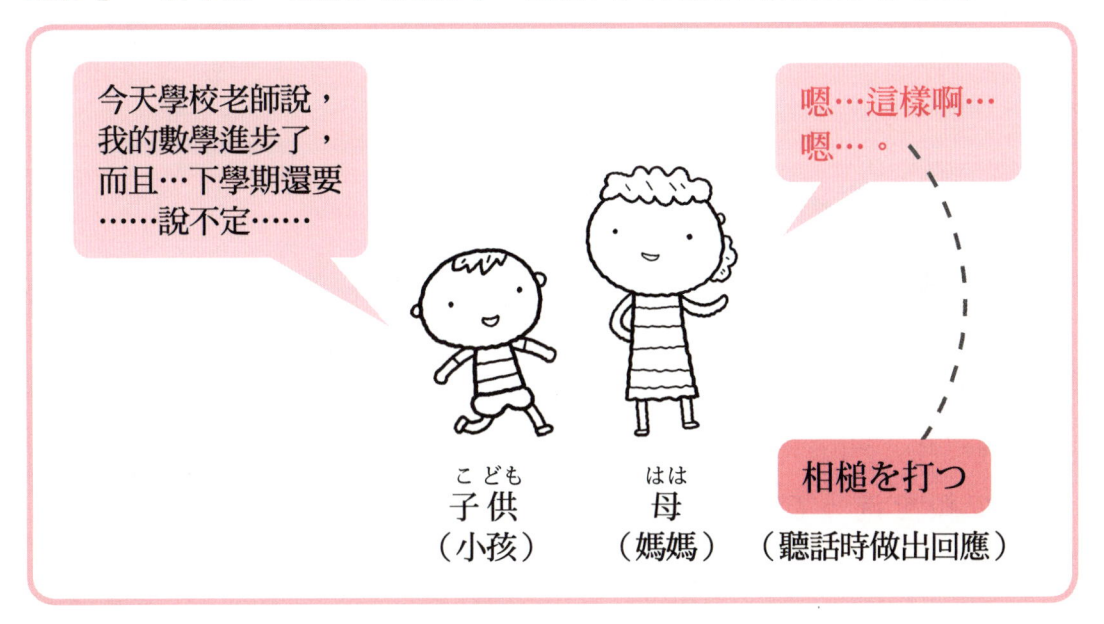

今天學校老師說，我的數學進步了，而且…下學期還要……說不定……

嗯…這樣啊…嗯…。

こども
子供
（小孩）

はは
母
（媽媽）

相槌を打つ
（聽話時做出回應）

活用句

「うん、そうだね。」と 相槌を打つ。
　　　　　　　　　　　　あいづち　う

做出「嗯，沒錯呢。」的回應。

・と：助詞，前面接「所說的內容」。

023　揚げ足を取る
　　　　あ　あし　と

原字義

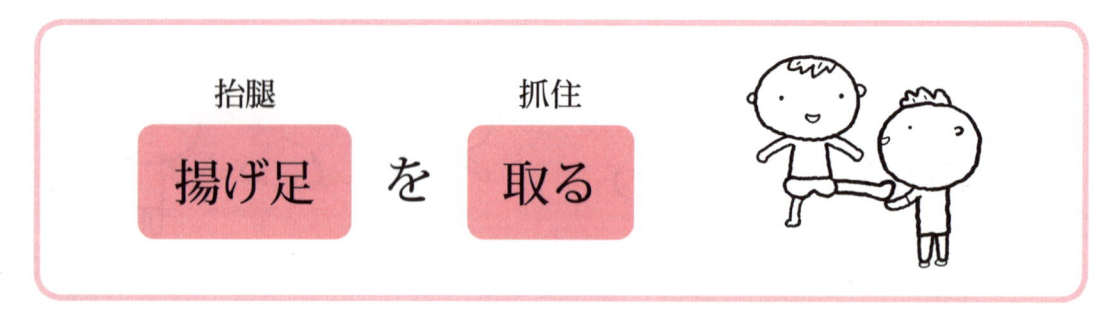

揚げ足（抬腿） を 取る（抓住）

引申義

專挑別人語病。指挑「用字錯誤」的語病，而非「語意錯誤」的語病。從「抓住對方的抬腿使其跌倒」轉化為「挑語病」的意思。

你看！貓咪用手洗臉！

貓咪用"手"洗臉！？那是腳，貓咪沒有手。

手で顔を洗っている
（正在用手洗臉）

揚げ足を取る
（專挑別人語病）

活用句

あの上司はいつも部下の揚げ足を取る。
　　じょうし　　　　　ぶか　あ　あし　と

那位上司總是挑部下的語病。

・あの：那個～。　・いつも：總是。

024 泡を吹かせる

あわ　ふ

MP3 024

原字義

泡沫	使〜噴出
泡	を	吹かせる

引申義

做出意想不到的事，讓別人驚嚇到快要昏倒。嚇走、嚇跑。

泡を吹かせる　（使人嚇到快昏倒）

活用句

こんど　あわ　ふ
今度 泡を吹かせてやる。

下次要嚇死你。

・吹かせて：是「吹かせる」（使〜噴出）的「て形」。
・動詞て形＋やる：此處表示「自己以高姿態對對方做某種行為」。

025　息が合う
いき あ

MP3 025

原字義

氣息　一致
息 が **合う**

引申義

形容在表演、工作上很有默契。不適用形容男女朋友間的默契。

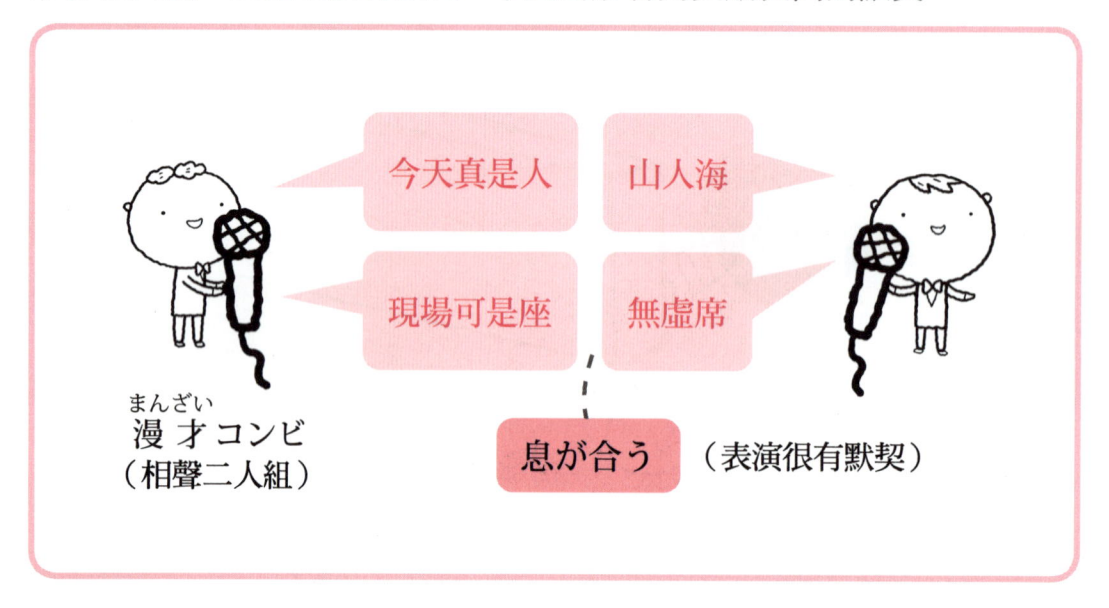

今天真是人　山人海
現場可是座　無虛席

漫才コンビ
（相聲二人組）

息が合う　（表演很有默契）

活用句

あの漫才コンビは息が合っている。
まんざい　　　　　　　いき あ

那對相聲二人組在表演上很有默契。

・合っている：是「合う」（一致）的「ている形」，此處表示「目前狀態」。

044

026 息が詰まる

MP3 026

原字義

息（氣息） が 詰まる（堵塞）

引申義

覺得呼吸困難，好像快要窒息。憋氣。因緊張而感到呼吸困難。

人ごみ（人群擁擠）

息が詰まる（感覺快要窒息）

活用句

息が詰まる ような 大都会で 生活している。

生活在感覺快要窒息般的大都會之中。

・ような：像～一樣。　・で：助詞，表示「範圍」。
・生活している：是「生活する」（生活）的「ている形」，此處表示「目前狀態」。

027　息を抜く
　　　　いき　ぬ

MP3 027

原字義

氣息　　　拔出
息　を　抜く

引申義

工作或做事感到疲累時，要稍微放鬆、休息一下。喘口氣。

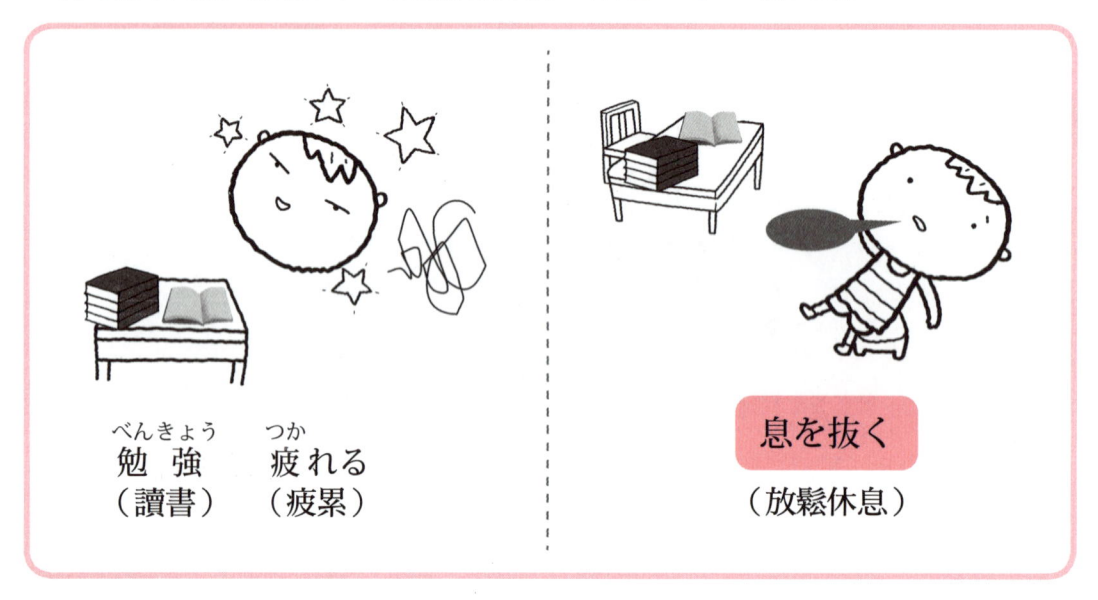

べんきょう　つか
勉　強　　疲れる
（讀書）　（疲累）

息を抜く
（放鬆休息）

活用句

いき　ぬ
息を抜いたほうがいい よ。稍微休息一下比較好喔。

- 抜いた：是「抜く」（拔出）的「た形」。
- 動詞た形＋ほうがいい：此處表示「做～比較好」。
- よ：強調自己的主張的語氣。

028　一か八か

原字義

比喩「成功」　比喩「失敗」　　いち一？　はち八？

一　か　八　か

引申義

形容嘗試某件事，看看會成功，還是會失敗。碰運氣。聽天由命。
（*「八」原本的發音是「はち」，在此慣用句中要發音為「ばち」。）

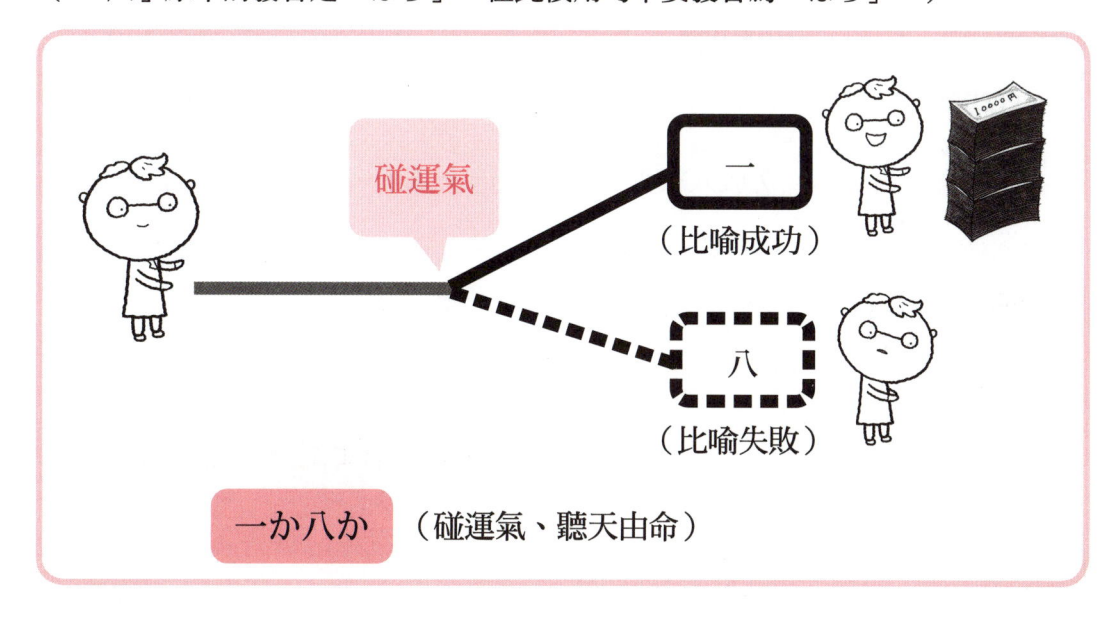

碰運氣　→　一（比喻成功）
　　　　→　八（比喻失敗）

一か八か　（碰運氣、聽天由命）

活用句

一か八かで やってみる。 做做看，看會不會成功。

・で：助詞，利用某種工具或方法。　・やって：是「やる」（做）的「て形」。
・動詞て形＋みる：此處表示「做～看看」。

047

029　一(いち)から十(じゅう)まで

原字義

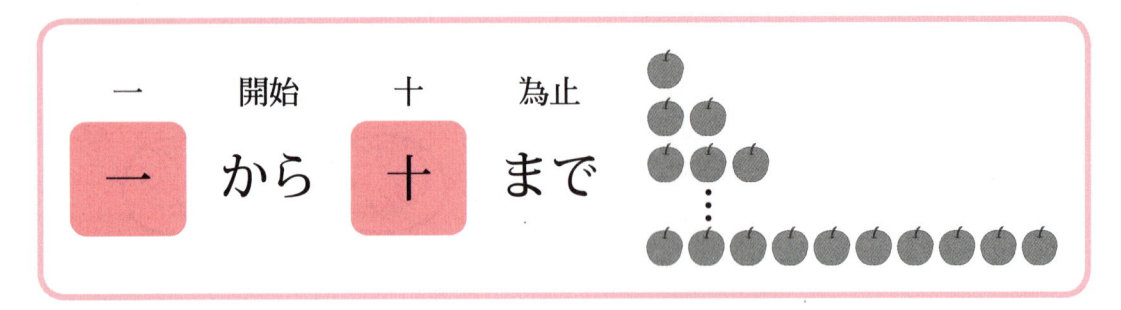

一 開始	十 為止
一 から	**十** まで

引申義

形容從頭到尾十分完整、詳盡、鉅細靡遺。一切。全部。

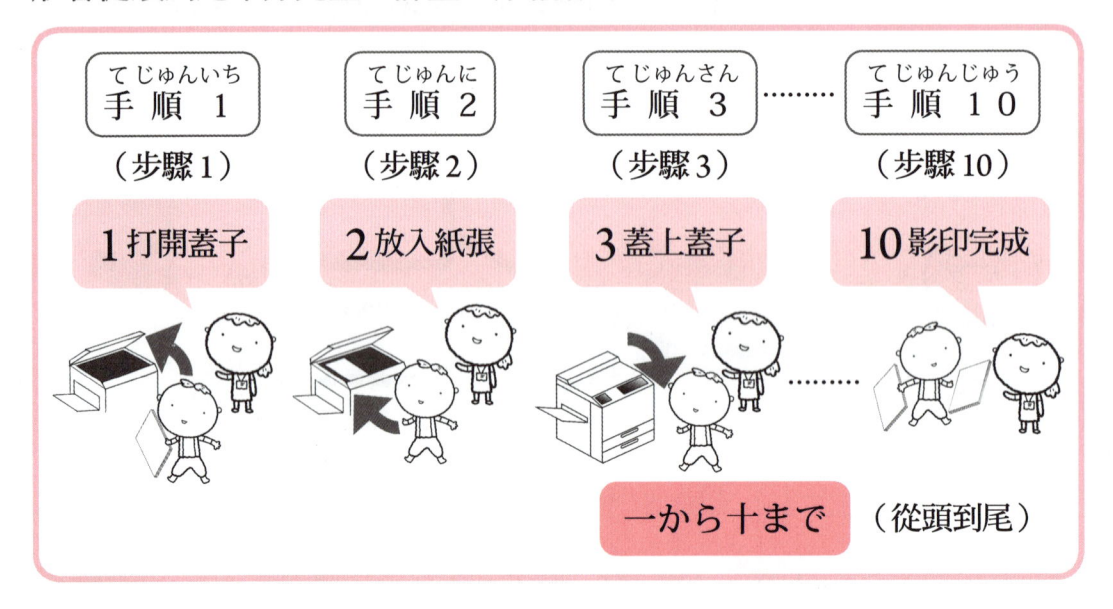

てじゅんいち 手順 1	てじゅんに 手順 2	てじゅんさん 手順 3	……	てじゅんじゅう 手順 10
（步驟1）	（步驟2）	（步驟3）		（步驟10）
1 打開蓋子	2 放入紙張	3 蓋上蓋子		10 影印完成

一から十まで　（從頭到尾）

活用句

一(いち)から十(じゅう)まで 全部(ぜんぶ)教(おし)えないと できないのか。

沒有從頭到尾全部教的話，就不會嗎？

- 教えない：是「教える」（教）的「ない形」，此處表示「現在否定」。
- と：助詞，如果～的話。
- できない：是「できる」（能夠、可以）的「ない形」，此處表示「現在否定」。
- のか：抱持強烈興趣而提出疑問的語氣。

030　一刻を争う（いっこく　あらそう）

MP3 030

原字義

短時間　　争奪、競爭

一刻 を **争う**

引申義

時間、情況十分危急。分秒必爭。

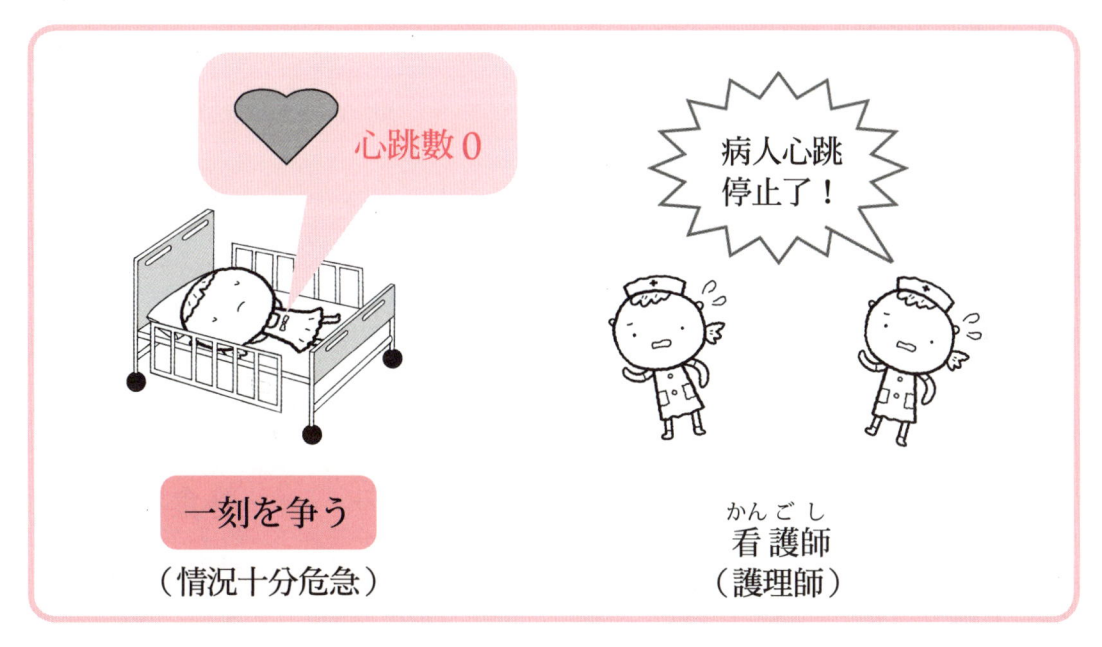

心跳數0

病人心跳停止了！

一刻を争う
（情況十分危急）

看護師（かんごし）
（護理師）

活用句

今（いま）は一刻（いっこく）を争（あらそ）う状況（じょうきょう）だ。

現在是十分危急的狀況。

・今：現在。　　・だ：斷定的語氣。

031　一杯食わす
いっぱい く

MP3 031

原字義

盡可能的　　使受害
一杯　　　　食わす

引申義

巧妙地騙過對方，使對方遭受損失。上當。

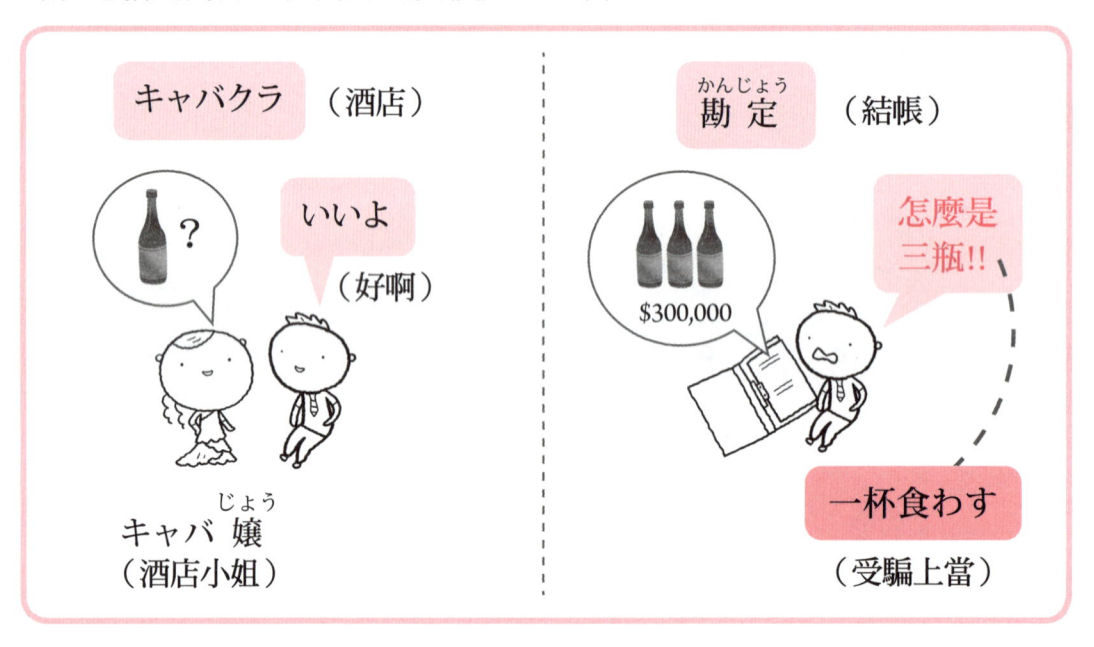

キャバクラ（酒店）
いいよ（好啊）
キャバ 嬢（酒店小姐）
じょう

勘定（結帳）
かんじょう
$300,000
怎麼是三瓶!!
一杯食わす（受騙上當）

活用句

一杯食わされた よ。被騙上當了啊！
いっぱい く

・食わされた：是「食わす」（使受害）的「被動形（食わされる）的た形」，此處表示「過去被～」。
・よ：強調自己的主張的語氣。

032 　一本取られる
いっぽん と

MP3 032

原字義

（柔道、剣道）一撃　　被取得

一本　　**取られる**

引申義

被得分。被佔上風。

一本取られる
（被佔上風）

弟
おとうと
（弟弟）

活用句

今回は　弟　に一本取られた。
こんかい　おとうと　いっぽん と

這次被弟弟佔了上風。

- に：助詞，前面接「動作對象」。
- 取られた：是「取られる」（被取得）的「た形」，此處表示「過去」。

051

033　石頭(いしあたま)　MP3 033

原字義

石頭　頭　　いし石 →（山/頭）

引申義

死腦筋。不知變通，頭腦不靈活。或指頭骨堅硬。

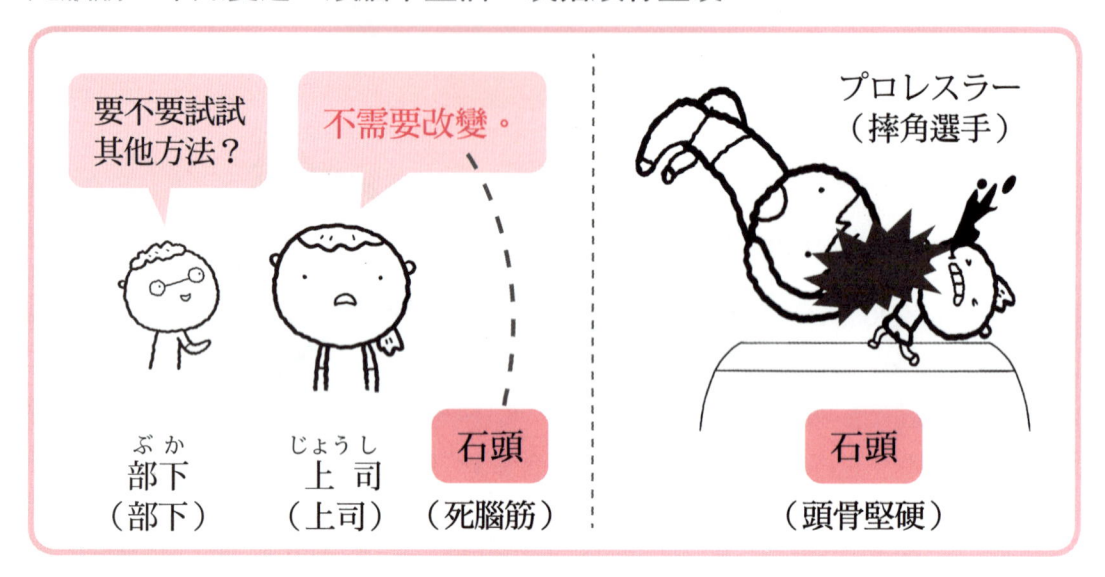

（要不要試試其他方法？）　（不需要改變。）
部下(ぶか)（部下）　上司(じょうし)（上司）　石頭（死腦筋）

プロレスラー（摔角選手）
石頭（頭骨堅硬）

活用句

あの上司(じょうし)は石頭(いしあたま)で、部下(ぶか)から嫌(きら)われている。
那個上司因為死腦筋，而被部下討厭。

・で：助詞，因為～。　・某人＋から＋嫌われている：被某人討厭。
・嫌われている：是「嫌う」（討厭）的「被動形（嫌われる）的ている形」，此處表示「目前被～的狀態」。

あのプロレスラーは石頭(いしあたま)だ。那個摔角選手頭骨堅硬。

034 板に付く

MP3 034

原字義

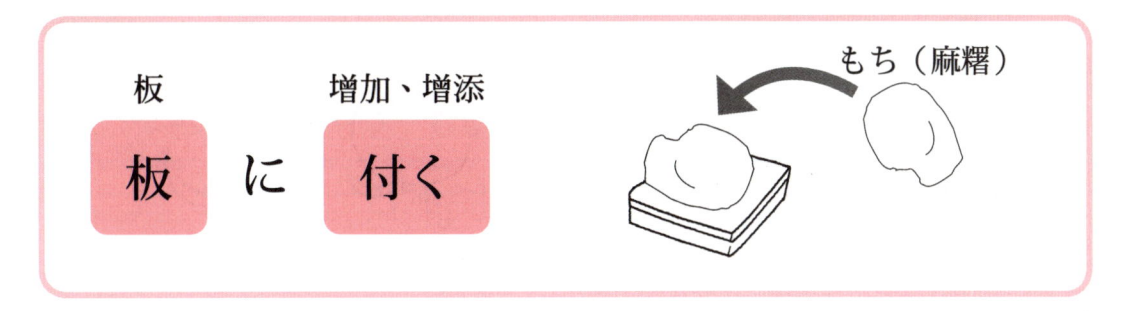

板　　　増加、増添

板 に **付く**

もち（麻糬）

引申義

累積一定的經驗後，行為或態度符合本身的職業與地位。恰如其分。

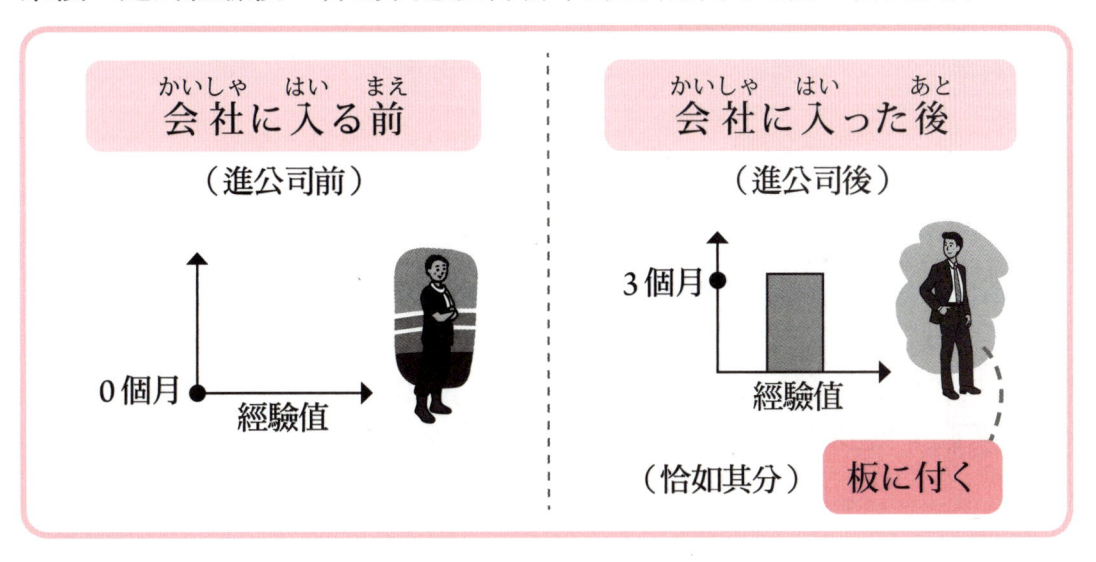

会社に入る前
（進公司前）
0個月　經驗值

会社に入った後
（進公司後）
3個月　經驗值
（恰如其分）**板に付く**

活用句

スーツ姿が板に付いてきた。

穿上西裝的樣子，越來越符合本身的身分地位了。

- スーツ：西裝。　・姿：裝扮。　・付いて：是「付く」（增加、增添）的「て形」。
- 動詞て形＋きた：此處表示「越來越～了」。

035 意地を張る（いじをはる）

MP3 035

原字義

固執		堅持
意地	を	張る

引申義

為反對而反對。

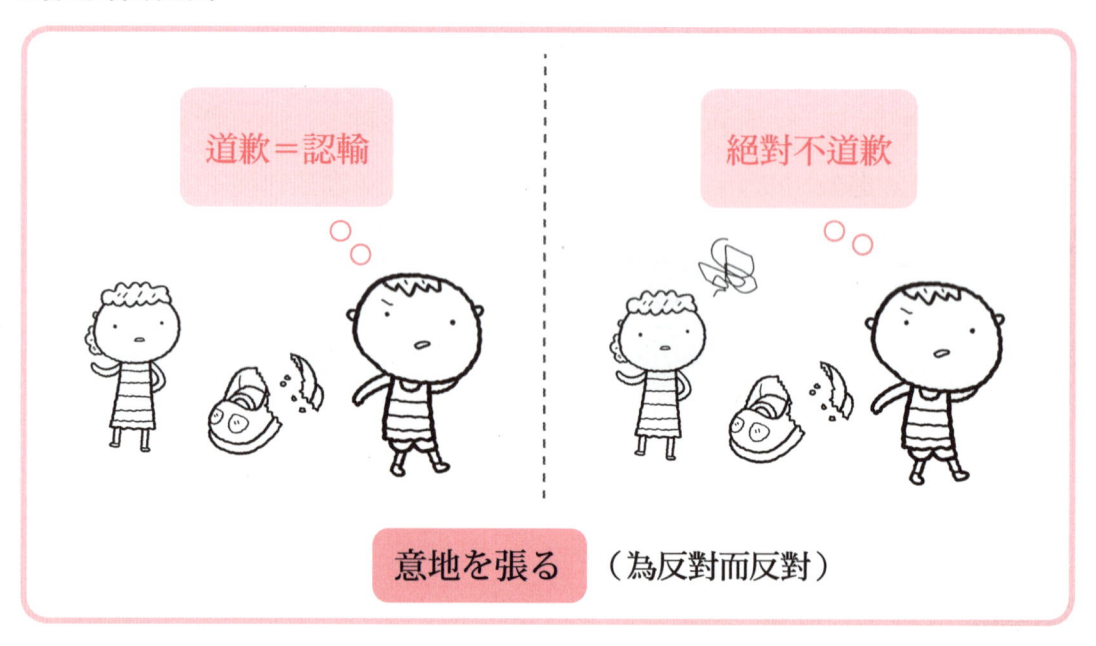

意地を張る（為反對而反對）

活用句

意地（いじ）を張（は）って後悔（こうかい）した。因為為反對而反對而感到後悔。

・張って：是「張る」（堅持）的「て形」，此處表示「原因」。
・後悔した：是「後悔する」（後悔）的「た形」，此處表示「過去」。

036 至れり尽くせり

原字義

盡善盡美

至れり尽くせり

引申義

各方面都做得很周到。無微不至。盡善盡美。萬分周到。完善。

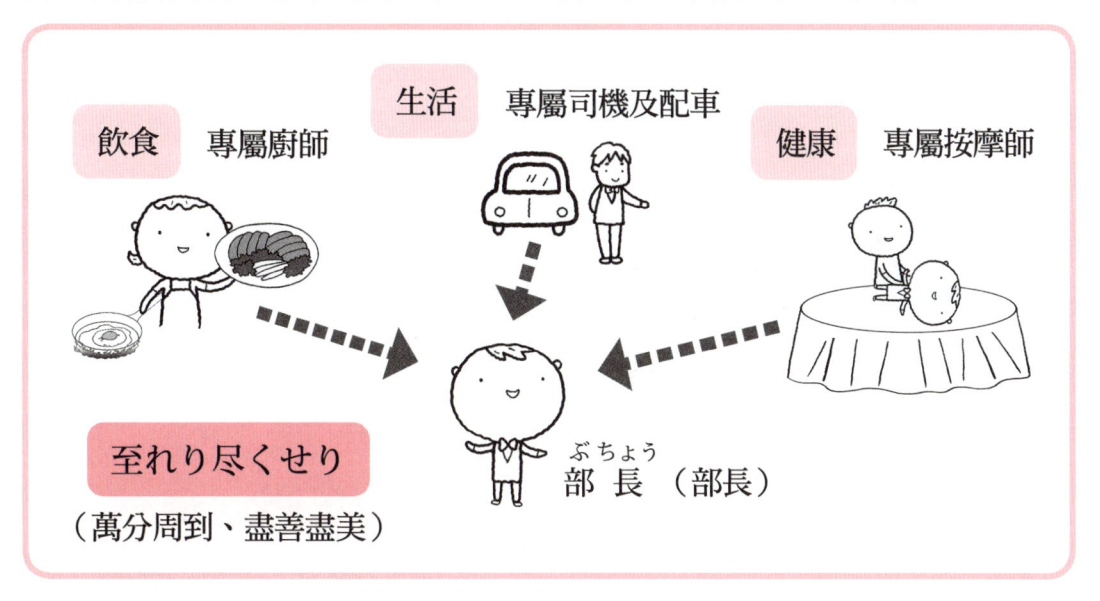

飲食　專屬廚師
生活　專屬司機及配車
健康　專屬按摩師

部長（ぶちょう）

至れり尽くせり
（萬分周到、盡善盡美）

活用句

専属(せんぞく)のマッサージ師(し)もついて至(いた)れり尽(つ)くせりだ。

也附有專屬的按摩師，各方面都很周到。

・も：助詞，列舉某人事物也〜。
・ついて：是「つく」（附有）的「て形」，此處表示「描述狀態」。

037　痛くも痒くもない

MP3 037

原字義

疼痛　　　癢　　　沒有
痛く　も　痒く　も　ない

引申義

不痛不癢。毫無影響。

你的音響被偷了！

無所謂，反正我剛好想換新的！

痛くも痒くもない
（不痛不癢、毫無影響）

活用句

痛くも痒くもないけどね。

不過我覺得完全沒影響喔。

・けど：助詞，不過～。　　・ね：期待對方也會同意的語氣。

038　うまい汁を吸う

原字義

美味的	汁液	吸
うまい	汁 を	吸う

引申義

利用自己的特權，毫不費力的得到許多好處。佔便宜。揩油。

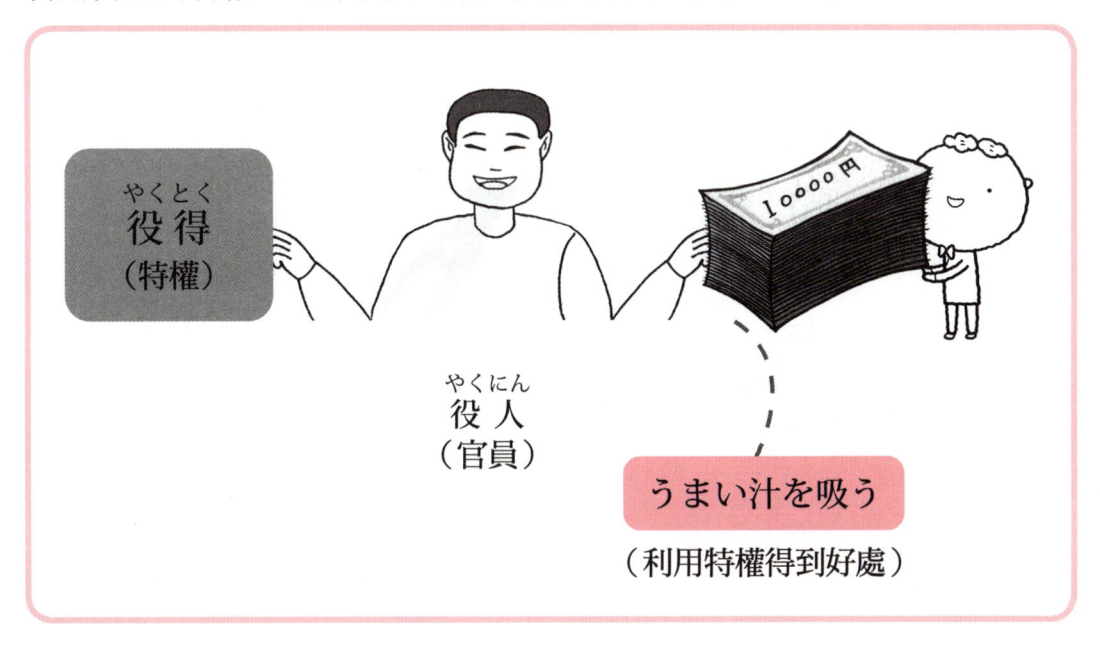

役得（特權）
役人（官員）
うまい汁を吸う（利用特權得到好處）

活用句

役人がうまい汁を吸っている。

官員利用特權得到好處。

・吸っている：是「吸う」（吸）的「ている形」，此處表示「目前狀態」。

039　うだつが上がらない

原字義

樑上短柱		無法上升
うだつ	が	上がらない

引申義

抬不起頭來，翻不了身。毫無作為，沒有可取之處。

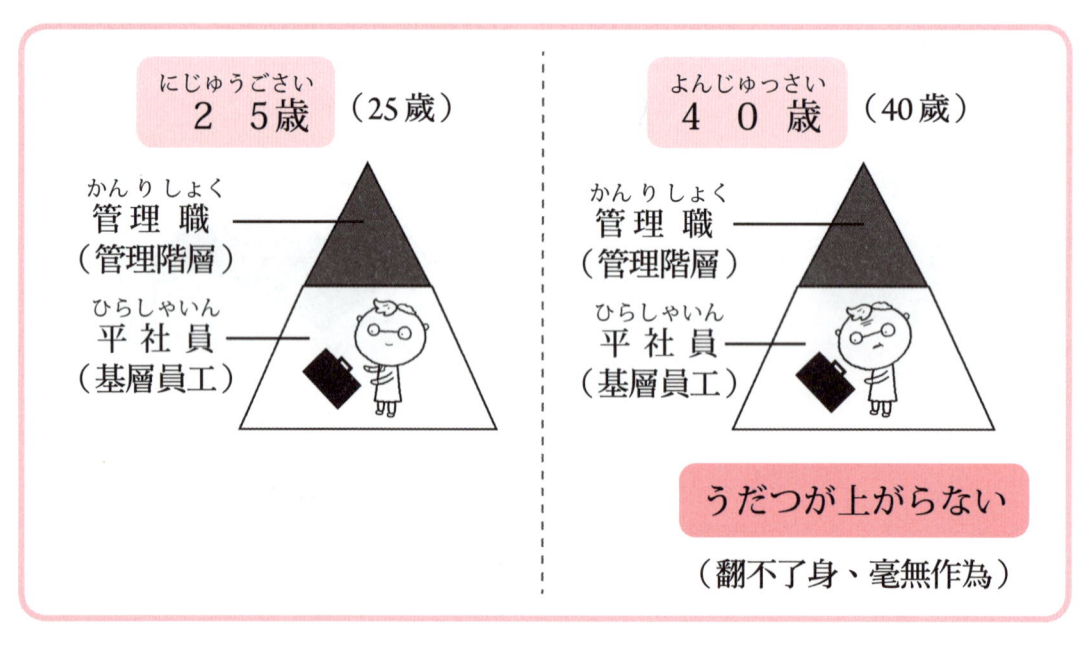

２５歳（25歳）
　　管理職（管理階層）
　　平社員（基層員工）

４０歳（40歳）
　　管理職（管理階層）
　　平社員（基層員工）
　　うだつが上がらない
　　（翻不了身、毫無作為）

活用句

彼はうだつが上がらないサラリーマンだ。

他是個翻不了身、毫無作為的上班族。

・サラリーマン：上班族。　　・だ：斷定的語氣。

040 腕が立つ

原字義

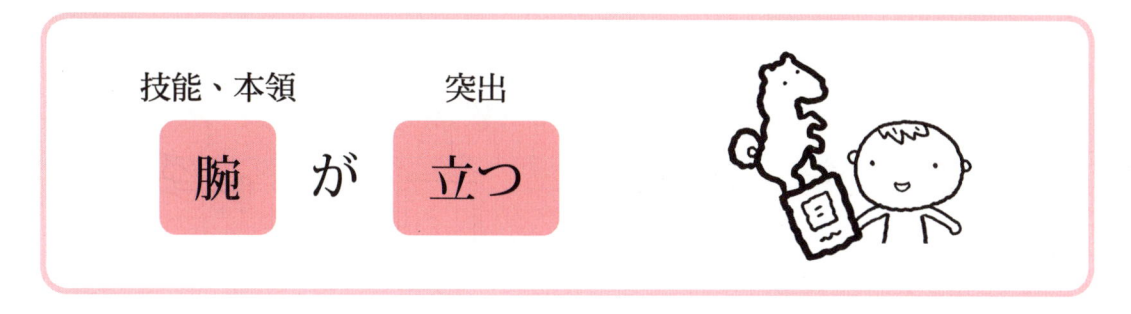

技能、本領　突出
腕 が **立つ**

引申義

技藝精湛。工作能力強。

料理人（廚師）

腕が立つ（技藝精湛）

活用句

彼は腕が立つ料理人だ。

他是個技藝精湛的廚師。

・彼：他。　・だ：斷定的語氣。

041　腕が上がる

MP3 041

原字義

技能、本領　　　提升
腕 が **上がる**

引申義

形容能力或技術提升，變得很好。

腕が上がる
（技術變好）

活用句

最近 平田選手は 腕が上がった。

最近平田選手的能力變強了。

・上がった：是「上がる」（提升）的「た形」，此處表示「過去」。

042　腕に縒りをかける

原字義

手腕　　捻（線）、搓（線）　　綁、戴

腕　に　縒り　を　かける

引申義

絞盡腦汁發揮所長。

出来上がり（完成品）　　調味料（調味料）

腕に縒りをかける　（絞盡腦汁使出絕活）

活用句

これは腕に縒りをかけて作った料理だ。

這是絞盡腦汁做的菜餚。

・かけて：是「かける」（綁、戴）的「て形」，此處表示「描述狀態」。
・作った：是「作る」（製作）的「た形」，後面接續「名詞」，用來「修飾名詞」。

043 腕を磨く

うで　みが

MP3 043

原字義

技能、本領　　　磨練

腕 を 磨く

引申義

鍛鍊、磨練技巧（好事、壞事都可以用）。磨練本領。

腕を磨く　（磨練技巧）

活用句

選手たちが 日々腕を磨いている。
せんしゅ　　ひび うで　みが

選手們每天磨練技巧。

・選手たち：選手們。
・磨いている：是「磨く」（磨練）的「ている形」，此處表示「經常性的行為」。

044　腕を振るう

原字義

技能、本領	揮
腕	を　振るう

引申義

展現才能，把自己厲害的優點或長處表現給大家看。多用於展現好廚藝。

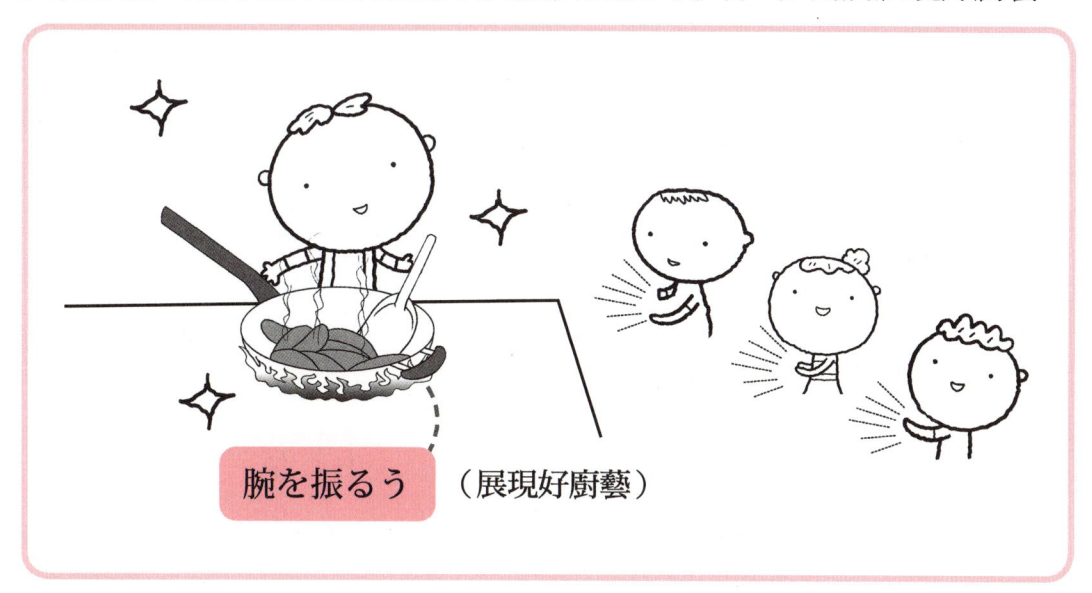

腕を振るう（展現好廚藝）

活用句

彼はフランス料理の腕を振るった。

他展現了法國料理的好廚藝。

・フランス料理：法國菜。
・振るった：是「振るう」（揮）的「た形」，此處表示「過去」。

045　上（うわ）の空（そら）

MP3 045

原字義

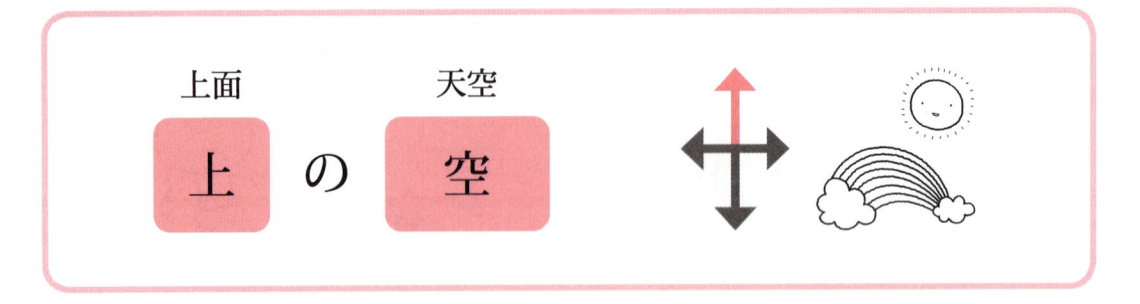

上面　　　天空
上 の **空**

引申義

心思不集中。心不在焉、魂不守舍。漫不經心。

ともだち
友達
（朋友）

上の空
（心不在焉）

活用句

何（なに）を言（い）っても 上（うわ）の空（そら）だね。

不論說什麼，你都心不在焉耶。

・何：什麼。　・言って：是「言う」（說）的「て形」。
・動詞て形＋も：此處表示「即使做～」。　・ね：感嘆的語氣。

046 馬が合う

MP3 046

原字義

馬 — 馬
合適 — 合う

引申義

人與人之間的相處很投緣、合得來。或指話題談得來。

馬が合う
（投緣、談得來）

活用句

あの人とは 話の馬が合う。

和那個人談話很投緣。

・と：助詞，和某位動作夥伴。　・は：助詞，此處表示強調。　・話：談話。

047　現を抜かす

原字義

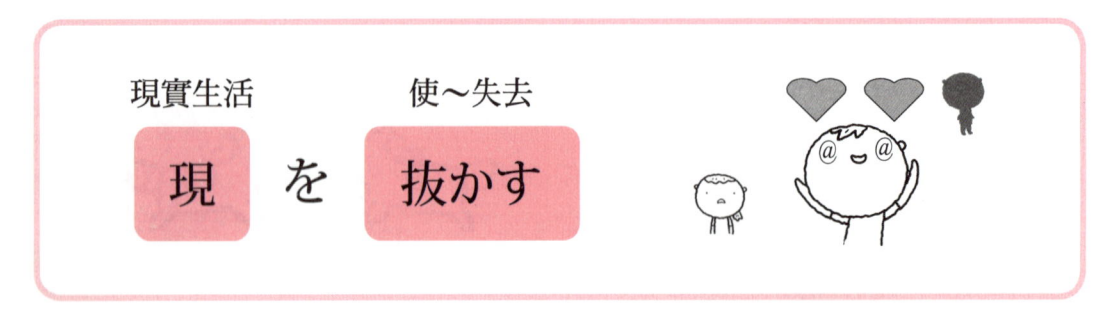

現實生活	使～失去
現 を	抜かす

引申義

過度熱衷、沈迷於某事。神魂顛倒。搞不清楚是現實還是夢幻的狀態。通常用於形容迷戀異性。

野球選手（棒球球員）

現を抜かす（神魂顛倒）

活用句

あの選手は　女に　現を抜かしている。

那位選手為女人神魂顛倒。

・に：助詞，前面接「動作對象」。
・抜かしている：是「抜かす」（使～失去）的「ている形」，此處表示「目前狀態」。

048 後ろ指を指される

原字義

在背後指責		被指
後ろ指	を	指される

引申義

被人在背後指責、指指點點、說壞話。

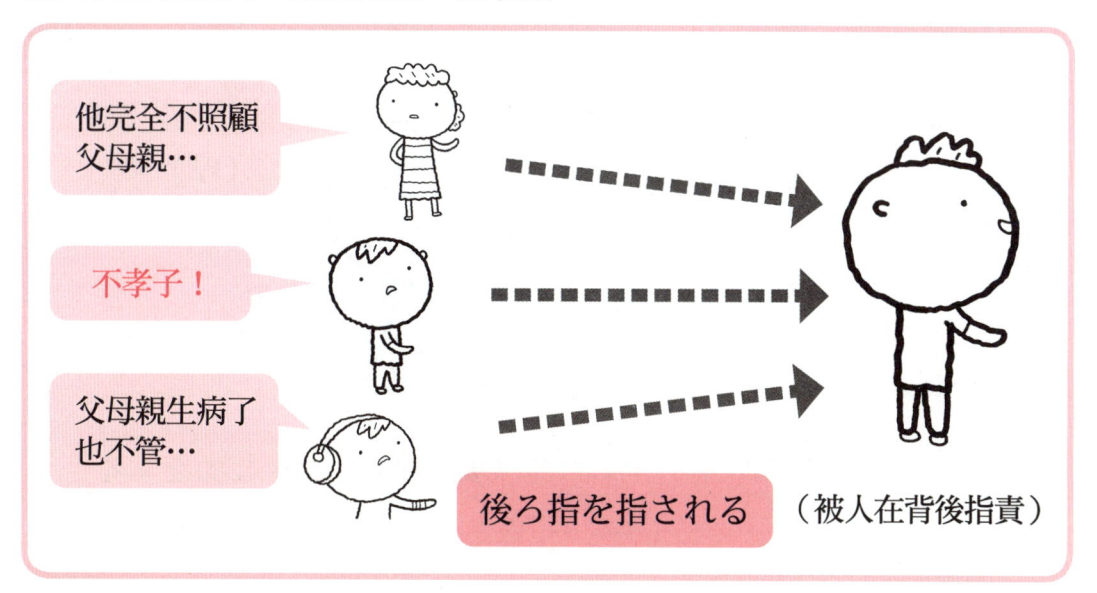

- 他完全不照顧父母親…
- 不孝子！
- 父母親生病了也不管…

後ろ指を指される（被人在背後指責）

活用句

彼は親不孝者と後ろ指を指されている。

他經常被人在背後指責為不孝子。

- 彼：他。
- と：助詞，前面接「所指的內容」。
- 指されている：是「指される」（被指）的「ている形」，此處表示「經常性的行為」。

049 大きな顔をする

MP3 049

原字義

大的	臉	做
大きな	顔 を	する

引申義

裝出很了不起的樣子。擺架子。耍大牌。等於「大きい顔をする」。

- サイン、お願いします（請幫我簽名）
- ファン（粉絲）
- ふん（哼）
- 女優（女演員）
- 大きな顔をする（耍大牌）

活用句

大きな顔をしている政治家がたくさんいる。

有很多位耍大牌的政治家。

・している：是「する」（做）的「ている形」，此處表示「目前狀態」。
・たくさん：很多。　・いる：有（生命物的存在）。

050 大目に見る(おおめにみる)

MP3 050

原字義

大目(大眼睛、寬容) に 見る(看)

引申義

寬容、原諒別人犯的小過錯。寬恕。寬大處理。不加追究。

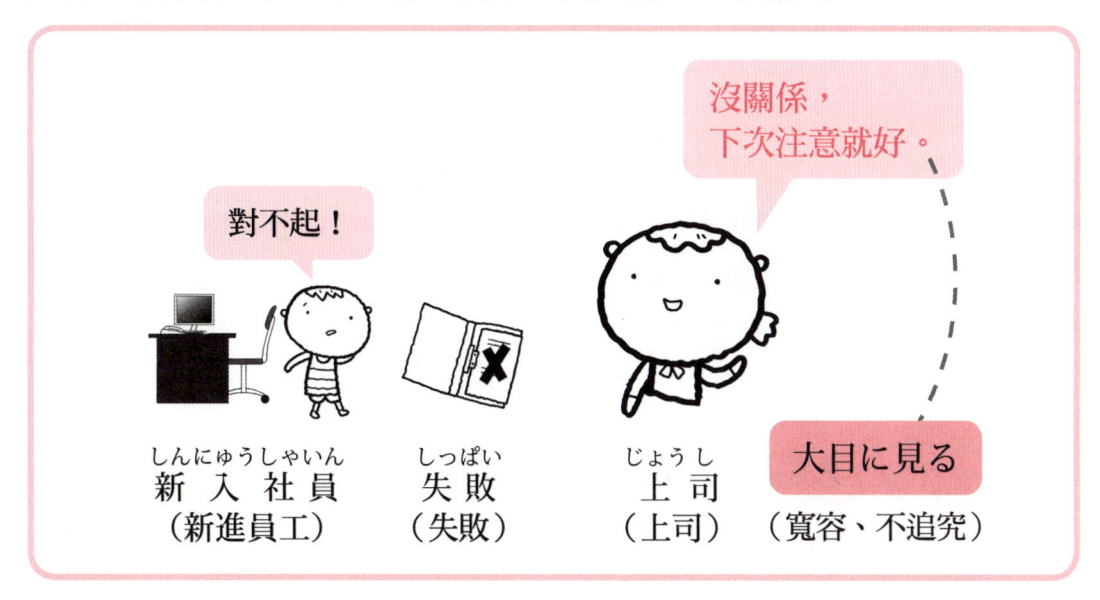

對不起！
沒關係，下次注意就好。

しんにゅうしゃいん 新入社員（新進員工）
しっぱい 失敗（失敗）
じょうし 上司（上司）
大目に見る（寬容、不追究）

活用句

失敗(しっぱい)しても 大目(おおめ)に見(み)てもらえる。即使失敗也可以得到原諒。

- 失敗して：是「失敗する」（失敗）的「て形」。
- 動詞て形＋も：此處表示「即使做～」。
- 見て：是「見る」（看）的「て形」。
- 動詞て形＋もらえる：此處表示「可以得到對方為我做～」。

051　大船に乗ったよう
おおぶね　の

MP3 051

原字義

大船　　　　搭乘了　　　像是～
大船 に **乗った** よう

引申義

因為有靠山，所以可以放心。穩如泰山。

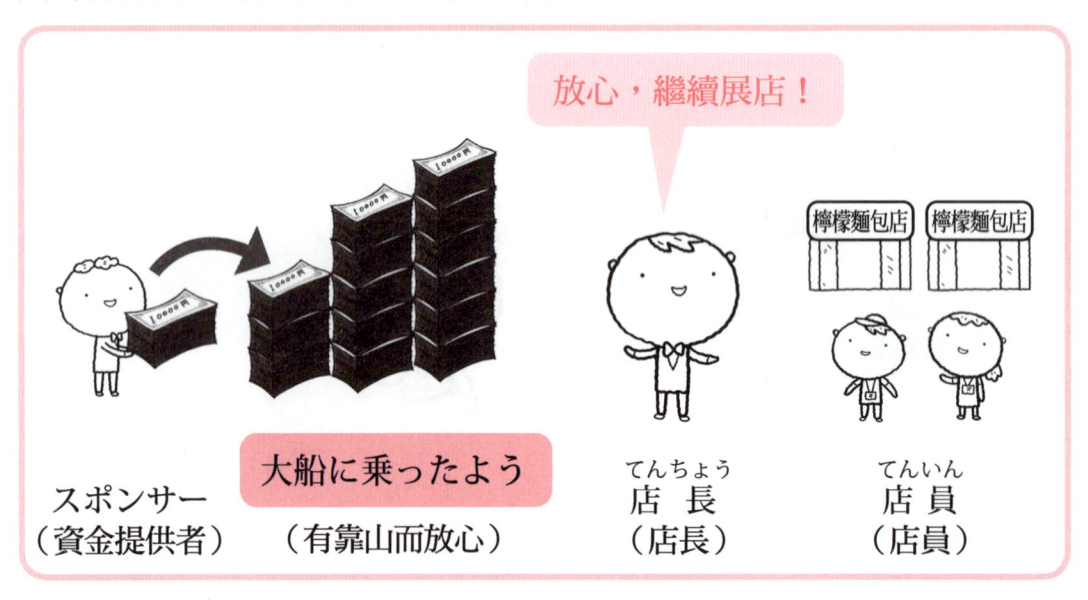

放心，繼續展店！

スポンサー　　　大船に乗ったよう　　　てんちょう　　てんいん
（資金提供者）　（有靠山而放心）　　　店　長　　　店　員
　　　　　　　　　　　　　　　　　　　（店長）　　（店員）

活用句

資金面では 大船に乗ったような 気持ちだ。
しきんめん　　おおぶね　の　　　　　　き も

在資金方面是<u>有靠山、不必擔心</u>的感覺。

- で：助詞，在某方面。　・は：助詞，此處表示強調。　・気持ち：情緒、感覺。
- だ：斷定的語氣。
- 此慣用句接續「名詞」時：大船に乗ったよう＋な＋名詞

052 御手上げ(おてあ)

MP3 052

原字義

| 御手 (手) | 上げ (舉起) |

引申義

束手無策。毫無辦法。沒轍。只好放棄。

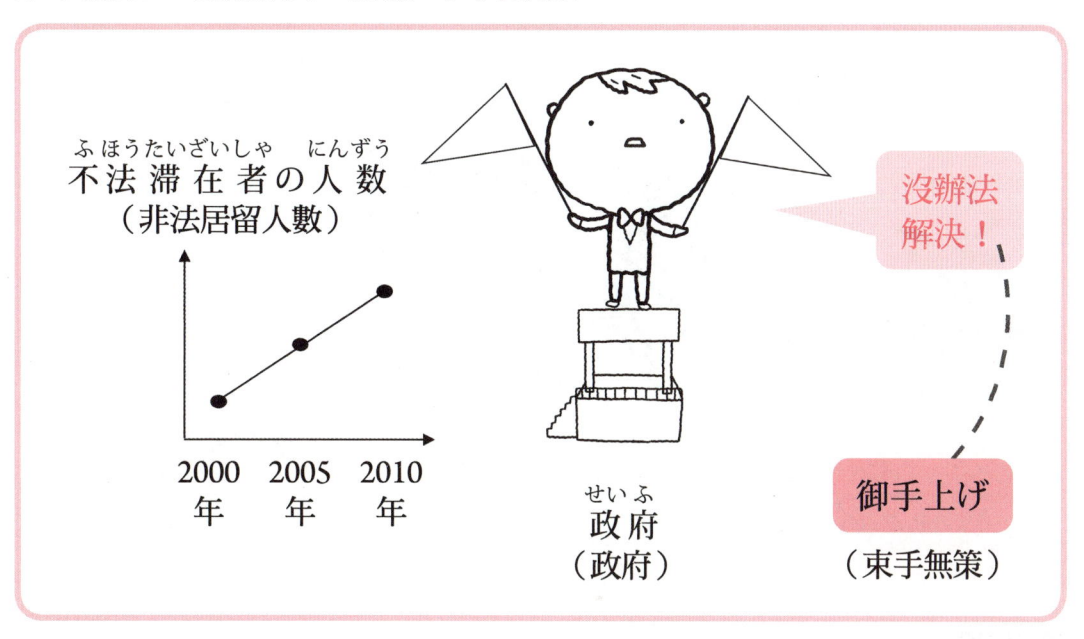

不法滞在者の人数(ふほうたいざいしゃ にんずう)
（非法居留人數）

2000年　2005年　2010年

政府(せいふ)（政府）

沒辦法解決！

御手上げ（束手無策）

活用句

政府(せいふ)も御手上げ(おてあ)だ。

政府也束手無策。

・も：助詞，列舉某人事物也～。　　・だ：斷定的語氣。

053　御茶を濁す(おちゃをにごす)

MP3 053

原字義

茶		弄濁
御茶	を	濁す

引申義

面對不想回答的問題時，敷衍、搪塞、轉移話題、蒙混過去。含糊其詞。

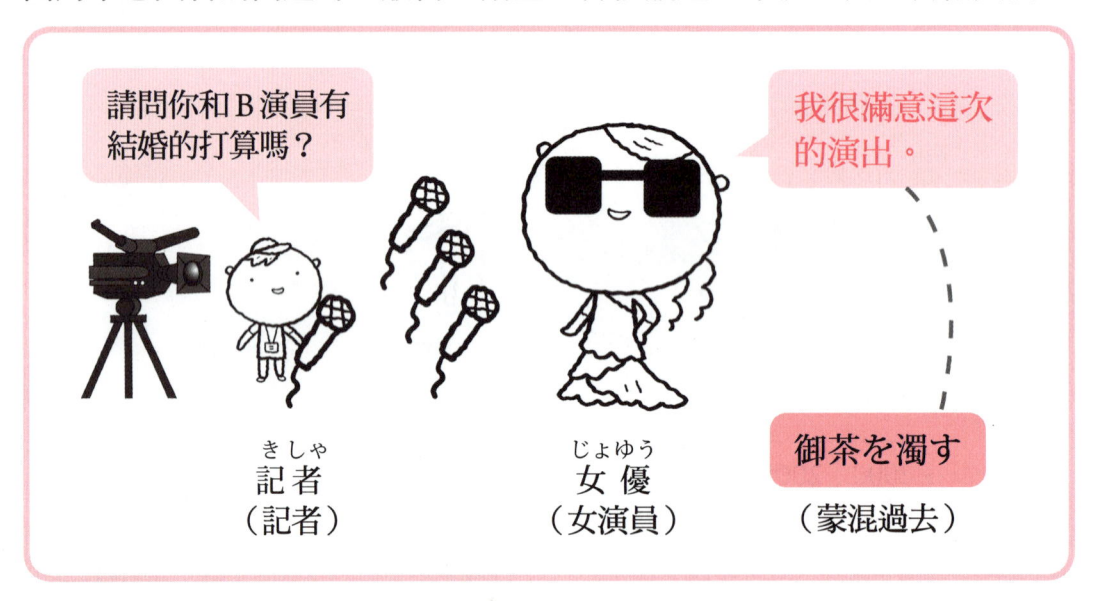

請問你和B演員有結婚的打算嗎？

我很滿意這次的演出。

記者(きしゃ)（記者）　　女優(じょゆう)（女演員）　　御茶を濁す（蒙混過去）

活用句

その女優(じょゆう)は すぐに 御茶(おちゃ)を濁(にご)した。

那個女明星立刻轉移話題、敷衍搪塞。

・その：那個～。　・すぐに：立刻。
・濁した：是「濁す」（弄濁）的「た形」，此處表示「過去」。

072

054 御灸を据える
　　　おきゅう　す

MP3 054

原字義

　　針灸　　　　　擺放、灸治
　　御灸　を　**据える**

引申義

嚴厲管教。教訓一番。處罰。

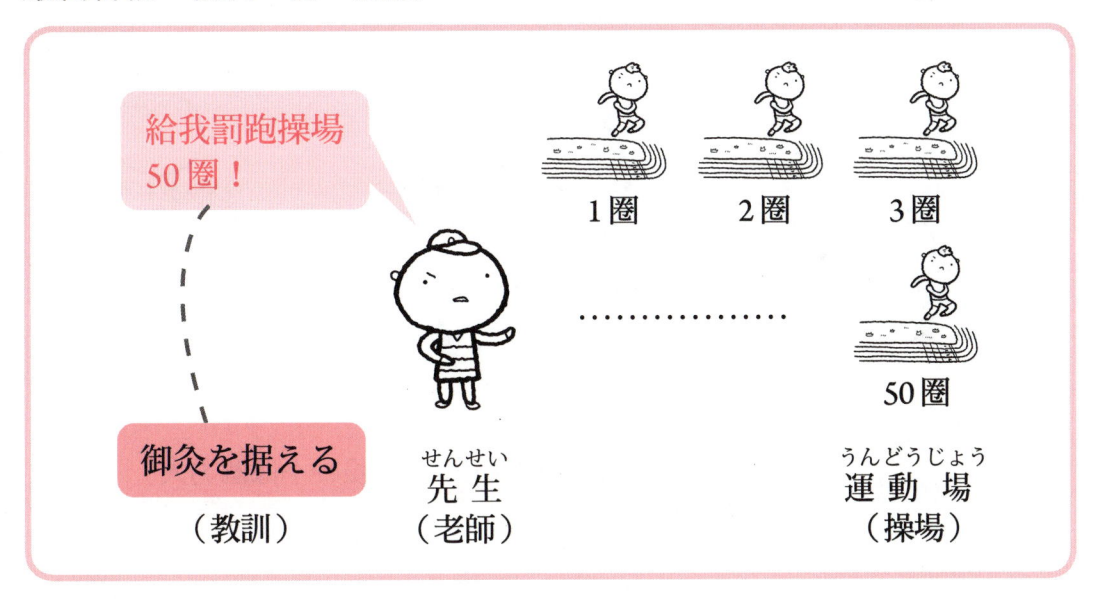

給我罰跑操場50圈！

御灸を据える
（教訓）

先生
せんせい
（老師）

運動場
うんどうじょう
（操場）

1圈　2圈　3圈　……　50圈

活用句

遅刻した学生に御灸を据える。
ちこく　　がくせい　　おきゅう　す

教訓遲到的學生。

・遅刻した：是「遅刻する」（遲到）的「た形」，後面接續「名詞」，用來「修飾名詞」。
・に：助詞，前面接「動作對象」。

073

055 男が廃る

MP3 055

原字義

男性	沒有用處
男 が	廃る

引申義

指身為男人的顏面盡失，所作所為根本不像個男人。丟臉。

女子供（女人和小孩）　殴る（毆打）　男が廃る（丟臉，不像個男人）

活用句

黙って見ていては男が廃る。

袖手旁觀的話，**不像個男人**。

- 黙って見ていて：是「黙って見る」（袖手旁觀）的「ている形（黙って見ている）的て形」，此處表示「目前狀態」。
- 動詞て形＋は：此處表示「做～的話」。

056 　男が上がる
おとこ　あ

MP3 056

原字義

男性　　　　　提升
男 が **上がる**

引申義

指男性的尊嚴獲得肯定；或是能力獲得認同與好評，十分有面子。

他能力真好！　好厲害！

男性尊嚴 Get！　　能力好評 Get！

同僚
どうりょう
（同事）

男が上がる
（男性尊嚴、能力獲得肯定）

活用句

これを成功させると男が上がる。
　　　せいこう　　　　　　おとこ　あ

如果讓這件事成功，能力會獲得肯定。

・成功させる：是「成功する」（成功）的「使役形」，此處表示「使～、讓～」。
・と：助詞，如果～的話。

057　尾を振る

MP3 057

原字義

尾巴		擺動
尾	を	振る

引申義

不論對方說什麼，都完全順從、稱讚。巴結、阿諛奉承。

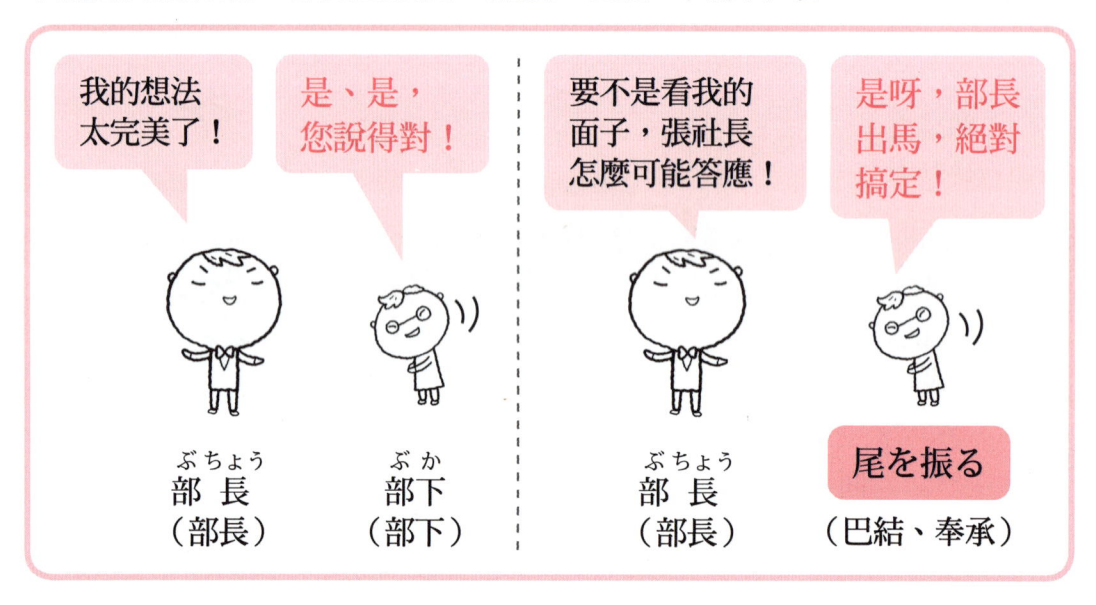

- 我的想法太完美了！　——部長（ぶちょう）
- 是、是，您說得對！　——部下（ぶか）
- 要不是看我的面子，張社長怎麼可能答應！　——部長（ぶちょう）
- 是呀，部長出馬，絕對搞定！　——尾を振る（巴結、奉承）

活用句

あいつは いつも 上司に 尾を振っている。

那傢伙總是經常巴結上司。

- あいつ：那傢伙。
- いつも：總是。
- に：助詞，前面接「動作對象」。
- 振っている：是「振る」（擺動）的「ている形」，此處表示「經常性的行為」。

058 尾ひれ背びれを付ける

MP3 058

原字義

尾鰭	背鰭		増加、添加
尾ひれ	背びれ	を	付ける

引申義

講話加油添醋。加以誇大。任意渲染。

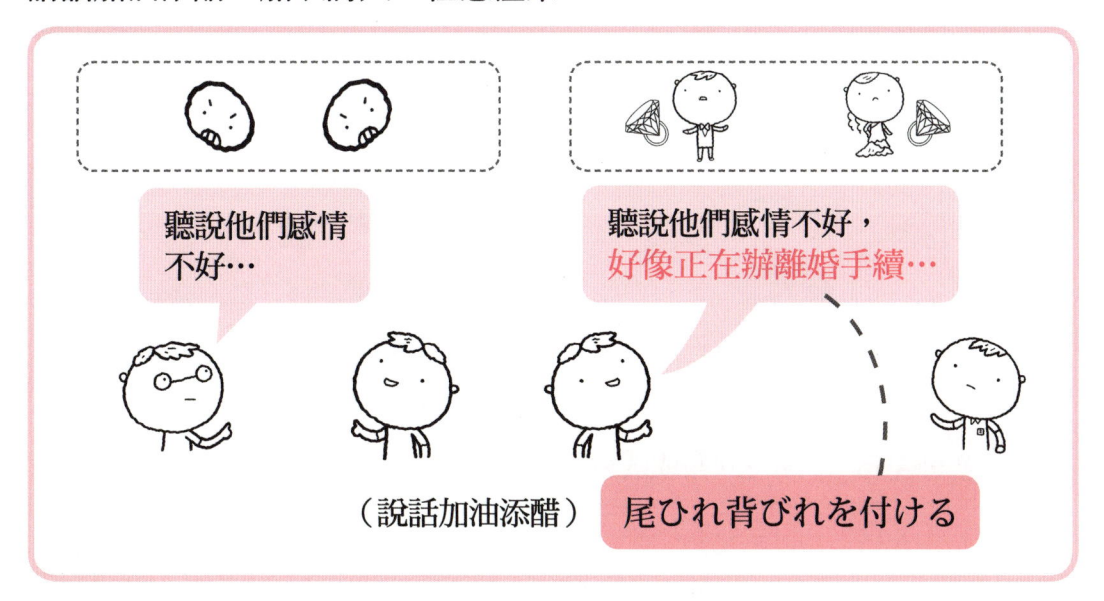

聽說他們感情不好…

聽說他們感情不好，好像正在辦離婚手續…

（說話加油添醋）

尾ひれ背びれを付ける

活用句

尾ひれ背びれを付けて 言いふらされる。

加油添醋，被到處亂講。

・付けて：是「付ける」（増加、添加）的「て形」，此處表示「描述狀態」。
・言いふらされる：是「言いふらす」（到處亂講）的「被動形」，此處表示「被〜」。

059　恩を売る

MP3 059

原字義

恩情		賣
恩	を	売る

引申義

並非出於真心，期待對方回報或感謝而刻意施恩。

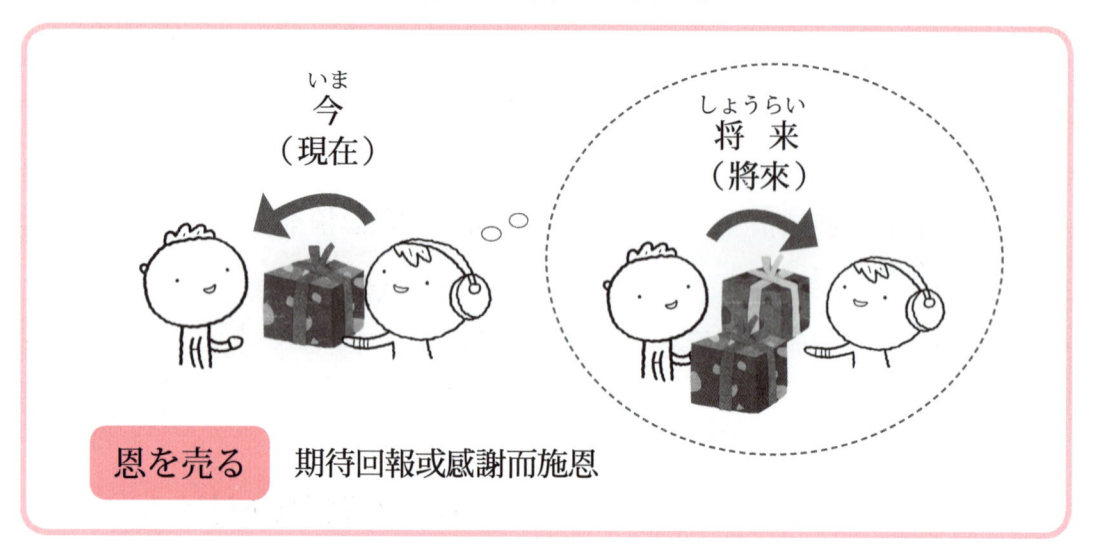

今（現在）
将来（將來）

恩を売る　期待回報或感謝而施恩

活用句

今のうちに 彼に 恩を売ろう。

趁現在刻意對他施恩吧。

・今のうちに：趁現在。　　・「彼に」的「に」：助詞，前面接「動作對象」。
・売ろう：是「売る」（賣）的「意向形」，此處表示「做〜吧」。

060 恩を仇で返す
おん あだ かえ

MP3 060

原字義

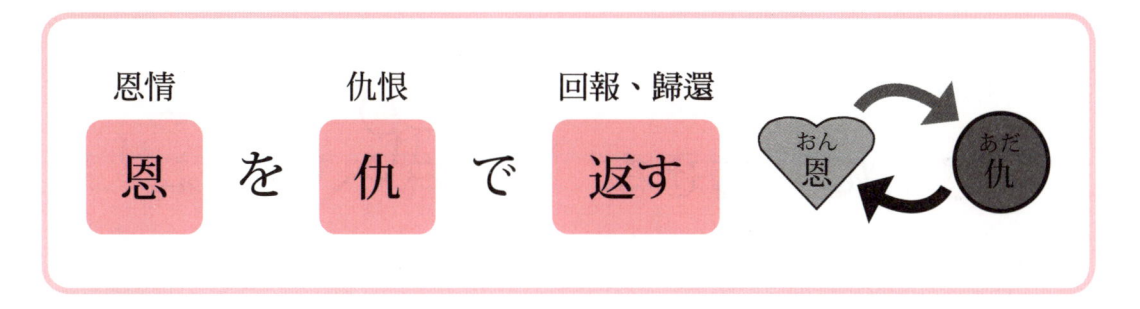

恩情	仇恨	回報、歸還
恩 を	仇 で	返す

引申義

恩將仇報。

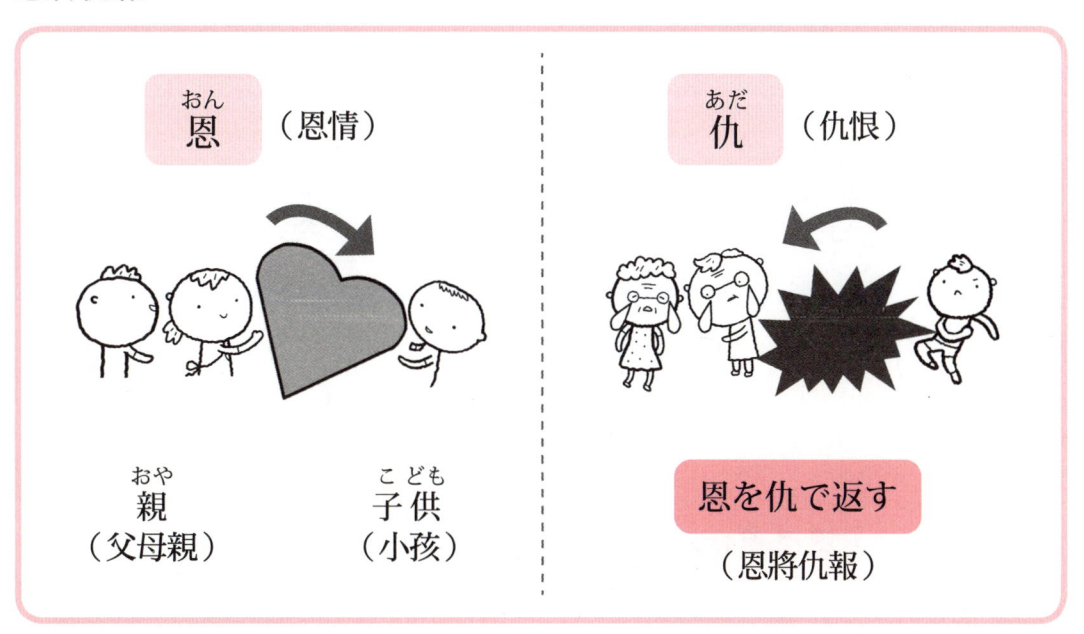

恩（恩情） — 親（父母親） → 子供（小孩）

仇（仇恨）

恩を仇で返す（恩將仇報）

活用句

親に恩を仇で返す。

對父母親恩將仇報。

・に：助詞，前面接「動作對象」。

061　恩に着せる
おん　き

MP3 061

原字義

恩情	使～穿上
恩 に	着せる

引申義

一旦幫了忙，就以恩人自居，要求別人感恩或回報；甚至會提醒對方「上次是我幫你喔」。

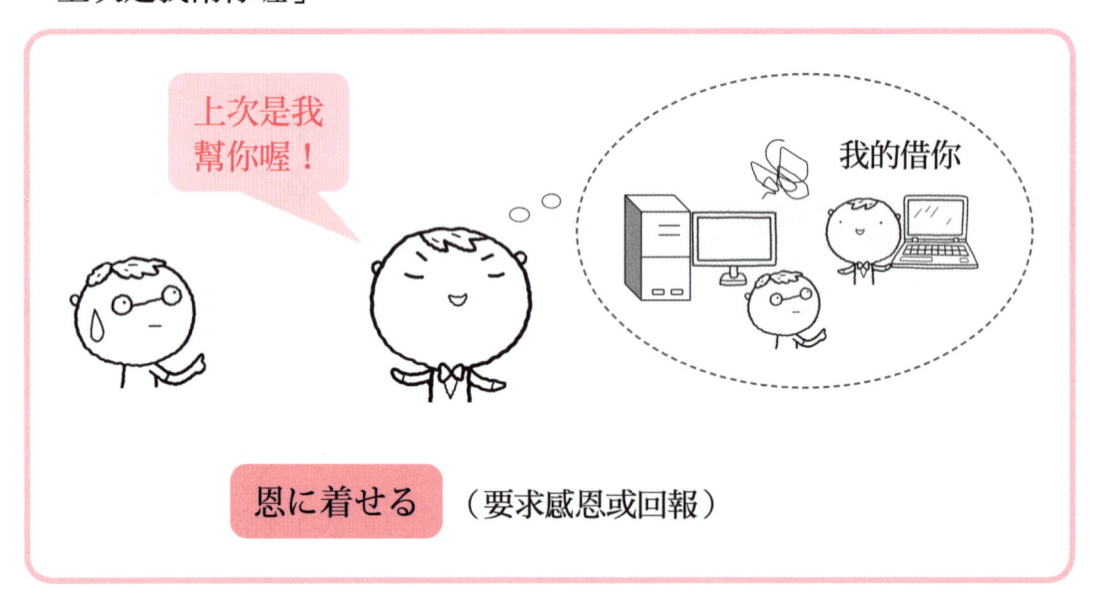

上次是我幫你喔！

我的借你

恩に着せる　（要求感恩或回報）

活用句

彼は いつも 前のこと を 恩に着せる。
かれ　　　　まえ　　　　　おん き

他總是對之前的事要求感恩或回報。

・彼：他。　　・いつも：總是。

062 重荷が下りる

MP3 062

原字義

重擔、重的物品　　卸下
重荷 が **下りる**

引申義

如釋重負。卸下重擔。

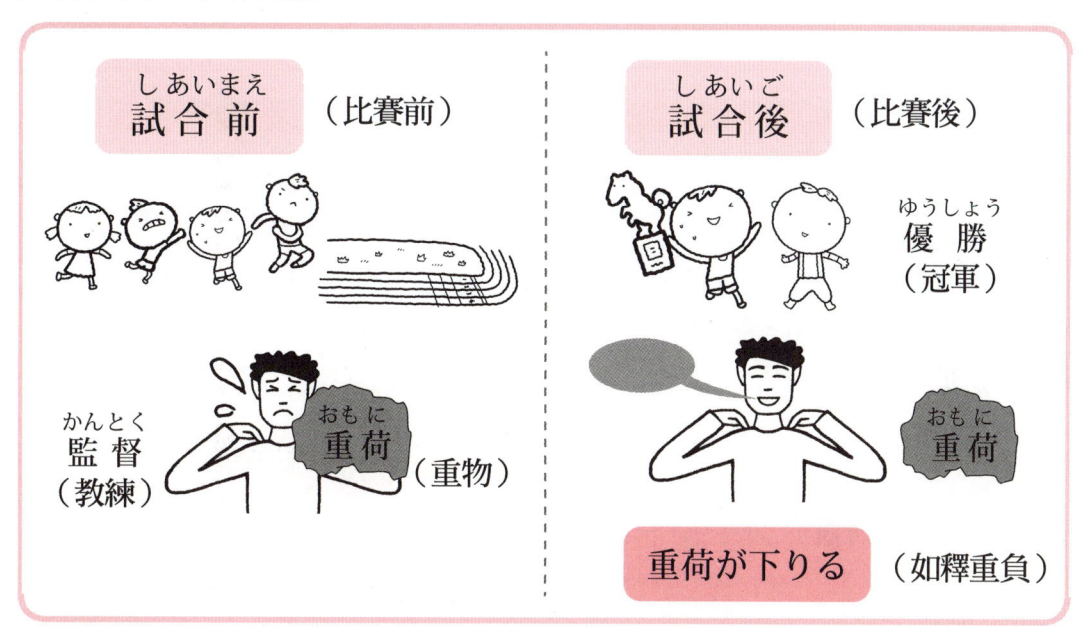

しあいまえ　試合前（比賽前）
しあいご　試合後（比賽後）
ゆうしょう　優勝（冠軍）
かんとく　監督（教練）
おもに　重荷（重物）
おもに　重荷
重荷が下りる（如釋重負）

活用句

かんとく　　　　　　かた　おもに　お
監督は やっと 肩の重荷が下りた。

教練終於卸下了肩上的重擔。

・やっと：終於。　・下りた：是「下りる」（卸下）的「た形」，此處表示「過去」。

063 親の臑をかじる

おや　すね

MP3 063

原字義

父母親		小腿		咬、啃
親	の	臑	を	かじる

引申義

靠父母親養活。

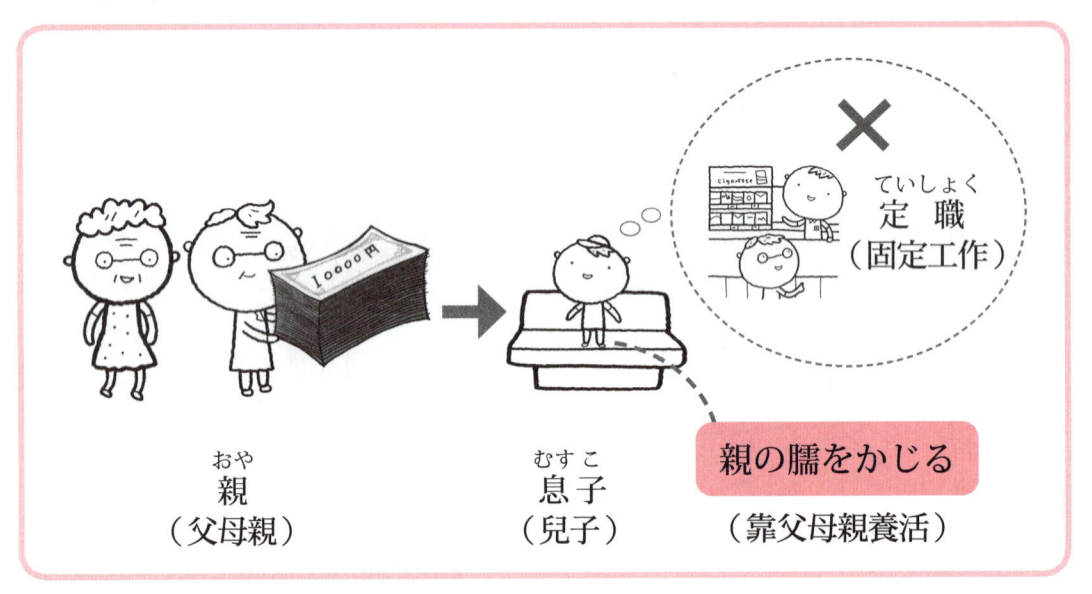

おや
親
（父母親）

むすこ
息子
（兒子）

ていしょく
定職
（固定工作）

親の臑をかじる
（靠父母親養活）

活用句

なんさい　　おや　すね
何歳まで親の臑をかじってるんだ。你要靠父母親養到幾歲啊？

・まで：助詞，到～為止。　・んだ：抱持強烈興趣而提出疑問的語氣。
・かじってる：是「かじる」（咬、啃）的「て（い）る形」，口語時經常省略「い」，此處表示「目前狀態」。

064　顔が広い
かお　ひろ

MP3 064

原字義

臉　　　　寬廣的
顔 が **広い**

引申義

很多人都認識、知道他。但並沒有他認識很多人的意思。

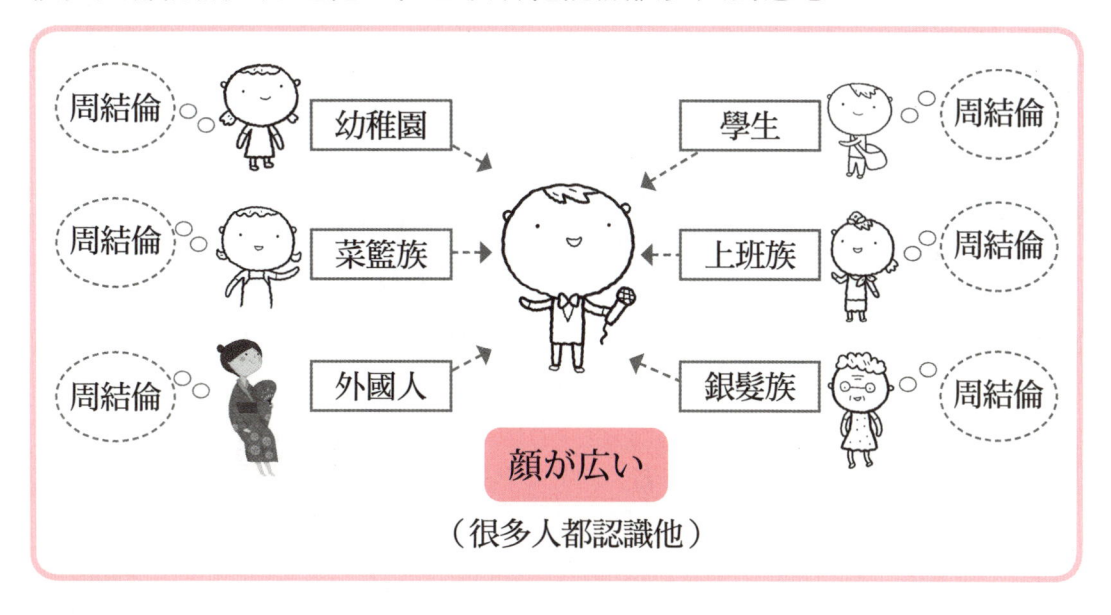

- 周結倫 ― 幼稚園 →
- 周結倫 ― 菜籃族 →
- 周結倫 ― 外國人 →
- ← 學生 ― 周結倫
- ← 上班族 ― 周結倫
- ← 銀髮族 ― 周結倫

顔が広い
（很多人都認識他）

活用句

かれ　　かお　ひろ
彼は 顔が広い。

他這個人，很多人都認識他。

・彼：他。

065 顔が揃う
かお そろ

MP3 065

原字義

顔（臉） が 揃う（齊聚）

引申義

通常會出現的人，都出現了。

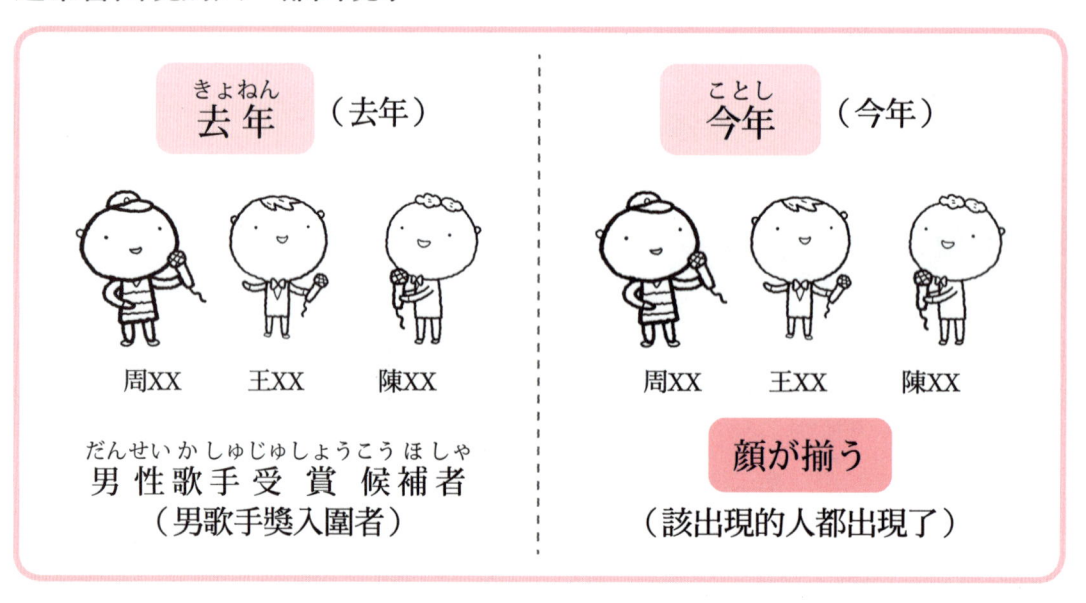

去年（きょねん）
周XX　王XX　陳XX
男性歌手受賞候補者
だんせいかしゅじゅしょうこうほしゃ
（男歌手獎入圍者）

今年（ことし）
周XX　王XX　陳XX
顔が揃う
（該出現的人都出現了）

活用句

やっぱり いつもの顔が揃った。
かお そろ

果然，平時會出現的那些人都出現了。

・やっぱり：果然。　・いつも：平時、總是。
・揃った：是「揃う」（齊聚）的「た形」，此處表示「過去」。

066 顔が利く

MP3 066

原字義

顔	が	利く
臉		起作用

引申義

因為有信用或有影響力，而獲得特別待遇。

店の主人（老闆）
お客さん（客人）

老規矩，飲料算招待！

顔が利く（獲得特別待遇）

活用句

私の顔が利くから安く飲める。

因為我的特別待遇，所以喝東西可以便宜。

・から：助詞，因為～所以～。　・安く：便宜地。
・飲める：是「飲む」（喝）的「可能形」，此處表示「可以做～、能夠做～」。

067 顔をつぶす

MP3 067

原字義

| 臉 | 擠壓 |
| 顔 | を | つぶす |

引申義

沒面子、丟臉。

通りすがりの人
（路人）

子供
（小孩）

お母さん
（媽媽）

顔をつぶす
（沒面子）

活用句

親の顔をつぶす。

丟父母親的臉。

068 顔を立てる

原字義

臉		使站立
顔	を	立てる

引申義

顧全某人面子。讓某人感到有面子。給面子。

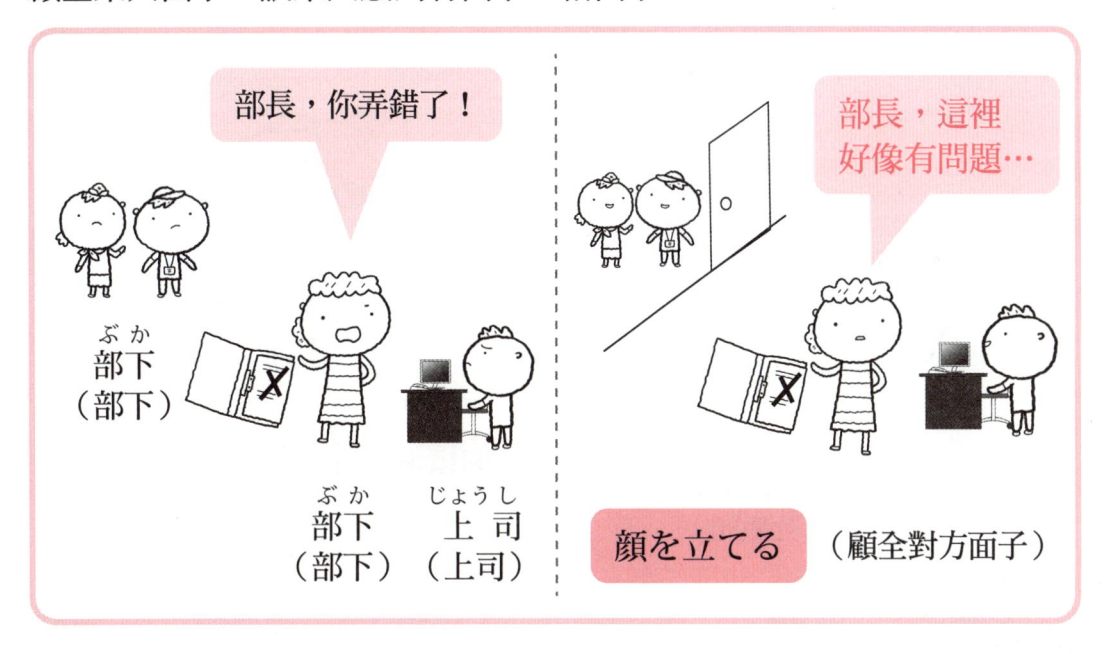

部長，你弄錯了！

部下（部下）

部下（部下）　上司（上司）

部長，這裡好像有問題…

顔を立てる（顧全對方面子）

活用句

上司の顔を立てることは大切だ。顧全上司的面子很重要。

・こと：「動詞」接續「助詞」時，形式上需要的名詞（形式名詞）。
・大切：重要的。　・だ：斷定的語氣。

069　顔に泥を塗る
かお　どろ　ぬ

MP3 069

原字義

臉	泥土	塗抹
顔	に　泥	を　塗る

引申義

丟對方的臉。有損對方的聲譽。讓對方蒙羞。

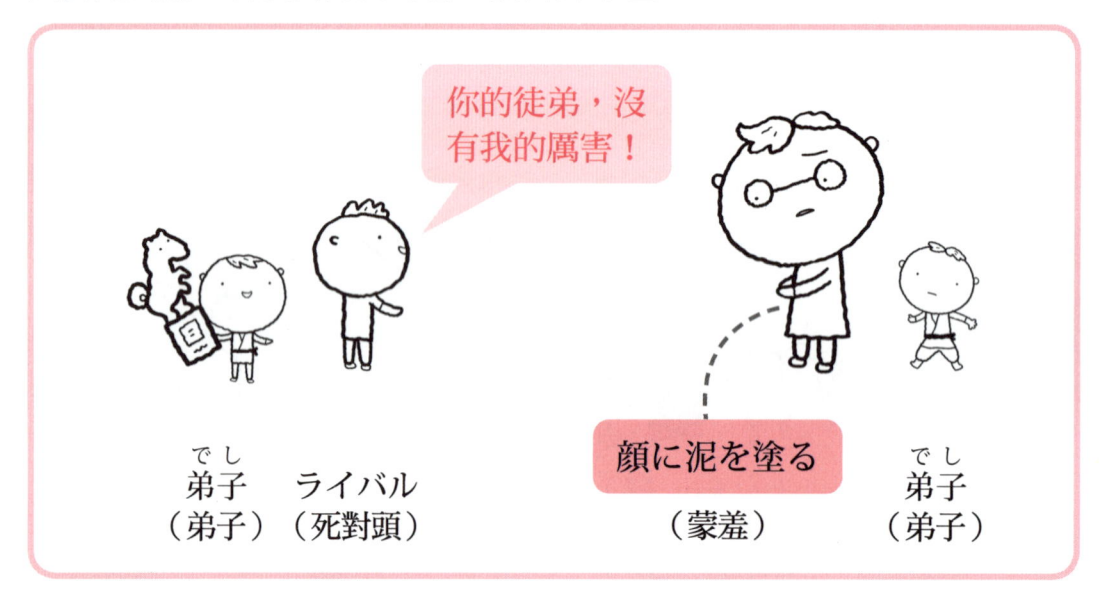

你的徒弟，沒有我的厲害！

弟子（弟子）　ライバル（死對頭）　顔に泥を塗る（蒙羞）　弟子（弟子）

活用句

負けたら 師匠 の 顔に泥を塗る ことになる。
ま　　　ししょう　　かお どろ ぬ

輸掉的話，等於丟師父的臉。

- 負けた：是「負ける」（輸）的「た形」。
- 動詞た形＋ら：此處表示「如果做～的話」。
- ～ことになる：就等於～一樣。

070　顔から火が出る

MP3 070

原字義

顔	から	火	が	出る
臉		火		冒出

引申義

形容非常害羞到漲紅了臉，好像要噴出火來，甚至想趕快逃離現場。

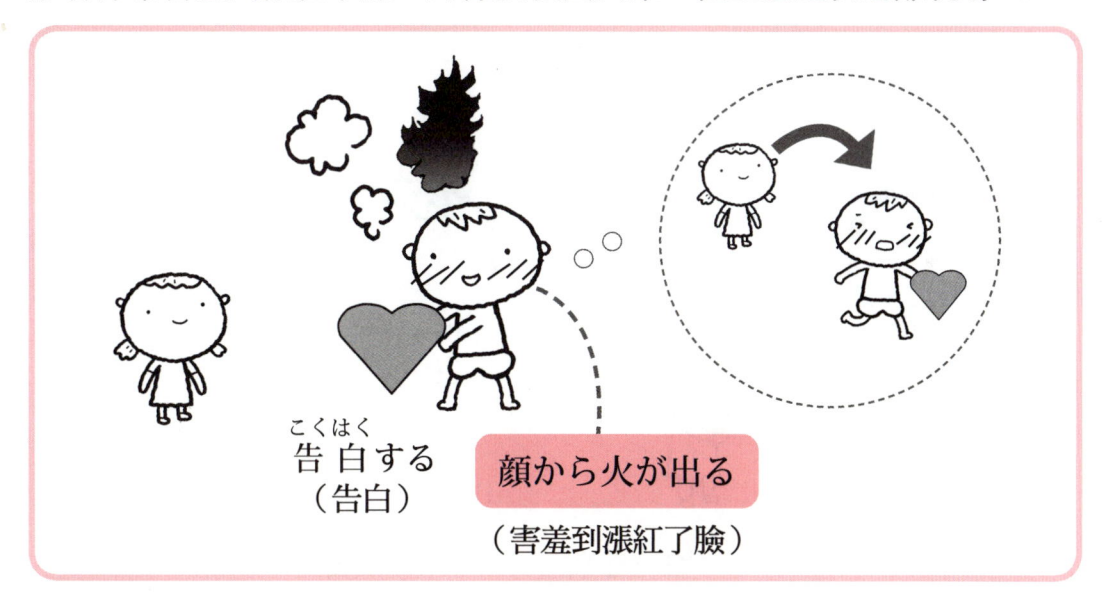

告白する（告白）

顔から火が出る
（害羞到漲紅了臉）

活用句

顔から火が出るほど恥ずかしい。

像臉快要噴出火來那樣的害羞。（害羞到漲紅了臉。）

・ほど：助詞，像～那樣的。　　・恥ずかしい：害羞。

071 顔色を窺う(かおいろ を うかがう)

原字義

臉色 | 看、窺視
顔色 を **窺う**

引申義

看別人的臉色做事。察言觀色。鑑貌辨色。

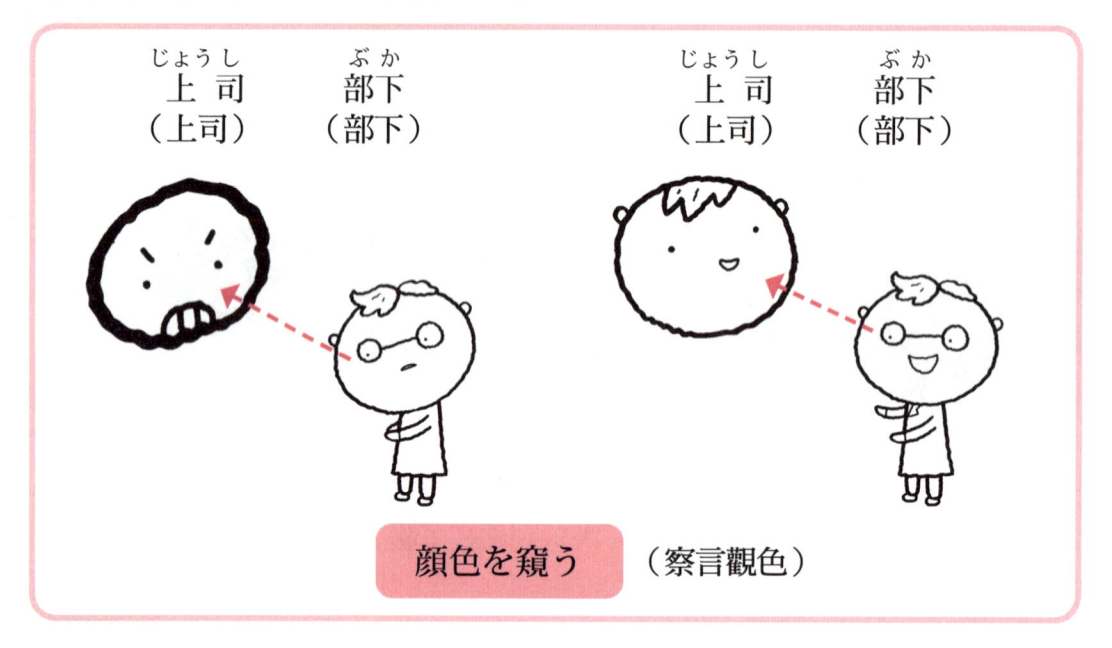

上司(じょうし)（上司）　部下(ぶか)（部下）　　上司(じょうし)（上司）　部下(ぶか)（部下）

顔色を窺う　（察言觀色）

活用句

上司(じょうし)の顔色(かおいろ)を窺(うかが)ってばかりだ。 總是看上司的臉色做事。

- 窺って：是「窺う」（看、窺視）的「て形」。
- 動詞て形＋ばかり：此處表示「總是做〜」。　・だ：斷定的語氣。

072　肩を持つ

MP3 072

原字義

肩：肩膀　　持つ：握、支持、承擔

肩 を 持つ

引申義

站在某人那一邊。

肩を持つ（站在某人那一邊）

活用句

彼の肩を持つことはないよ。

沒必要站在他那一邊啊。

・動詞辭書形＋ことはない：沒有必要做～。　・よ：強調自己的主張的語氣。

073 肩身が狭い(かたみ せま)

MP3 073

原字義

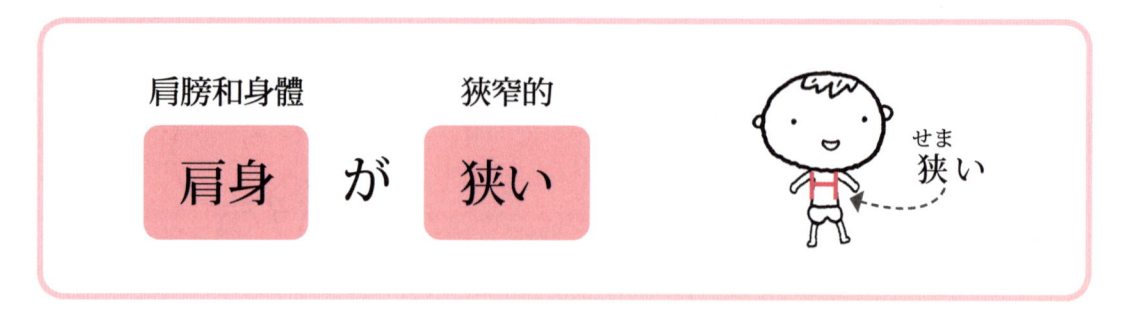

肩膀和身體　狹窄的
肩身 が **狭い**　　せま い　狭い

引申義

做某件事的空間越來越小。並不是做壞事，但是無法隨心所欲。

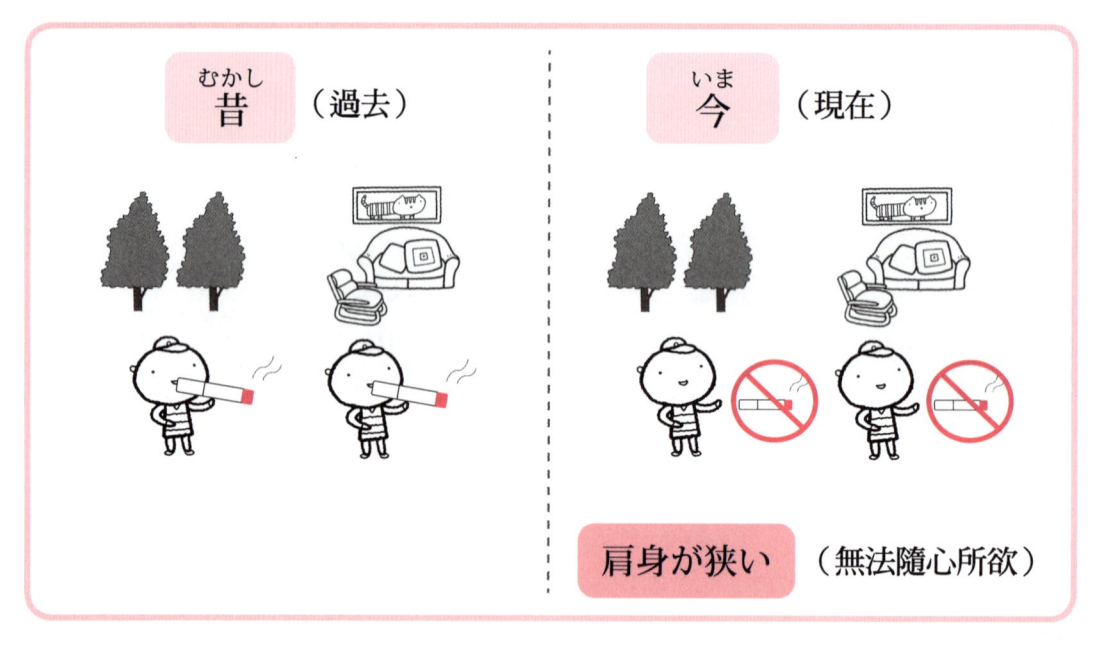

むかし 昔（過去）	いま 今（現在）
（吸菸情景）	（禁菸）**肩身が狭い**（無法隨心所欲）

活用句

近頃(ちかごろ)、喫煙者(きつえんしゃ)は肩身(かたみ)が狭(せま)い。

最近，吸煙者容身之處越來越少，無法隨心所欲。

・近頃：最近。

074 角が取れる

原字義

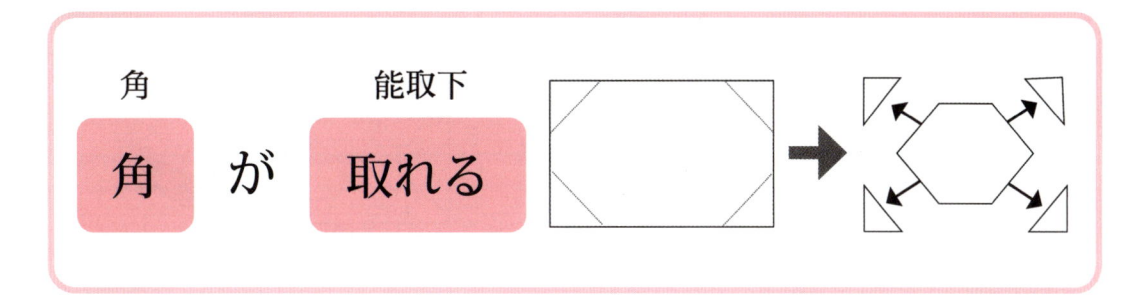

角 が 取れる

引申義

個性變圓滑、溫和。個性被磨練得圓融。

若い頃（年輕時） ／ 年を取る（年老時）

ウェイター（男服務生）

（個性變得圓融）角が取れる

活用句

角が取れてきた。

個性被磨練得越來越圓融。

・取れて：是「取れる」（能取下）的「て形」。
・動詞て形＋きた：此處表示「越來越～了」。

075 株が上がる

かぶ　あ

MP3 075

原字義

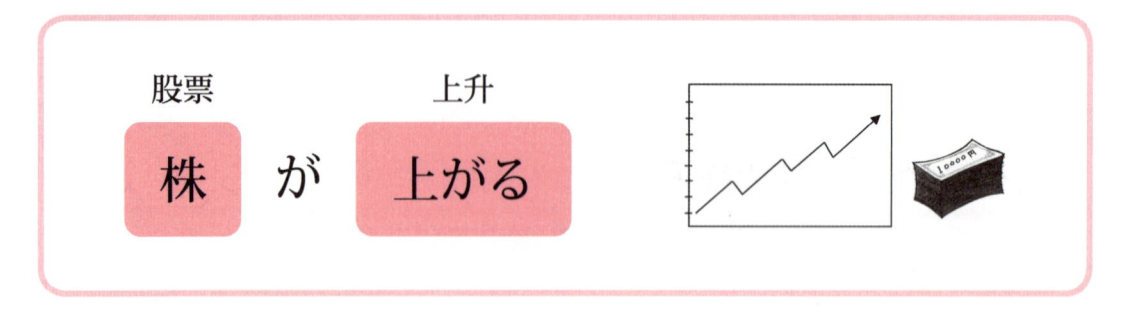

株（股票）が 上がる（上升）

引申義

評價變好。聲譽高漲。聲望好起來。

大成功！
プロジェクト（企劃案）
どうりょう 同僚（同事）
じょうし 上司（上司）
80分 → 90分
株が上がる（評價變好）

活用句

上司の 私に対する 株が上がった。 上司對我的評價變好了。

・某人＋に＋対する：對於某人。
・上がった：是「上がる」（上升）的「た形」，此處表示「過去」。

076　雷（かみなり）を落（お）とす

原字義

雷　　　　落下

| 雷 | を | 落とす |

引申義

大發雷霆。咆哮如雷。

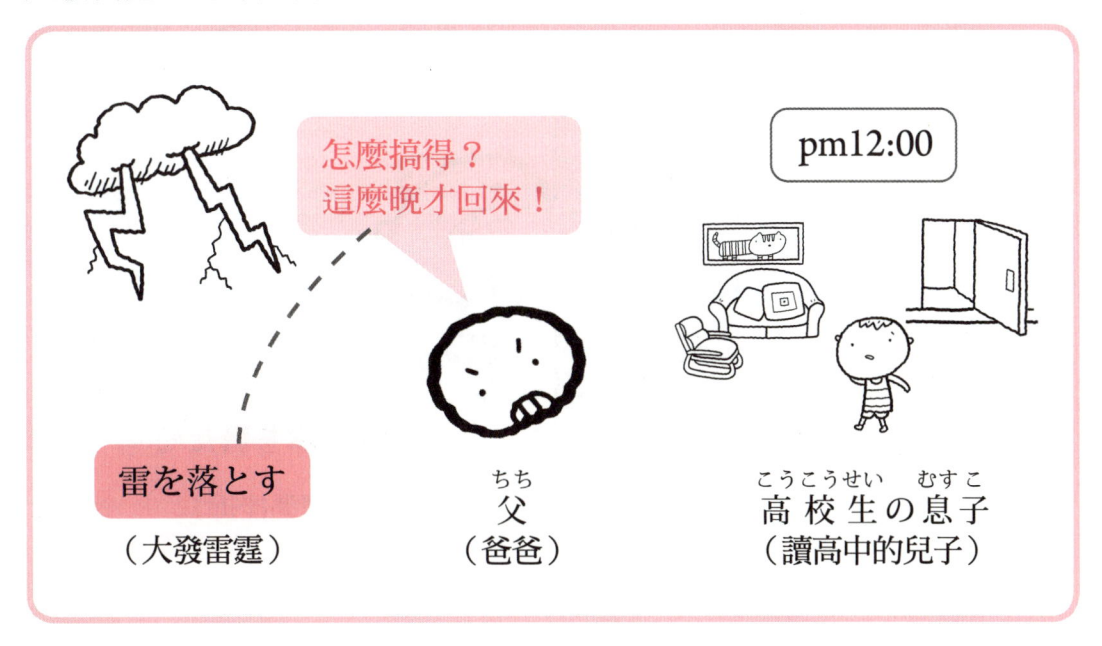

雷を落とす
（大發雷霆）

父（ちち）
（爸爸）

高校生（こうこうせい）の息子（むすこ）
（讀高中的兒子）

怎麼搞得？
這麼晚才回來！

pm12:00

活用句

父（ちち）は 雷（かみなり）を落（お）とした。

爸爸大發雷霆了。

・落とした：是「落とす」（落下）的「た形」，此處表示「過去」。

077 壁にぶち当たる

MP3 077

原字義

牆壁　　　　　撞上
壁　に　ぶち当たる

引申義

遭遇挫折。碰壁、碰釘子。碰上難題或障礙。

壁にぶち当たる
（遭遇挫折）

活用句

仕事で壁にぶち当たった。

在工作上遇到了挫折。

・仕事：工作。　　・で：助詞，在某方面。
・ぶち当たった：是「ぶち当たる」（撞上）的「た形」，此處表示「過去」。

078 我が強い

原字義

我（自我） が 強い（強的）

引申義

個性比較特別。個性倔強。固執、頑固。

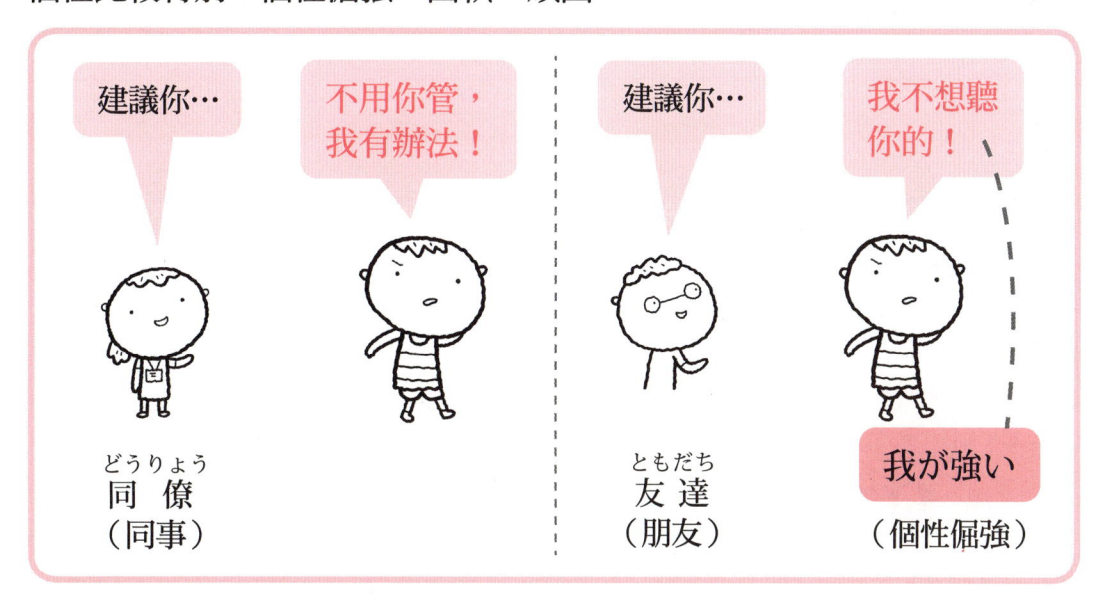

| 建議你… | 不用你管，我有辦法！ | 建議你… | 我不想聽你的！ |

同僚（同事） ／ 友達（朋友） ／ 我が強い（個性倔強）

活用句

彼は我が強くて、よく人に嫌われる。

他因為個性倔強，經常被人討厭。

- 強くて：是「強い」（強的）的「て形」，此處表示「原因」。
- よく：經常。
- 嫌われる：是「嫌う」（討厭）的「被動形」。
- 某人＋に（助詞）＋嫌われる：被某人討厭。

079 気が多い

原字義

心情、情緒 — 気　が　多い — 多的

引申義

無法專心做一件事。很花心。喜好不專一、見異思遷。

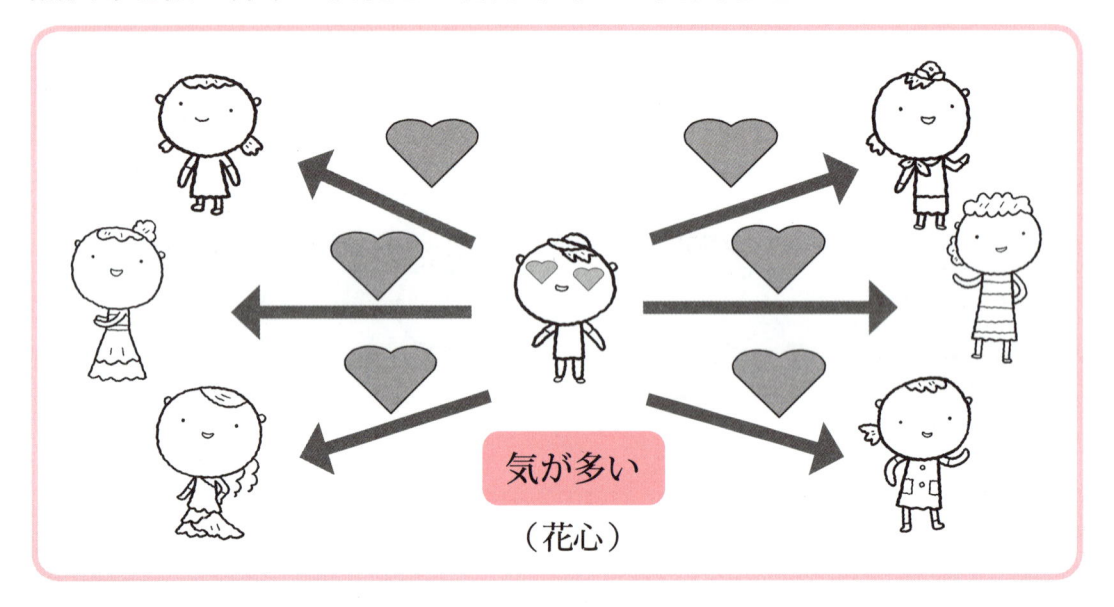

（気が多い）
（花心）

活用句

山田さんは気が多い。

山田先生很花心。

・〜さん：某某先生、某某小姐。

080　気が短い

原字義

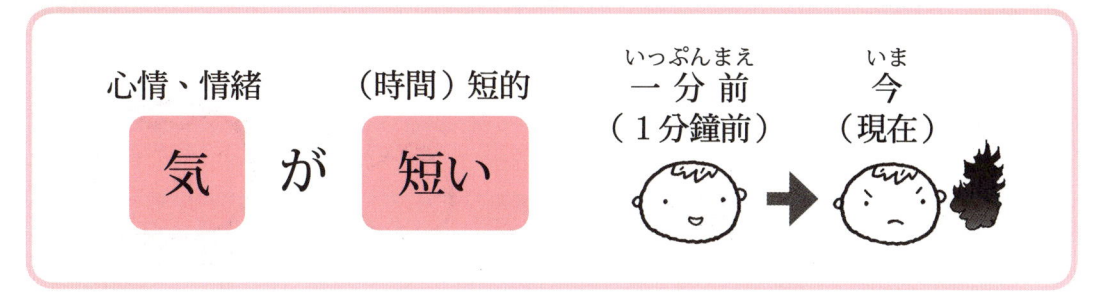

心情、情緒　　（時間）短的

気　が　短い

一分前（1分鐘前）　→　今（現在）

引申義

容易發脾氣、脾氣不好、好動肝火。不耐煩、沒耐性、性急。

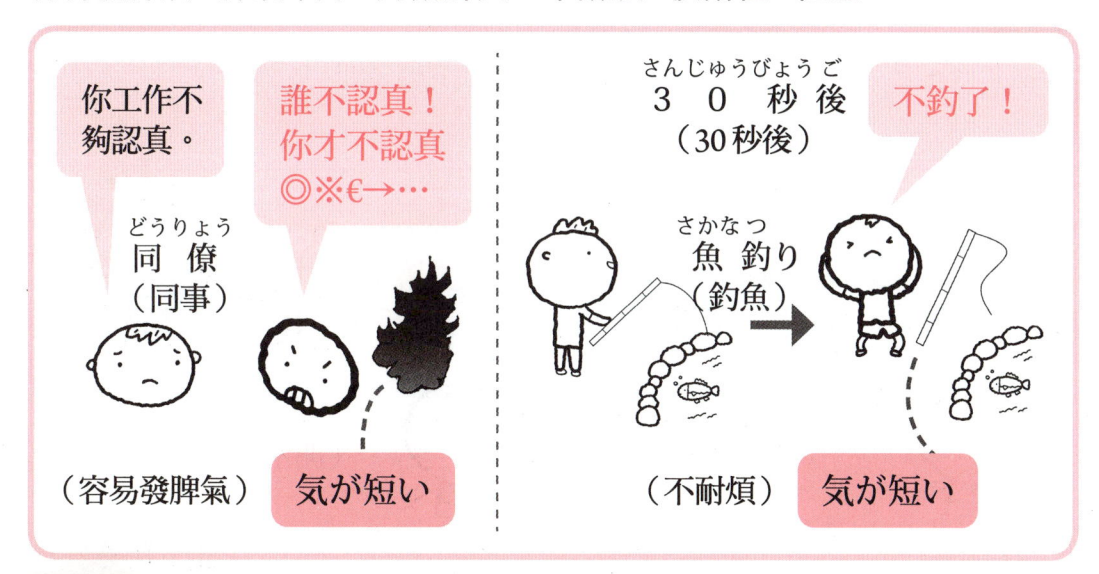

你工作不夠認真。
誰不認真！你才不認真 ◎※€→…

同僚（同事）

（容易發脾氣）　気が短い

３０秒後（30秒後）
不釣了！

魚釣り（釣魚）

（不耐煩）　気が短い

活用句

彼は気が短いので、気をつけたほうがいい。

因為他容易發脾氣，所以小心一點比較好。

- ので：助詞，因為〜所以〜。　・気をつけた：是「気をつける」（小心）的「た形」。
- 動詞た形＋ほうがいい：此處表示「做〜比較好」。

彼は気が短いので、魚釣りはしない。

因為他沒耐性，所以不釣魚。

- 魚釣り：釣魚。　・しない：是「する」（做）的「ない形」，此處表示「現在否定」。

081　気が利く
きき

MP3 081

原字義

心情、情緒　　敏鋭
気 が **利く**

引申義

善解人意，能夠設身處地為別人著想，並表現出體貼及善意。

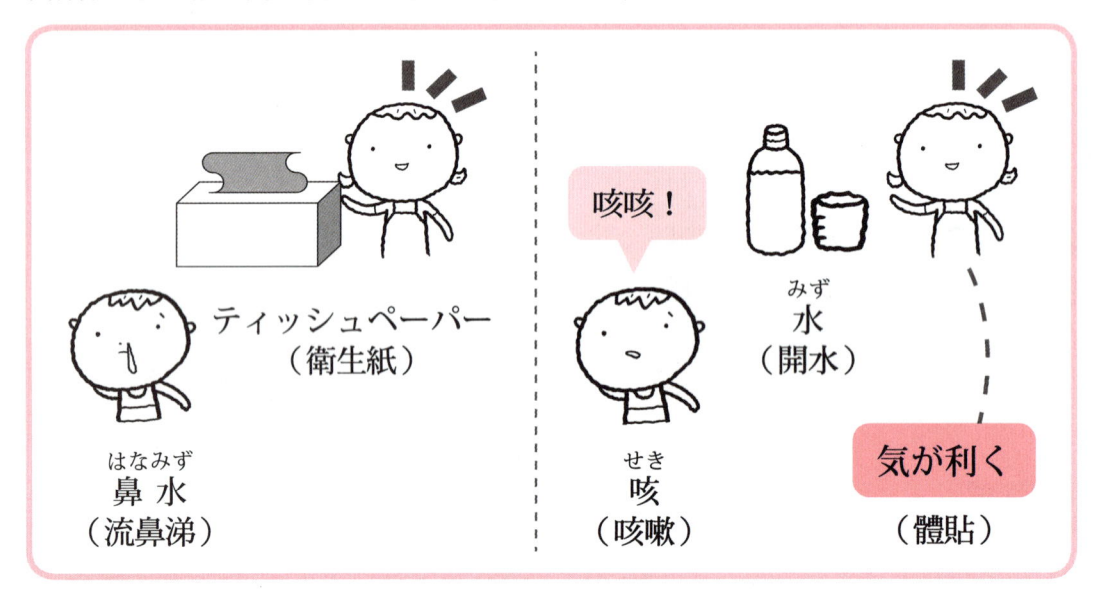

ティッシュペーパー（衛生紙）
鼻水（流鼻涕）
はなみず

咳咳！
咳（咳嗽）
せき

水（開水）
みず

気が利く（體貼）

活用句

彼女は 気が利く 人だ。
かのじょ　き き　　ひと

她是個體貼且善解人意的人。

・彼女：她。　・だ：斷定的語氣。

082 気が散る
きが ちる

MP3 082

原字義

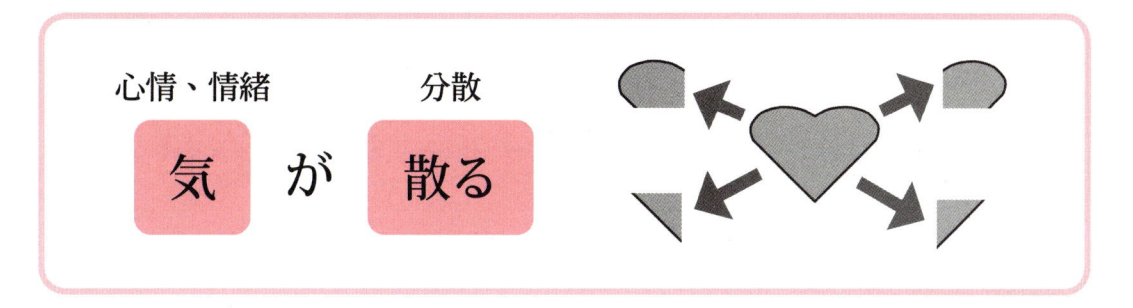

心情、情緒　分散
気 が 散る

引申義

受外界影響而無法專心。精神渙散。精神不集中。

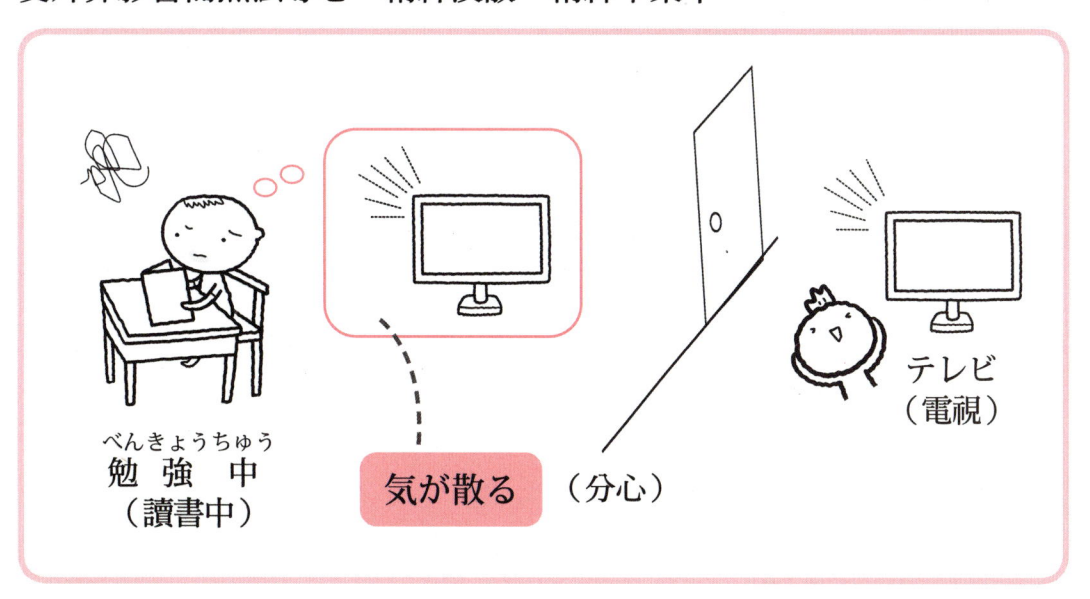

勉強中
べんきょうちゅう
（讀書中）

気が散る　（分心）

テレビ
（電視）

活用句

テレビを見ないでよ。気が散るから。
　　　み　　　　　　　　き　ち

請不要看電視，因為我會分心。

・見ない：是「見る」（看）的「ない形」，此處表示「現在否定」。
・〜ないで：此處是「〜ないでください」（請不要做〜）的口語省略說法。
・よ：強調自己的主張的語氣。　　・から：助詞，因為〜所以〜。

083　気が抜ける

原字義

心情、情緒、氣體　　　脱離、漏（氣）

気 が **抜ける**

引申義

（1）拋開緊繃的情緒，放鬆心情。（2）汽水或啤酒的氣體跑掉了。

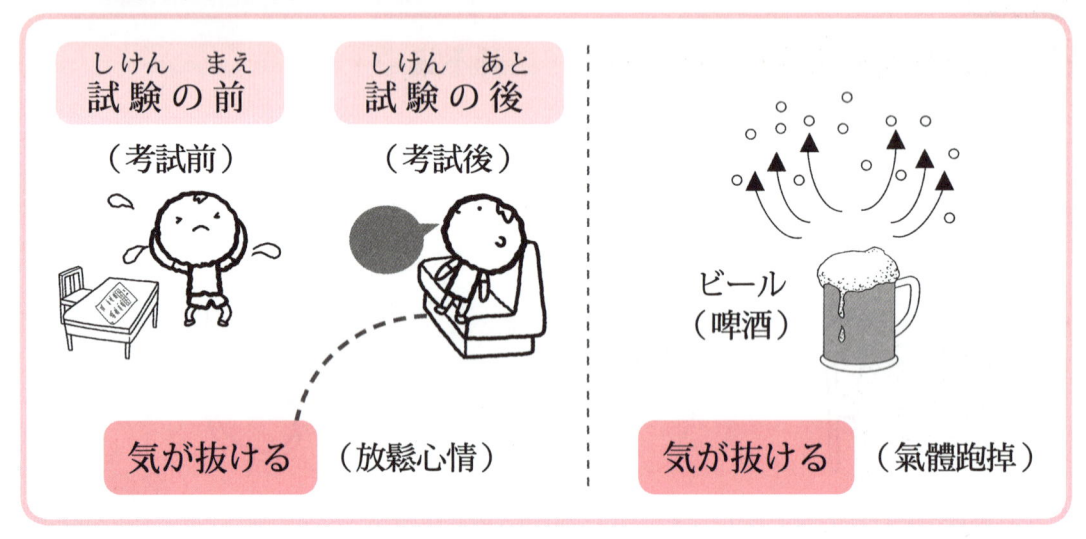

試験の前（考試前）／試験の後（考試後）
気が抜ける（放鬆心情）

ビール（啤酒）
気が抜ける（氣體跑掉）

活用句

入学試験 が 終わって、気が抜けた。
入學考試結束所以心情放鬆了。

・終わって：是「終わる」（結束）的「て形」，此處表示「原因」。
・抜けた：是「抜ける」（脱離、漏（氣））的「た形」，此處表示「過去」。

気が抜けているビールは まずい。氣跑掉的啤酒很難喝。

・抜けている：是「抜ける」（脱離、漏（氣））的「ている形」，此處表示「目前狀態」。
・まずい：難喝的。

084　気が引ける

原字義

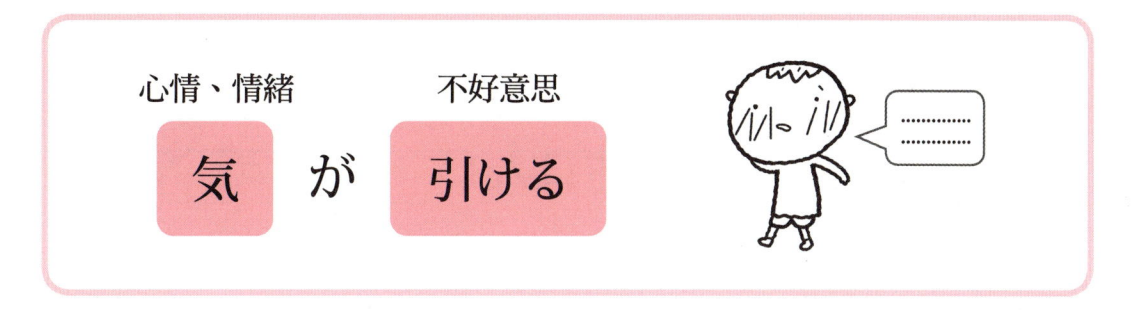

心情、情緒　　不好意思
気 が **引ける**

引申義

因為覺得不妥當，而不好意思做出某種行為。

（圖：pm 8:00　課長　上司（上司）／部下（部下）／先に帰る（先回去）／気が引ける（不好意思做某件事））

活用句

自分が先に帰ったら、気が引ける。

如果自己先回去，會不好意思。

・先：（時間上）先～。　・に：助詞，表示「先後順序」。
・帰った：是「帰る」（回去）的「た形」。
・動詞た形＋ら：此處表示「如果做～的話」。

085　気が気ではない

原字義

心情、情緒　　心情、情緒　　不是
気 が **気** ではない　　♥ ≠ ♡

引申義

心情受某件事影響而起伏不定。焦慮、無法控制自己的情緒。很不安或擔心。也可以說「気が気でない」（省略「は」）。

喧嘩を始めそうだ
（眼看著要打起來）

気が気ではない
（內心非常不安）

活用句

私は気が気で（は）ない。

我的內心非常不安。

086　気に入る

原字義

心情、情緒	進入
気 に	入る

引申義

中意。人、事、物符合自己的標準或喜好。稱心如意。

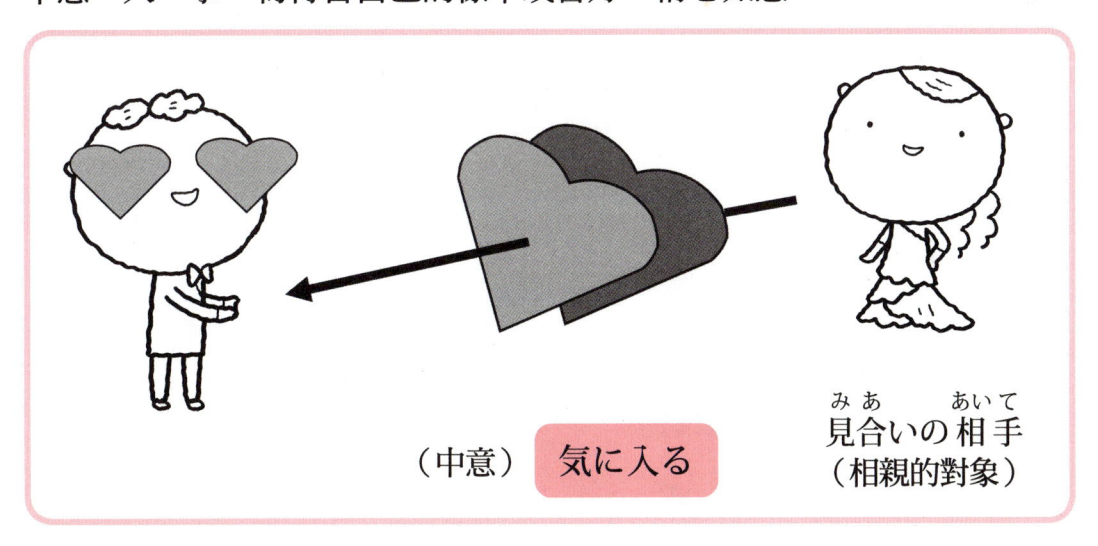

（中意）気に入る　　見合いの相手（相親的對象）

活用句

見合いの相手が気に入った。

很中意相親的對象。

・入った：是「入る」（進入）的「た形」，此處表示「過去」。
・〜が気に入った：中意〜。が：助詞。

105

087　気に掛かる(きにかかる)

原字義

心情、情緒　　掛上
気 に **掛かる**

引申義

並非刻意去在乎，而是自然而然會在意某件事。掛念。放不下心。

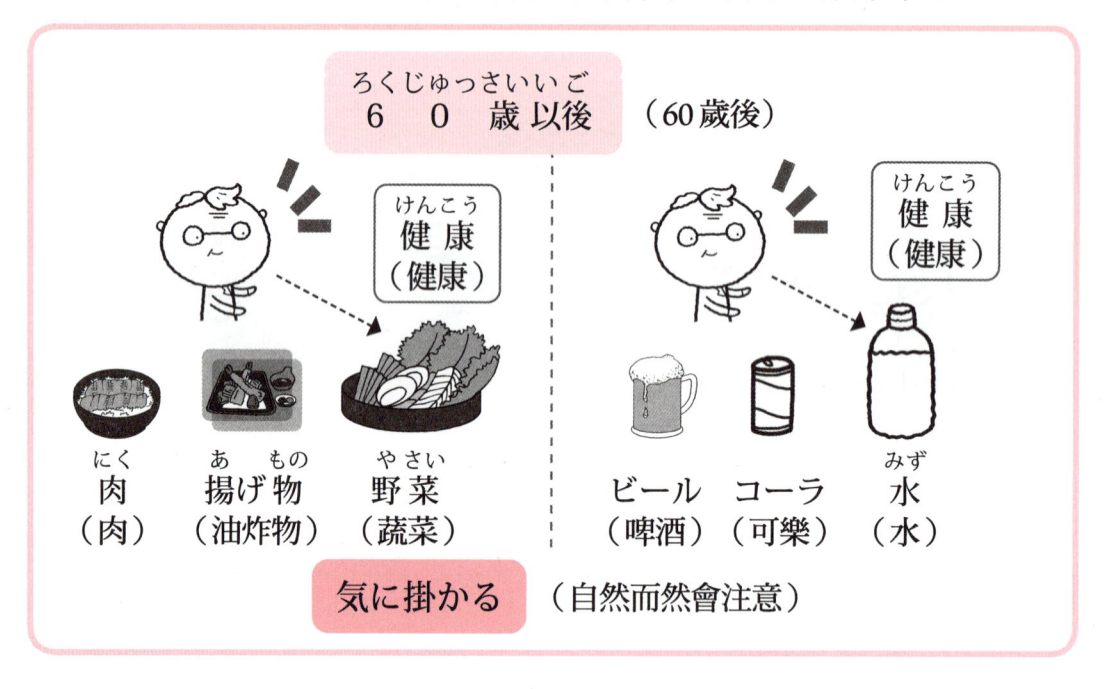

６０歳以後(ろくじゅっさいいご)（60歳後）

健康(けんこう)（健康）
肉(にく)（肉）　揚げ物(あげもの)（油炸物）　野菜(やさい)（蔬菜）
ビール（啤酒）　コーラ（可樂）　水(みず)（水）

気に掛かる（自然而然會注意）

活用句

健康(けんこう)のことが いつも 気(き)に掛(か)かる。
很自然地總是注意健康的事。

・こと：事情。　・いつも：總是。

088 気を配る(き くば)

MP3 088

原字義

心情、情緒 → 気
分配 → 配る

引申義

在意、在乎、關心所有人的心情或想法，一種出於善意、體貼的表現。照顧。顧全。

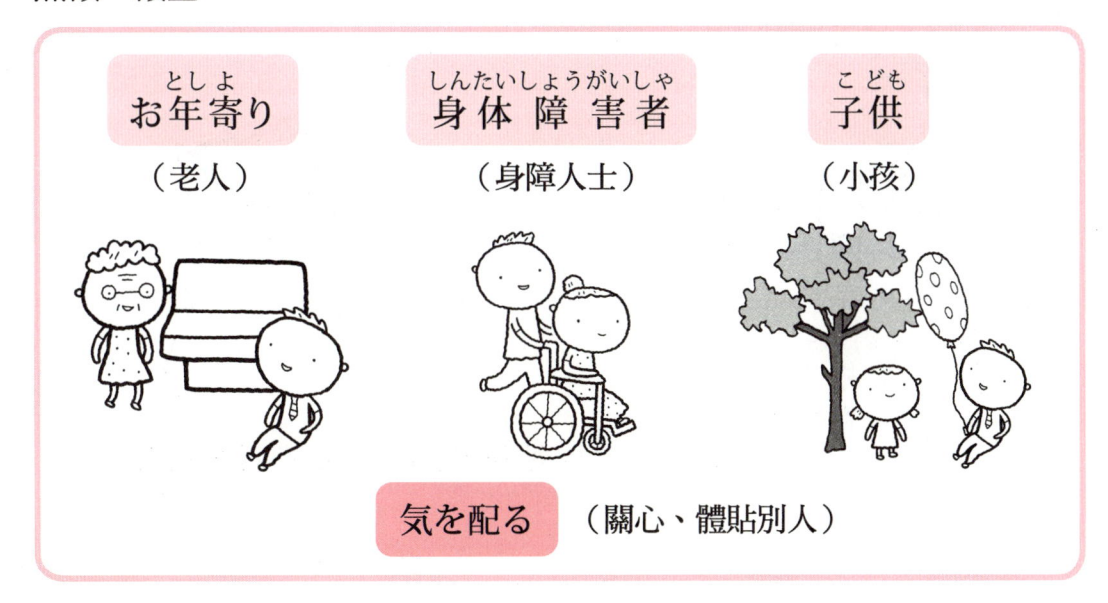

お年寄り(としよ)（老人）　　身体障害者(しんたいしょうがいしゃ)（身障人士）　　子供(こども)（小孩）

気を配る（關心、體貼別人）

活用句

彼(かれ)は いつも 周囲(しゅうい)の 人(ひと)に 気(き)を 配(くば)る。

他總是關心周遭的人。

・いつも：總是。　・に：助詞，前面接「動作對象」。

089　気を呑まれる

原字義

心情、情緒　　被呑

気 を 呑まれる

引申義

心理上被壓制而畏縮不前。退縮。

相手
（對手）

（因對手而退縮）　気を呑まれる

活用句

私は相手の様子に気を呑まれた。

我因對手的樣子而退縮了。

・に：助詞，表示「對於～、面對～」。　　・～に気を呑まれた：因～而退縮了。
・呑まれた：是「呑まれる」（被呑）的「た形」，此處表示「過去」。

090 肝が据わる

原字義

膽子 沉著
肝 が **据わる**

引申義

冷靜沉著。有膽量。膽子大。

你再過來我就開槍！ — 強盜（強盜）

你冷靜！家人在等你…… — 警察（警察） 肝が据わる（冷靜沉著）

活用句

彼は肝が据わっている。

他很沉著。

・据わっている：是「据わる」（沉著）的「ている形」，此處表示「目前狀態」。

091 狐につままれる

MP3 091

原字義

| 狐狸 | 被〜捏 |
| 狐 | に | つままれる |

引申義

難以置信。

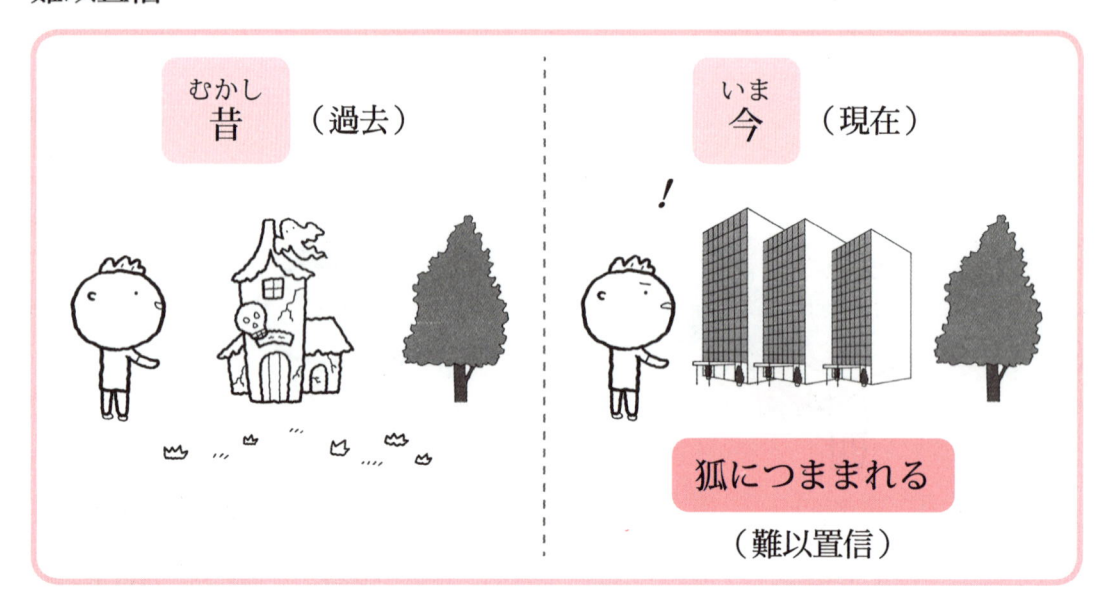

昔（過去） ｜ **今**（現在）

狐につままれる
（難以置信）

活用句

狐につままれたような 気持ちに なった。感覺難以置信。

・つままれた：是「つままれる」（被捏）的「た形」，此處表示「過去」。
・ような：像〜一樣。　・気持ち：感覺、情緒。
・〜になった：變成了〜。に：助詞，前面接「變化結果」。
・なった：是「なる」（變成）的「た形」，此處表示「過去」。

092　口がうまい　　MP3 092

原字義

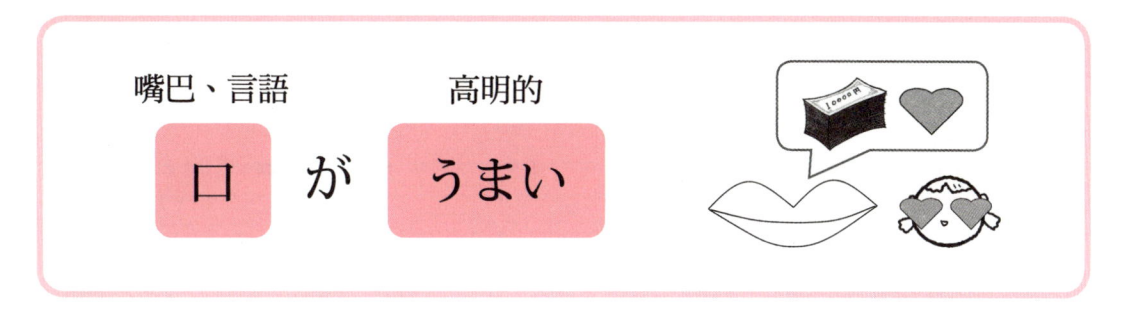

嘴巴、言語　　高明的

口 が **うまい**

引申義

嘴甜。擅長講話哄人、安慰人，可能是真心，也可能是假話。用這句話來形容人，大多是批評的意思，並非讚美。

口がうまい
（嘴甜）

活用句

口がうまい な。

嘴巴真甜啊。

・な：感嘆的語氣。

093　口が堅い
くち　かた

MP3 093

原字義

嘴巴、言語　　牢固
口　が　**堅い**

引申義

口風緊，不會隨便洩漏別人的祕密。守口如瓶。說話謹慎。

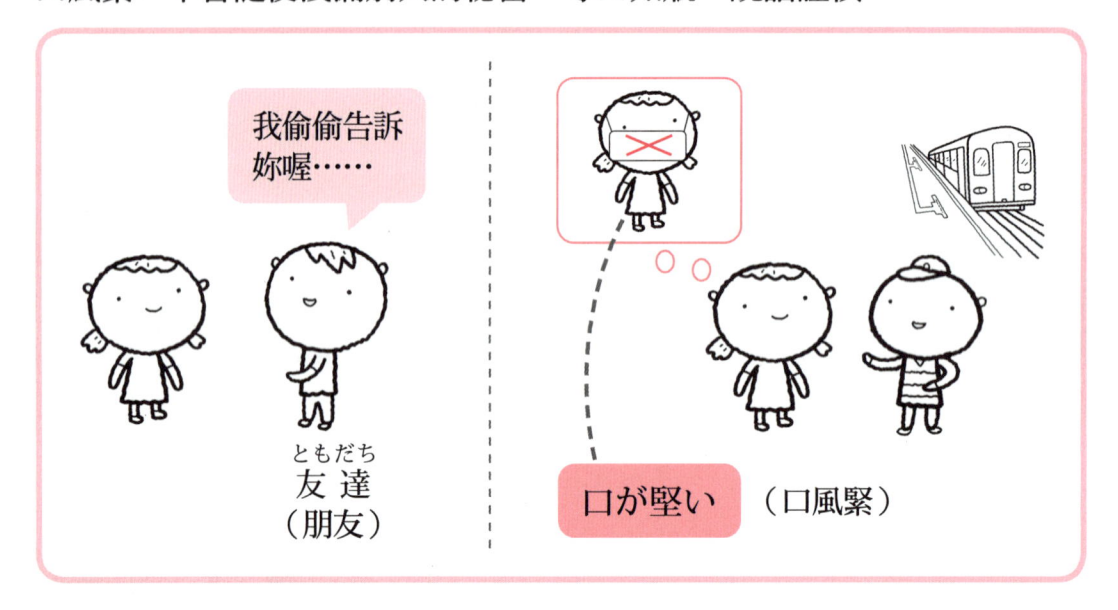

我偷偷告訴妳喔……

友達（朋友）
ともだち

口が堅い（口風緊）

活用句

彼女は口が堅いので 彼女に秘密を打ち明けた。
かのじょ　くち　かた　　　　かのじょ　ひみつ　う　あ

因為她口風緊，所以對她坦白說出了祕密。

・彼女：她。　・ので：助詞，因為～所以～。　・に：助詞，前面接「動作對象」。
・打ち明けた：是「打ち明ける」（坦白說出）的「た形」，此處表示「過去」。

094 口が軽い

原字義

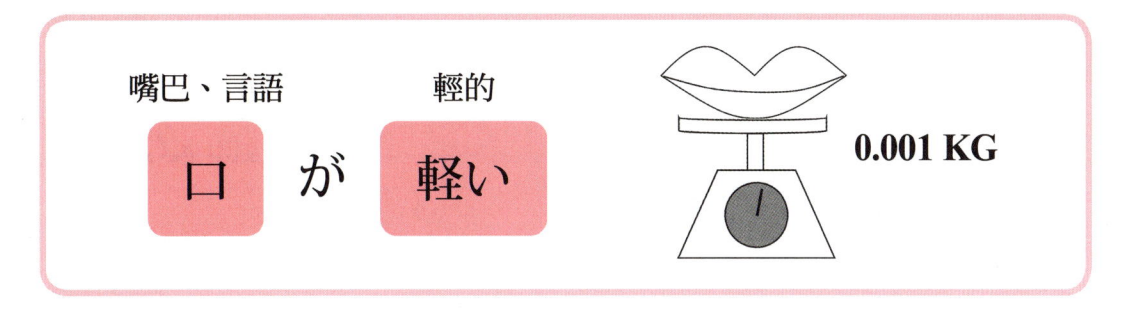

嘴巴、言語 　　軽的

口 が 軽い　　0.001 KG

引申義

口風不緊。大嘴巴。容易將事情到處張揚。說話輕率。

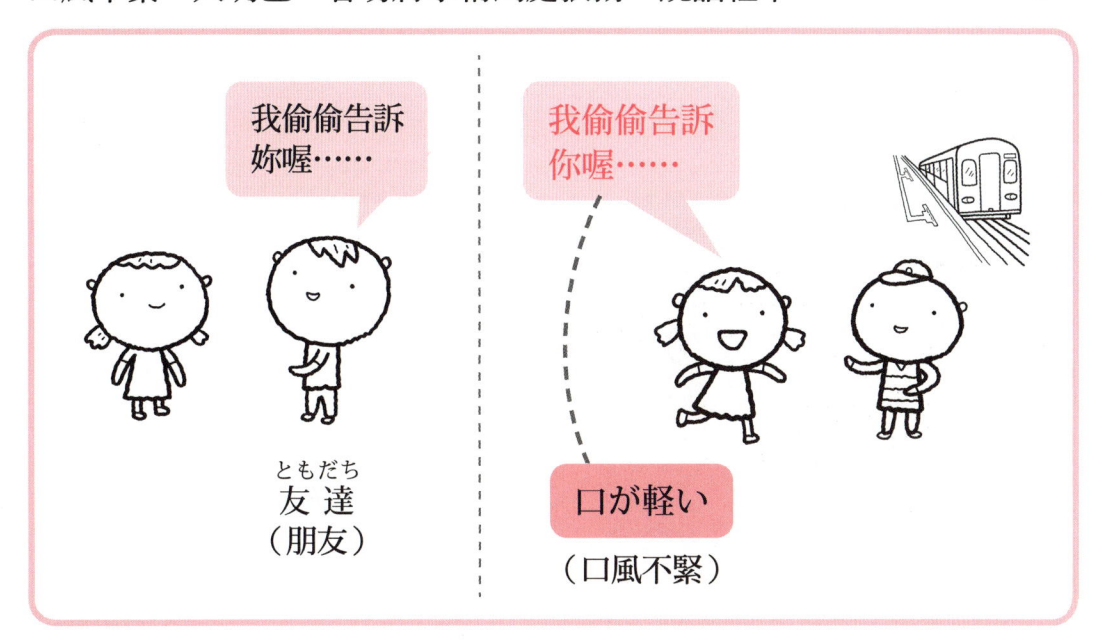

友達（朋友）

口が軽い（口風不緊）

活用句

村上は口が軽い。

村上是大嘴巴，口風不緊。

095　口が重い
　　　　くち　おも

原字義

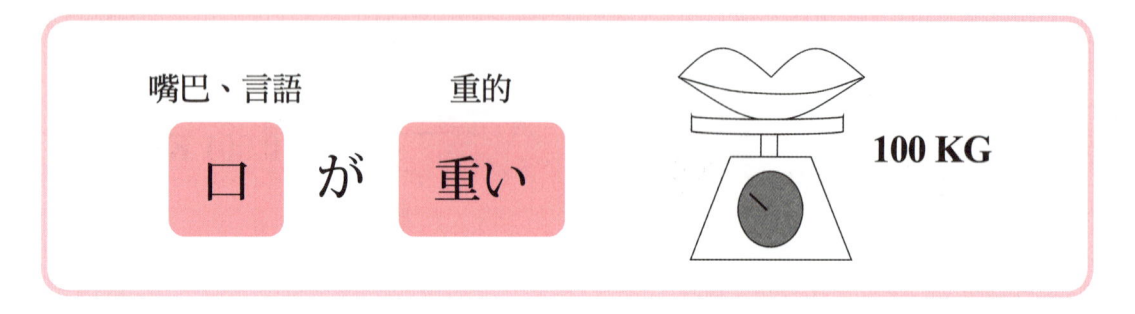

嘴巴、言語　　　重的
口 が **重い**　　　100 KG

引申義

不愛講話。不愛交際。不願意開口、不願意再提起某件事。寡言。

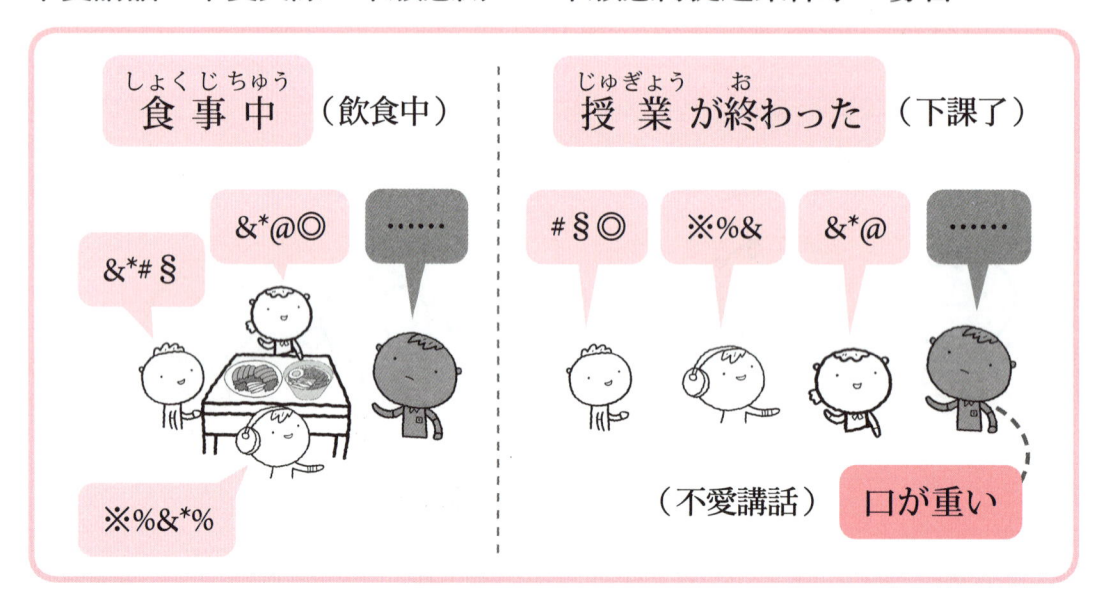

食事中（飲食中）　　　授業が終わった（下課了）
しょくじちゅう　　　　じゅぎょう　お

（不愛講話）　口が重い

活用句

彼は 口が重い ので よく 不気味がられる。
かれ　くち　おも　　　　　ぶきみ

因為他沉默寡言，所以經常被人覺得怪異。

・ので：助詞，因為～所以～。　・よく：經常。　・不気味：怪怪的、詭異。
・不気味がられる：是「不気味がる」（感覺怪怪的、詭異）的「被動形」，此處表示「被～」。

114

096 口が悪い(くち わる)

原字義

嘴巴、言語		壞的
口	が	悪い

引申義

出於善意，講很多不好聽的話，而且用詞惡毒，專挑壞的講。說話帶刺。

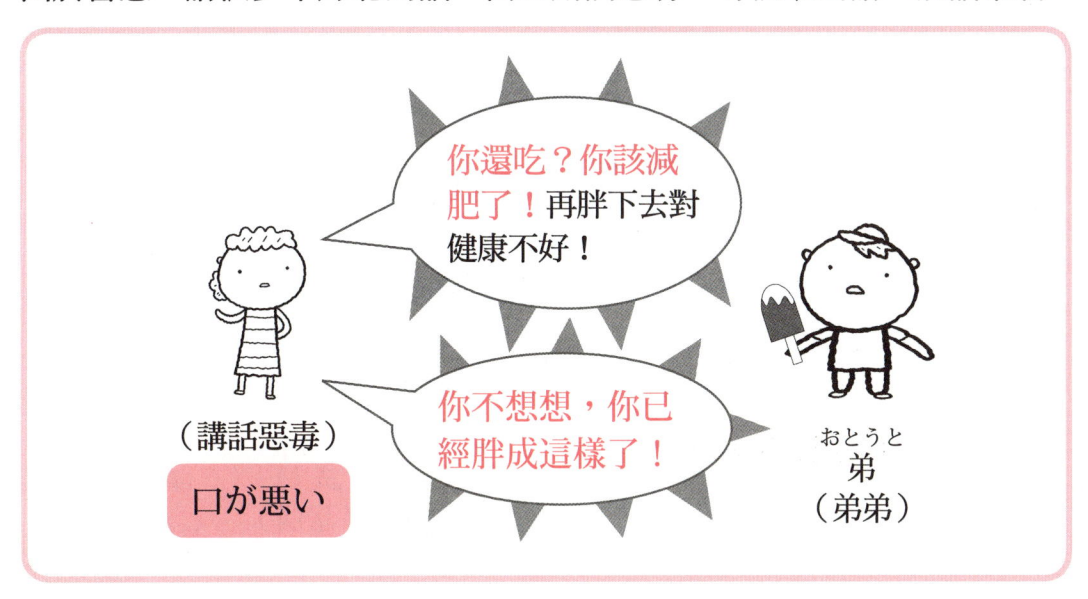

你還吃？你該減肥了！再胖下去對健康不好！

你不想想，你已經胖成這樣了！

（講話惡毒）口が悪い

弟(おとうと)（弟弟）

活用句

彼女(かのじょ)は 口が悪い(くち わる)が 根(ね)は 優(やさ)しい 人(ひと)だ。

她雖然講話惡毒，不過是個本性善良的人。

・が：助詞，雖然～不過。　・根：本性。　・優しい：善良的。　・だ：斷定的語氣。

115

097　口が減らない

MP3 097

原字義

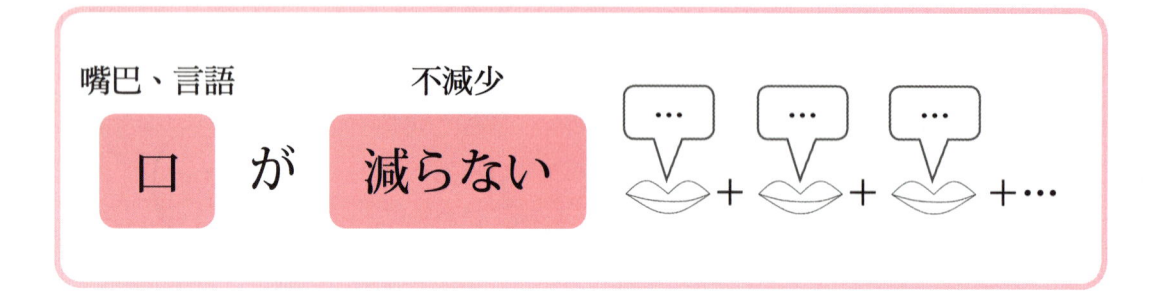

嘴巴、言語	不減少
口 が	減らない

口 ＋ 口 ＋ 口 ＋…

引申義

廢話太多。明明兩三句話就能結束，卻講了一大堆。話多。

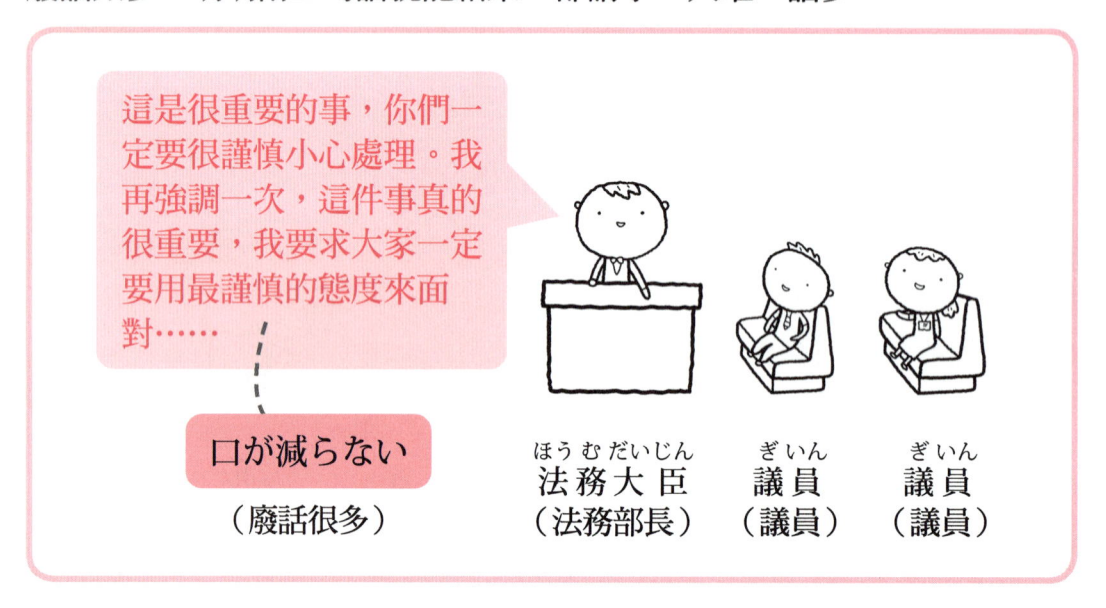

> 這是很重要的事，你們一定要很謹慎小心處理。我再強調一次，這件事真的很重要，我要求大家一定要用最謹慎的態度來面對……

口が減らない
（廢話很多）

ほうむだいじん
法務大臣
（法務部長）

ぎいん
議員
（議員）

ぎいん
議員
（議員）

活用句

あの大臣は 口が減らない 人だ。

那位部長是個廢話很多的人。

・あの：那個～。　　・だ：斷定的語氣。

098　口が滑る
くち　すべ

MP3 098

原字義

嘴巴、言語	滑、溜
口 が	滑る

引申義

不小心把某件事情說了出來。說溜嘴。失言。

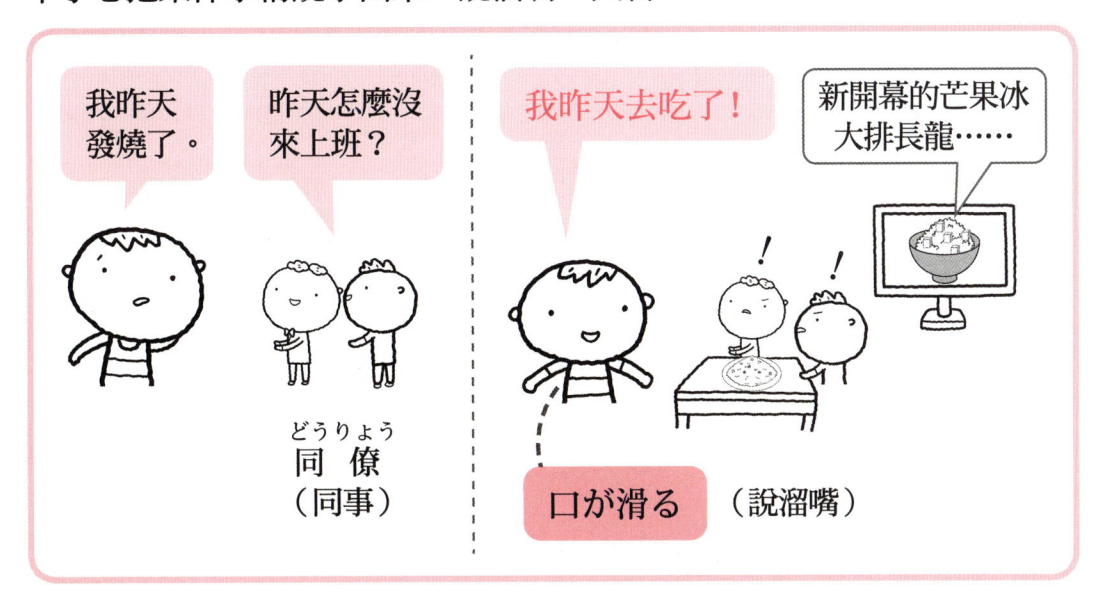

- 我昨天發燒了。
- 昨天怎麼沒來上班？
- どうりょう　同僚（同事）
- 我昨天去吃了！
- 新開幕的芒果冰大排長龍……
- 口が滑る（說溜嘴）

活用句

口が滑って 秘密を漏らしてしまった。　說溜嘴洩漏了秘密。
くち すべ　　ひみつ　も

- 滑って：是「滑る」（滑、溜）的「て形」，此處表示「描述狀態」。
- 漏らして：是「漏らす」（洩漏）的「て形」。
- 動詞て形＋しまった：「動詞て形＋しまう」的「過去形」，此處表示「不小心、禁不住做了〜」。

117

099　口が酸っぱくなる

原字義

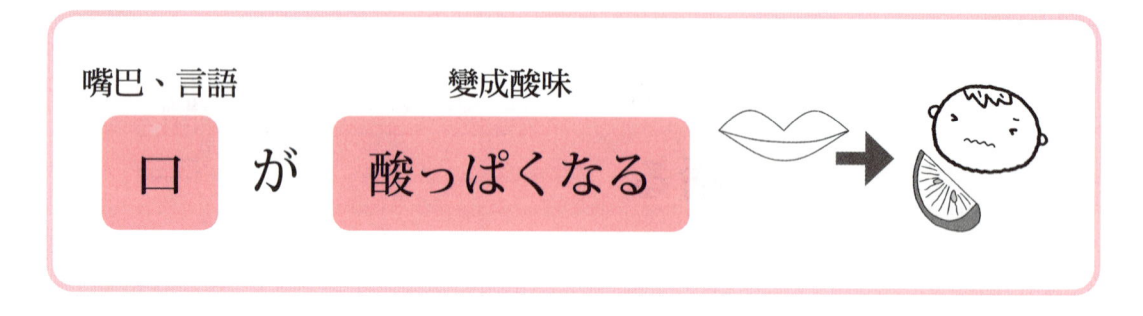

嘴巴、言語	變成酸味
口 が	酸っぱくなる

引申義

同一件事講很多遍。費盡唇舌。反覆勸說。

寝る前（睡前）
歯を磨いている（刷牙時）
出かける前（出門前）

要記得吃藥！　要記得吃藥！　要記得吃藥！

口が酸っぱくなる（講很多遍）

活用句

口が酸っぱくなるほど 言う。
一件事重複說很多遍那樣的，一直說。

・ほど：助詞，像～那樣的。　　・言う：說。

100　口に合う
くち　あ

MP3 100

原字義

口（口味）に　合う（適合）

引申義

食物或是飲料合口味。

キムチ鍋（泡菜鍋）
なべ

口に合う
（合口味）

活用句

キムチ鍋は 彼の口に合う。
なべ　　かれ　くち あ

泡菜鍋合他的口味。

101　口に乗せられる
くち　の

MP3 101

原字義

嘴巴、言語　　被迫搭乘上

口　に　乗せられる

引申義

用花言巧語騙人，讓人聽信、同意、並接受他的想法。

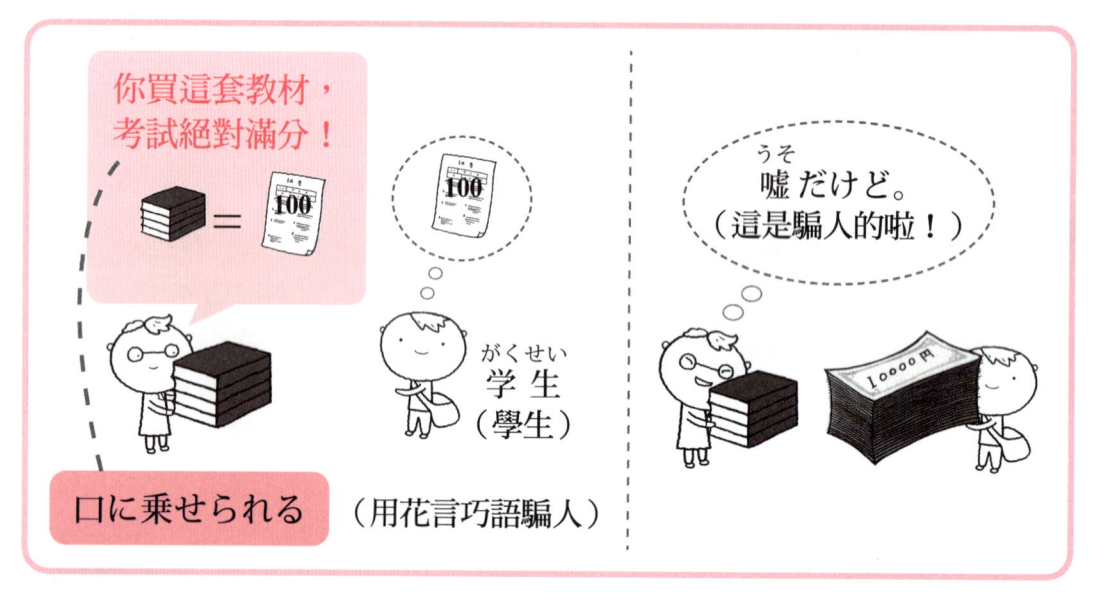

你買這套教材，考試絕對滿分！

学生（學生）
がくせい

嘘だけど。（這是騙人的啦！）
うそ

口に乗せられる　（用花言巧語騙人）

活用句

訪問販売業者の口に乗せられてしまった。
ほうもんはんばいぎょうしゃ　　くち　の

不小心聽信了逐戶拜訪的推銷員的花言巧語。

・乗せられて：是「乗せられる」（被迫搭乘上）的「て形」。
・動詞て形＋しまった：「動詞て形＋しまう」的「過去形」，此處表示「不小心、禁不住做了～」。

102 口を出す

原字義

嘴巴、言語 → 口
顯示出來 → 出す

引申義

插嘴管別人的事。多嘴。

############
##########

聽我說，你們都聽我說……

@@@@@@@@@@
@@@@@@@@

口を出す
（插嘴管別人的事）

つま　妻（太太）　　しゅうとめ　姑（婆婆）　　おっと　夫（丈夫）

活用句

しゅうとめ　　　　　わたしたち　　　　くち　だ
姑 はいつも 私達のことに口を出す。

婆婆總是插嘴管我們的事情。

・いつも：總是。　・私達：我們。　・こと：事情。
・某事＋に＋口を出す：插嘴管某事。

103　口を割る
くち　わ

MP3 103

原字義

嘴巴、言語　　分開
口　を　割る

引申義

坦白說出隱瞞的事情。招供。

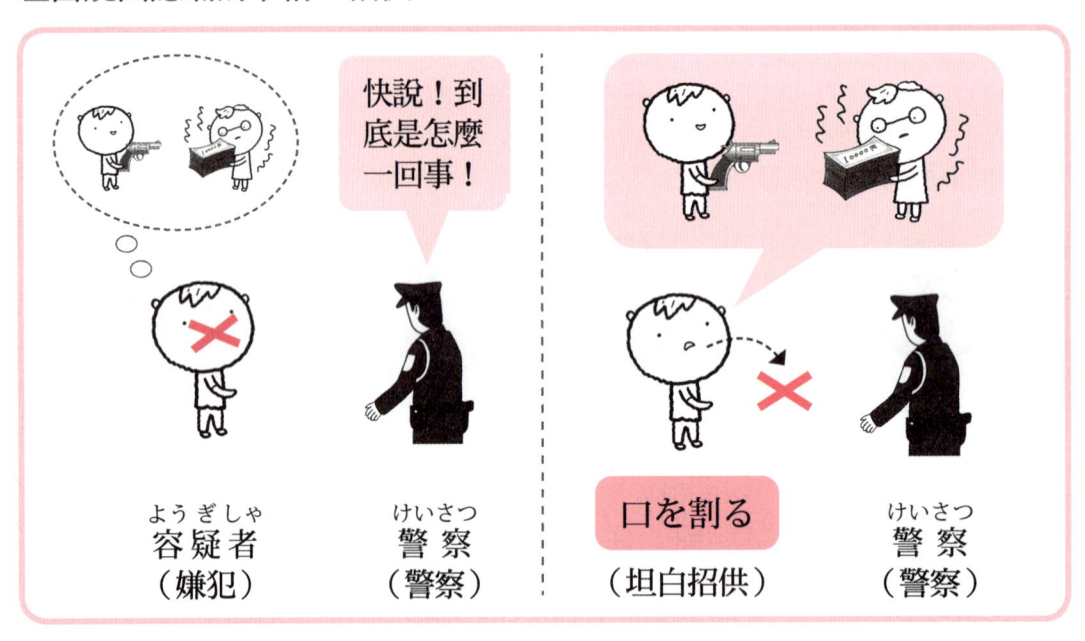

ようぎしゃ
容疑者
（嫌犯）

けいさつ
警察
（警察）

口を割る
（坦白招供）

けいさつ
警察
（警察）

快說！到底是怎麼一回事！

活用句

ようぎしゃ　　　　くち　わ
容疑者が やっと 口を割った。

嫌犯終於坦白招供了。

・割った：是「割る」（分開）的「た形」，此處表示「過去」。

104 口を挟む
<small>くち　はさ</small>

MP3 104

原字義

嘴巴、言語　　　插入
口 を **挟む**

引申義

與自己無關的話題，卻中途插嘴，從中插進去說話。

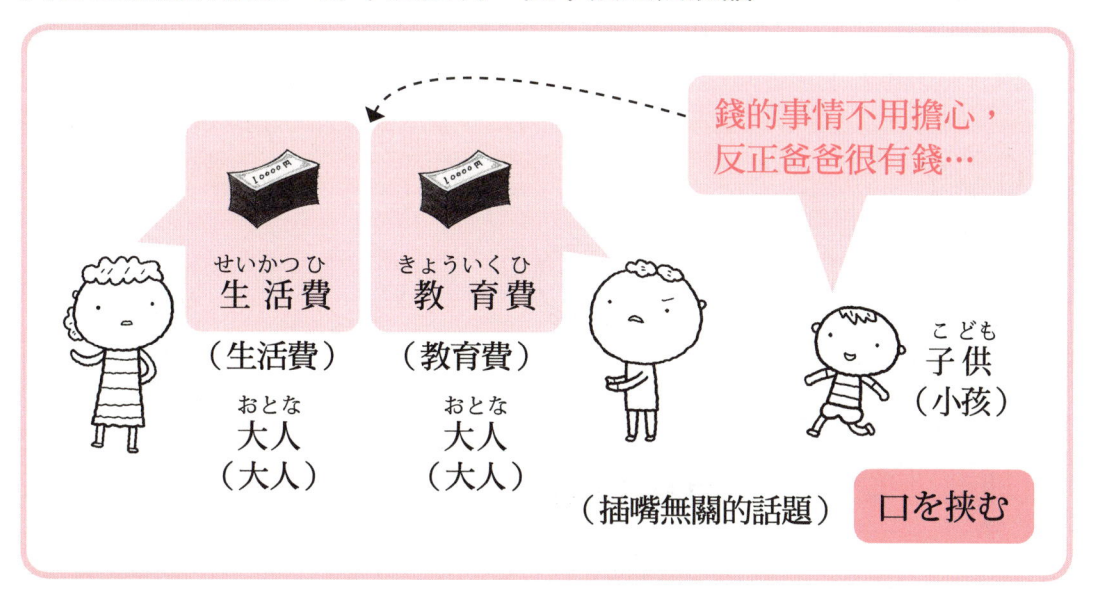

錢的事情不用擔心，反正爸爸很有錢…

せいかつひ
生活費（生活費）
おとな
大人（大人）

きょういくひ
教育費（教育費）
おとな
大人（大人）

こども
子供（小孩）

（插嘴無關的話題）　**口を挟む**

活用句

<small>おとな　　はなし　　くち　はさ</small>
大人の 話に 口を挟んじゃ だめ。 大人講話時不可以插嘴。

・話：說話。　・〜に口を挟む：插嘴〜與自己無關的話題。　・だめ：不可以、不行。
・挟んじゃ：是「挟む」（插入）的「て形（挟んで）」＋は（挟んでは）的「口語說法」。
・「〜じゃだめ」是「〜ではだめ」的「口語說法」，表示「做〜不行」。

123

105 口を揃える

MP3 105

原字義

口	を	揃える
嘴巴、言語		使～一致

引申義

大家都這麼說。大家都說一樣的話。異口同聲。

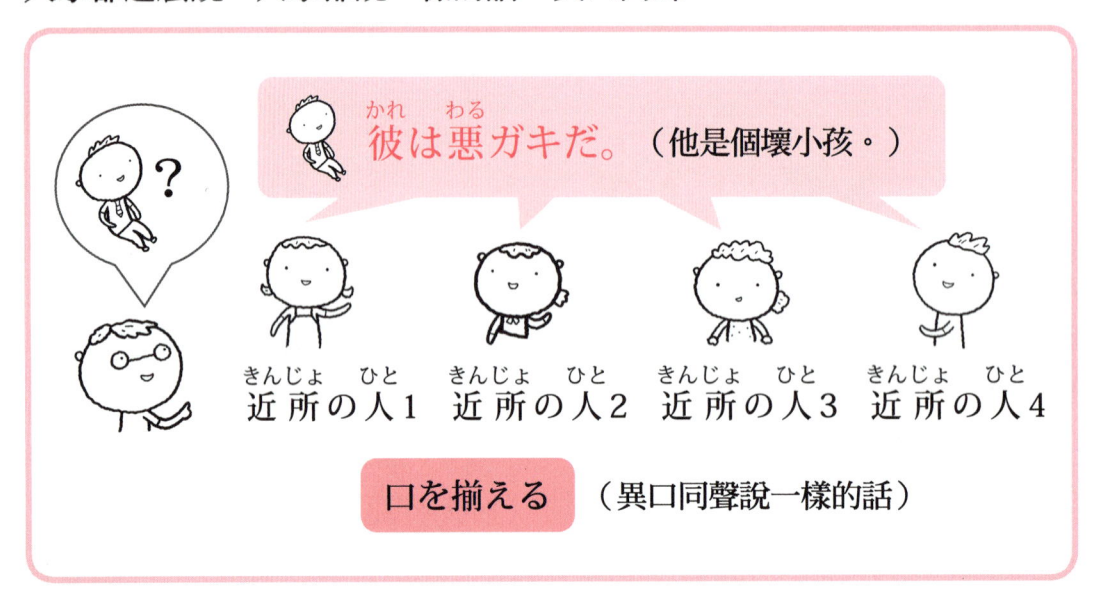

彼は悪ガキだ。（他是個壞小孩。）

近所の人1　近所の人2　近所の人3　近所の人4

口を揃える　（異口同聲說一樣的話）

活用句

近所の人は口を揃える。

附近鄰居異口同聲說一樣的話。

106 口を尖（くち　とが）らす

原字義

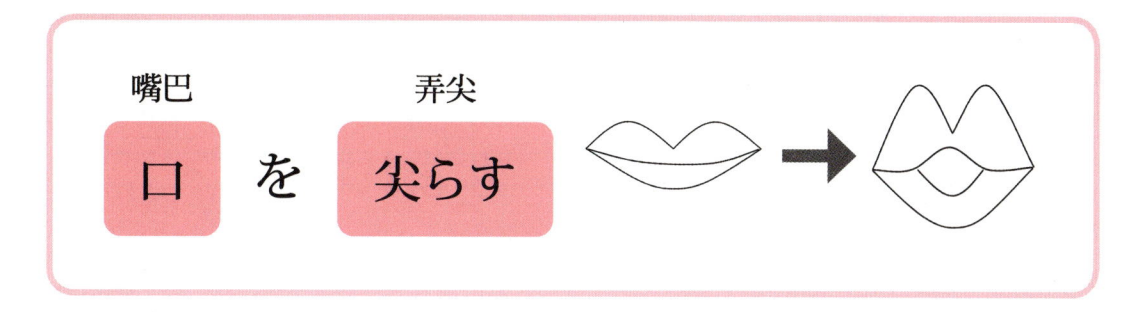

嘴巴		弄尖
口	を	尖らす

引申義

嘟嘴。因為某件事情不高興，所以嘟嘴表示不平、不滿。

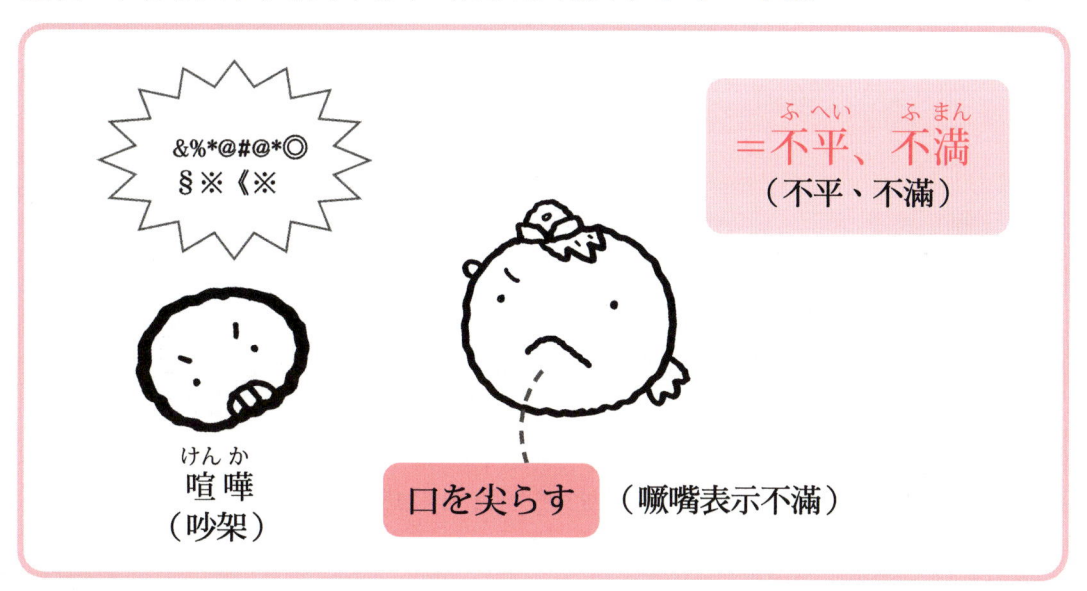

＝不平、不満（ふへい　ふまん）
（不平、不満）

喧嘩（けんか）（吵架）

口を尖らす（嘟嘴表示不滿）

活用句

彼女（かのじょ）は 口（くち）を尖（とが）らせた。

她把嘴巴嘟起表示不滿。

・尖らせた：是「尖らす」（弄尖）的「使役形（尖らせる）的た形」，此處表示「使（某物）～了」。

125

107　口から先に生まれる

原字義

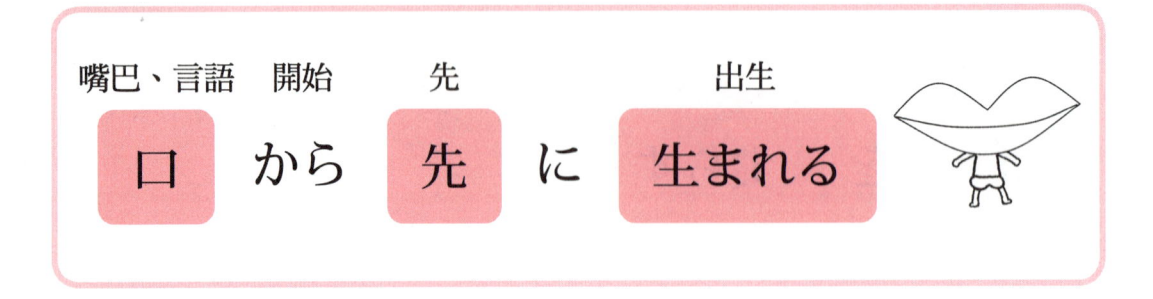

嘴巴、言語	開始	先		出生
口	から	先	に	生まれる

引申義

字面上的意思是「嘴巴先長出來」，比喻喋喋不休、能說善辯。

- 我今天看到小林……
- 對了，明天……
- 然後還遇到……
- 你知道嗎？那傢伙……
- 結果我們一起……
- 我覺得他就是喜歡……

口から先に生まれる（比喻喋喋不休）

活用句

口から先に生まれた ような やつだ。

喋喋不休的傢伙。

・生まれた：是「生まれる」（出生）的「た形」，此處表示「過去」。
・ような：像～一樣。　・やつ：傢伙。

108 口車に乗る
くちぐるま　の

MP3 108

原字義

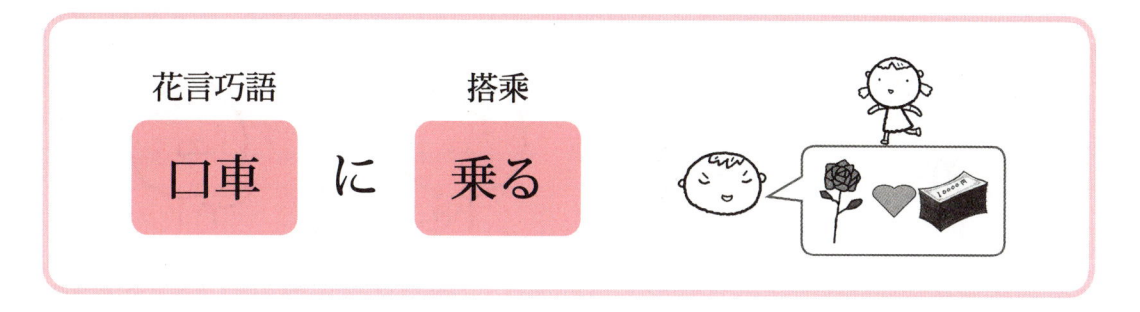

花言巧語　搭乗
口車　に　乗る

引申義

聽信別人說的花言巧語。被別人說的話所煽動。上當。

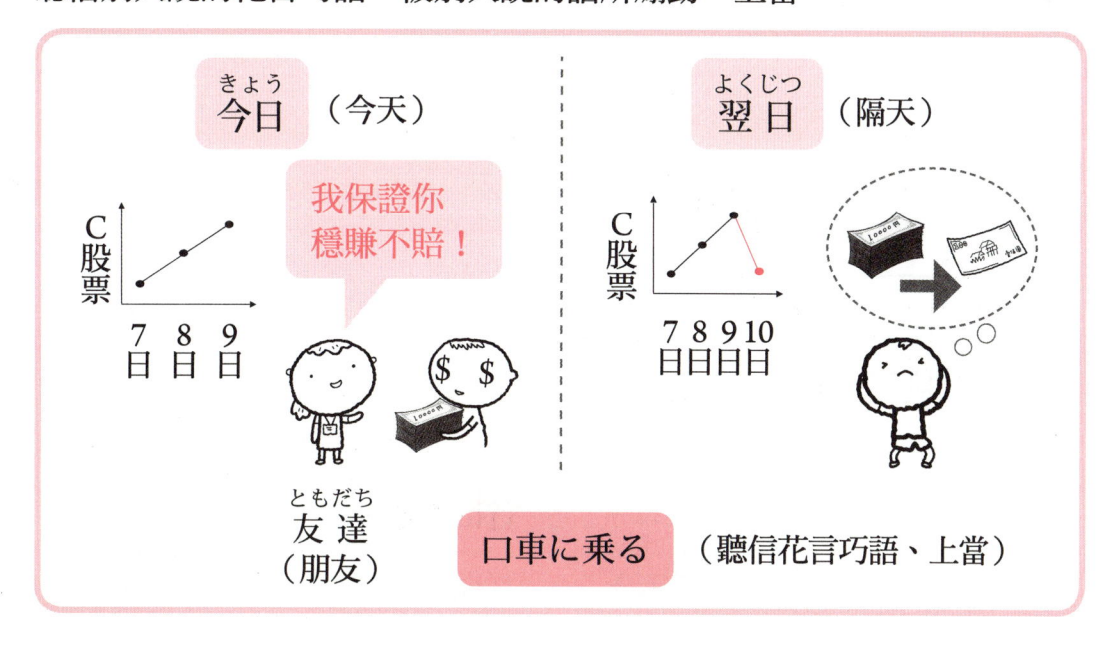

今日（今天）　　翌日（隔天）
きょう　　　　　　よくじつ

C股票　我保證你穩賺不賠！
7日 8日 9日

C股票
7日 8日 9日 10日

友達（朋友）
ともだち

口車に乗る　（聽信花言巧語、上當）

活用句

あいつの**口車**には**乗らない**よ。我不會上那傢伙的當啦。
くちぐるま　　の

・あいつ：那傢伙。
・乗らない：是「乗る」（搭乗）的「ない形」，此處表示「現在否定」。
・口車には乗らない：否定時，「に」後面加「は」語感較自然。
・よ：強調自己的主張的語氣。

127

109 首(くび)にする

原字義

脖子、解雇 / 做
首 に する
解雇

引申義

將某人革職、開除。

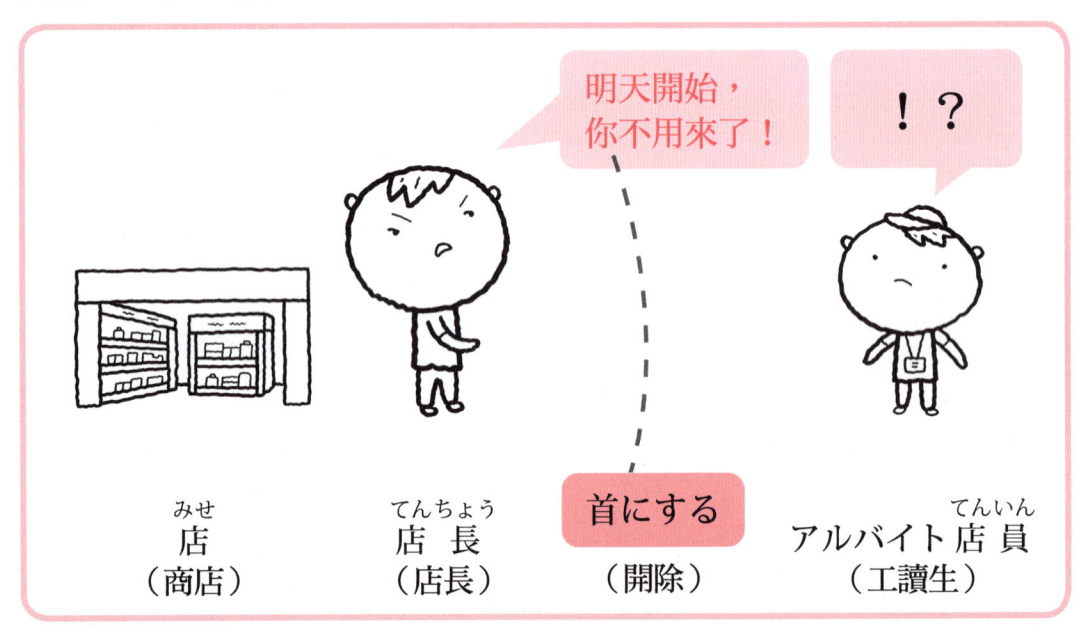

明天開始，你不用來了！
！？

店(みせ)（商店） 店長(てんちょう)（店長） 首にする（開除） アルバイト店員(てんいん)（工讀生）

活用句

店長(てんちょう)は あのアルバイト店員(てんいん)を 首(くび)にした。

店長把那個工讀生開除了。

・した：是「する」（做）的「た形」，此處表示「過去」。

110 首を傾げる
くび かし

MP3 110

原字義

脖子　　　　　歪、傾斜
首 を **傾げる**

引申義

歪著頭思考，覺得「怎麼會這樣？」。感到匪夷所思，無法理解。

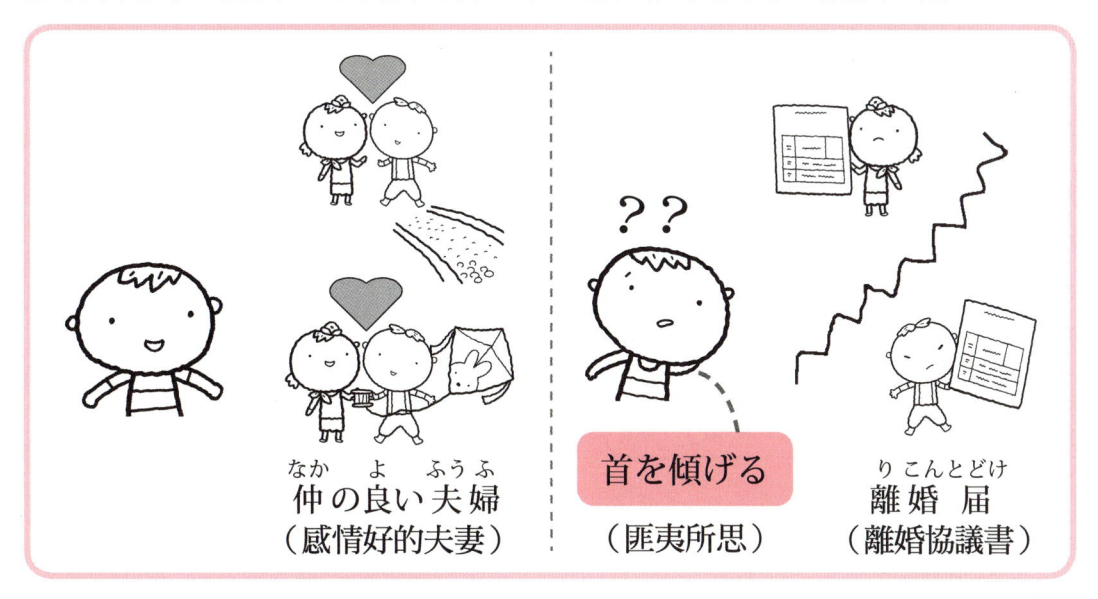

仲の良い夫婦
（感情好的夫妻）

首を傾げる
（匪夷所思）

離婚届
（離婚協議書）

活用句

みんなは 首を傾げている。
　　　　　くび かし

大家都感到匪夷所思。

・みんな：大家。
・傾げている：是「傾げる」（歪、傾斜）的「ている形」，此處表示「目前狀態」。

129

111　首を突っ込む（くびをつっこむ）

MP3 111

原字義

脖子	塞進
首	を　突っ込む

引申義

渉入。有關聯。牽扯上某事。深入某事。

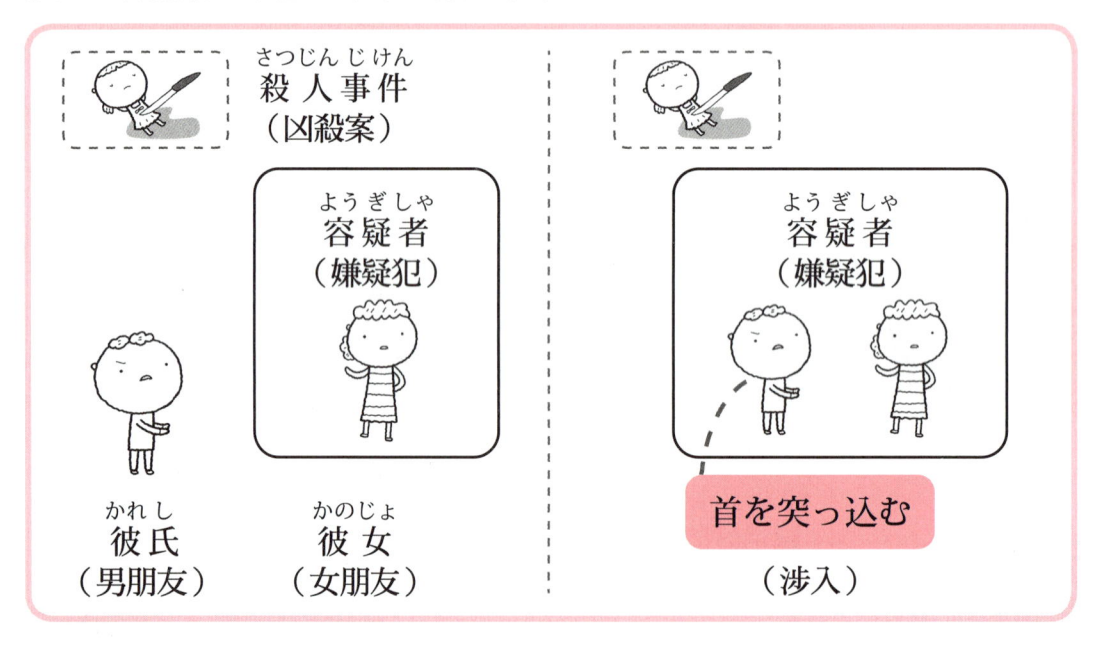

さつじんじけん
殺人事件
（凶殺案）

ようぎしゃ
容疑者
（嫌疑犯）

かれし
彼氏
（男朋友）

かのじょ
彼女
（女朋友）

ようぎしゃ
容疑者
（嫌疑犯）

首を突っ込む
（渉入）

活用句

たんてい　じけん　　くびっこ
探偵は 事件に 首を突っ込んだ。　偵探插手這個案件。

・事件：案件。　　・某事＋に＋首を突っ込む：渉入、插手某事。
・突っ込んだ：是「突っ込む」（塞進）的「た形」，此處表示「過去」。

112 首を長くする

原字義

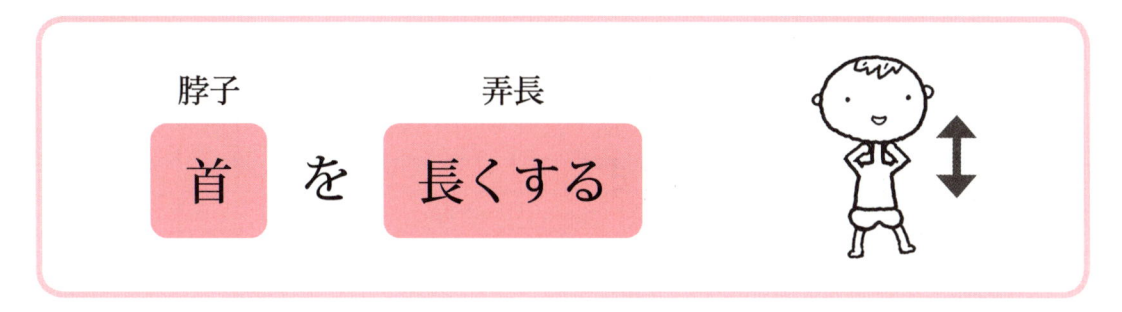

脖子 — 首
弄長 — 長くする

引申義

一直期待、等待某件事發生，心裡不停地想著「是現在嗎？」。

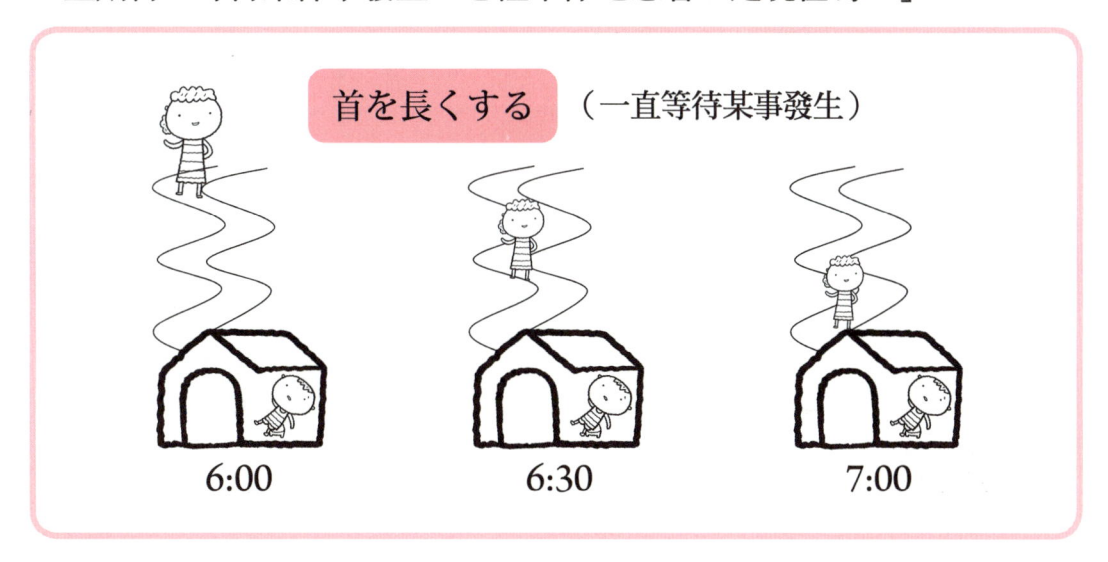

首を長くする（一直等待某事發生）

6:00　　6:30　　7:00

活用句

彼のニューアルバム を 首を長くして 待っている。

一直期待，等著他的新專輯。

・ニューアルバム：新專輯。
・長くして：是「長くする」（弄長）的「て形」，此處表示「描述狀態」。
・待っている：是「待つ」（等待）的「ている形」，此處表示「目前狀態」。

113 釘を刺す(くぎをさす)

原字義

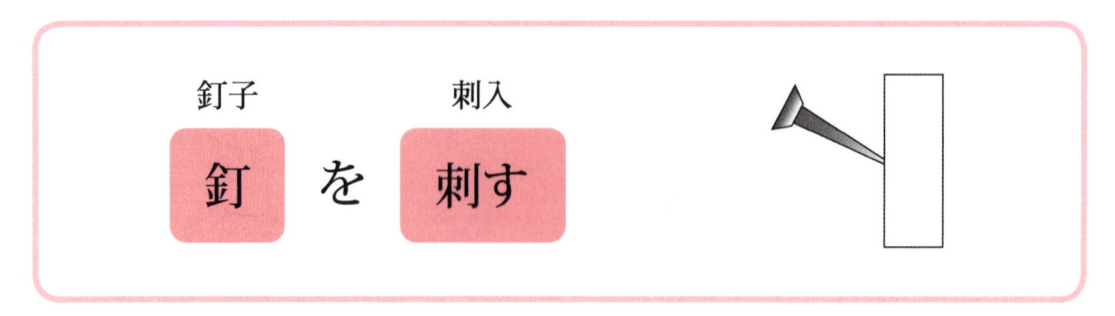

釘子　　刺入
釘　を　刺す

引申義

事先想到對方可能會做什麼，為了阻止，事先做出警告或提醒。

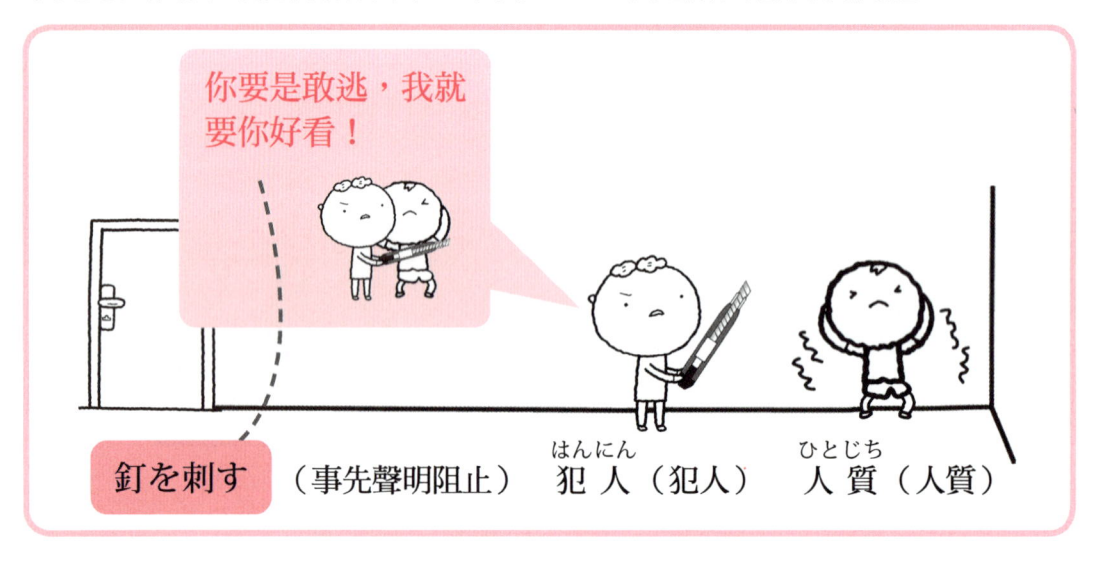

釘を刺す（事先聲明阻止）　犯人(はんにん)（犯人）　人質(ひとじち)（人質）

活用句

犯人(はんにん)は「逃(に)げたら殺(ころ)すぞ」と釘(くぎ)を刺(さ)した。

犯人事先提出警告說「要是逃跑的話，就殺了你！」

・逃げた：是「逃げる」（逃跑）的「た形」。
・動詞た形＋ら：此處表示「如果做～的話」。
・殺す：殺掉。　　・ぞ：強調的語氣。　　・と：助詞，前面接「所說的內容」。
・刺した：是「刺す」（刺入）的「た形」，此處表示「過去」。

114　唇を噛む
くちびる　か

MP3 114

原字義

嘴唇		咬
唇	を	噛む

引申義

壓抑後悔、氣憤的感受。壓抑悔恨的情緒。生悶氣。

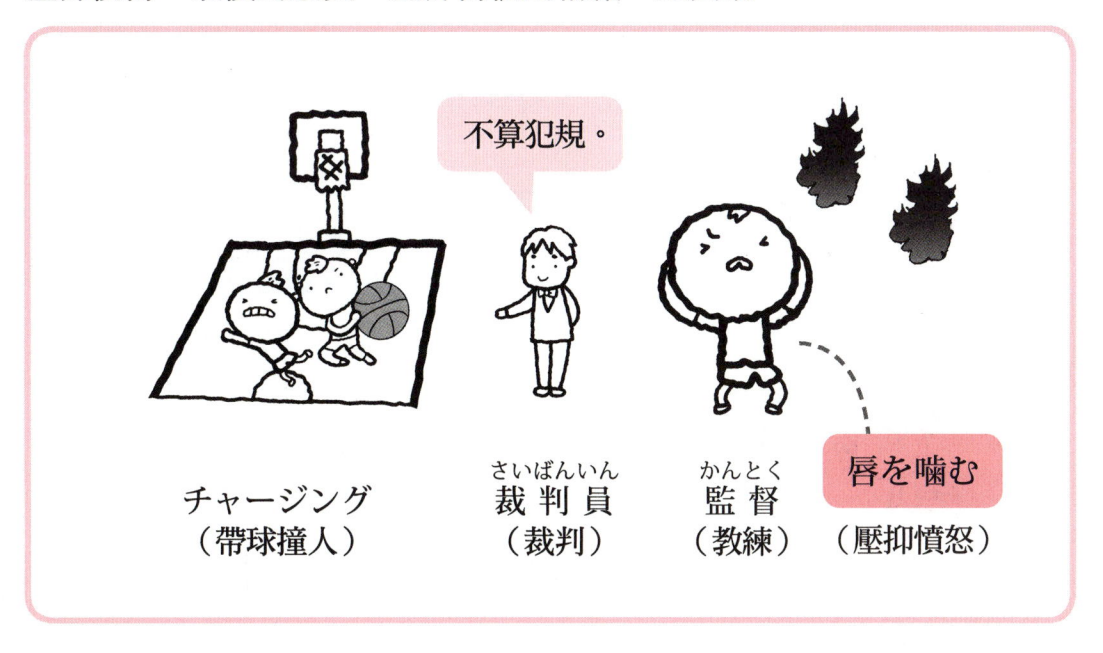

不算犯規。

チャージング
（帶球撞人）

さいばんいん
裁判員
（裁判）

かんとく
監督
（教練）

唇を噛む
（壓抑憤怒）

活用句

かんとく　　くちびる　か
監督は 唇 を噛んでいる。

教練壓抑著怒氣。

・噛んでいる：是「噛む」（咬）的「ている形」，此處表示「目前狀態」。

133

115　草の根を分けて捜し出す　　MP3 115

原字義

草根	分開之後	捜尋出來
草の根 を	分けて	捜し出す

引申義

用盡各種方法，找遍各個角落。徹底尋找。

草の根を分けて捜し出す
（找遍各角落、徹底尋找）

活用句

草の根を分けて捜し出せ。

給我徹底找出來！

・捜し出せ：是「捜し出す」（捜尋出來）的「命令形」。

116　けりをつける

原字義

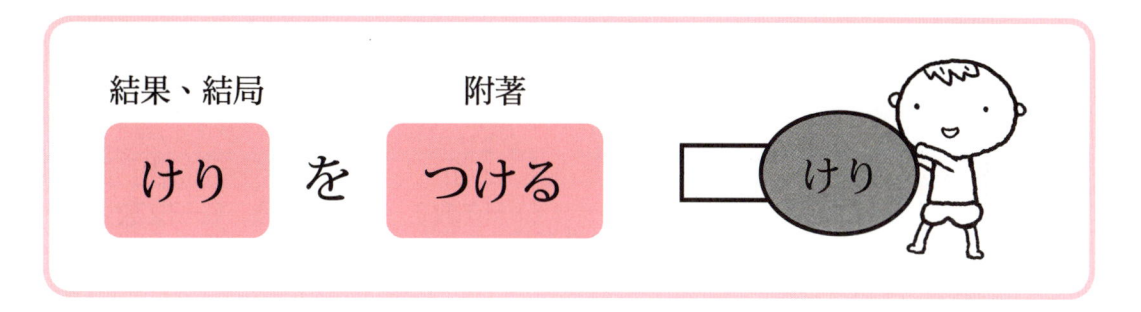

けり	を	つける
結果、結局		附著

引申義

有著落。解決。了結。

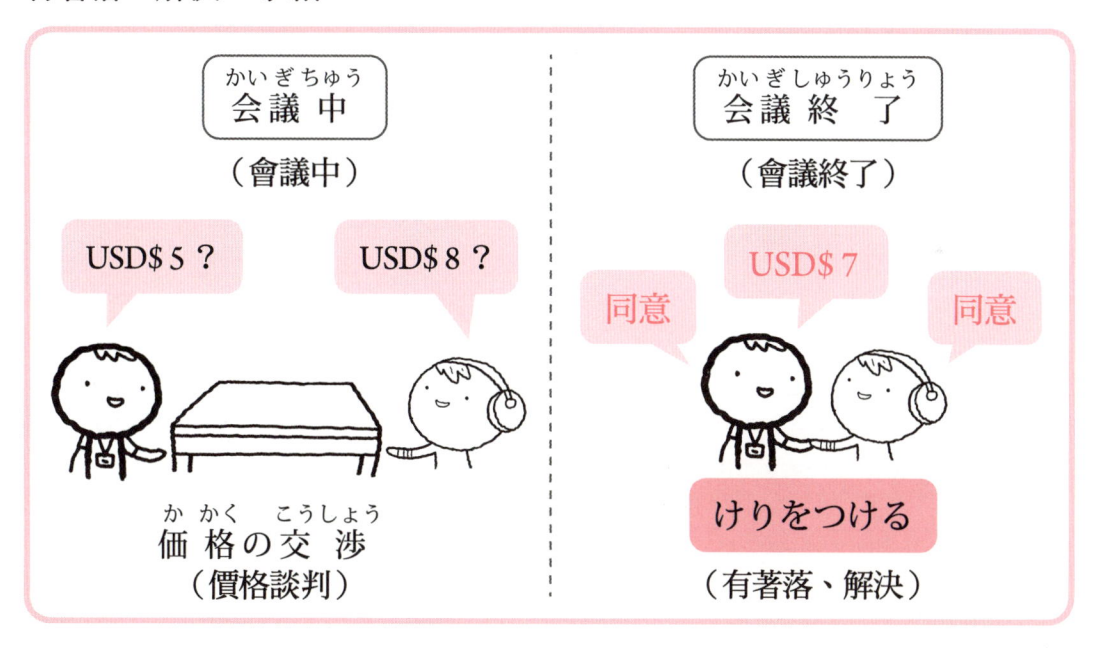

会議中（會議中）
USD$5？　USD$8？
価格の交渉（價格談判）

会議終了（會議終了）
同意　USD$7　同意
けりをつける
（有著落、解決）

活用句

明日までにけりをつけたい。希望明天結束前有著落。

・時間＋までに：在某個時間點為止以前。
・つけたい：是「つける」（附著）的「たい形」，此處表示「希望做～」。

117 桁が違う
けた ちが

MP3 117

原字義

位數	不同	1	10	100
桁	が 違う	ひとけた 一桁 （一位數）	ふたけた 二桁 （二位數）	みけた 三桁 （三位數）

引申義

相差懸殊，以致無法比擬。

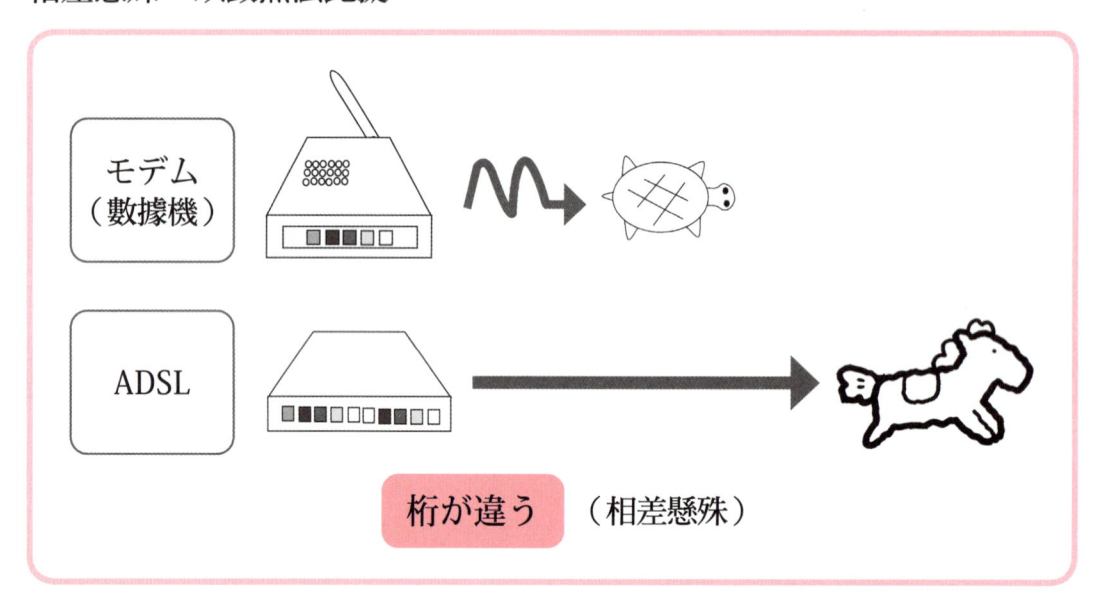

モデム（數據機）

ADSL

桁が違う （相差懸殊）

活用句

アルバイトと社長とでは、給料の桁が違う。
しゃちょう　　　　きゅうりょう　けた　ちが

打工族和社長的話，薪水的<u>差距極大</u>。

- アルバイト：打工族。　・〜と〜と：助詞，〜和〜。
- 〜と〜とでは：〜和〜的話。
- 給料：薪水。　・名詞＋の＋桁が違う：〜相差懸殊、〜的差距極大。

118 芸が細かい
げい こま

MP3 118

原字義

技藝　　　精細的
芸 が **細かい**　　10,000個

引申義

精巧的技藝。做工精細。

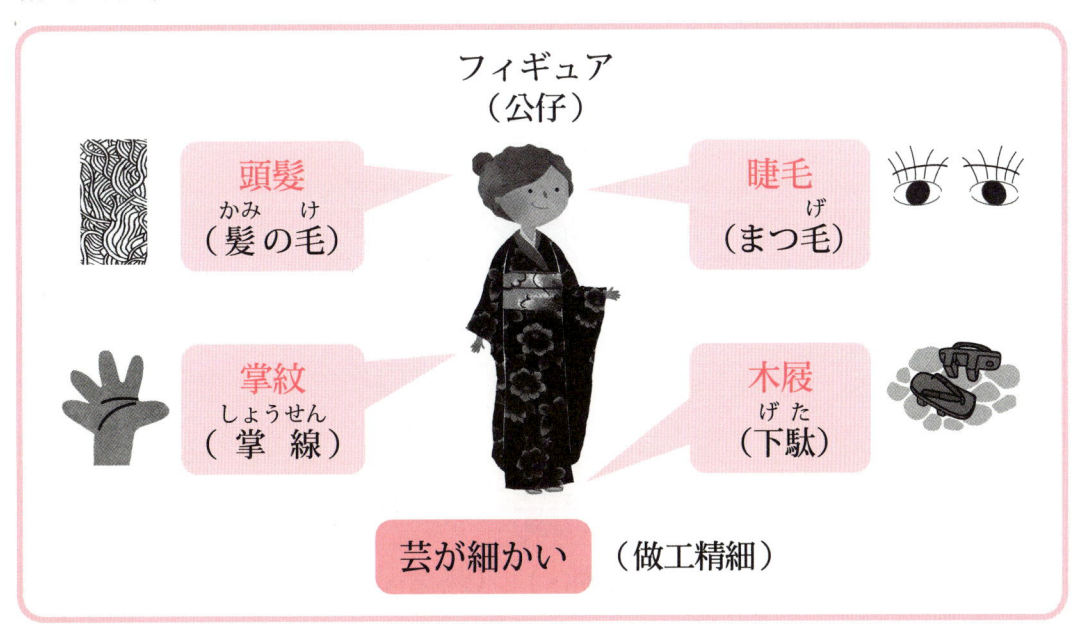

フィギュア
（公仔）

頭髪
かみけ
（髪の毛）

睫毛
げ
（まつ毛）

掌紋
しょうせん
（掌線）

木屐
げた
（下駄）

芸が細かい　（做工精細）

活用句

この フィギュアは 本当に 芸が細かい ね。
　　　　　　　　ほんとう　げい こま

這個公仔做工真是精細呢。

・この：這個〜。　・ね：感嘆的語氣。

137

119 心が動く

原字義

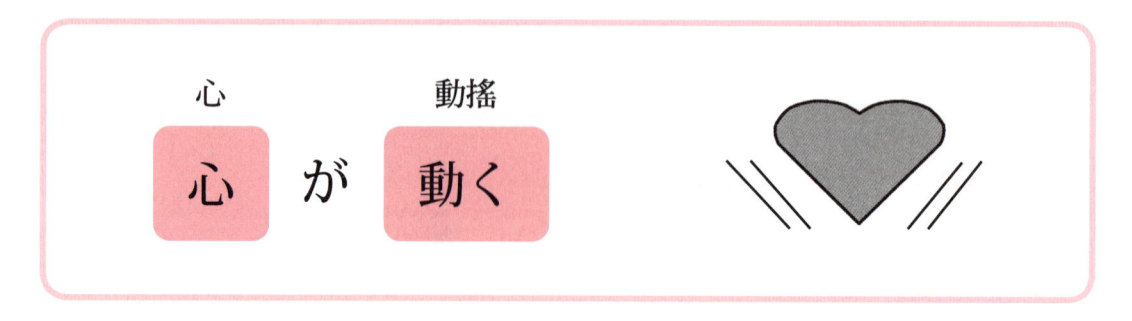

心（心） が 動く（動搖）

引申義

被打動而改變想法。心動。

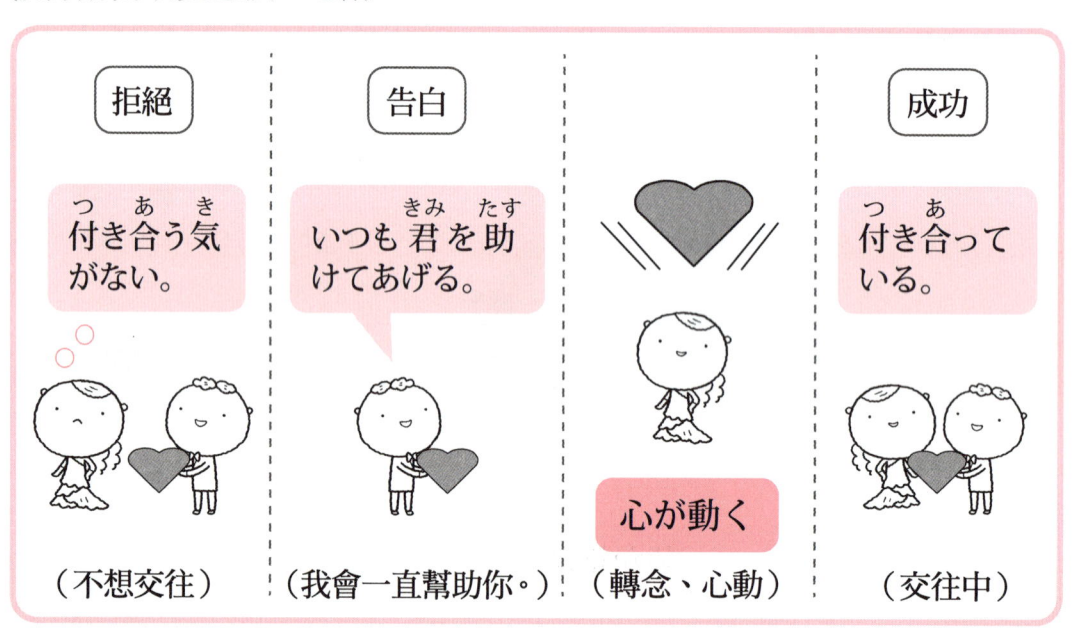

拒絕	告白		成功
付き合う気がない。	いつも君を助けてあげる。	心が動く	付き合っている。
（不想交往）	（我會一直幫助你。）	（轉念、心動）	（交往中）

活用句

彼の言葉に心が動いた。因他的話而心動了。

- に：助詞，表示「對於～、面對～」。
- ～に心が動く：因～而心動。
- 動いた：是「動く」（動搖）的「た形」，此處表示「過去」。

120　心がこもった
こころ

MP3 120

原字義

心（心）　が　こもった（充滿了）

引申義

真心誠意、全心全意的善意表現。

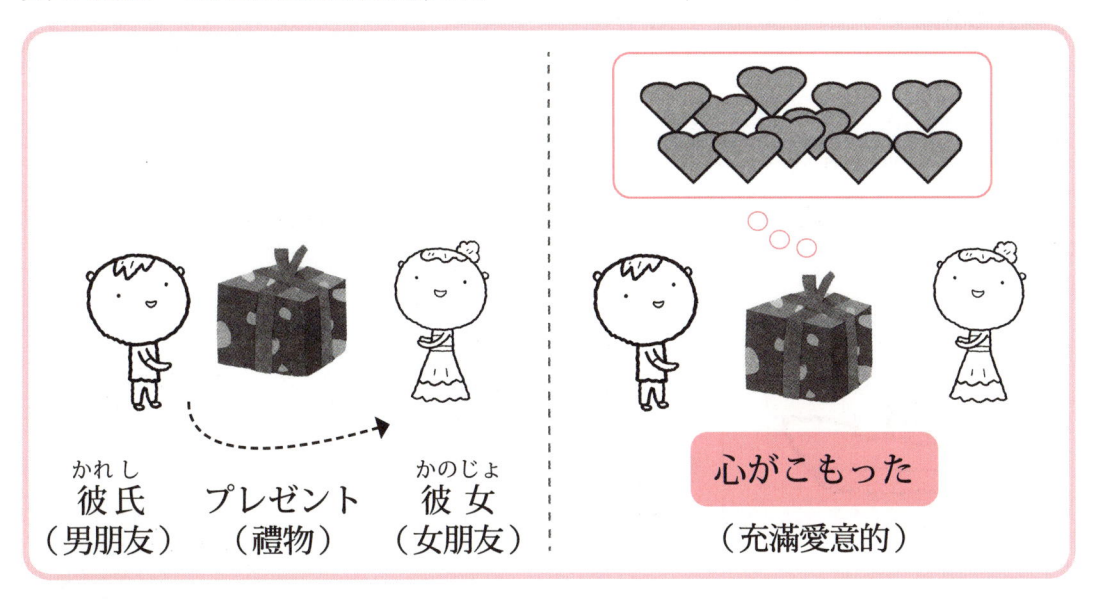

かれし
彼氏（男朋友）　プレゼント（禮物）　かのじょ
彼女（女朋友）

心がこもった（充滿愛意的）

活用句

心_{こころ}がこもったプレゼントに感激_{かんげき}した。**對充滿愛意的禮物感動。**

- に：助詞，表示「對於～」。
- 感激した：是「感激する」（感動）的「た形」，此處表示「過去」。
- 此慣用句的辭書形是「心がこもる」。使用時，通常是「心がこもった」（過去形）或「心がこもっている」（目前狀態）後面接名詞，類似形容詞的功能。

121　心に残る

原字義

心（心）に 残る（殘留）

引申義

感動或印象久久無法忘懷，留下深刻印象。

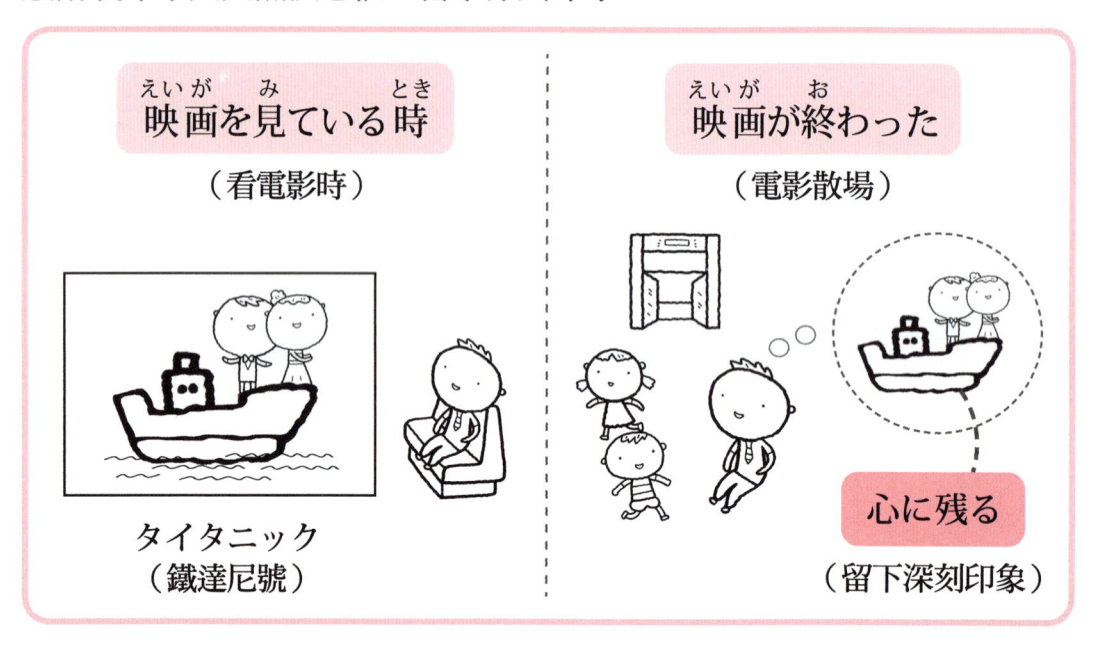

映画を見ている時（看電影時）
タイタニック（鐵達尼號）

映画が終わった（電影散場）
心に残る（留下深刻印象）

活用句

あのシーン が 心に残っている。那個場景無法忘懷。

- シーン：場景。
- 残っている：是「残る」（殘留）的「ている形」，此處表示「目前狀態」。

122　心を鬼にする
　　　こころ　おに

MP3 122

原字義

　　　心　　　無惡不做的惡魔　　使～成為
　　心 を **鬼** に **する**　　♥ → 👹

引申義

明知對方很辛苦，但希望對方更好，所以故意磨練他，嚴格要求他。

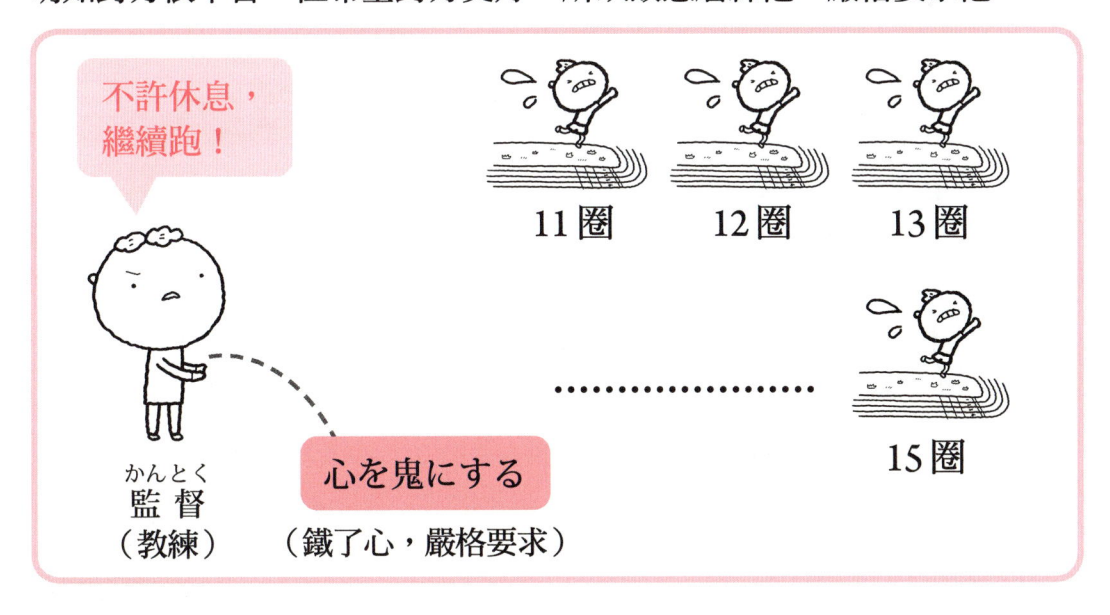

不許休息，繼續跑！

11圈　　12圈　　13圈

・・・・・・・・・・・・・・・・・

15圈

監督
かんとく
（教練）

心を鬼にする
（鐵了心，嚴格要求）

活用句

監督は 彼に 心を鬼にした。
かんとく　かれ　こころ　おに

教練對他鐵了心，嚴格磨練。

・に：助詞，前面接「動作對象」。
・した：是「する」（使～成為）的「た形」，此處表示「過去」。

123　腰が強い

原字義

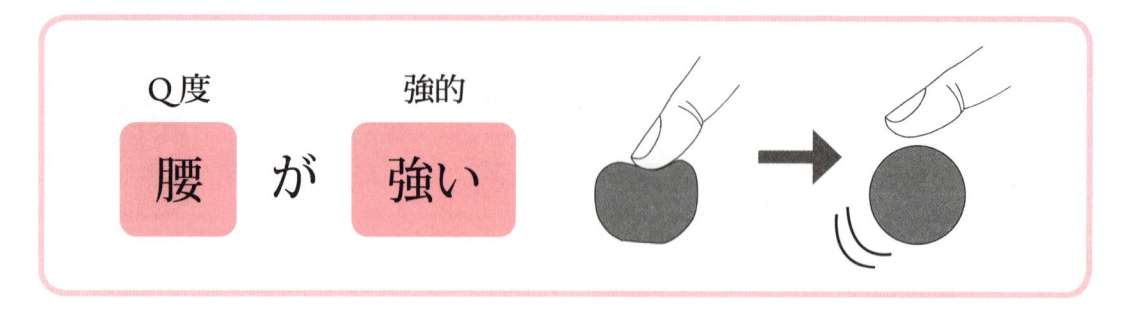

Q度　強的
腰　が　強い

引申義

黏黏的東西、有嚼勁、QQ的。類似珍珠奶茶的珍珠，以及蒟蒻果凍等。

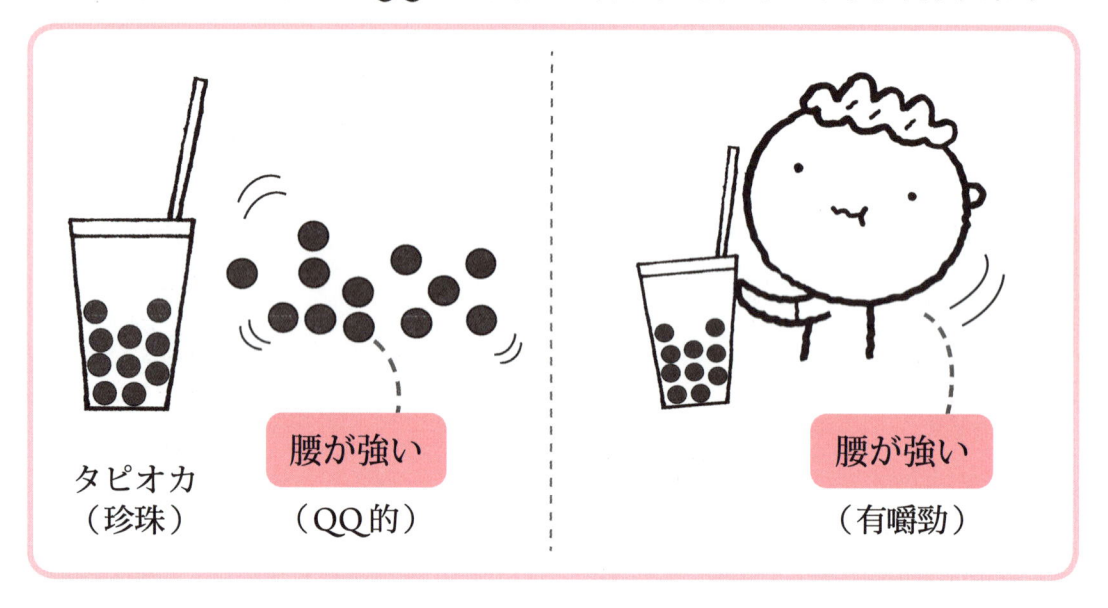

タピオカ
（珍珠）

腰が強い
（QQ的）

腰が強い
（有嚼勁）

活用句

讚岐うどんは腰が強い。

讚岐烏龍麵QQ的、很有嚼勁。

124 腰が低い

原字義

腰　　　低的

| 腰 | が | 低い |

← ひくい 低い

引申義

低姿態。謙虛。和藹。平易近人。

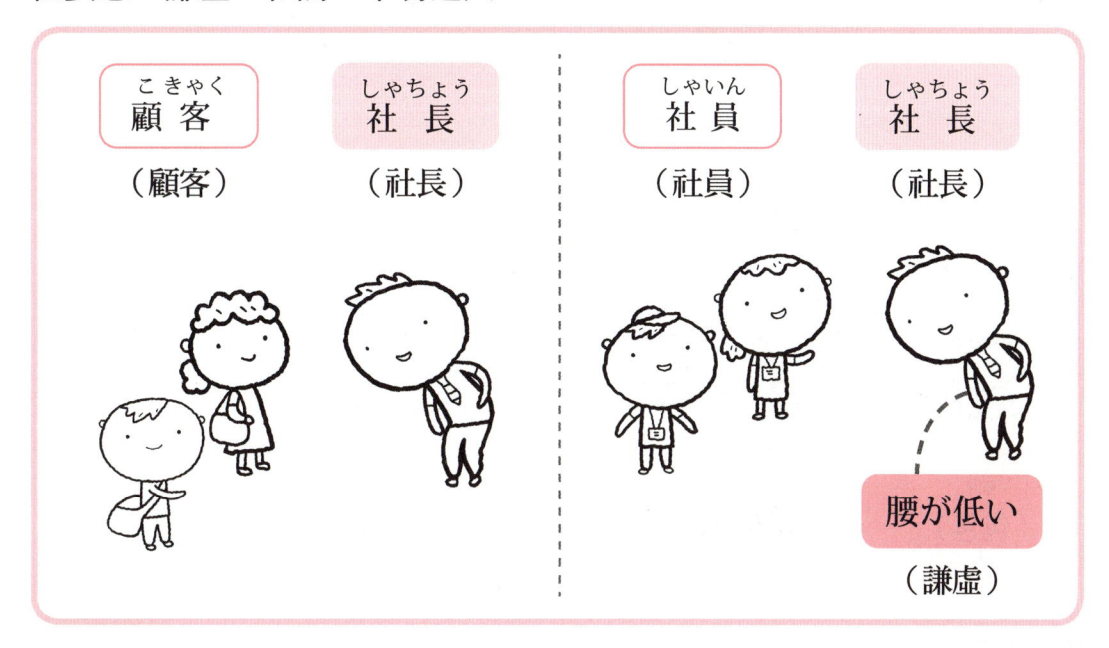

顧客（顧客）　社長（社長）　　社員（社員）　社長（社長）

腰が低い
（謙虛）

活用句

うちの社長は腰が低い。

我們公司的社長很謙虛。

・うち：自己所有的、自己所屬的。

125　腰が抜ける(こしぬける)

原字義

腰　脫落
腰 が 抜ける

引申義

因為非常驚嚇或驚訝而站不起來。嚇軟。癱軟。常用「腰が抜けそうになった」（差一點就要驚嚇到癱軟）的形式。

鞄(かばん)（包包）　腰が抜ける（驚嚇到癱軟）　強盜(ごうとう)（強盜）

活用句

びっくりして腰が抜けそうになった。

因為太吃驚，差一點驚嚇到癱軟。

- びっくりして：是「びっくりする」（吃驚、驚嚇）的「て形」，此處表示「原因」。
- 動詞＋そうになった：此處表示「差一點就要～，但是幸虧沒有」。動詞接續「そうになった」的原則，和接續「ます」一樣。

126 腰を折る(こし お)

MP3 126

原字義

腰 を 折る
（腰）　（折彎）

引申義

中途打斷、妨礙別人說話，因而造成對方不愉快，或造成場面尷尬。

你知道嗎？我昨天超幸運的，我……

我決定要換手機了！

友達(ともだち)
（朋友）

腰を折る
（中途打斷別人說話）

活用句

相手(あいて)の 話(はなし) の 腰(こし)を折(お)った。

中途打斷了對方的話。

・相手：對方。　・折った：是「折る」（折彎）的「た形」，此處表示「過去」。

127　腰を上げる

> 原字義

腰　を　上げる
腰　　抬起

> 引申義

原本坐著休息，終於起身，開始著手處理。常用「重い腰を上げる」（開始著手處理），請參考下方活用句。

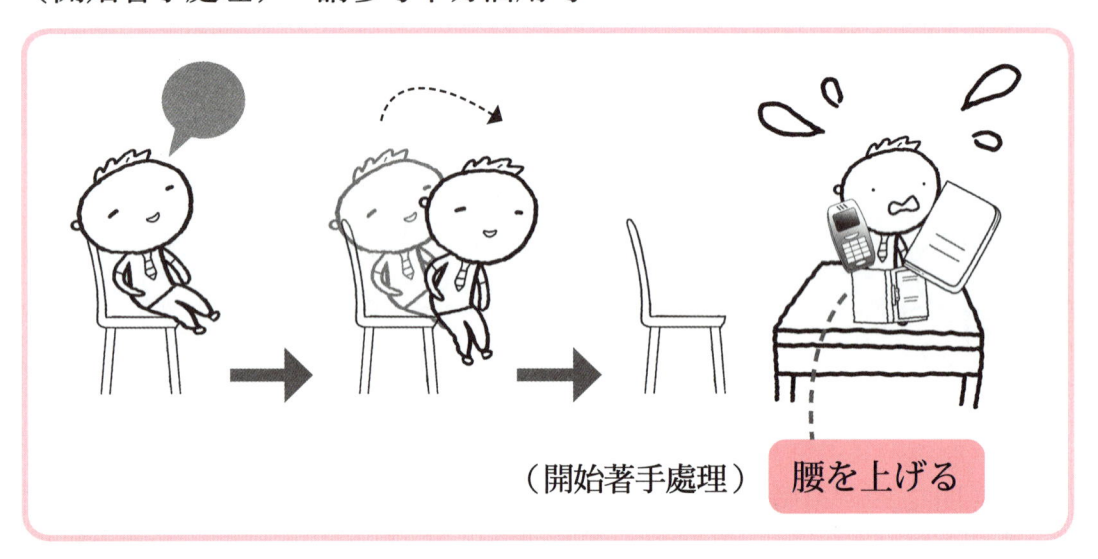

（開始著手處理）　腰を上げる

> 活用句

彼は 初めて重い腰を上げた。
他終於開始著手處理了。

・初めて：此處是副詞用法，表示「終於」。　　・重い：沉重的。
・上げた：是「上げる」（抬起）的「た形」，此處表示「過去」。

128 腰を据える

原字義

腰 → 腰
据える → 使～坐上

引申義

用一段長時間集中精力、堅定地做某件事。

今年1月～12月
背完3000單字

明年1月～12月
做完10回模擬試題

腰を据える
（花長時間專心做）

活用句

腰を据えて じっくり勉強する。
花長時間好好地讀書。

・据えて：是「据える」（使～坐上）的「て形」，此處表示「描述狀態」。
・じっくり：好好地、仔細地、花一些時間。　　・勉強する：讀書。

129 胡麻を擂る（ご ま す）

MP3 129

原字義

芝麻　　　　磨
胡麻 を 擂る

引申義

拍馬屁。阿諛逢迎。

課長是我的偶像！
我願意永遠追隨您！

能作為課長的部下，
是我的福氣！

ぶか　　　　じょうし
部下　　　　上司
（部下）　　（上司）

胡麻を擂る　（拍馬屁）

活用句

彼は 上司に 対して いつも 胡麻を擂っている。
かれ　じょうし　　たい　　　　　ごま　す

他對上司總是經常拍馬屁。

・某人＋に（助詞）＋対して：是「某人＋に＋対する」（對於某人）的「て形」。
・擂っている：是「擂る」（磨）的「ている形」，此處表示「經常性的行為」。

130　三度目の正直(さんどめのしょうじき)

原字義

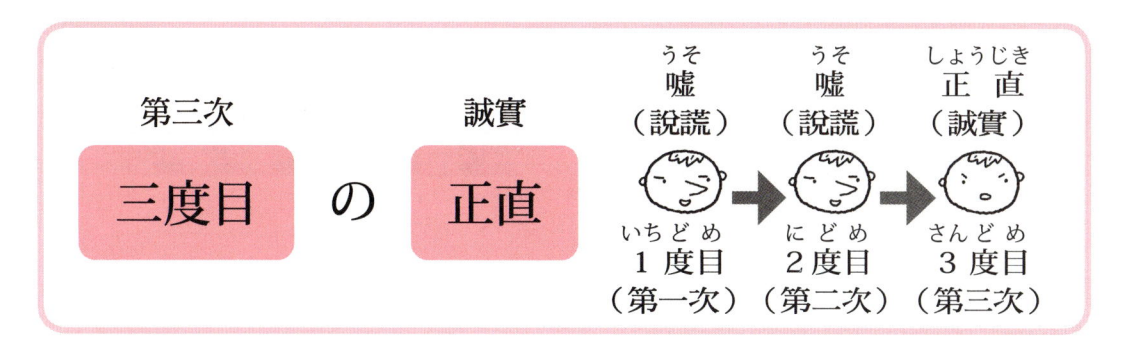

第三次　　　　　　誠實
三度目 の **正直**

1度目（第一次）	2度目（第二次）	3度目（第三次）
嘘（說謊）	嘘（說謊）	正直（誠實）

引申義

第三次應該會出現好結果。

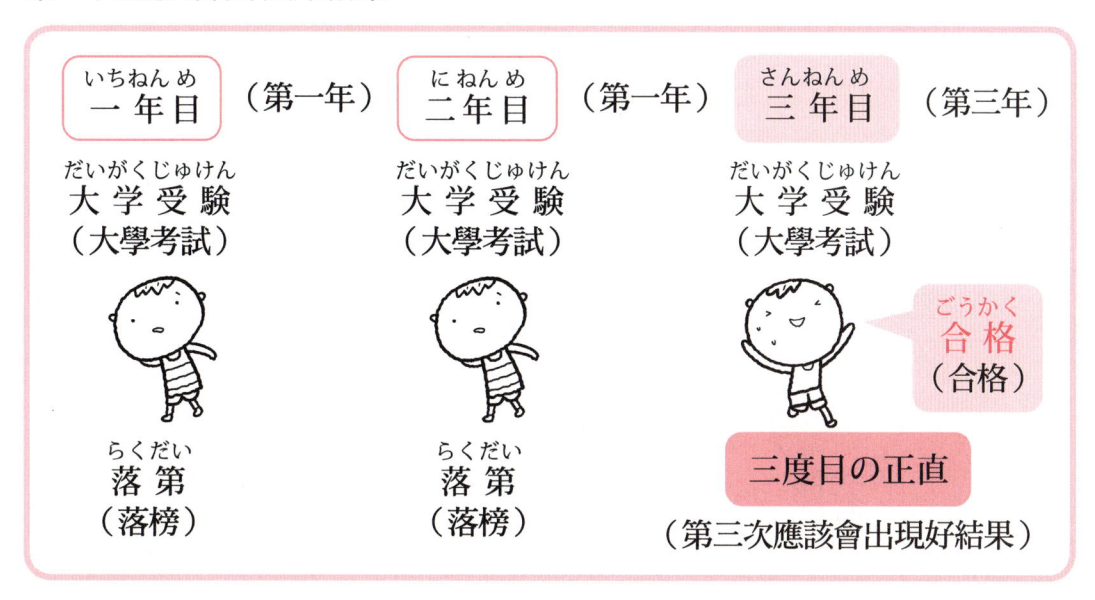

一年目(いちねんめ)（第一年）	二年目(にねんめ)（第一年）	三年目(さんねんめ)（第三年）
大学受験(だいがくじゅけん)（大學考試）	大学受験（大學考試）	大学受験（大學考試）
落第(らくだい)（落榜）	落第（落榜）	合格(ごうかく)（合格） 三度目の正直 （第三次應該會出現好結果）

活用句

今年(ことし)こそは 三度目(さんどめ)の 正直(しょうじき)だ。

就是今年，第三次應該會出現好結果。

・だ：斷定的語氣。

131 三拍子揃う（さんびょうしそろう）

MP3 131

原字義

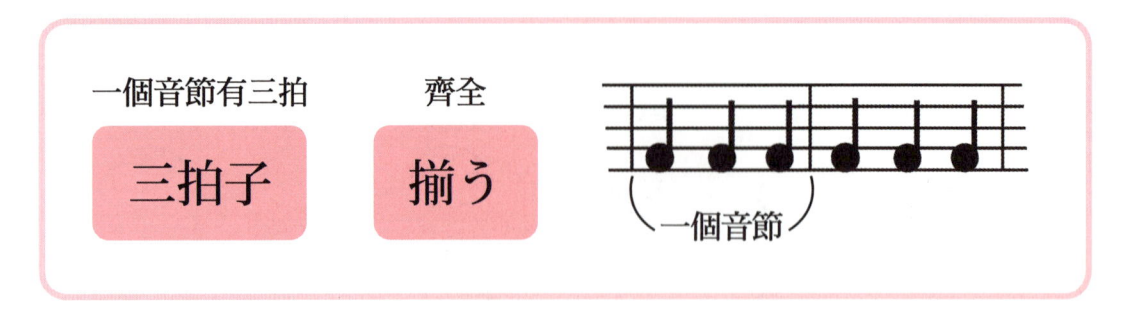

一個音節有三拍	齊全
三拍子	揃う

一個音節

引申義

重要的三個條件都很好。

1 頭が良い（あたま よ）（頭腦好）

2 ハンサム（長得帥）

3 スポーツマン（運動全能）

三拍子揃う（重要的三個條件都很好）

活用句

彼（かれ）は三拍子揃（さんびょうしそろ）っている。

他重要的三個條件都很好。

・揃っている：是「揃う」（齊全）的「ている形」，此處表示「目前狀態」。

132 鯖を読む
さば　よ

MP3 132

原字義

青花魚		閱讀
鯖	を	読む

引申義

謊報比實際年齡小。謊稱對自己有益的數字。在數量上打馬虎眼。

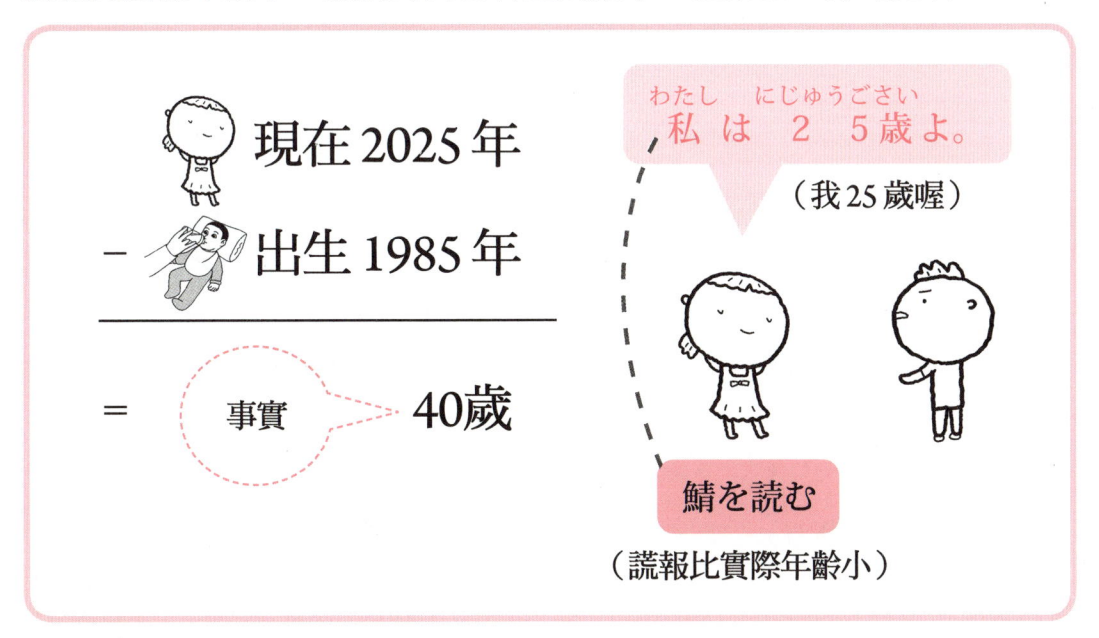

現在 2025 年
− 出生 1985 年
―――――――――
= 事實 40 歳

わたし　にじゅうごさい
私は ２５歳よ。
（我 25 歳喔）

鯖を読む
（謊報比實際年齡小）

活用句

にじゅうご　さば　よ
２５？鯖を読んでるね。25 歲？你謊報年齡吧。

・読んでる：是「読む」（閱讀）的「て（い）る形」，口語時經常省略「い」，此處表示「目前狀態」。
・ね：跟對方確認的語氣。

151

133 様(さま)になる

原字義

（某種）樣子　變成
様 に なる

引申義

變得有模有樣。

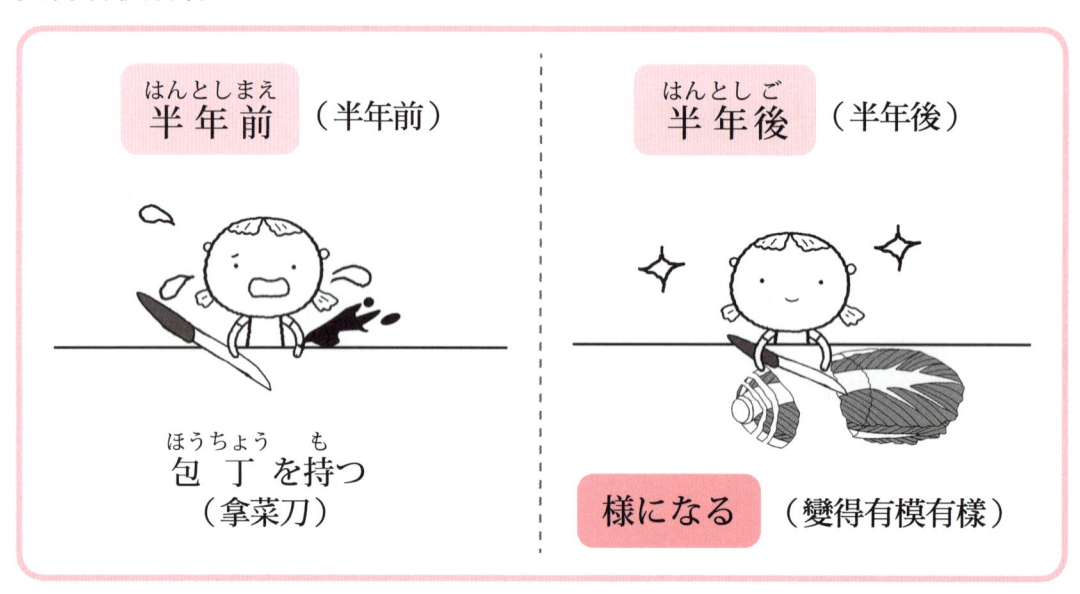

半年前(はんとしまえ)（半年前）
包丁を持つ(ほうちょう も)（拿菜刀）

半年後(はんとしご)（半年後）
様になる（變得有模有樣）

活用句

包丁(ほうちょう)を持(も)つ手(て)が様(さま)になってきた。

拿菜刀的手，變得越來越有模有樣了。

・なって：是「なる」（變成）的「て形」。
・動詞て形＋きた：此處表示「越來越～了」。

134 舌を巻く(した ま)

MP3 134

原字義

舌頭 捲起
舌 を **巻く**

引申義

對別人所擁有的能力感到吃驚，受到衝擊。咋舌。讚嘆不已。

すごい！（好厲害！）
カッコいい！（好酷！）
天才だ！（真是天才！）
てんさい

舌を巻く（讚嘆不已）

活用句

プロ達も 舌を巻く。
たち　　した ま

專家們也讚嘆不已。

・プロ達：專家們。　　・も：助詞，列舉某人事物也～。

135 舌が回る

原字義

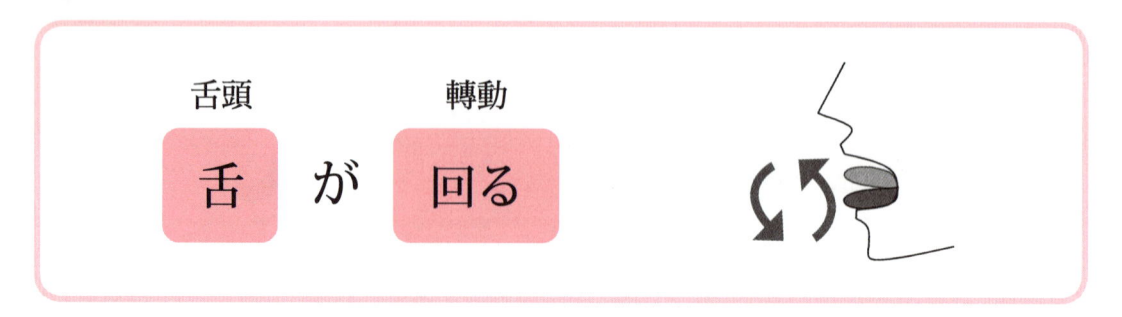

舌頭 — 舌
轉動 — 回る

引申義

話很多，講個不停。講話很快。很會講話。口齒流利。

ガイドさん
（導遊）

舌が回る（話很多，講個不停）

活用句

あのガイドさんは舌が回る。

那個導遊口齒流利、講個不停。

・あの：那個～。　・ガイド：導遊

136　舌が肥える

原字義

舌頭	肥、胖
舌	が　肥える

引申義

吃得太好，營養過剩。講究口味，講究吃。

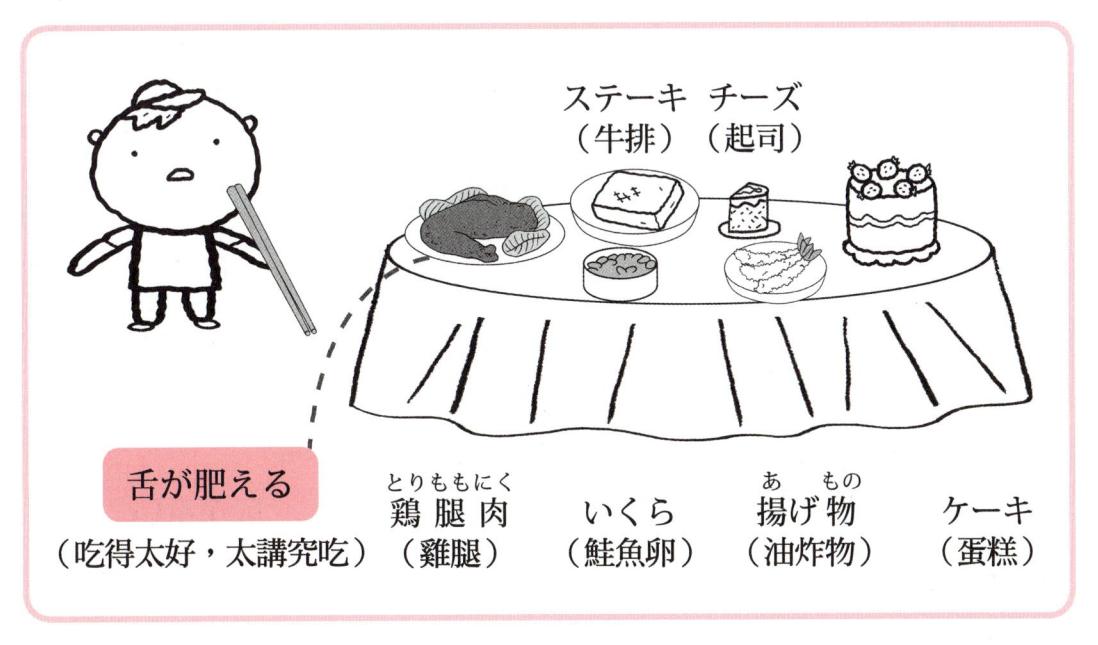

舌が肥える
（吃得太好，太講究吃）

鶏腿肉（雞腿）　いくら（鮭魚卵）　揚げ物（油炸物）　ケーキ（蛋糕）

ステーキ（牛排）　チーズ（起司）

活用句

現代人は舌が肥えている。

現代人很講究吃。

・肥えている：是「肥える」（肥、胖）的「ている形」，此處表示「目前狀態」。

137　尻が重い

原字義

屁股　　重的
尻　が　重い

引申義

原意為屁股很重，比喻缺乏幹勁、不想做事、拖拖拉拉。

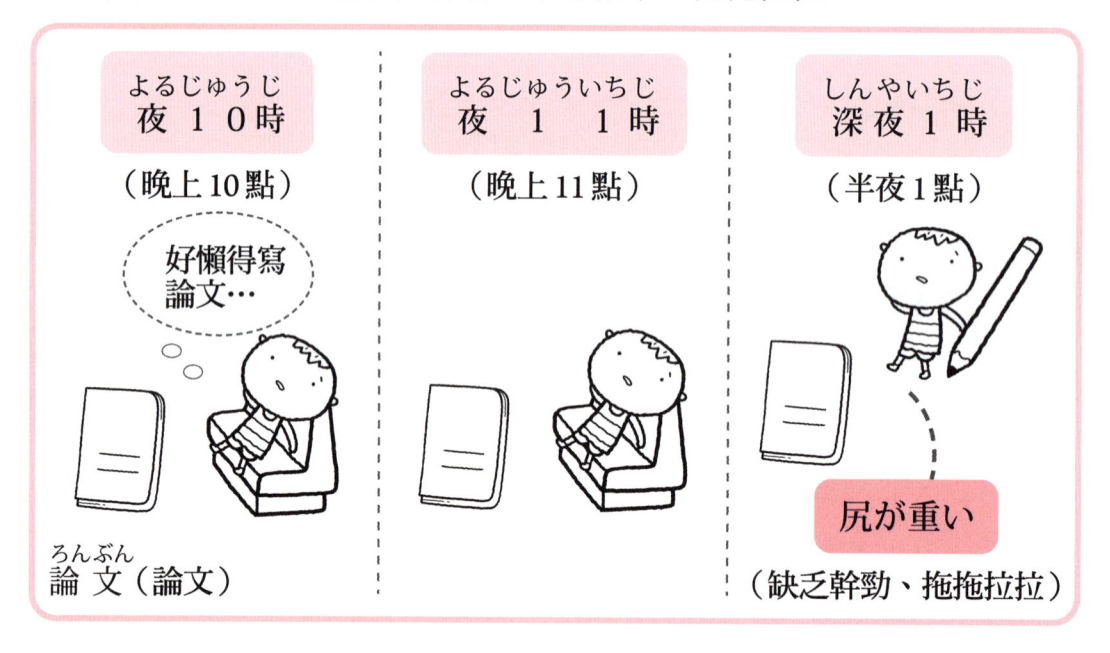

夜10時（晚上10點）　好懶得寫論文…　論文（論文）

夜11時（晚上11點）

深夜1時（半夜1點）　尻が重い（缺乏幹勁、拖拖拉拉）

活用句

あいつは 何をするのも 尻が重い。那傢伙做什麼都拖拖拉拉。

- 何：什麼。　・する：做。
- の：「動詞」接續「助詞」時，形式上需要的名詞（形式名詞）。
- も：助詞，全都～。

138 尻が軽い
しり かる

MP3 138

原字義

屁股　輕的
尻 が **軽い**

0.001 KG

引申義

字面上的意思是「屁股很輕，不會一直坐在同一個地方」。形容女生談戀愛時，見一個愛一個，男朋友一個換過一個。

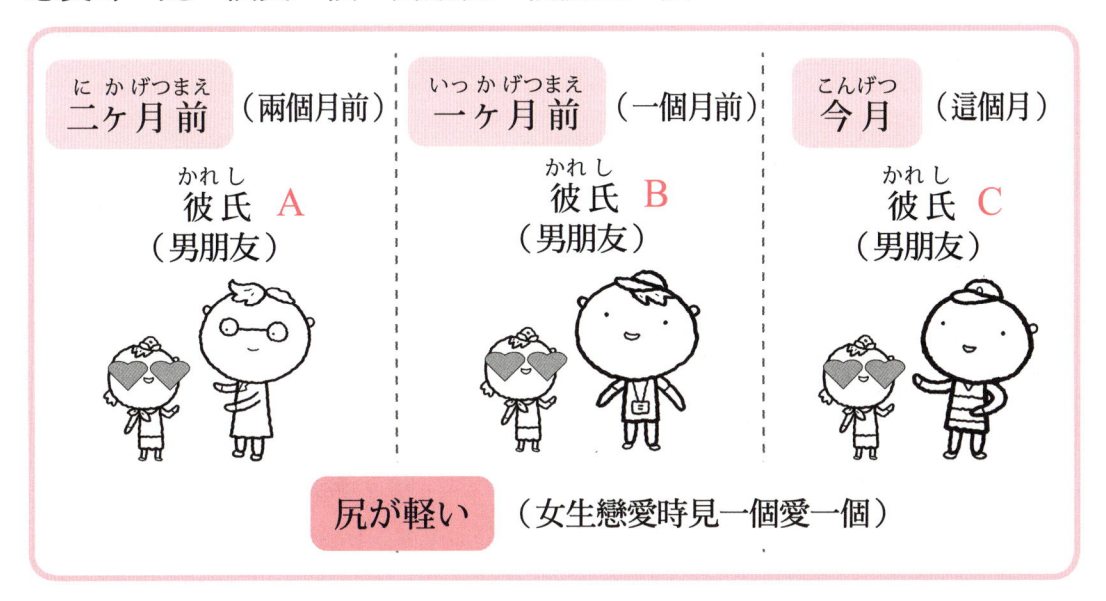

にかげつまえ 二ヶ月前（兩個月前）	いっかげつまえ 一ヶ月前（一個月前）	こんげつ 今月（這個月）
かれし 彼氏 A（男朋友）	かれし 彼氏 B（男朋友）	かれし 彼氏 C（男朋友）

尻が軽い（女生戀愛時見一個愛一個）

活用句

かのじょ　しり かる　おんな
彼女は 尻が軽い 女 だ。

她是個見一個愛一個的女生。

・彼女：她。　・だ：斷定的語氣。

139　尻を拭う
　　　しり　ぬぐ

MP3 139

原字義

屁股　　　　擦
尻 を **拭う**

引申義

字意是「擦屁股」。形容別人做出不好的事，幫人善後，做出彌補。

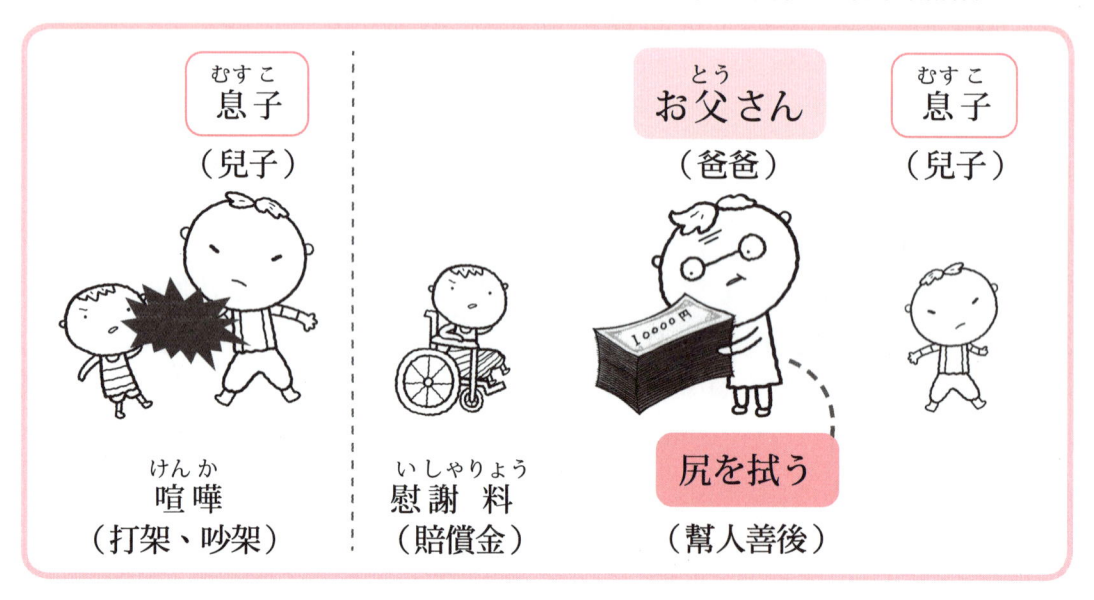

むすこ　　　　　　　　　　　とう　　　　　　むすこ
息子　　　　　　　　　　　お父さん　　　　息子
（兒子）　　　　　　　　　　（爸爸）　　　　（兒子）

けんか　　　　　　　いしゃりょう　　　尻を拭う
喧嘩　　　　　　　　慰謝料
（打架、吵架）　　　（賠償金）　　　　（幫人善後）

活用句

かれ　　むすこ　　　しり　ぬぐ
彼は 息子の 尻を拭った。

他幫兒子擦屁股善後。

・拭った：是「拭う」（擦）的「た形」，此處表示「過去」。

140 尻に敷く

原字義

屁股　　　壓住
尻 に **敷く**

引申義

態度強勢，像奴僕般使喚，但是並無惡意。常用來形容妻子欺壓丈夫。

つま　　　　　　おっと
妻（妻子）　　夫（丈夫）

（態度強勢）尻に敷く

活用句

あの奥さんは いつも 夫を尻に敷いている。

那位太太總是把丈夫壓得死死的。

- 奥さん：太太。　　・いつも：總是。　　・某人＋を＋尻に敷く：欺壓某人。
- 敷いている：是「敷く」（壓在下面）的「ている形」，此處表示「經常性的行為」。

141　尻に火が付く
　　　　しり　ひ　つ

MP3 141

原字義

屁股	火	附著
尻 に	火 が	付く

引申義

形容狀況緊急，必須立即處理。類似中文的「事態緊急到火燒屁股」。

四月（四月）　　　　**七月**（七月）
しがつ　　　　　　　　しちがつ

試験を受ける
しけん　う
（參加考試）

尻に火が付く　（感覺事態緊急）

活用句

彼も ついに 尻に火が付いた。
かれ　　　　　しり ひ つ

終於連他也感覺火燒屁股了。

・も：助詞，強調用法，表示「連～也～」。　　・ついに：終於。
・付いた：是「付く」（附著）的「た形」，此處表示「過去」。

160

142 尻尾を出す

原字義

尾巴		露出
尻尾	を	出す

引申義

露出馬腳。

尻尾を出す
（露出馬腳）

活用句

とうとう尻尾を出した。

終於露出馬腳了。

・とうとう：終於。　　・出した：是「出す」（露出）的「た形」，此處表示「過去」。

143 尻尾を掴む

MP3 143

原字義

尾巴　　　　抓住、掌握
尻尾 を **掴む**

引申義

抓到做壞事的證據，或揭發隱瞞的實情。

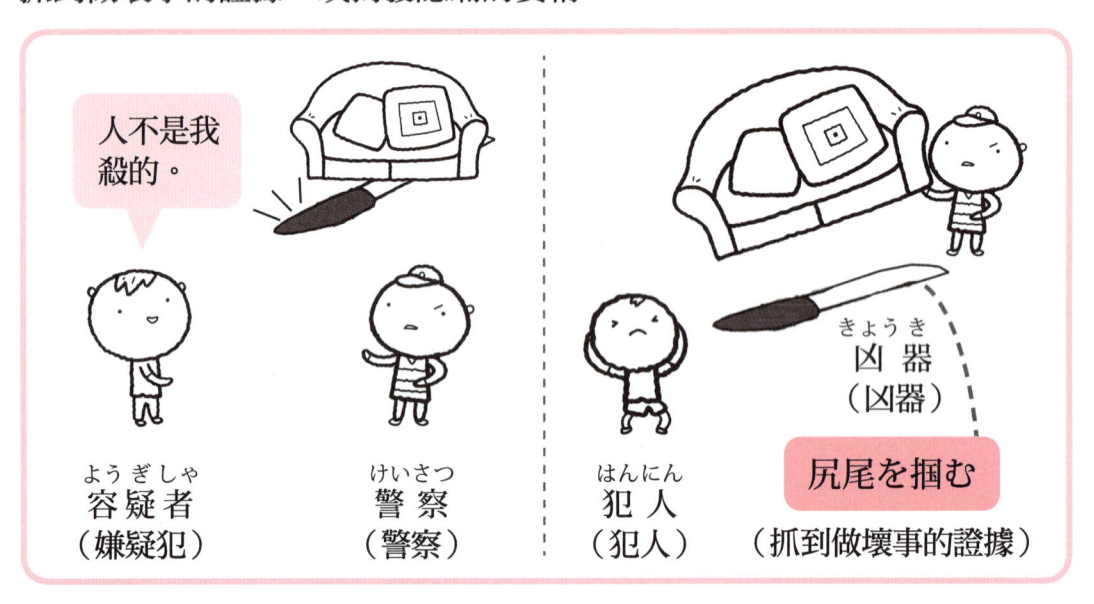

人不是我殺的。

ようぎしゃ
容疑者
（嫌疑犯）

けいさつ
警察
（警察）

はんにん
犯人
（犯人）

きょうき
凶器
（凶器）

尻尾を掴む
（抓到做壞事的證據）

活用句

けいさつ　　はんにん　しっぽ　つか
警察は 犯人の尻尾を掴んだ。

警察掌握了犯人的犯罪證據。

・掴んだ：是「掴む」（抓住、掌握）的「た形」，此處表示「過去」。

144 尻尾を巻く

原字義

尾巴 — 尻尾
捲起 — 巻く

引申義

失敗而落荒而逃。打退堂鼓。

（落荒而逃）尻尾を巻く

活用句

敵は 尻尾を巻いて 逃げた。敵人落荒而逃，逃跑了。

・巻いて：是「巻く」（捲起）的「て形」，此處表示「描述狀態」。
・逃げた：是「逃げる」（逃跑）的「た形」，此處表示「過去」。

145　白を切る
しら　き

MP3 145

原字義

不知道　　刻意做出某種動作或表情

白 を 切る

引申義

假裝不知情。佯裝不知。

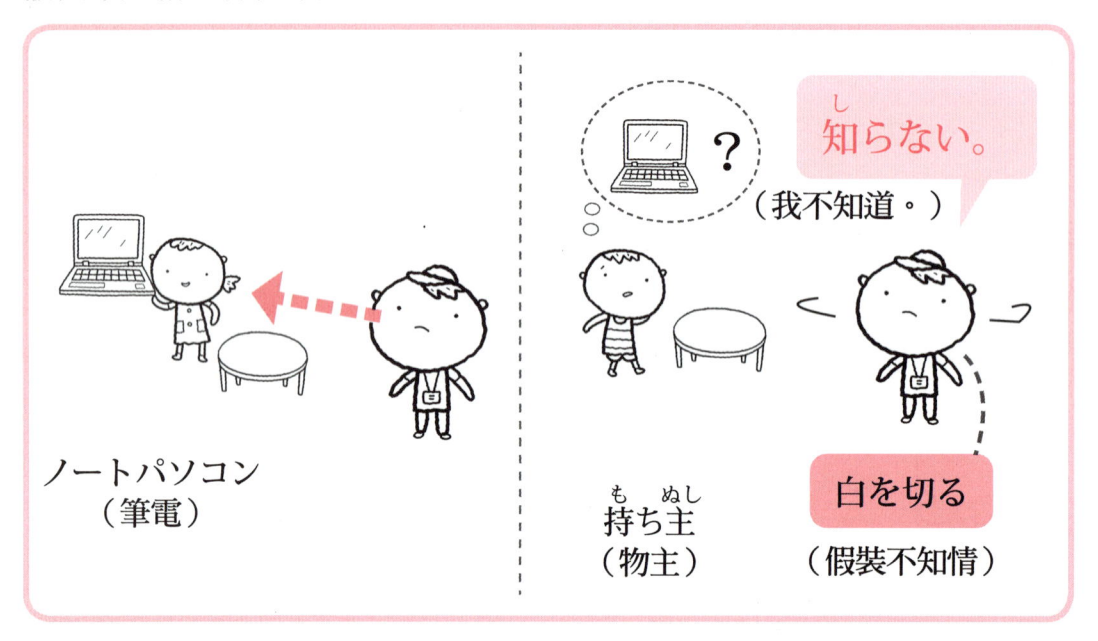

知らない。
（我不知道。）

ノートパソコン
（筆電）

持ち主
（物主）

白を切る
（假裝不知情）

活用句

この 男 は 白を切った。 這個男人假裝不知情。
　　おとこ　　しら き

・この：這個～。　・男：男人。
・切った：是「切る」（刻意做出某種動作或表情）的「た形」，此處表示「過去」。

146 白い目で見る
しろ　め　み

MP3 146

原字義

白眼　　使用　　看
白い目　で　**見る**

引申義

冷眼看待。遭到白眼。冷淡對待。

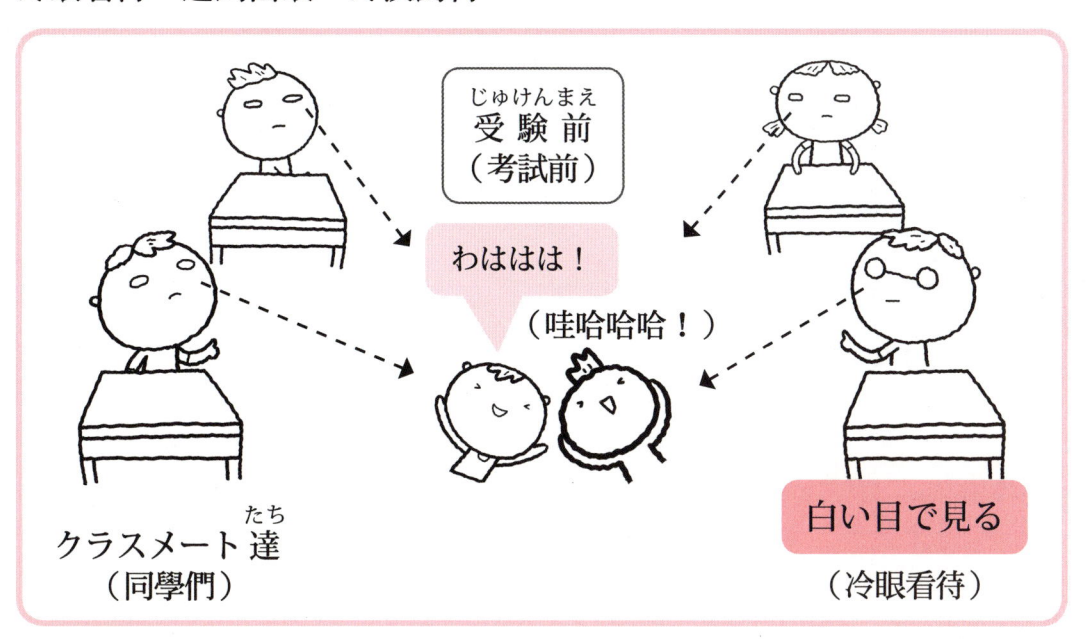

受験前（考試前）
じゅけんまえ

わははは！
（哇哈哈哈！）

クラスメート達（同學們）
たち

白い目で見る（冷眼看待）

活用句

私達を白い目で見ている。 我們遭到白眼（冷眼看待）。
わたしたち　しろ　め　み

・私達：我們。
・見ている：是「見る」（看）的「ている形」，此處表示「目前狀態」。

147　自腹を切る（じばらきる）

MP3 147

原字義

自己付錢	切
自腹 を	切る

引申義

自掏腰包。負擔原本不需要自己支付的費用。

会社の経費（かいしゃけいひ）（公司支付的費用）　$0

$2000

お客さん（きゃく）（客戶）

自腹を切る（自掏腰包）

活用句

新幹線代（しんかんせんだい）は自腹（じばら）を切（き）る。

新幹線的車資，要自掏腰包支付。

・〜代：〜的費用。

148 雀の涙(すずめのなみだ)

MP3 148

原字義

麻雀　　　眼涙
雀 の **涙**

引申義

原意為麻雀的眼淚，用來比喻金額、數量極少。

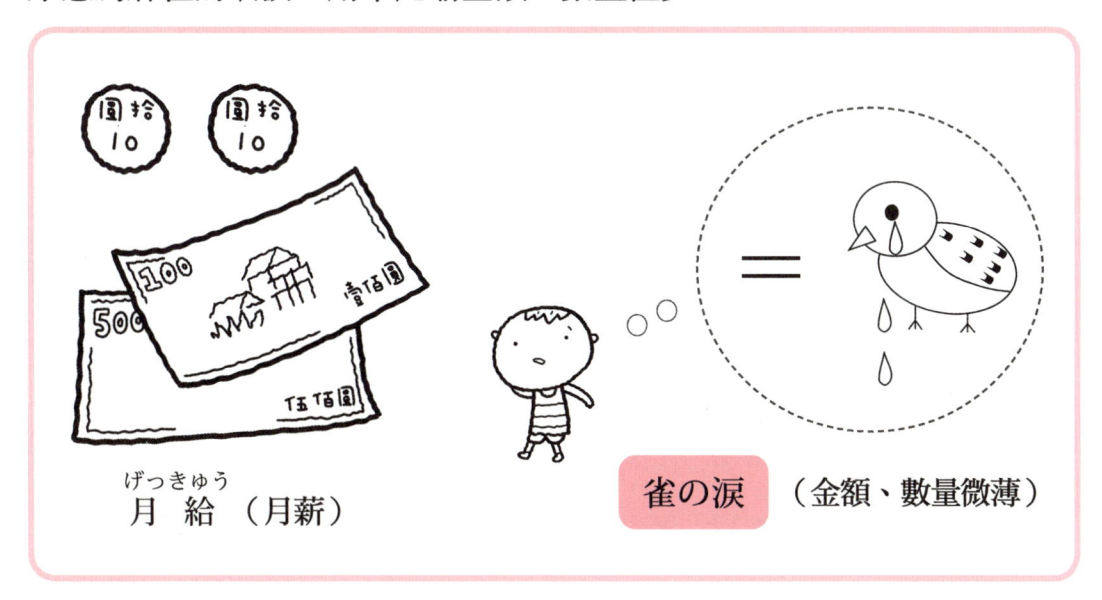

月給(げっきゅう)（月薪）　　雀の涙（金額、數量微薄）

活用句

雀(すずめ)の涙(なみだ)ほどの給料(きゅうりょう)をもらっている。

都領著像<u>麻雀的眼淚般微薄</u>的薪水。

・ほど：助詞，像～那樣的。　・給料：薪水。
・もらっている：是「もらう」（得到）的「ている形」，此處表示「經常性的行為」。

149 隅に置けない
すみ お

原字義

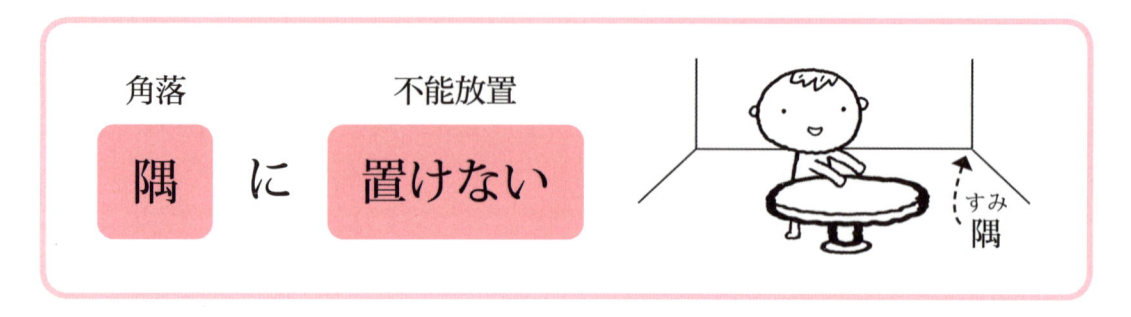

| 隅 | に | 置けない |
| 角落 | | 不能放置 |

引申義

擁有令人意外的才能或經驗。不可小看。不容輕視。

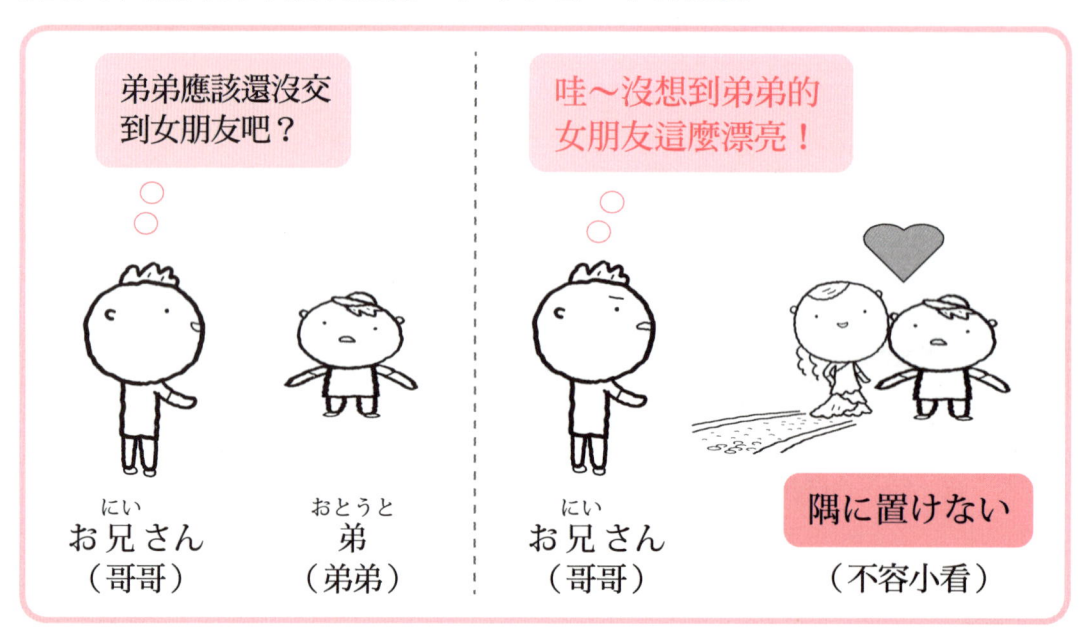

弟弟應該還沒交到女朋友吧？

哇～沒想到弟弟的女朋友這麼漂亮！

お兄さん（哥哥）　弟（弟弟）

お兄さん（哥哥）　隅に置けない（不容小看）

活用句

あいつも 隅に置けない な。 那傢伙也不容小看啊。
　　　　すみ　お

・あいつ：那傢伙。　・も：助詞，強調用法，表示「很意外」。
・な：感嘆的語氣。

150　背筋が寒くなる
　　　　（せすじ　さむ）

MP3 150

原字義

背筋（脊梁）　が　寒くなる（變寒冷）

引申義

毛骨悚然。背脊不寒而慄。同義語是「身の毛（みけ）もよだつ」。

幽霊話（ゆうれいばなし）
（鬼故事）

背筋が寒くなる
（毛骨悚然）

活用句

背筋が寒くなった。
（せすじ　さむ）

感到毛骨悚然。

・寒くなった：是「寒くなる」（變寒冷）的「た形」，此處表示「過去」。

151　背に腹はかえられない

原字義

背部	腹部	不能更換
背	に　腹	は　かえられない

引申義

不得已的情況下只好做出取捨。

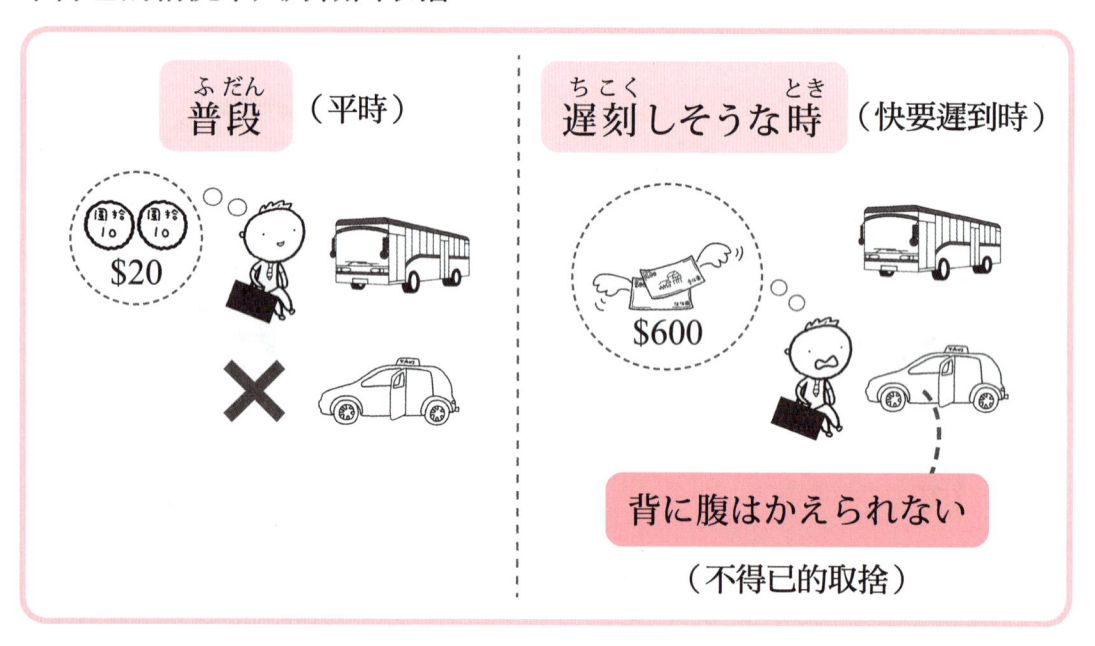

普段（平時）　　　　**遅刻しそうな時**（快要遲到時）

背に腹はかえられない
（不得已的取捨）

活用句

背に腹はかえられない ので タクシーに乗った。
因為不得已只好搭了計程車。

・ので：助詞，因為～所以～。　　・交通工具＋に＋乗る：搭乘某種交通工具。
・乗った：是「乗る」（搭乘）的「た形」，此處表示「過去」。

152 精が出る
（せい　で）

MP3 152

原字義

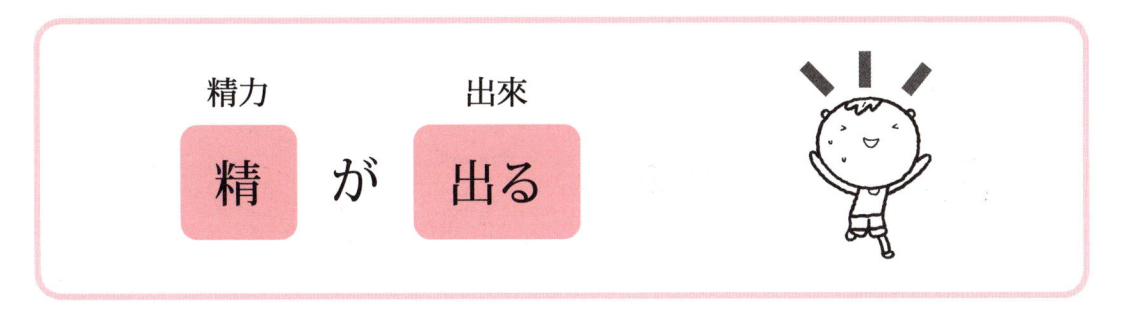

精（精力）　が　出る（出來）

引申義

精力充沛，拼命努力工作。後面加上「ね」是工作上的加油打氣語，等於「您辛苦了」。

| しごと 仕事（工作） | ざんぎょう 残業（加班） | pm 11:00　精が出ますね（您辛苦了）　たいきん 退勤（下班）　どうりょう 同僚（同事） |

活用句

精が出ますね。
您辛苦了。

・出ます：是「出る」（出來）的「ます形」，語氣較有禮貌。　・ね：感嘆的語氣。

153 世話をする

原字義

照顧　做
世話 を する

引申義

照顧什麼都不會的人。

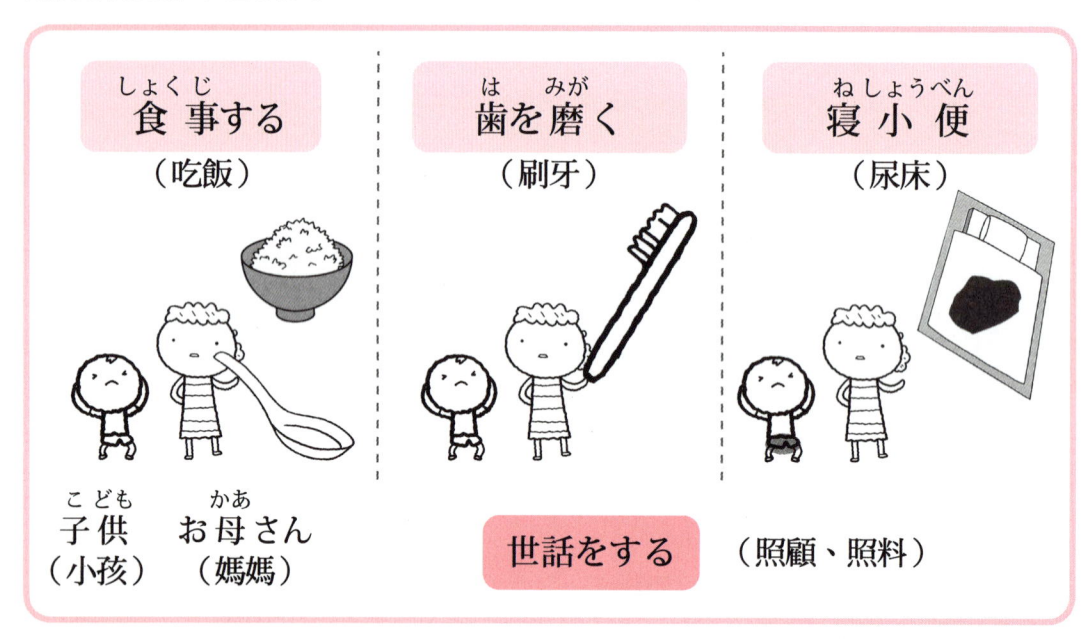

| しょくじ
食事する
（吃飯） | はみが
歯を磨く
（刷牙） | ねしょうべん
寝小便
（尿床） |

こども　　かあ
子供　　お母さん
（小孩）　（媽媽）

世話をする　（照顧、照料）

活用句

お母さんは子供の世話をする。

媽媽照顧小孩。

・某人＋の＋世話をする：照顧某人。

154 先手を打つ(せんてをうつ)

MP3 154

原字義

先下手	採取
先手 を	打つ

引申義

先發制人。

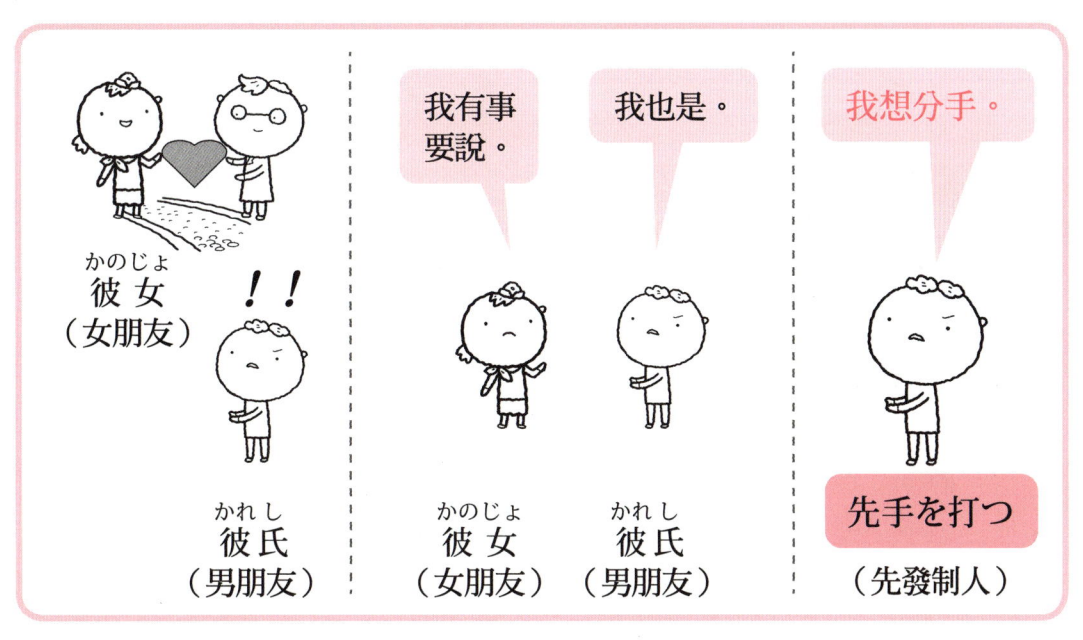

> 我有事要說。
> 我也是。
> 我想分手。

彼女(かのじょ)（女朋友）
彼氏(かれし)（男朋友）
彼女(かのじょ)（女朋友）
彼氏(かれし)（男朋友）
先手を打つ（先發制人）

活用句

彼(かれ)は 先手(せんて)を打(う)って 自分(じぶん)から 振(ふ)った。 他先發制人自己提分手。

・打って：是「打つ」（採取）的「て形」，此處表示「描述狀態」。
・某人＋から＋振る：由某人提出分手。
・振った：是「振る」（甩、拒絕）的「た形」，此處表示「過去」。

173

155　底（そこ）を突（つ）く

原字義

底部　　　碰觸
底 を **突く**

引申義

把積蓄用光。存款見底了。

貯蓄（ちょちく）
（存款）

底を突く
（花光積蓄）

活用句

貯蓄（ちょちく）が底（そこ）を突（つ）いてしまった。

存款花完了。

・突いて：是「突く」（碰觸）的「て形」。
・動詞て形＋しまった：「動詞て形＋しまう」的「過去形」，此處表示「動作完成」。

156 高を括る
たか くく

MP3 156

原字義

最高的數字 — 高
估計 — 括る

他頂多考50分吧！

引申義

低估。小看。誤判為不怎麼樣的事情。

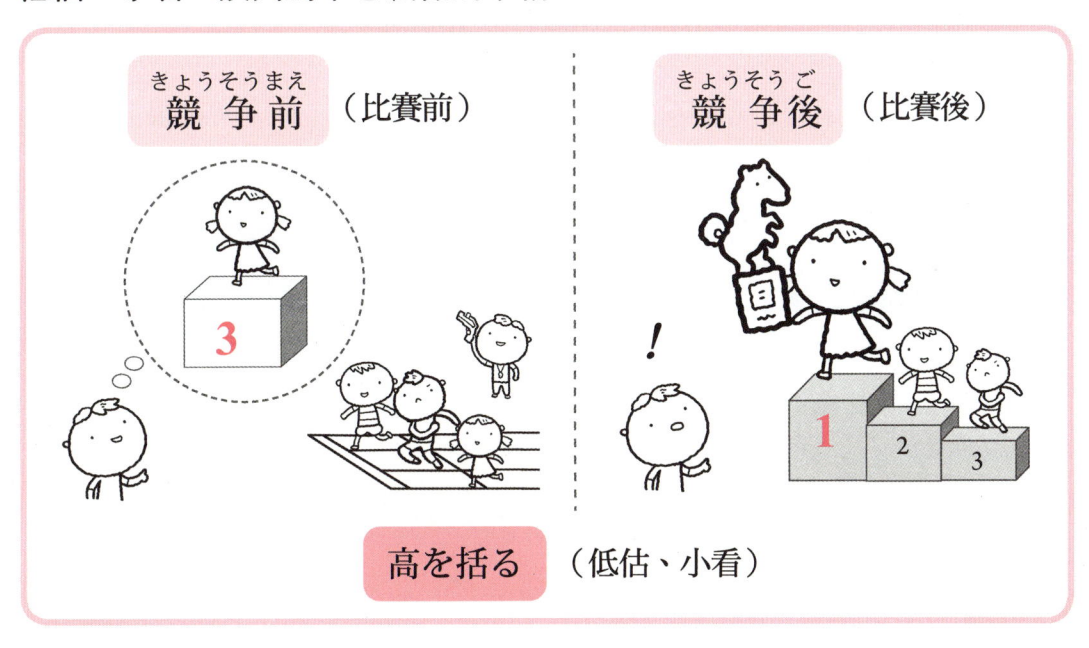

競争前（比賽前）
きょうそうまえ

競争後（比賽後）
きょうそうご

高を括る（低估、小看）

活用句

彼女に対して高を括っていた。之前小看她了。
かのじょ　　　　　　たか　くく

・に：助詞，前面接「動作對象」。
・某人＋に＋対して：某人＋に＋対する（對於某人）的「て形」。
・括っていた：是「括る」（估計）的「ている形（括っている）的過去形」，此處表示「過去持續到目前的行為」。

157 種を蒔く

原字義

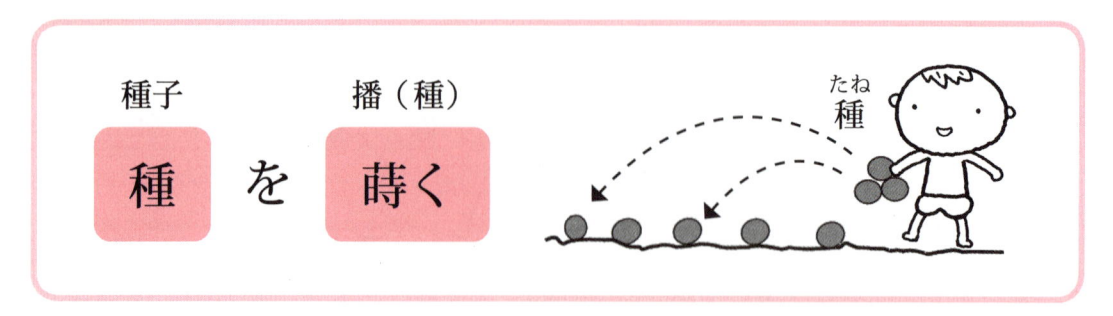

種子 → 種
播（種）→ 蒔く

引申義

做出導致某件事的行為。種下發生某件事的種子。埋下導火線。

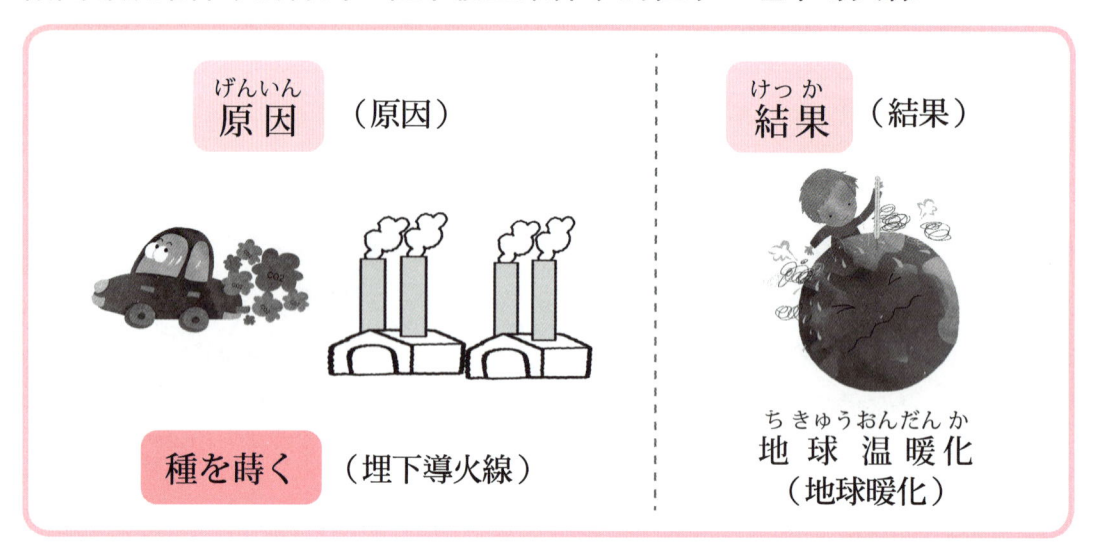

原因（原因） 種を蒔く（埋下導火線）

結果（結果） 地球温暖化（地球暖化）

活用句

この問題の種を蒔いたのは君だ。 埋下這個問題的導火線的是你。

- この：這個～。
- 蒔いた：是「蒔く」（播（種））的「た形」，此處表示「過去」。
- の：「動詞」接續「助詞」時，形式上需要的名詞（形式名詞）。
- 君：對關係親密的人稱呼「你」，對不熟的人有不禮貌的感覺。
- だ：斷定的語氣。

158 太鼓判を捺す
たいこばん　お

MP3 158

原字義

像太鼓一樣大的印章　　蓋（印）

太鼓判 を **捺す**

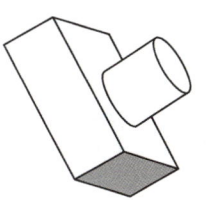

引申義

保證某人的實力，或保證東西的品質優良。同義語是「折り紙つき」。
　　　　　　　　　　　　　　　　　　　　　　お　がみ

他將來一定能成為非常傑出的選手！

しんじんせんしゅ
新人選手
（新人選手）

ホームラン王
おう
（全壘打王）

太鼓判を捺す　（掛保證）

活用句

ホームラン王も 太鼓判を捺している。
　　おう　　　　　たいこばん　お

全壘打王也掛保證。

・も：助詞，列舉某人事物也～。
・捺している：是「捺す」（蓋（印））的「ている形」，此處表示「目前狀態」。

177

159 棚に上げる

原字義

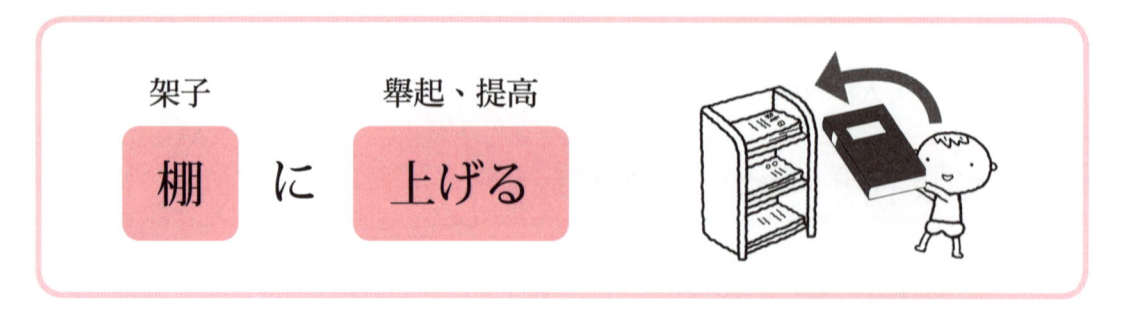

棚（架子） に 上げる（舉起、提高）

引申義

明明自己也做過相同的事，卻迴避不提，假裝沒這回事，只說別人。

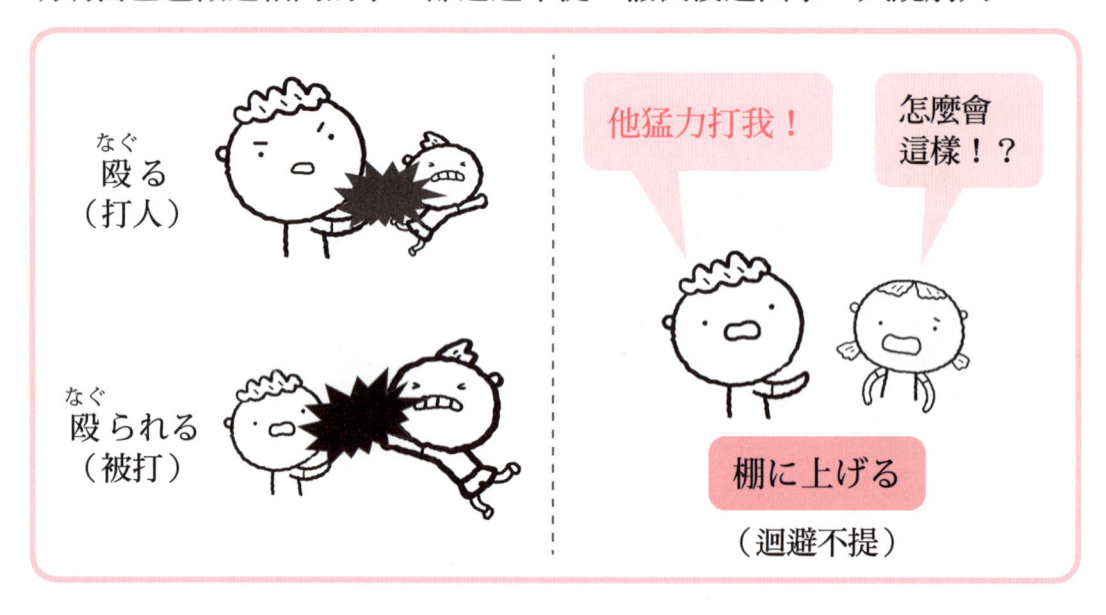

殴る（打人）
殴られる（被打）

他猛力打我！
怎麼會這樣！？

棚に上げる（迴避不提）

活用句

自分のことは棚に上げる。

自己的作為迴避不提，只說別人。

・こと：事情。

160 竹を割ったよう

原字義

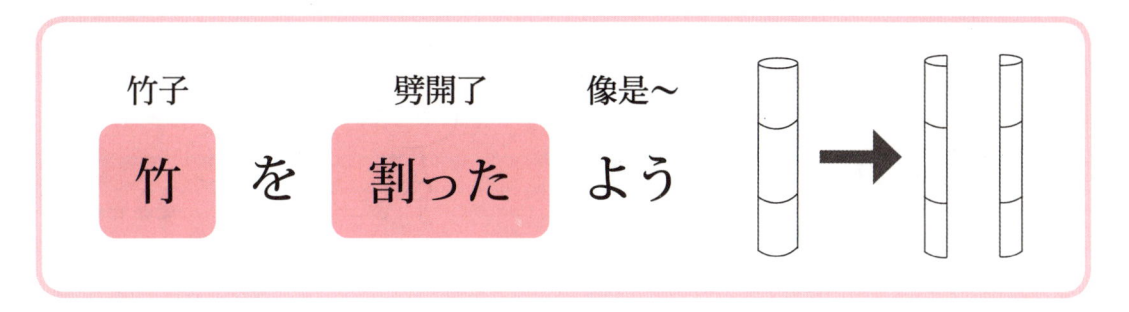

竹子　　　劈開了　　像是～
竹 を **割った** よう

引申義

形容個性乾脆、直爽。心直口快。

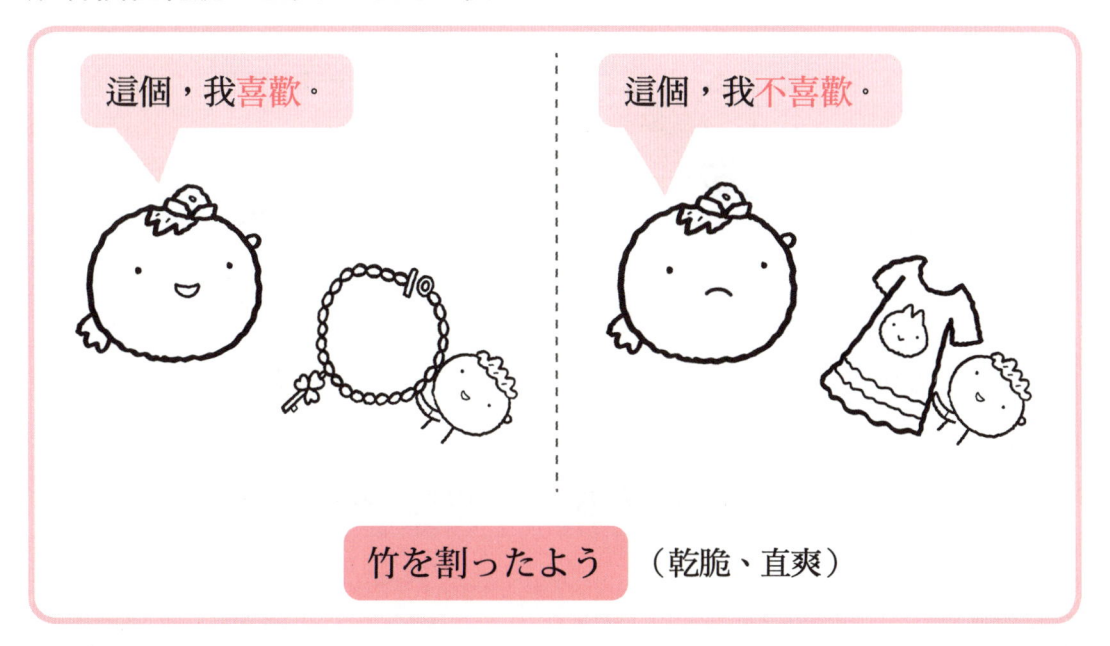

這個，我喜歡。

這個，我不喜歡。

竹を割ったよう（乾脆、直爽）

活用句

彼女は 竹を割ったような 性格だ。 她的個性乾脆、直爽。

・だ：斷定的語氣。
・此慣用句接續「名詞」時：竹を割ったよう＋な＋名詞

161 出し(だ)にする

原字義

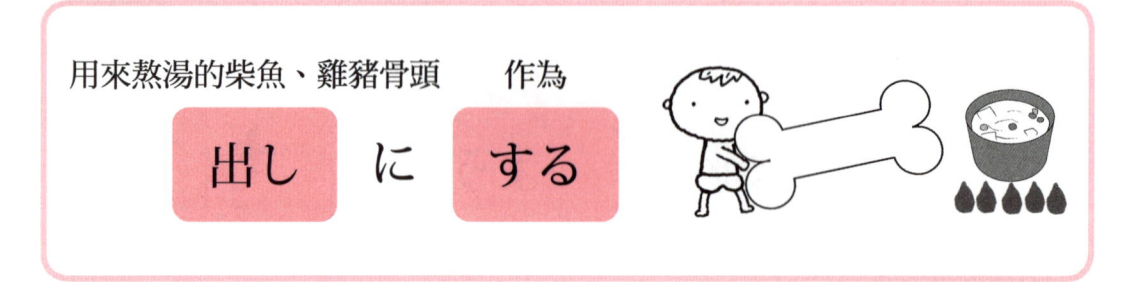

用來熬湯的柴魚、雞豬骨頭 作為

出し に する

引申義

利用某種工具或手段達成自身利益。利用某人而佔到便宜。

ヒーロー！
（英雄！）

住手！

旁邊有人在看，我要趁機……

出しにする （利用某人或手段達成自身利益）

活用句

彼(かれ)は クラスメートを 出(だ)しにして、ヒーローになった。
他利用同班同學佔到便宜，自己成了英雄。

・クラスメート：同班同學。　　・〜になった：變成了〜。
・出しにして：是「出しにする」（利用〜而佔到便宜）的「て形」，此處表示「方法、手段」。

162　力を貸す

原字義

力（力量）を貸す（借出）

引申義

幫助、協助他人。對別人伸出援手。

活用句

力を貸してくれた友達に感謝する。感謝幫助我的朋友。

・貸して：是「貸す」（借出）的「て形」。
・動詞て形＋くれた：「動詞て形＋くれる」（對方給我～）的「た形」，後面接續「名詞」，用來「修飾名詞」。
・某人＋に＋感謝する：感謝某人。

163　力を入れる
ちから　い

MP3 163

原字義

力量：力　を　放入：入れる

引申義

努力認真做事。努力加強。加把勁。傾注金錢、心力。

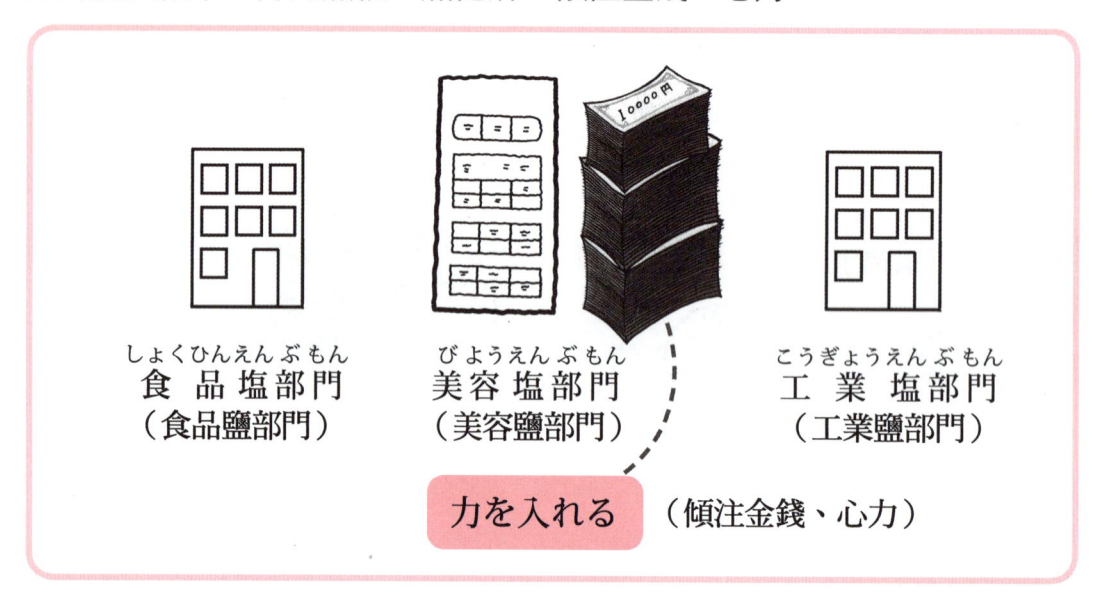

しょくひんえんぶもん
食品塩部門
（食品鹽部門）

びようえんぶもん
美容塩部門
（美容鹽部門）

こうぎょうえんぶもん
工業塩部門
（工業鹽部門）

力を入れる（傾注金錢、心力）

活用句

あの会社は、美容塩部門に力を入れている。
かいしゃ　　びようえんぶもん　　ちから　い

那間公司傾注金錢在美容鹽部門。

・某事＋に＋力を入れる：傾注金錢、心力在某事。
・入れている：是「入れる」（放入）的「ている形」，此處表示「目前狀態」。

164 血が上る
　　ち　のぼ

MP3 164

原字義

血　　　　　上升
[血] が [上る]

引申義

形容非常生氣到整張臉漲紅。前面也可以加上「頭に」。
　　　　　　　　　　　　　　　　　　　　あたま

（哇哈哈哈！）　（笨蛋！）
わははは！　　バカ！

クラスメート（同班同學）　　（生氣到整張臉漲紅）　血が上る

活用句

（頭に）血が上って殴ってしまった。
　あたま　　ち　のぼ　　　なぐ

非常生氣而忍不住揍人。

・上って：是「上る」（上升）的「て形」，此處表示「原因」。
・殴って：是「殴る」（揍）的「て形」。
・動詞て形＋しまった：「動詞て形＋しまう」的「過去形」，此處表示「不小心、禁不住做了～」。

165 血の気が引く

原字義

血色	減少
血の気	引く

が

引申義

因害怕、恐慌、受到驚嚇而臉色發白。

しんごうむし
信号無視
（闖紅燈）

血の気が引く
（嚇到臉色變白）

活用句

血の気が引いてしまった。驚嚇到臉色完全變白了。

・引いて：是「引く」（減少）的「て形」。
・動詞て形＋しまった：「動詞て形＋しまう」的「過去形」，此處表示「不小心、禁不住做了～」。

166 血の滲むよう（ち の にじ む よう）

原字義

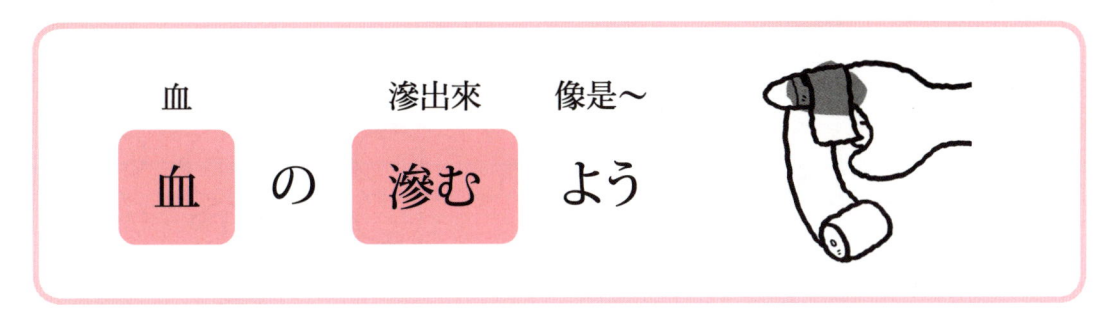

血（血） の 滲む（滲出來） よう（像是～）

引申義

原指積血好像快要滲出來。比喩費盡心血努力。等於「血が滲むよう」。

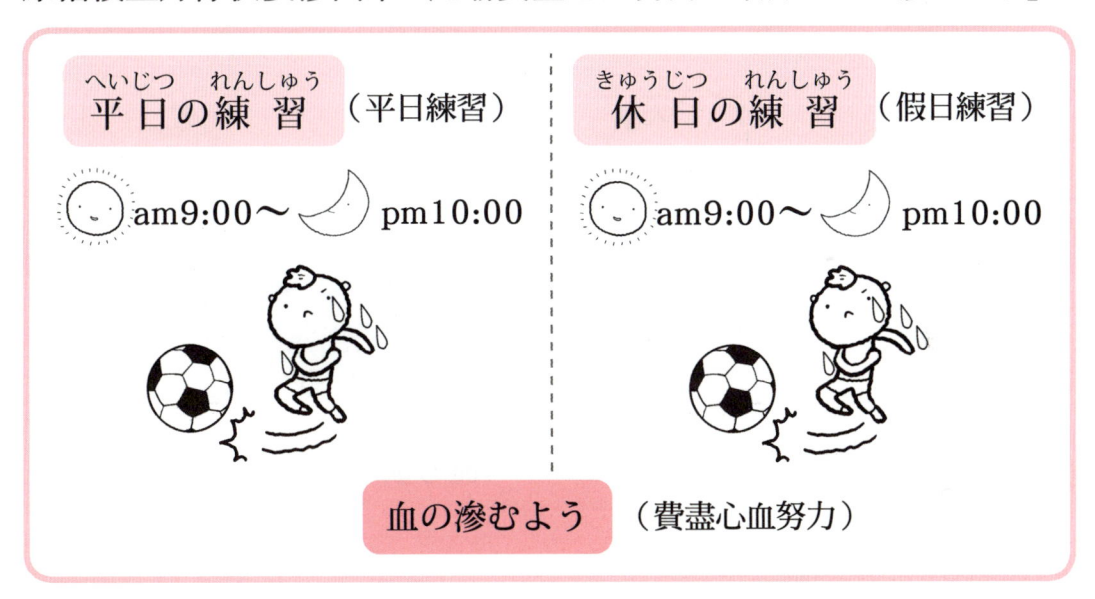

平日の練習（へいじつ の れんしゅう）（平日練習）　｜　休日の練習（きゅうじつ の れんしゅう）（假日練習）

am9:00～　pm10:00　｜　am9:00～　pm10:00

血の滲むよう（費盡心血努力）

活用句

血の滲むような練習をしている。
（ち の にじ　　　　れんしゅう）

經常費盡心血努力練習。

・している：是「する」（做）的「ている形」，此處表示「經常性的行為」。
・此慣用句接續「名詞」時：血の滲むよう＋な＋名詞

167 血も涙もない

原字義

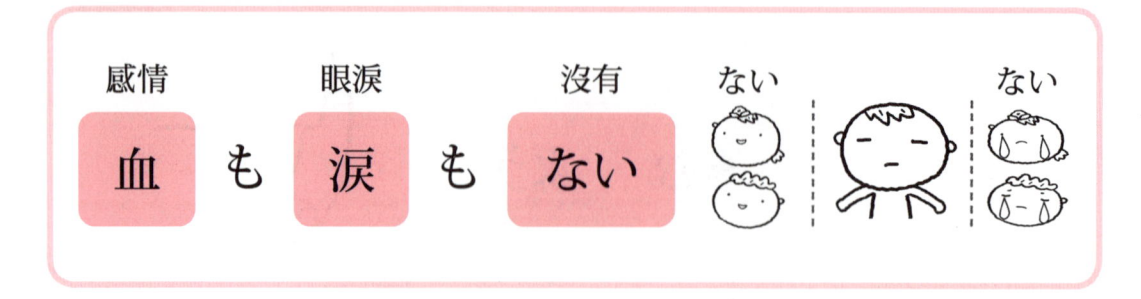

感情		眼涙		沒有	ない		ない
血	も	涙	も	ない			

引申義

沒血沒淚，極度凶殘。也可以形容一個人很冷酷，一點人情味都沒有。

ギャング（黑幫份子）

血も涙もない（極度兇殘）

活用句

相手は血も涙もないギャングだ。

對方是極凶殘的黑幫份子。

・相手：對方。　・ギャング：美國的黑幫強盜集團。

168　知恵を絞る

原字義

知恵（智慧）を絞る（擰）

引申義

努力想出好點子。絞盡腦汁。

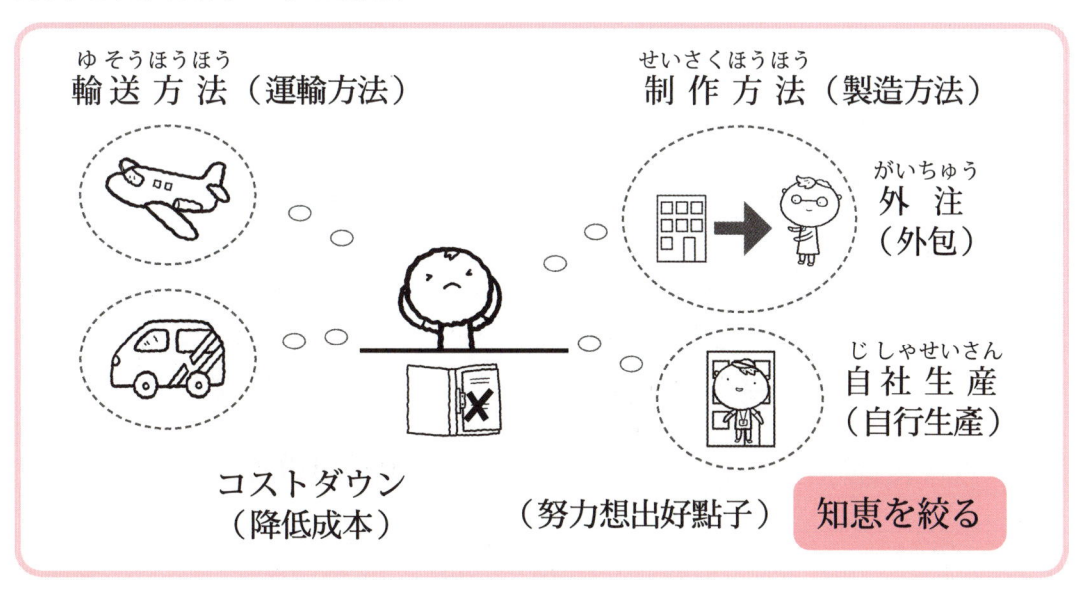

輸送方法（運輸方法）
制作方法（製造方法）
外注（外包）
自社生産（自行生産）
コストダウン（降低成本）
（努力想出好點子）知恵を絞る

活用句

社長はこのシステムを知恵を絞って考え出した。
社長絞盡腦汁，想出了這個模式。

・システム：模式、制度。
・絞って：是「絞る」（擰）的「て形」，此處表示「描述狀態」。
・考え出した：是「考え出す」（想出來）的「た形」，此處表示「過去」。

169 唾を付ける

MP3 169

原字義

口水		塗抹
唾	を	付ける

引申義

為了不讓別人得到，先在上面做記號變成自己的，據為己有。

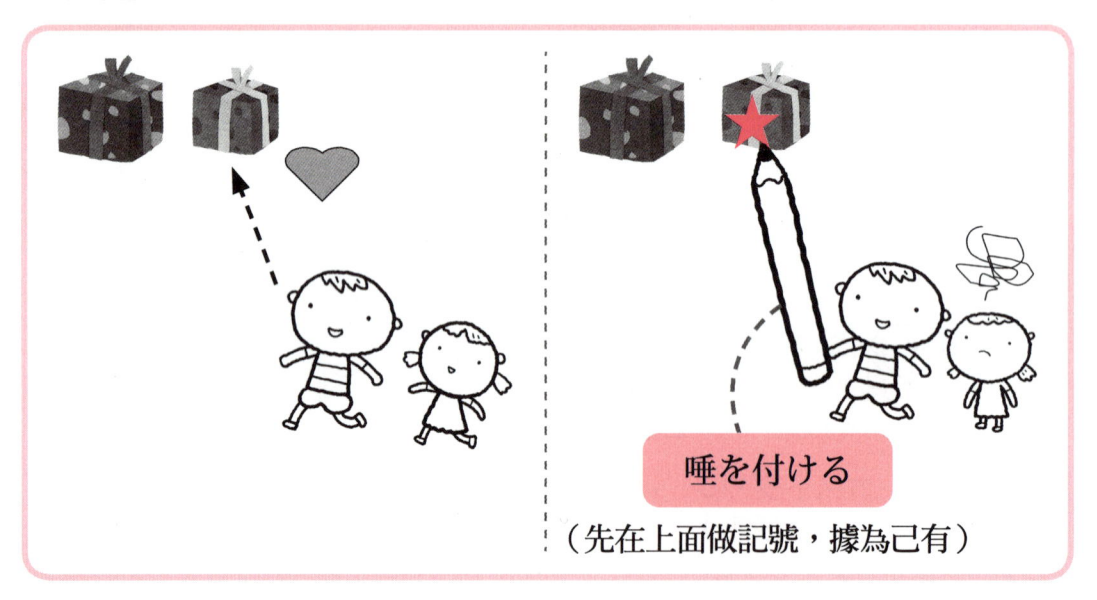

唾を付ける
（先在上面做記號，據為己有）

活用句

俺が 唾を付けておいた。 我先在上面做了記號，是我的了。

・俺：男性對平輩或晚輩自稱「我」，語氣較粗魯。
・付けて：是「付ける」（塗抹）的「て形」。
・動詞て形＋おいた：「動詞て形＋おく」的「過去形」，此處表示「先做了～」。

170 潰しが効く

原字義

擠壓、壓扁		有功能
潰し	が	効く

再利用（再利用）

引申義

因為擁有專業或技術，即使換工作，也能做得很好。

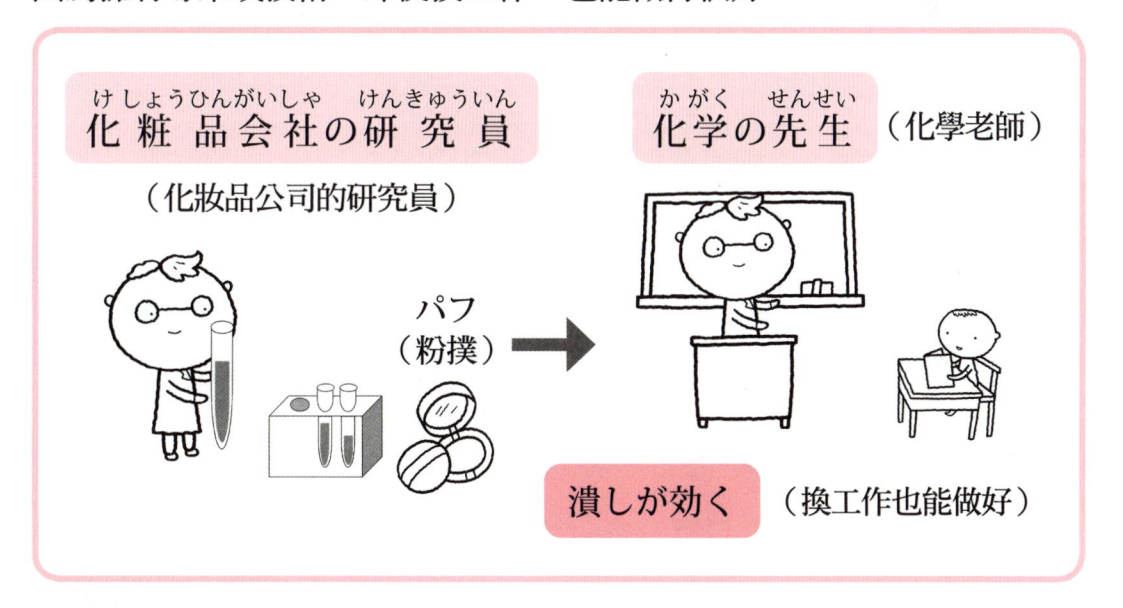

化粧品会社の研究員（化妝品公司的研究員）
→ 化学の先生（化學老師）
パフ（粉撲）
潰しが効く（換工作也能做好）

活用句

技能を持っていない者は潰しが効かない。

沒有專業技能的人，換工作也是做不好。

・技能を持つ：擁有專業技能。「持っていない」是「持つ」（擁有）的「ている形（持っている）的否定形」，此處表示「目前不是～狀態」。
・効かない：是「効く」（有功能）的「ない形」，此處表示「現在否定」。

171　旋毛を曲げる

MP3 171

原字義

毛髮裡的旋渦　　弄彎
旋毛　を　曲げる

引申義

自己不高興就鬧彆扭。

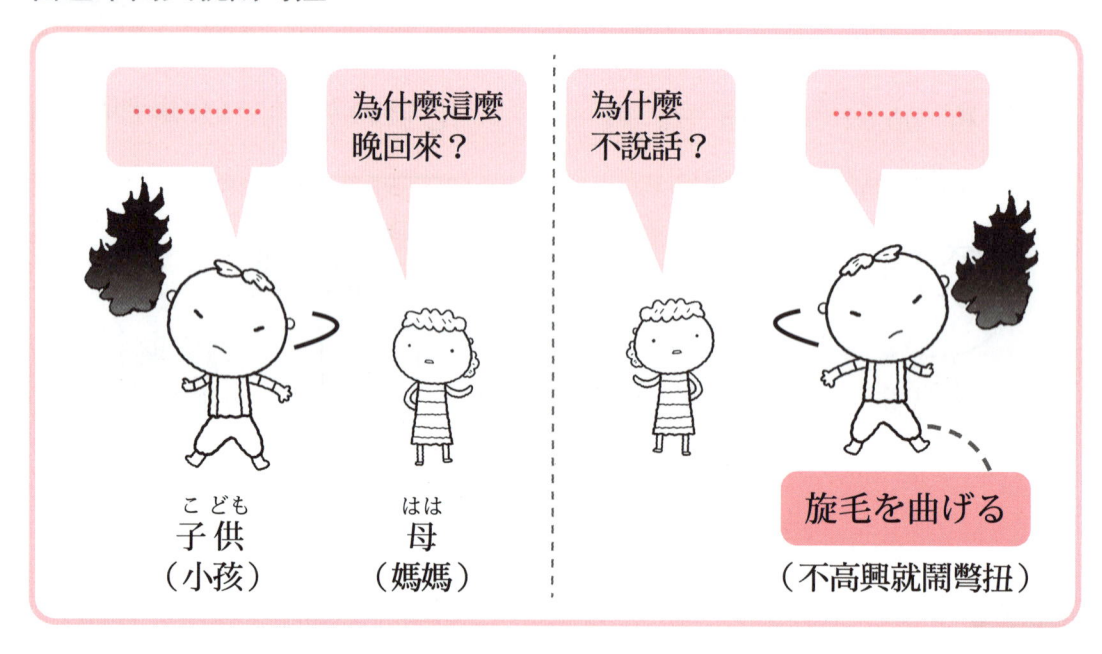

為什麼這麼晚回來？
為什麼不說話？

子供（小孩）　　母（媽媽）　　旋毛を曲げる（不高興就鬧彆扭）

活用句

うちの子供は よく 旋毛を曲げる。
我的小孩常常不高興就鬧彆扭。

・うち：自己所有的、自己所屬的。　・よく：經常。

172 面の皮が厚い

原字義

臉皮　　　　　厚的

面の皮　が　厚い

引申義

厚臉皮。厚顏無恥。

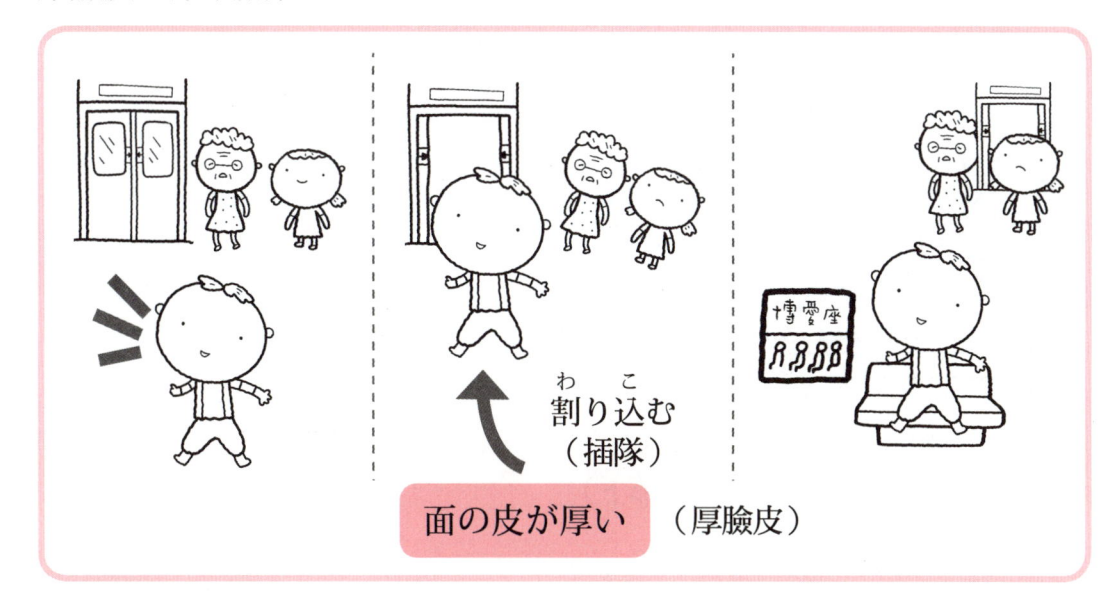

割り込む（插隊）

面の皮が厚い（厚臉皮）

活用句

面の皮が厚いやつだ。

厚臉皮的傢伙。

・やつ：傢伙。　・だ：斷定的語氣。

173　爪の垢を煎じて飲む
<small>つめ　あか　せん　　の</small>

MP3 173

原字義

指垢　　　煮之後…　　喝

爪の垢 を　煎じて　　飲む

引申義

比喻要多學優秀者的長處，屬於開玩笑的說法，帶有瞧不起的意思。

能力強

你多跟他學學吧！

上司（じょうし）
（上司）

爪の垢を煎じて飲む
（學習優秀者的長處）

部下（ぶか）
（部下）

部下（ぶか）
（部下）

活用句

君ね、彼の爪の垢を煎じて飲みなさい。
<small>きみ　　かれ　つめ　あか　せん　　の</small>

你啊，多學學他的優點吧！

・君：對關係親密的人稱呼「你」，對不熟的人有不禮貌的感覺。
・ね：要對方繼續聽的語氣。
・飲みなさい：是「飲む」（喝）的「なさい形」，此處表示「輕微的命令語氣」。

174 手に汗を握る（て あせ にぎ）

MP3 174

原字義

手	汗水	握住
手	に 汗	を 握る

引申義

捏一把冷汗。形容內心很緊張。提心吊膽。

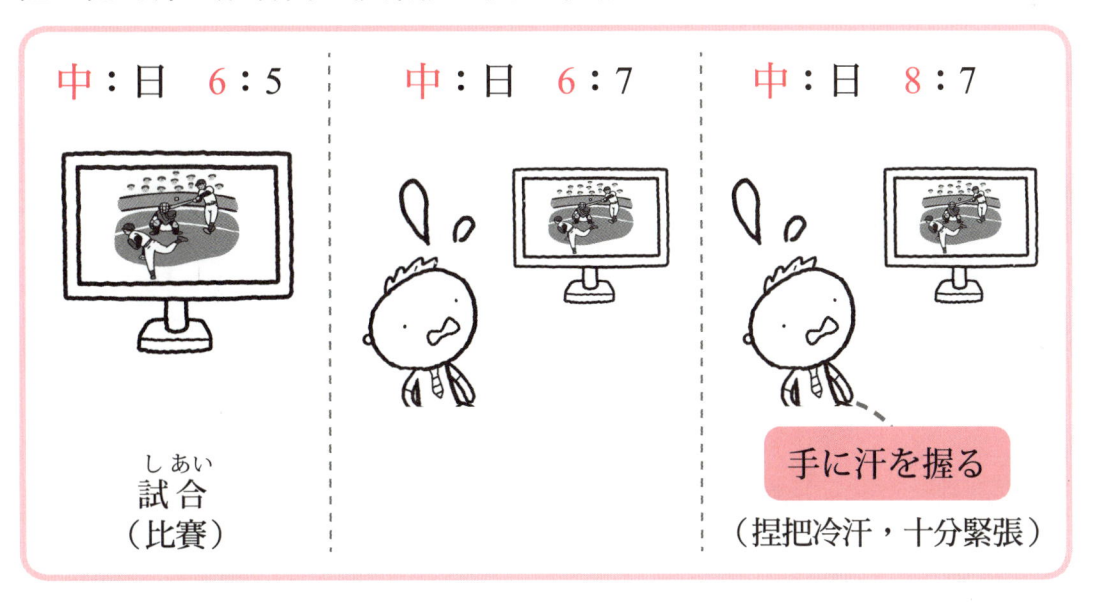

中：日 6：5　　中：日 6：7　　中：日 8：7

試合（比賽）　　　　　　　　手に汗を握る
　　　　　　　　　　　　　（捏把冷汗，十分緊張）

活用句

今日の試合は手に汗を握るシーソーゲームだった。
（きょう）（しあい）（て あせ にぎ）

今天的比賽是十分緊張的拉鋸戰。

- シーソーゲーム：拉鋸戰。
- だった：是「だ」（斷定的語氣）的「た形」，此處表示「過去」。

175 手に付かない

原字義

手 に 付かない
(手) (不附著)

引申義

心裡一直在意別的事，無法認真眼前的事。也可以形容唸書不專心。

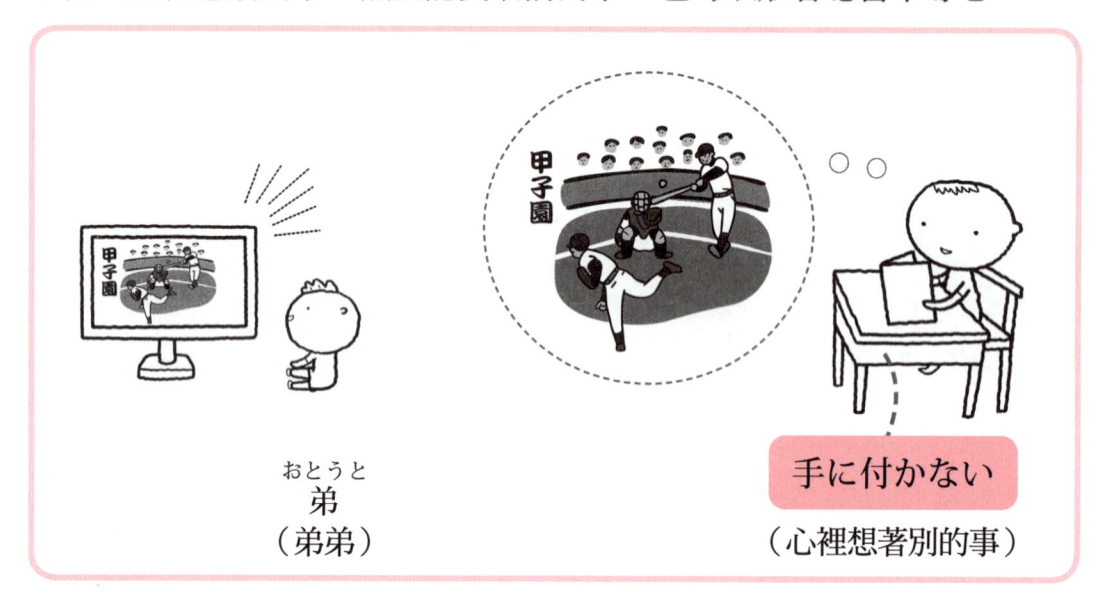

弟（弟弟）

手に付かない
（心裡想著別的事）

活用句

勉強が手に付かない。
無法專心讀書。

・勉強：讀書。

176 手が付けられない

原字義

手	無法附著上
手 が	付けられない

引申義

讓人棘手的、難以處理的。

象（大象）
檻に入れる（關入柵欄）
飼育係（飼育員）
手が付けられない（讓人棘手的）

活用句

象は暴れると、飼育係でも手が付けられない。

大象一旦失控，即使是飼育員也難以處理。

- 暴れる：胡鬧。
- と：助詞，一～就～。
- 飼育係：飼育員。
- 名詞＋でも：即使是～也～。

177　手を打つ(てをうつ)

原字義

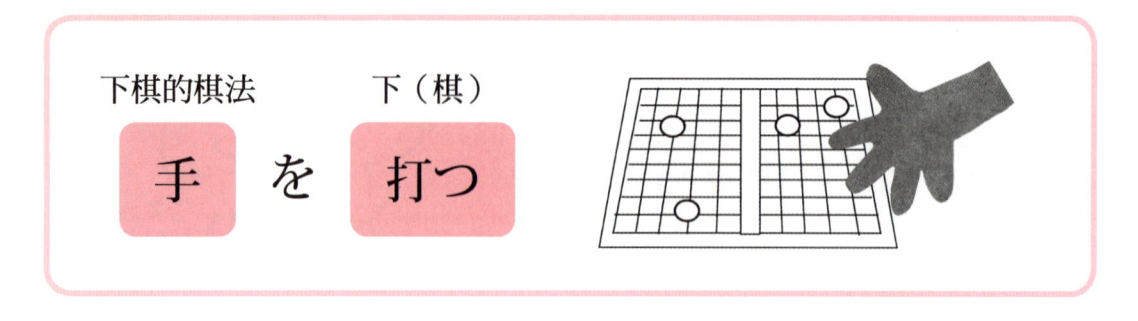

下棋的棋法　下（棋）

手 を 打つ

引申義

為了解決問題，要盡早採取必要的對策。設法。

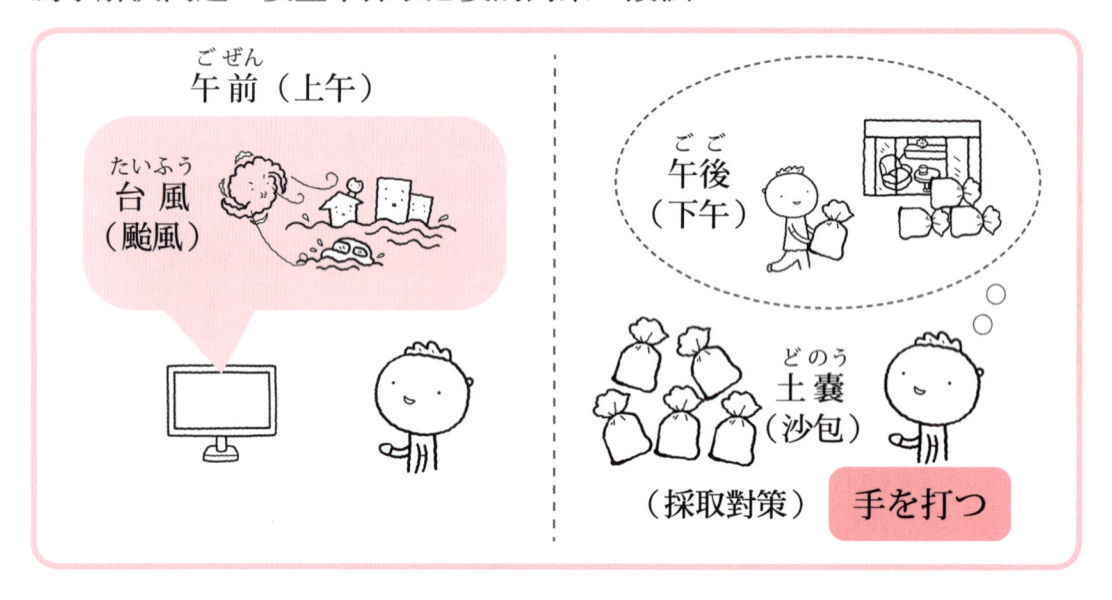

午前(ごぜん)（上午）

台風(たいふう)（颱風）

午後(ごご)（下午）

土嚢(どのう)（沙包）

（採取對策）　手を打つ

活用句

早(はや)く手(て)を打(う)たないと大変(たいへん)なことになる。

不快點採取對策的話，會變成嚴重的事情。

・打たない：是「打つ」（下（棋））的「ない形」，此處表示「現在否定」。
・と：助詞，如果～的話。
・大変：嚴重的（な形容詞，接續名詞時，中間要有「な」）。

178　手を切る

原字義

手 を 切る

引申義

斷絕、撇清關係。分手。

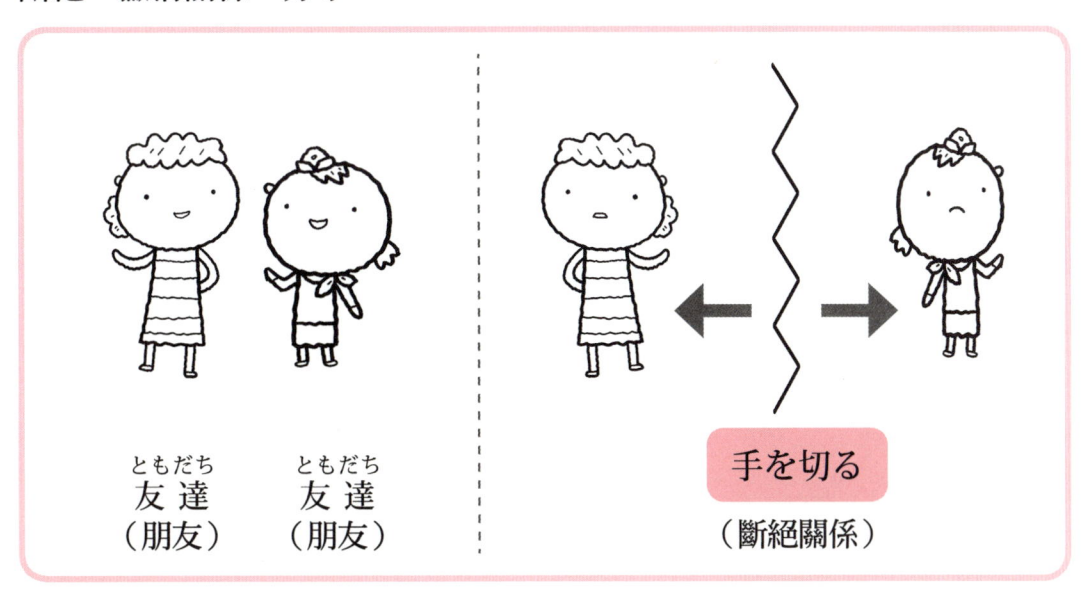

活用句

彼女と手を切った。和她撇清關係了。

・と：助詞，和某位動作夥伴。
・切った：是「切る」（切）的「た形」，此處表示「過去」。
・某人＋と＋手を切った：和某人撇清關係了。

197

179 手(て)を引(ひ)く

MP3 179

原字義

手	抽回
手	を 引く

引申義

退出、停止正在進行中的事，從此不再涉足。

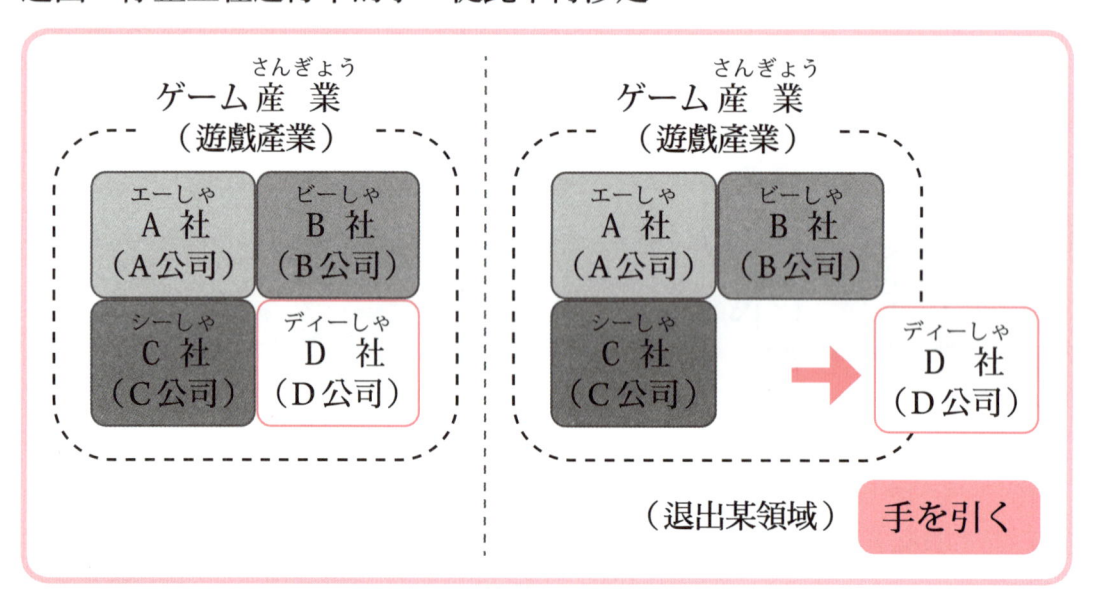

```
ゲーム産業(さんぎょう)         ゲーム産業(さんぎょう)
（遊戲產業）                  （遊戲產業）

 A社    B社                  A社    B社
(A公司) (B公司)              (A公司) (B公司)

 C社    D社                  C社  →  D社
(C公司) (D公司)              (C公司)  (D公司)

                          （退出某領域） 手を引く
```

活用句

あの国(くに)は宇宙開発(うちゅうかいはつ)から手(て)を引(ひ)いた。

那個國家<u>退出了宇宙開發，不再涉足</u>。

・から：助詞，從～。　　・～から手を引く：從～領域退出，不再涉足。
・引いた：是「引く」（抽回）的「た形」，此處表示「過去」。

180　手を焼く(て や)

原字義

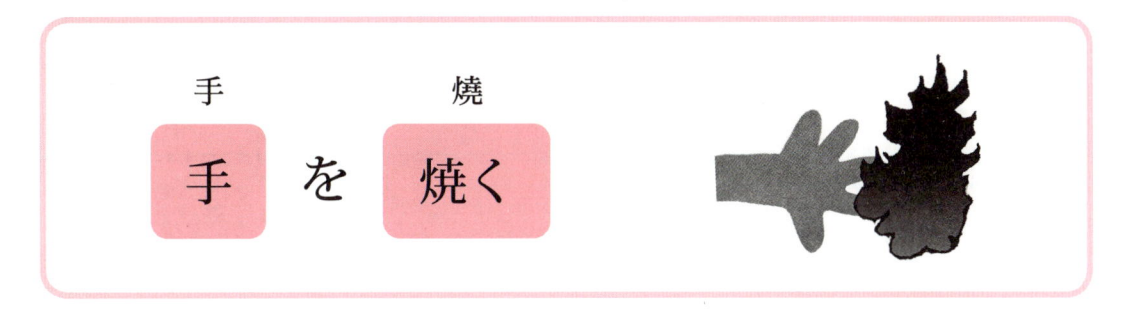

手 を 焼く

引申義

感到棘手。感到無法對付。嘗到苦頭。

悪ガキ（壞小孩）
先生（老師）
手を焼く（感到棘手）

活用句

どの先生も 彼に 手を焼いている。
(せんせい)　(かれ)　(て や)

不論哪位老師都對他感到棘手。

・どの：哪個。　・も：助詞，全都～。　・に：助詞，前面接「動作對象」。
・焼いている：是「焼く」（燒）的「ている形」，此處表示「目前狀態」。
・某人＋に＋手を焼いている：對某人感到棘手。

199

181　手(て)を尽(つ)くす

MP3 181

原字義

方法　用盡
手 を **尽くす**

引申義

想盡一切辦法。用盡所有的方法、手段。盡全力。

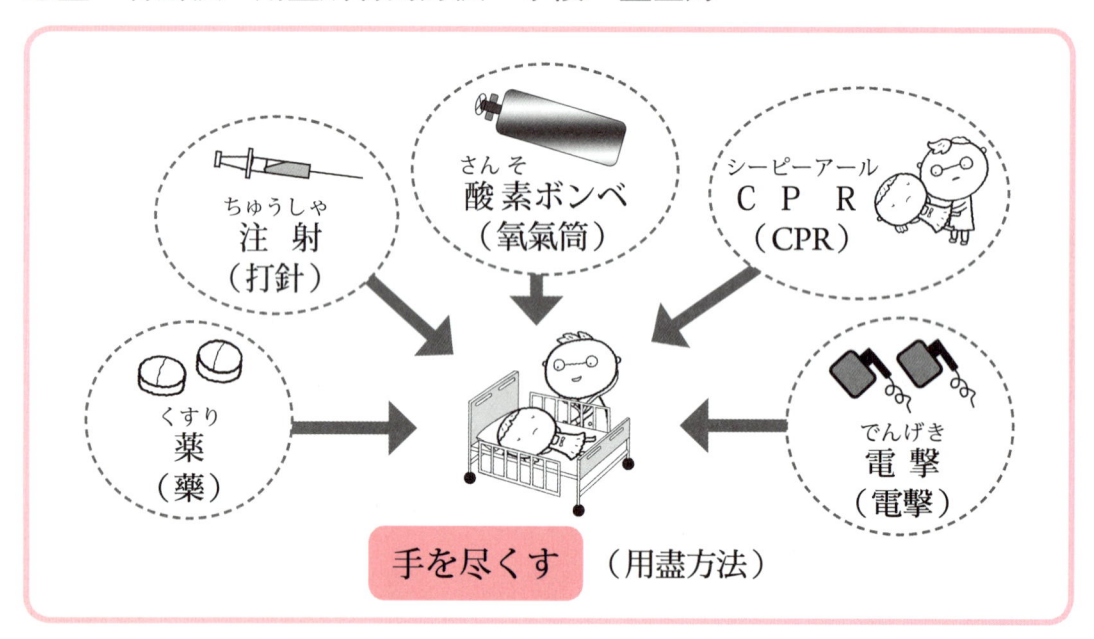

- ちゅうしゃ 注射（打針）
- さんそ 酸素ボンベ（氧氣筒）
- シーピーアール　CPR（CPR）
- くすり 薬（藥）
- でんげき 電撃（電撃）

手を尽くす（用盡方法）

活用句

医師(いし)はできる限(かぎ)りの手(て)を尽(つ)くした。
醫生用盡了所有可能的方法。

・できる限り：盡可能。　・尽くした：是「尽くす」（用盡）的「た形」，此處表示「過去」。

182 手の裏を返す
　　　て　うら　かえ

MP3 182

原字義

手の裏（手掌） を 返す（翻）

引申義

態度突然間一百八十度大轉變，通常用在由好轉壞。翻臉不認人。

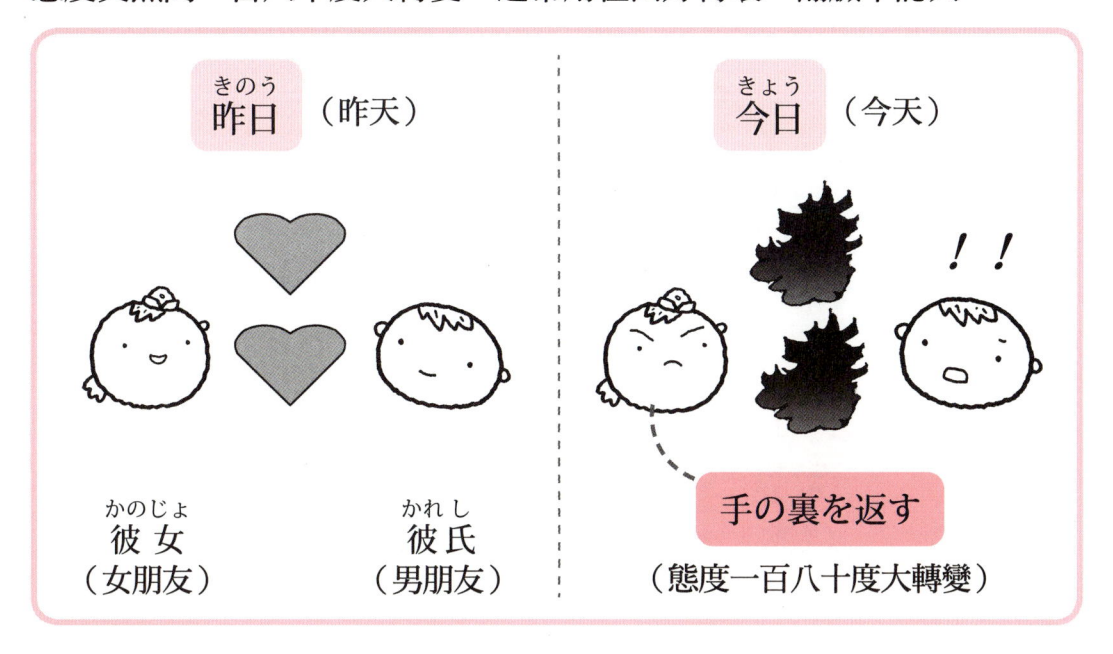

きのう 昨日（昨天）　　　　きょう 今日（今天）

かのじょ 彼女（女朋友）　　かれし 彼氏（男朋友）

手の裏を返す
（態度一百八十度大轉變）

活用句

かのじょ　て　うら　かえ
彼女は 手の裏を返した。

她突然態度一百八十度大轉變。

・返した：是「返す」（翻）的「た形」，此處表示「過去」。　　・彼女：女朋友、她。

201

183 手取り足取り

MP3 183

てと あしと

原字義

抓手　手取り　　抓腳　足取り

て　手
あし　足

引申義

手把手地、仔細地、有耐心地，進行照顧或指導。

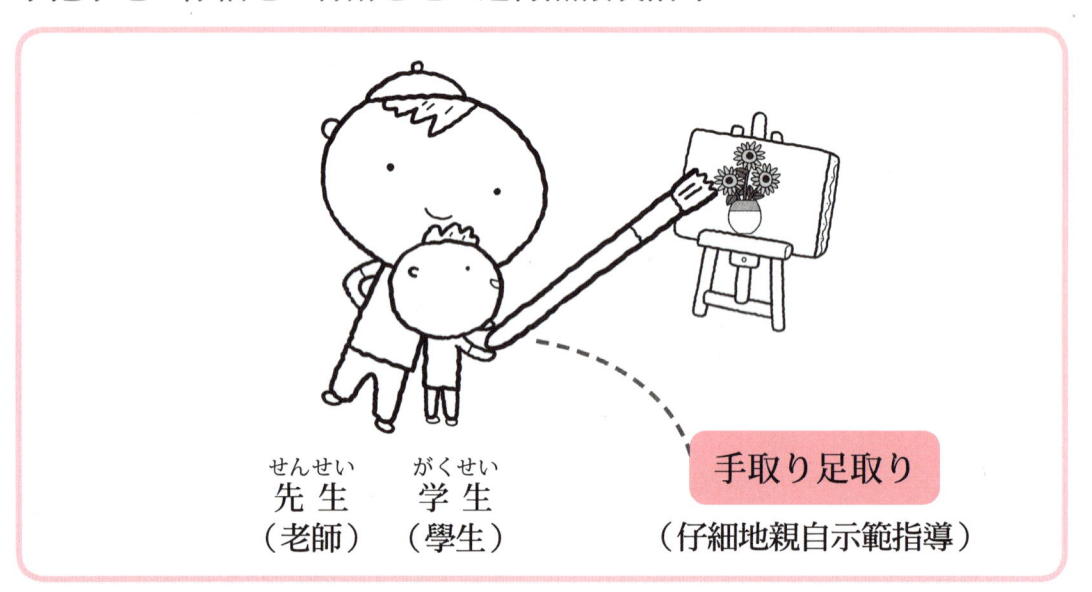

せんせい　先生（老師）
がくせい　学生（學生）

手取り足取り
（仔細地親自示範指導）

活用句

せんせい　　 てと あしと　　　　おし
先生が 手取り足取り で 教えてくれた。

老師以<u>拉著我的手腳親自示範</u>的方法教導我。

- で：助詞，利用某種工具或方法。
- 教えて：是「教える」（教）的「て形」。
- 動詞て形＋くれた：「動詞て形＋くれる」（對方給我～）的「た形」，此處表示「過去」。

184 手も足も出ない

原字義

手	腳	不出來
手 も	足 も	出ない

引申義

無計可施，無能為力。一籌莫展。

銀行（ぎんこう）
社長室（しゃちょうしつ）（社長辦公室）
銀行強盜（ぎんこうごうとう）（銀行大盜）
人質（ひとじち）（人質）
警察（けいさつ）（警察）
手も足も出ない（無計可施）

活用句

警察（けいさつ）も 手（て）も足（あし）も出（で）ない。

警察也一籌莫展、無計可施。

・も：助詞，列舉某人事物也～。

185 鳥肌が立つ

原字義

| 鳥肌 (雞皮疙瘩) | が | 立つ (站立) |

引申義

覺得寒冷、恐懼、噁心、深受感動等，而起雞皮疙瘩。

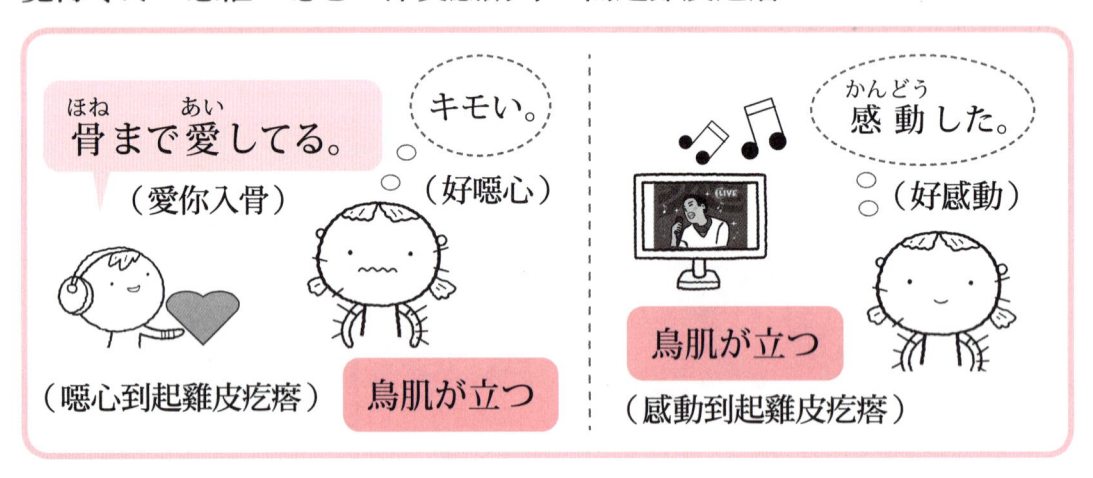

骨まで愛してる。（愛你入骨）
キモい。（好噁心）
（噁心到起雞皮疙瘩）鳥肌が立つ

感動した。（好感動）
（感動到起雞皮疙瘩）鳥肌が立つ

活用句

聞いていると鳥肌が立ってくる。 聽著聽著越來越起雞皮疙瘩。

・聞いている：是「聞く」（聽）的「ている形」，此處表示「目前狀態」。
・と：助詞，一～就～。
・立って：是「立つ」（站立）的「て形」。動詞て形＋くる：此處表示「越來越～」。
・～ていると～てくる：是固定說法，表示「一直做著某個動作，就會漸漸～」。

全身に鳥肌が立った。 全身起了雞皮疙瘩。

・に：助詞，前面接「存在位置」。
・立った：是「立つ」（站立）的「た形」，此處表示「過去」。

186 度肝を抜く

原字義

肝臓、膽量 — 度肝
抜出 — 抜く

引申義

使人大感驚嚇。使人大吃一驚。

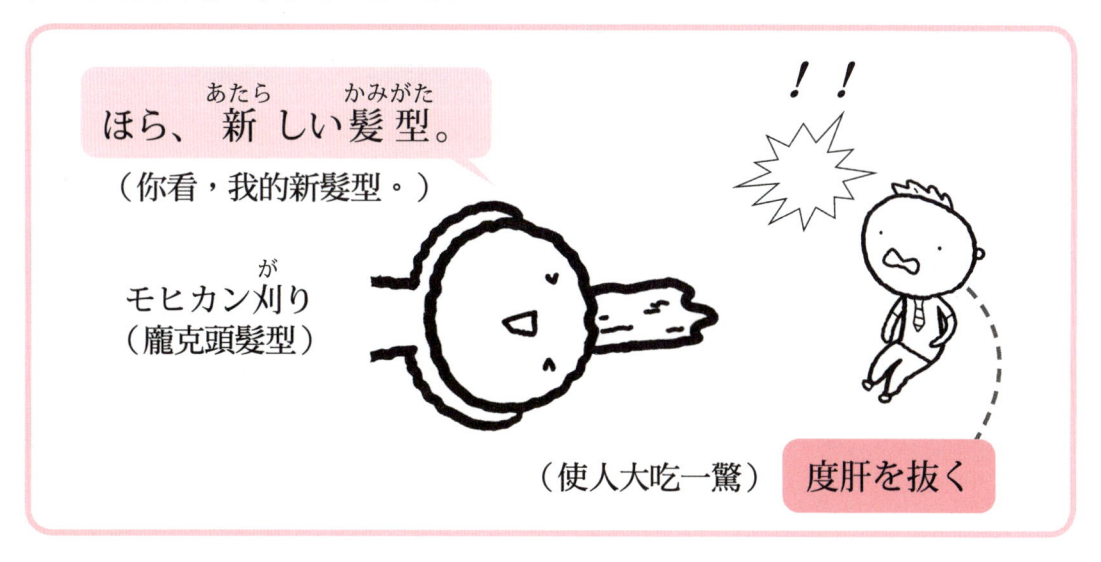

ほら、新しい髪型。
（你看，我的新髮型。）

モヒカン刈り
（龐克頭髮型）

（使人大吃一驚）度肝を抜く

活用句

彼のモヒカン刈りに度肝を抜かれた。
被他的龐克頭驚嚇到。

・に：助詞，表示「對於～、面對～」。
・抜かれた：「抜く」（拔出）的「被動形（抜かれる）的過去形」，此處表示「被～了」。
・名詞＋に＋度肝を抜かれた：被～嚇破膽了。

187 何処吹く風
どこふくかぜ

原字義

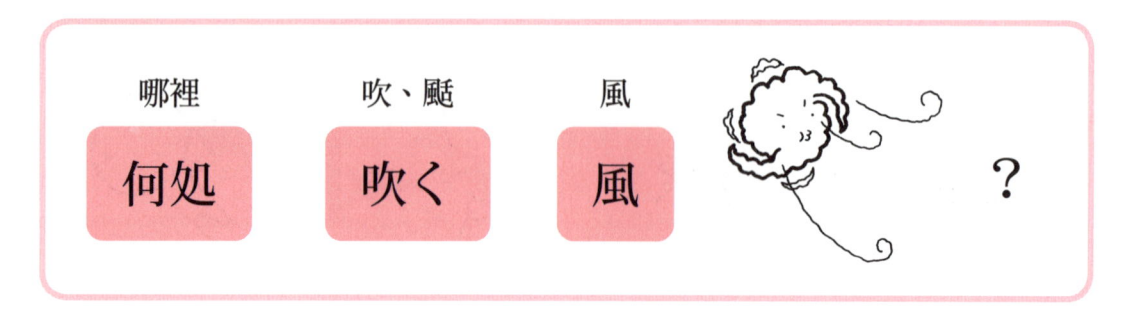

哪裡	吹、颳	風
何処	吹く	風

？

引申義

完全不受別人的言行舉止影響。不在意。若無其事，完全不受影響。

我讀不下去啦！　　受不了！

クラスメート
（同班同學）

何処吹く風
（完全不受影響）

活用句

その会社は不況も何処吹く風だ。
かいしゃ　　ふきょう　どこふくかぜ

那間公司不景氣也完全不受影響。

・不況：不景氣。　・も：助詞，列舉某人事物也～。

188 泣（な）きを見（み）る

原字義

哭泣		經歷
泣き	を	見る

引申義

將來會面臨不幸的遭遇。將來會很慘。

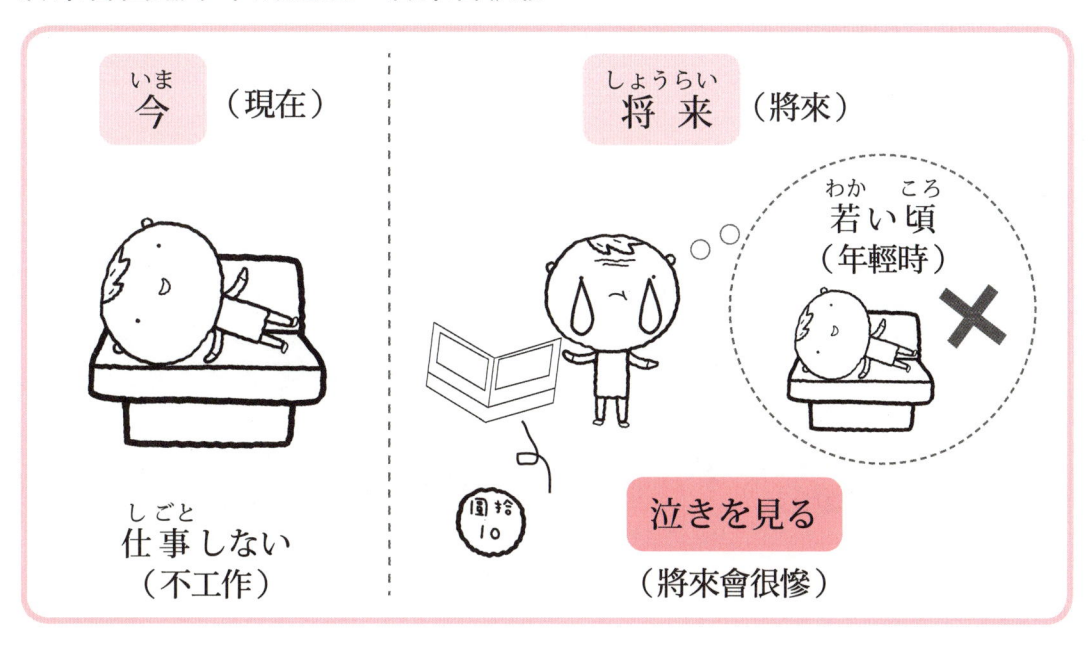

今（いま）（現在）
仕事（しごと）しない（不工作）

将来（しょうらい）（將來）
若（わか）い頃（ころ）（年輕時）
泣きを見る（將來會很慘）

活用句

後（あと）で泣（な）きを見（み）る。

以後會很慘。

・後：以後。　・で：助詞，在某個時間範圍內。

189　泣きっ面に蜂

MP3 189

原字義

哭泣的臉　　　蜜蜂
泣きっ面 に **蜂**

引申義

禍不單行。雪上加霜。屋漏偏逢連夜雨。同義語是「弱り目に祟り目」。

禍　　　　　　　　禍

レッカー移動される　泣きっ面に蜂　　事故
（被拖吊）　　　　（禍不單行）　　　（車禍）

活用句

本当に泣きっ面に蜂だ。

真的是禍不單行。

・本当に：真的是〜、實在是〜。　・だ：斷定的語氣。

208

190 謎を掛ける

原字義

謎題	出（謎題）
謎 を	掛ける

なぞ
謎
……？

引申義

講話兜圈子。暗示。

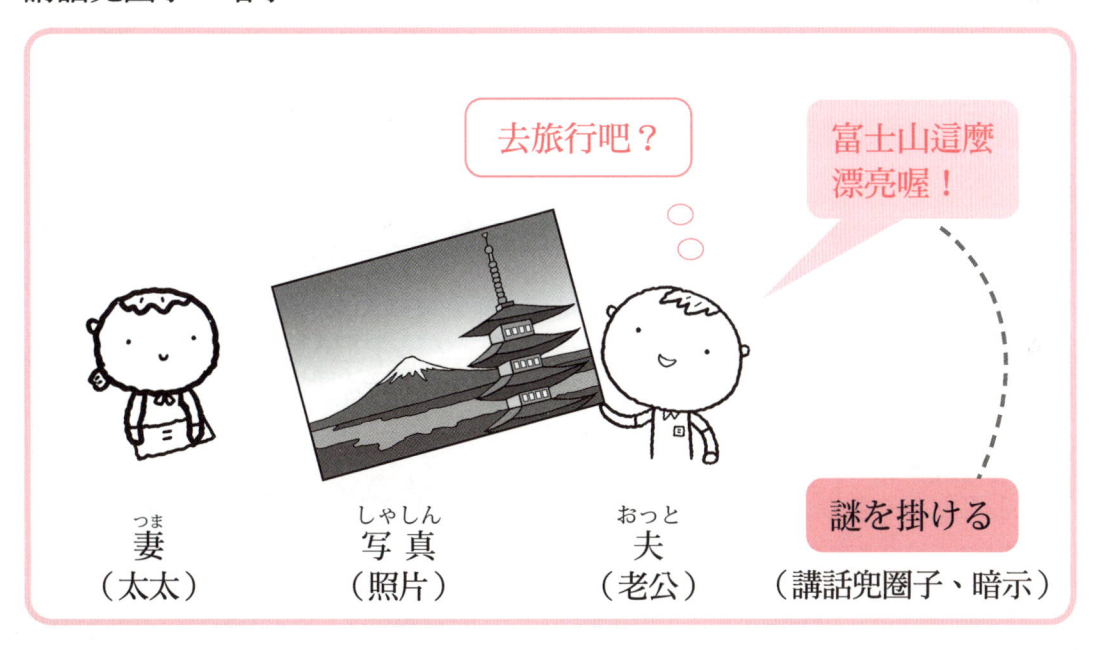

去旅行吧？

富士山這麼漂亮喔！

妻（太太）　写真（照片）　夫（老公）

謎を掛ける
（講話兜圈子、暗示）

活用句

妻に謎を掛けてみた。試著對太太做了暗示。

・に：助詞，前面接「動作對象」。　・掛けて：是「掛ける」（出（謎題））的「て形」。
・動詞て形＋みた：「動詞て形＋みる」的「過去形」，此處表示「做了～試試看」。

191 涙を呑む（なみだをのむ）

原字義

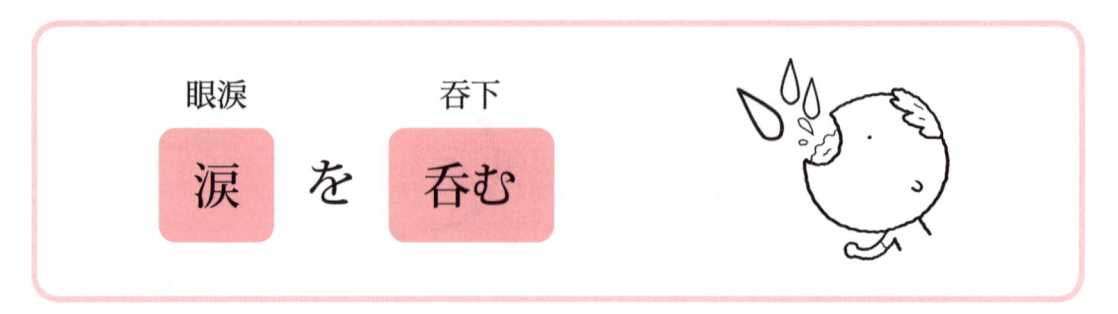

| 涙（眼淚） | を | 呑む（吞下） |

引申義

飲恨吞聲。飲泣吞聲。

勝 126732 票　VS.　126700 票 敗

只差32票……

国会議員選挙（こっかいぎいんせんきょ）
（國會議員選舉）

涙を呑む（飲恨吞聲）

活用句

僅差（きんさ）で敗（やぶ）れて涙（なみだ）を呑（の）んだ。因為以些微差距敗北而飲恨吞聲。

- 僅差：些微的差距。
- で：助詞，此處表示「描述狀態」。
- 敗れて：是「敗れる」（敗北）的「て形」，此處表示「原因」。
- 呑んだ：是「呑む」（吞）的「た形」，此處表示「過去」。

192 長い目で見る

原字義

長遠的眼光　看
長い目　で　見る
十年後（十年後）

引申義

以長遠來看。把眼光放遠。高瞻遠矚。

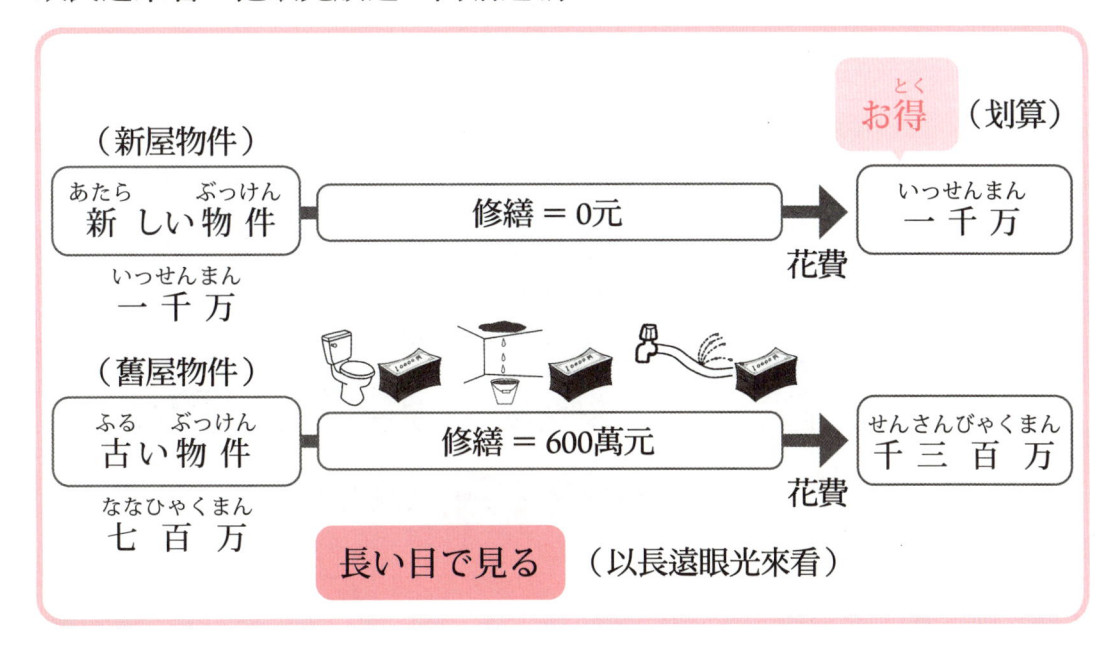

（新屋物件）
新しい物件　修繕＝0元　花費　一千万　お得（划算）
一千万

（舊屋物件）
古い物件　修繕＝600萬元　花費　千三百万
七百万　長い目で見る（以長遠眼光來看）

活用句

長い目で見ると お得だ。

以長遠來看的話是划算的。

・と：助詞，如果～的話。　・だ：斷定的語氣。

193 並ぶ者がない

原字義

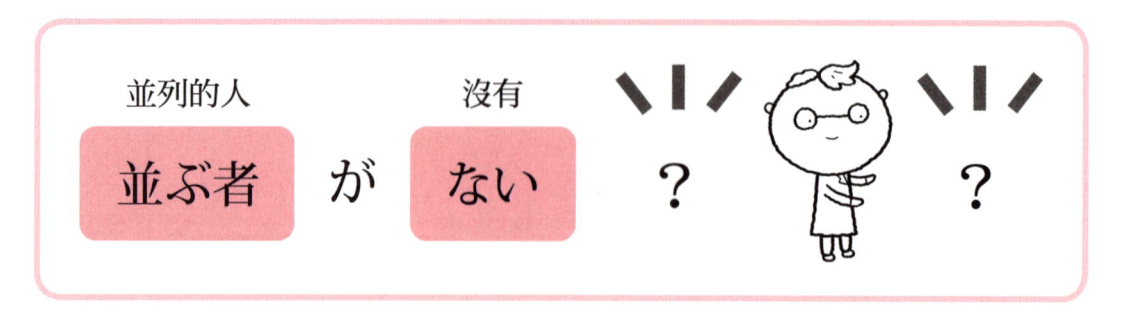

並ぶ者	が	ない
並列的人		沒有

引申義

無人可比。無人能及。無人匹敵。

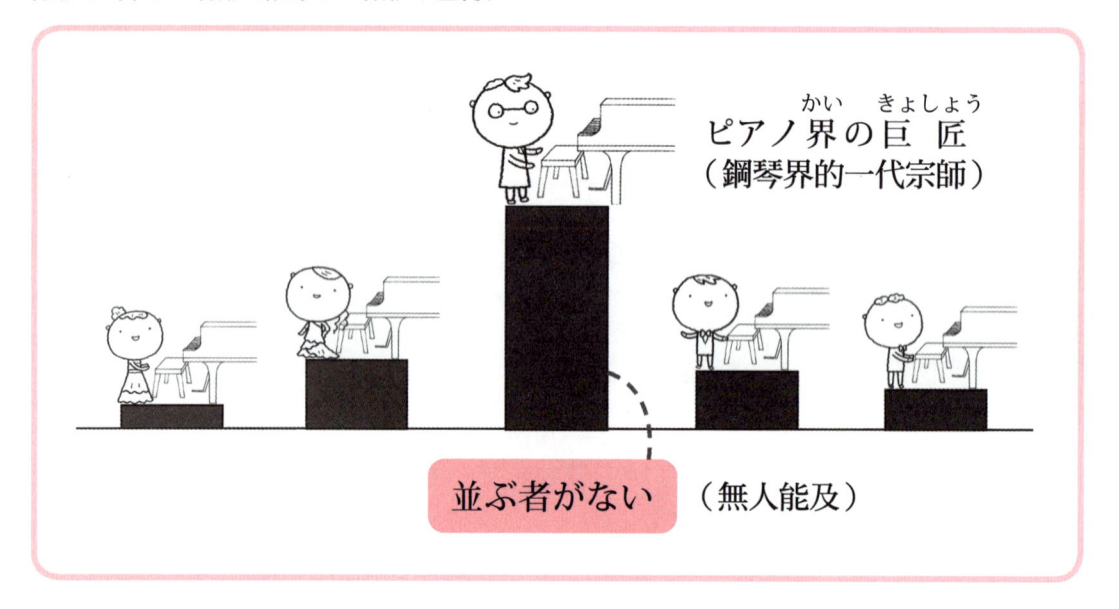

ピアノ界の巨匠
（鋼琴界的一代宗師）

並ぶ者がない（無人能及）

活用句

彼は並ぶ者が（い）ない。

他無人可匹敵。

・「並ぶ者がない」「並ぶ者がいない」意思相同。當主詞是「人」，可能會使用「並ぶ者がいない」。

194 二枚舌(にまいじた)

原字義

兩片　舌頭
二枚　舌

引申義

講話前後矛盾。說謊。不同場合說話不一致。

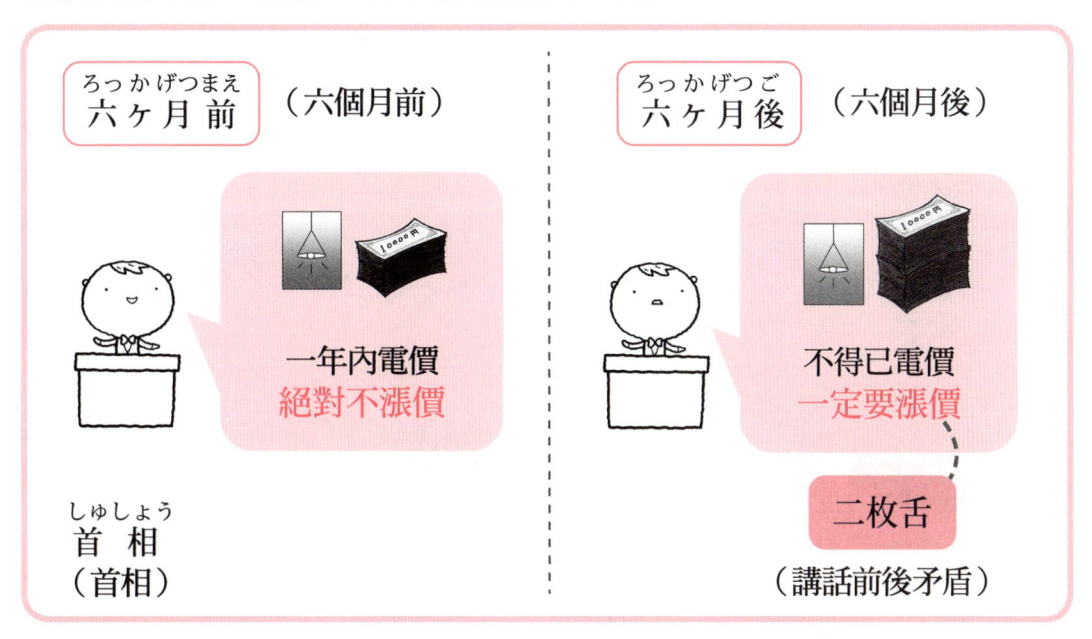

六ヶ月前(ろっかげつまえ)（六個月前）
一年內電價 絕對不漲價
首相(しゅしょう)（首相）

六ヶ月後(ろっかげつご)（六個月後）
不得已電價 一定要漲價
二枚舌
（講話前後矛盾）

活用句

あの首相(しゅしょう)は二枚舌(にまいじた)を使(つか)う。

那位首相講話前後矛盾。

・あの：那個～。　　・使う：採取某種手段或方法。

213

195　二の次(につぎ)にする

原字義

第二個、其次 — 二の次　に　する — 使～成為

引申義

把不重要的事延後。其次。當作其次、次要、第二。

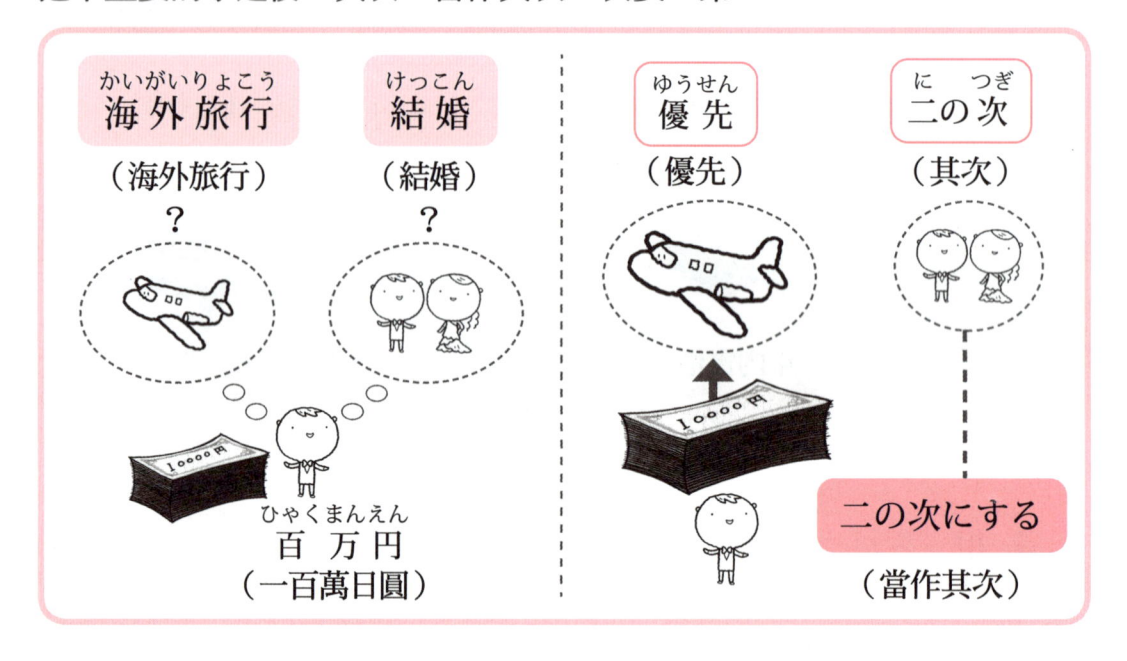

海外旅行(かいがいりょこう)（海外旅行）？
結婚(けっこん)（結婚）？
百万円(ひゃくまんえん)（一百萬日圓）

優先(ゆうせん)（優先）
二の次(につぎ)（其次）
二の次にする（當作其次）

活用句

環境(かんきょう)保護(ほご)を優先(ゆうせん)し、利益(りえき)を二の次(につぎ)にする。

環保優先，利益當作次要。

・～を優先する：把～當作優先。　　・～を二の次にする：把～當作其次。
・優先し：是「優先する」（優先）的「中止形」，此處表示「句中停頓」。

196 二の舞を演ずる

MP3 196

原字義

模仿安摩舞的雙人舞　　表演

二の舞 を **演ずる**

引申義

重複他人的失敗。重蹈覆轍。悲劇重演。

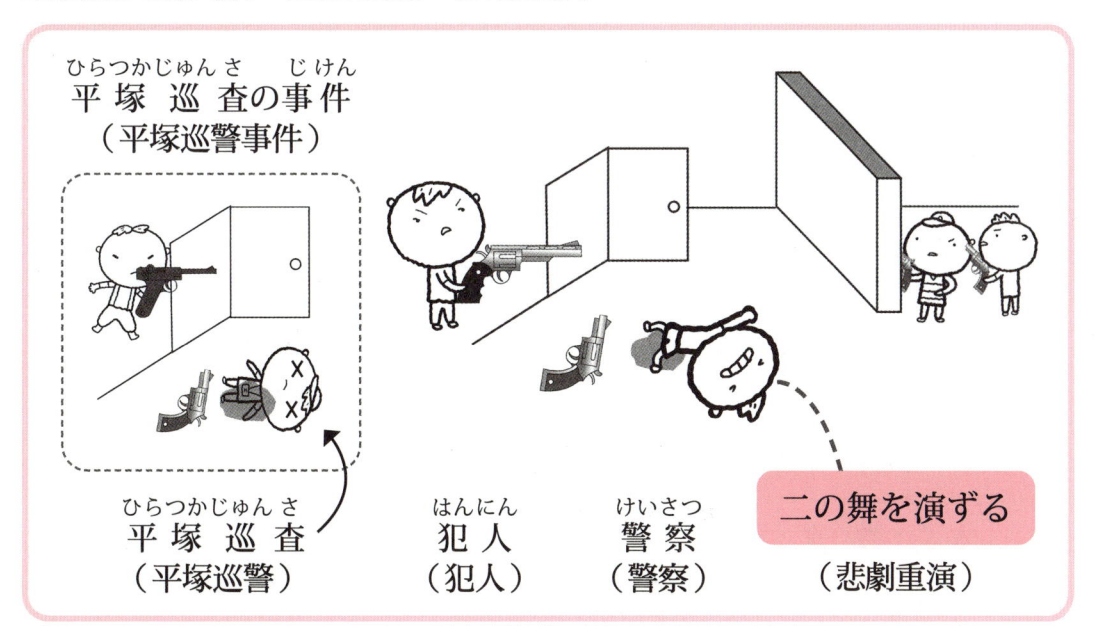

平塚巡査の事件
（平塚巡警事件）

平塚巡査
（平塚巡警）

犯人
（犯人）

警察
（警察）

二の舞を演ずる
（悲劇重演）

活用句

平塚巡査の 二の舞を演ずる。

重複平塚巡警的悲劇。

197 睨（にら）みが利（き）く

原字義

| 睨み（瞪視） | が | 利く（起作用） |

引申義

有威嚴。能制服、壓過他人。

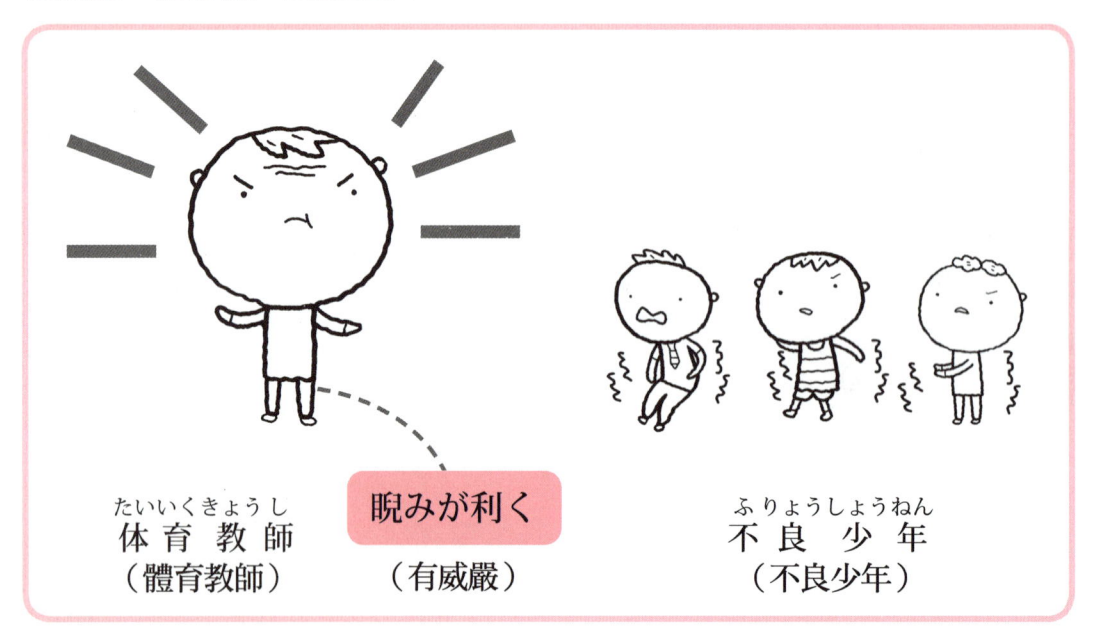

体育教師（たいいくきょうし）（體育教師） 睨みが利く（有威嚴） 不良少年（ふりょうしょうねん）（不良少年）

活用句

新任（しんにん）の体育教師（たいいくきょうし）の睨（にら）みが利（き）く。

新來的體育老師很有威嚴。

・新任：新到職。　　・某人＋の＋睨みが利く：某人很有威嚴。

198 糠に釘（ぬかくぎ）

MP3 198

原字義

米糠　釘子
糠 に **釘**

引申義

原指米糠上釘釘子。比喻沒用、無效、白費。同義語是「豆腐に 鎹（とうふ かすがい）」。

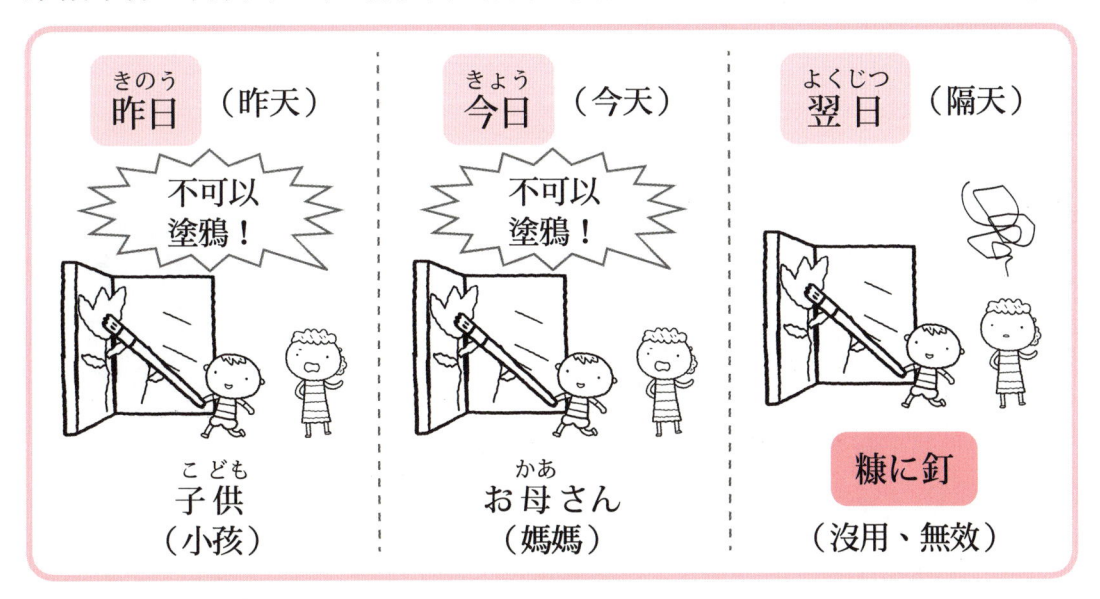

昨日（きのう）（昨天）	今日（きょう）（今天）	翌日（よくじつ）（隔天）
不可以塗鴉！	不可以塗鴉！	糠に釘（沒用、無效）
子供（こども）（小孩）	お母さん（かあ）（媽媽）	

活用句

注意（ちゅうい）しても 糠（ぬか）に釘（くぎ）だ。

即使警告也是沒用。

・注意して：是「注意する」（警告）的「て形」。
・動詞て形＋も：此處表示「即使做〜」。

217

199 微温湯につかる
ぬるまゆ

MP3 199

原字義

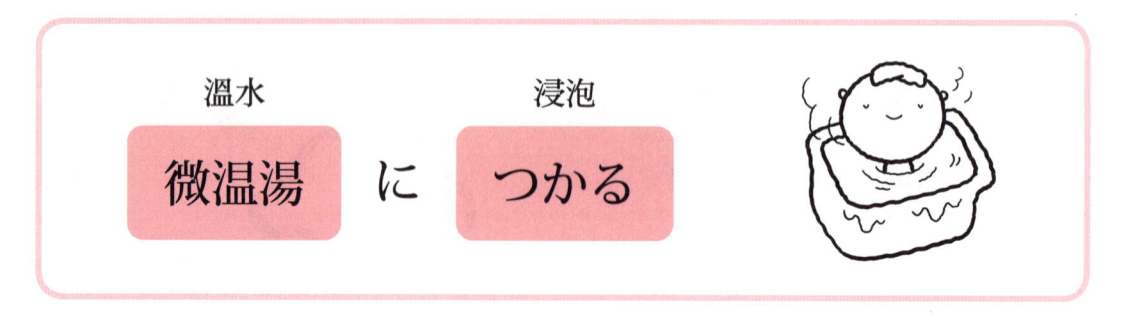

微温湯（温水） に つかる（浸泡）

引申義

安於現狀。沒有刺激與快感，但也不想離開或改變的安逸狀態。

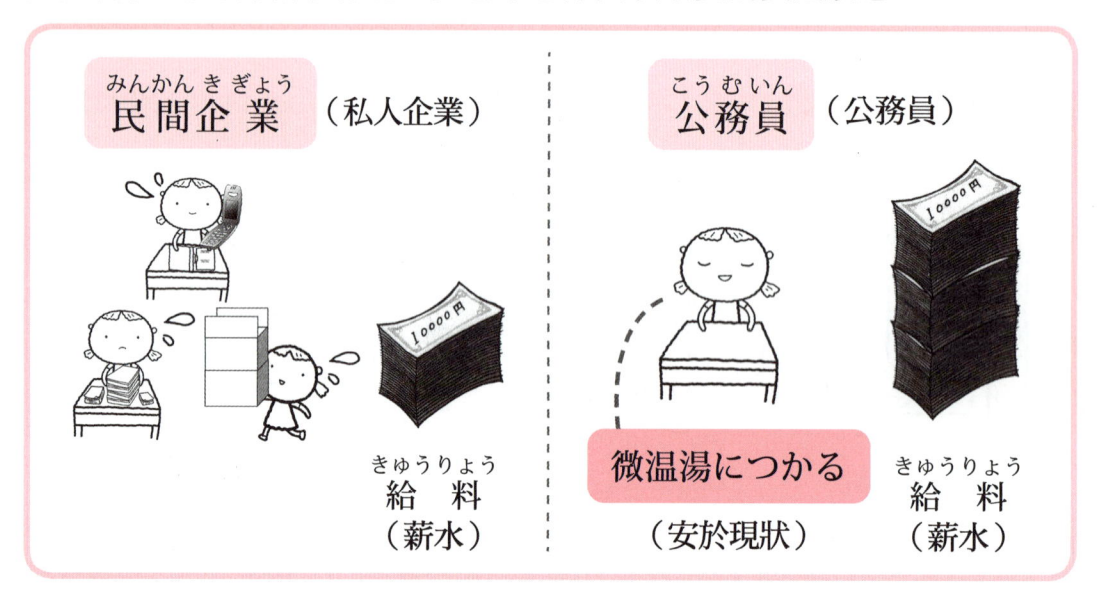

民間企業（私人企業）　　公務員（公務員）
みんかんきぎょう　　　　こうむいん

給料（薪水）　　微温湯につかる（安於現狀）　　給料（薪水）
きゅうりょう　　　　　　　　　　　　　　　きゅうりょう

活用句

彼女は微温湯につかっている。
かのじょ　ぬるまゆ

她安於現狀。

・つかっている：是「つかる」（浸泡）的「ている形」，此處表示「目前狀態」。

200 濡れ衣を着せられる
ぬ ぎぬ き

MP3 200

原字義

濡れ衣（溼衣服） を 着せられる（被迫穿上）

引申義

被冤枉。冤罪。

泥棒（小偷）
持ち主（物主）
濡れ衣を着せられる（被冤枉）

活用句

泥棒の濡れ衣を着せられてしまった。被冤枉是小偷。
どろぼう　　ぬ ぎぬ き

- 着せられて：是「着せられる」（被迫穿上）的「て形」。
- 〜の濡れ衣を着せられる：被冤枉是〜。
- 動詞て形＋しまった：「動詞て形＋しまう」的「過去形」，此處表示「非預期的結果」。

201 熱が冷める

原字義

熱度 變冷
熱 が 冷める

60度 → 20度

引申義

熱情退去。退燒。熱情降溫。

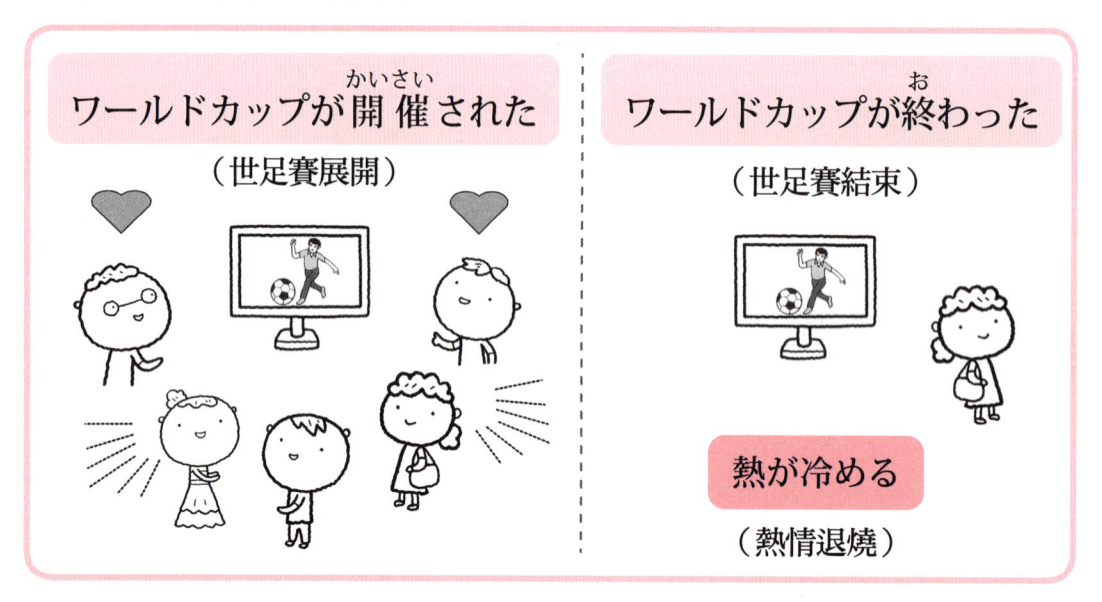

ワールドカップが開催された
（世足賽展開）

ワールドカップが終わった
（世足賽結束）

熱が冷める
（熱情退燒）

活用句

サッカーに対する熱が冷めてきた。對於足球的熱情漸漸退去。

・サッカー：足球。　・事物＋に（助詞）＋対する：對於某事物
・冷めて：是「冷める」（變冷）的「て形」。
・動詞て形＋きた：此處表示「越來越～了」。

202 熱に浮かされる

原字義

熱度 — 熱
被～弄得神智不清 — 浮かされる

引申義

十分著迷，甚至到了失去理性的狀態。著魔。熱衷。入迷。

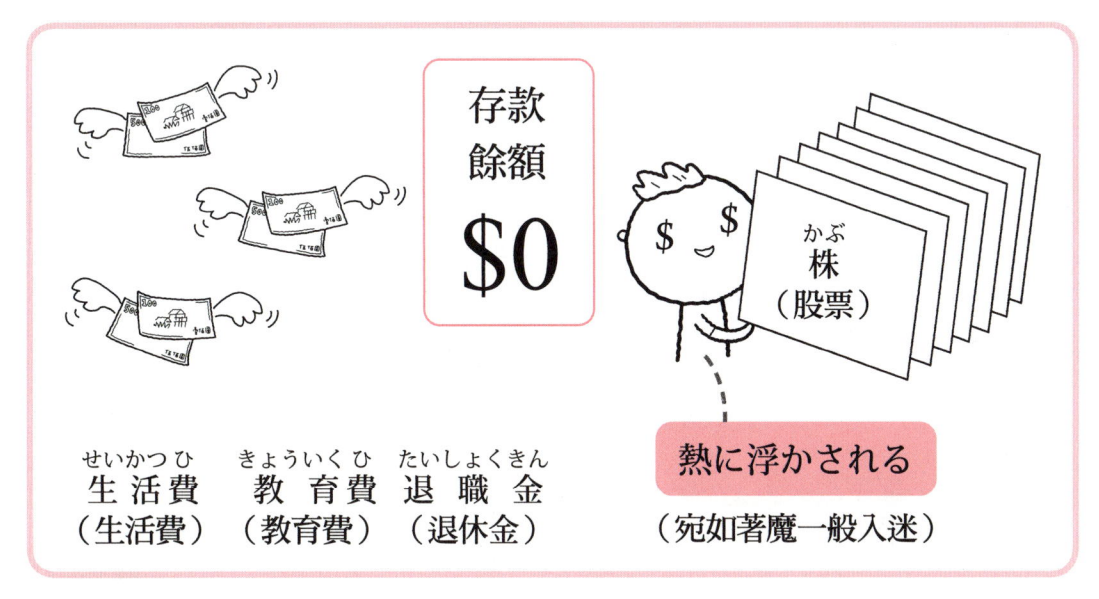

生活費（生活費）　教育費（教育費）　退職金（退休金）

熱に浮かされる（宛如著魔一般入迷）

活用句

彼は熱に浮かされたように、株を買いあさった。

他像著了魔一樣，四處搜購股票。

- 浮かされた：是「浮かされる」（被～弄得神智不清）的「た形」，此處表示「過去」。
- 買いあさった：是「買いあさる」（到處搜購）的「た形」，此處表示「過去」。

203　根に持つ
　　　　ね　も

MP3 203

原字義

本性 — 根
持有、懷有 — 持つ

恨 → 根（本性）

引申義

因為別人對自己不好，而一直記仇、記恨，沒有一天忘記。懷恨在心。

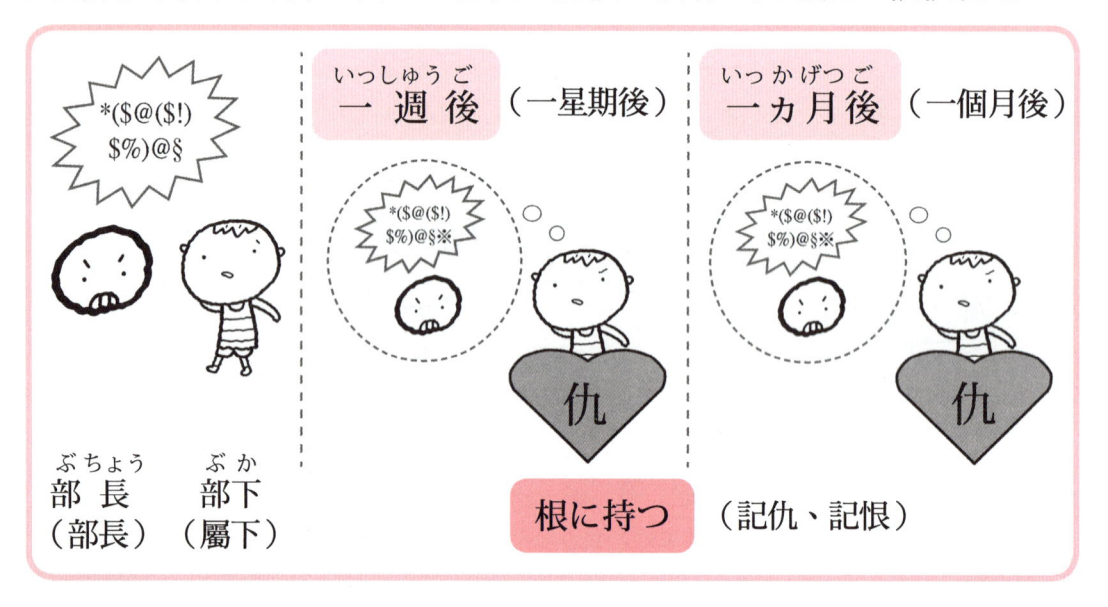

一週後（一星期後）　　一カ月後（一個月後）
いっしゅうご　　　　　　いっかげつご

部長（部長）　部下（屬下）
ぶちょう　　　ぶか

根に持つ（記仇、記恨）

活用句

叱られたこと を 根に持っている。
しか　　　　　　　ね　も

被罵的事一直懷恨在心。

・叱られた：是「叱る」（責罵）的「被動形（叱られる）的た形」，此處表示「過去被～」。
・持っている：是「持つ」（持有、懷有）的「ている形」，此處表示「目前狀態」。

204 根が深い(ねふか)

原字義

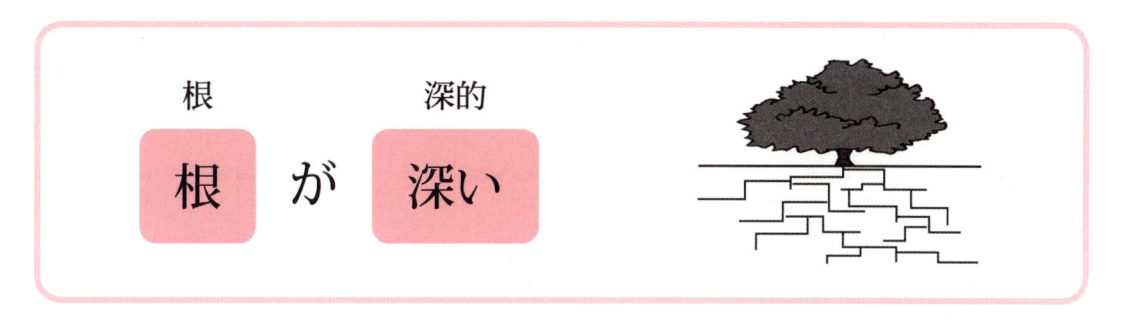

根（根） が 深い（深的）

引申義

事情並非表面看來那麼單純，就像大樹的樹根盤根錯節，越往下挖，越錯綜複雜。也可以說「根の深い（ねのふかい）」。

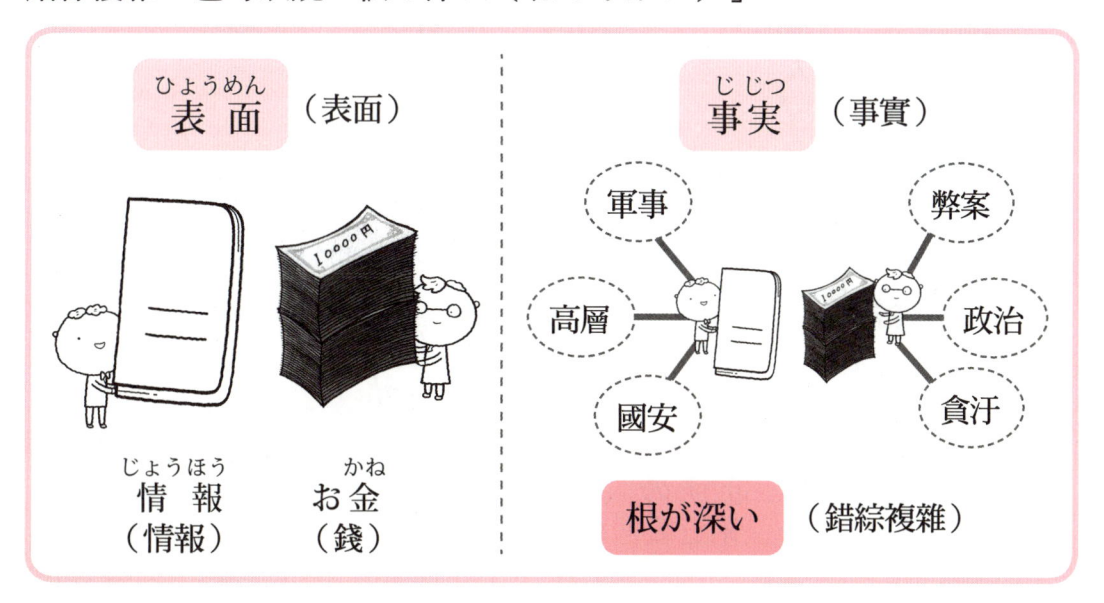

表面(ひょうめん)（表面）
情報(じょうほう)（情報）
お金(かね)（錢）

事実(じじつ)（事實）
軍事・高層・國安・弊案・政治・貪汙
根が深い（錯綜複雜）

活用句

情報流出事件(じょうほうりゅうしゅつじけん)は根が深い(ねふか)問題(もんだい)だ。

情報外洩事件並非表面看來那麼單純，而是錯綜複雜的問題。

・だ：斷定的語氣。

205 根^{ね}も葉^{は}もない

原字義

根		葉子		沒有
根	も	葉	も	ない

引申義

不知道從哪裡知道的事。空穴來風。毫無根據。

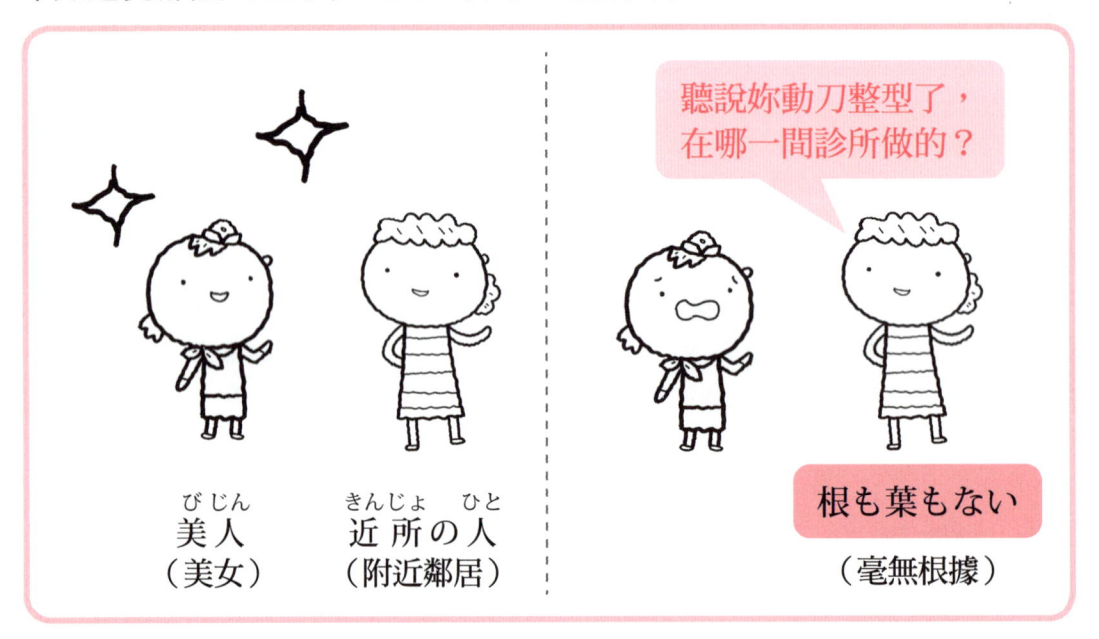

聽說妳動刀整型了，在哪一間診所做的？

美人^{びじん}（美女）　近所の人${}^{きんじょ　ひと}$（附近鄰居）

根も葉もない（毫無根據）

活用句

根^{ね}も葉^{は}もない 噂^{うわさ} を 立^{た}てられた。被散播了毫無根據的謠言。

・噂：謠言、傳聞。
・立てられた：是「立てる」（散播）的「被動形（立てられる）的た形」，此處表示「過去被〜」。

206　根掘り葉掘り（ねほりはほり）

原字義

根　挖　葉子　挖
根　掘り　葉　掘り

引申義

追根究底。

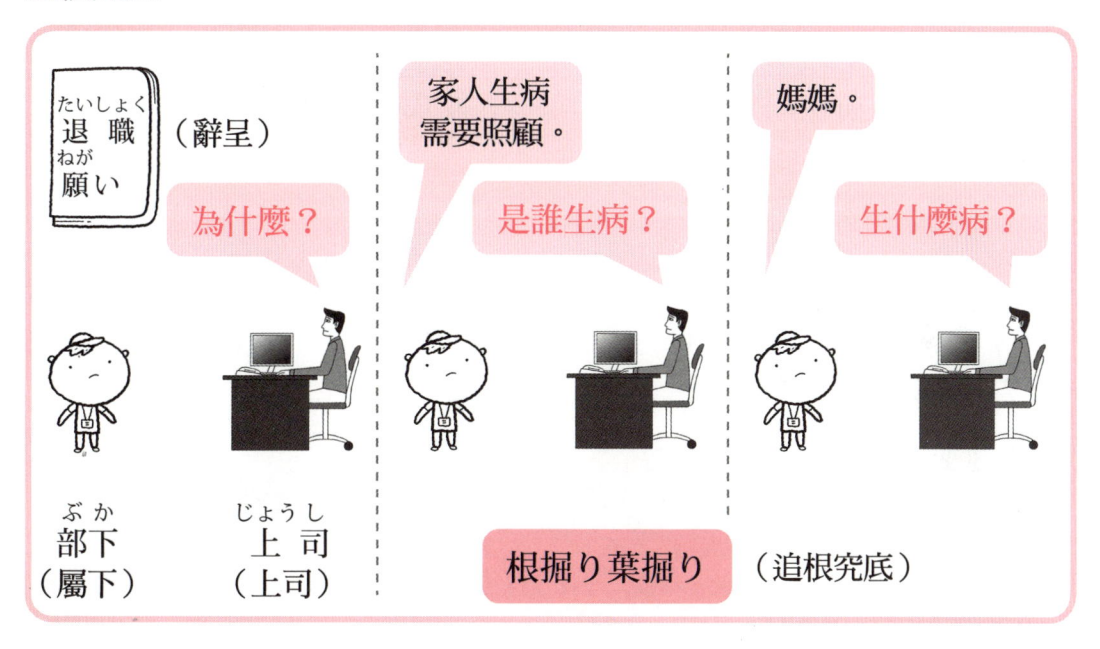

退職願い（辭呈） 為什麼？	家人生病需要照顧。 是誰生病？	媽媽。 生什麼病？
部下（屬下）　上司（上司）	根掘り葉掘り（追根究底）	

活用句

理由を 根掘り葉掘り 聞いた。

追根究底詢問了理由。

・聞いた：是「聞く」（問）的「た形」，此處表示「過去」。

207 猫を被る(ねこ かぶる)

MP3 207

原字義

猫	覆蓋上
猫 を	被る

引申義

形容裝出一副溫和乖巧的樣子。

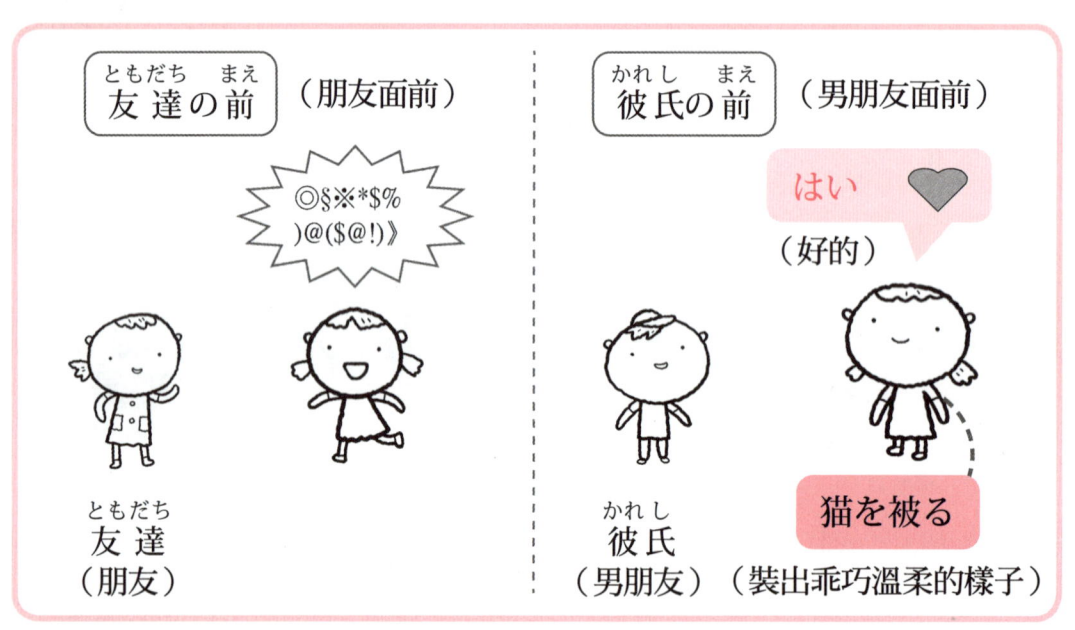

友達の前(ともだち まえ)（朋友面前）　　彼氏の前(かれし まえ)（男朋友面前）

友達(ともだち)（朋友）　　彼氏(かれし)（男朋友）　　はい（好的）　　猫を被る（裝出乖巧溫柔的樣子）

活用句

あの女(おんな)の子(こ)はいつも猫(ねこ)を被(かぶ)っている。

那個女孩子總是裝出乖巧溫柔的樣子。

- 女の子：女孩子。
- 被っている：是「被る」（戴上）的「ている形」，此處表示「經常性的行為」。

208 念を押す

原字義

念頭 / 按
念 を 押す

引申義

再三叮嚀。再三確認。

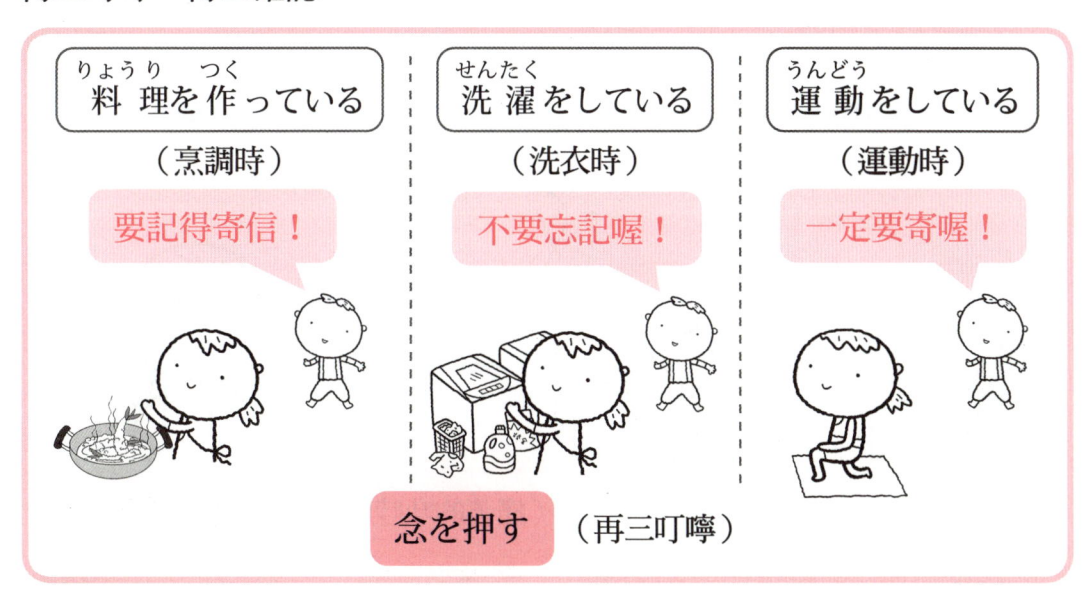

料理を作っている	洗濯をしている	運動をしている
（烹調時）	（洗衣時）	（運動時）
要記得寄信！	不要忘記喔！	一定要寄喔！

念を押す （再三叮嚀）

活用句

忘れないで と 念を押した。已經再三叮嚀說請不要忘記。

・忘れない：是「忘れる」（忘記）的「ない形」，此處表示「現在否定」。
・〜ないで：此處是「〜ないでください」（請不要做〜）的口語省略説法。
・と：助詞，前面接「所叮嚀的內容」。
・押した：是「押す」（按）的「た形」，此處表示「過去」。

209　音を上げる

原字義

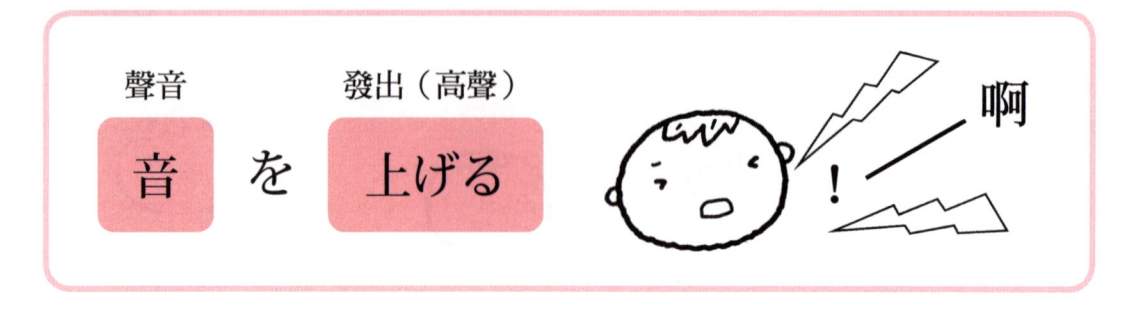

聲音	發出（高聲）
音	を　上げる

啊！

引申義

無法承受痛苦而發出哀鳴。示弱。

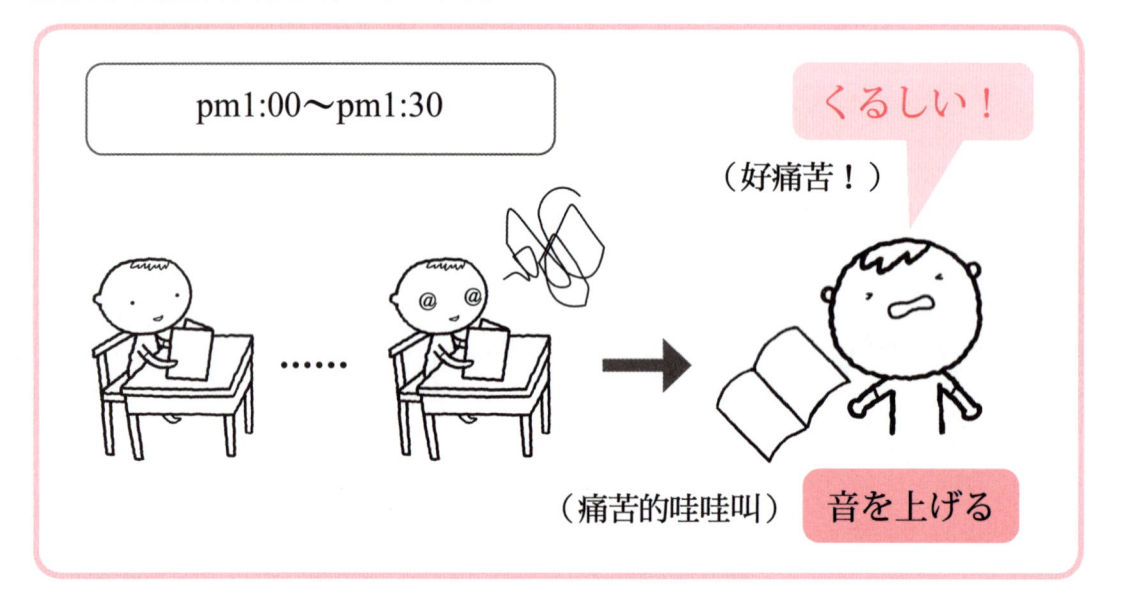

pm1:00〜pm1:30

くるしい！
（好痛苦！）

（痛苦的哇哇叫）　音を上げる

活用句

３０分勉強するだけで音を上げる。

僅僅讀書30分鐘，就痛苦的哇哇叫。

・だけ：助詞，僅僅、只是。　　・で：助詞，此處表示「原因」。

210 寝た子を起こす

原字義

睡著了的孩子	叫醒
寝た子	を	起こす

引申義

讓大家想起已經忘記的事。

五年前（五年前）　**その後**（在那之後）　**今年**（今年）

核電廠……　　贊成！　反對！

沒有人討論核電廠問題…

核電廠，現在呢？　對呀！　是呀！

寝た子を起こす（讓大家想起已經忘記的事）

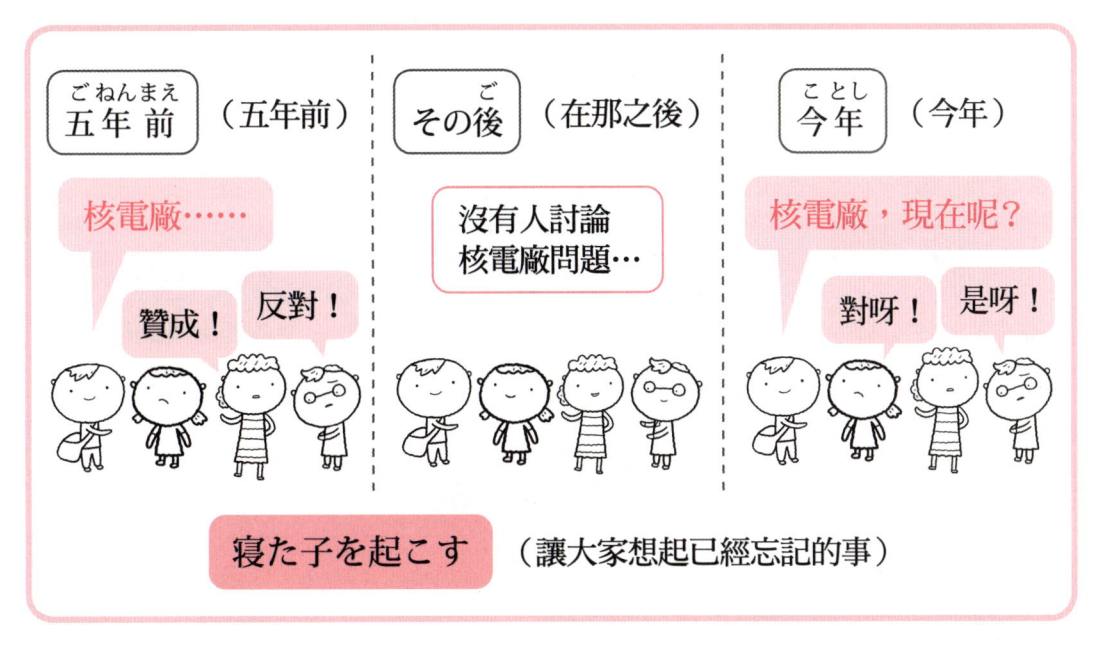

活用句

寝た子を起こしちゃ だめだ。 不要讓大家想起已經忘記的事。

- 起こしちゃ：是「起こす」（叫醒）的「て形（起こして）」＋は（起こしては）的「口語說法」。
- 「〜ちゃだめ」是「〜てはだめ」的「口語說法」，表示「做〜不行」。
- だめ：不行、不可以。

211　喉から手が出る

MP3 211

原字義

喉嚨	手	伸出來
喉 から	手 が	出る

引申義

字面的意思是「手從喉嚨伸出來」。比喻非常想要、想要的不得了。

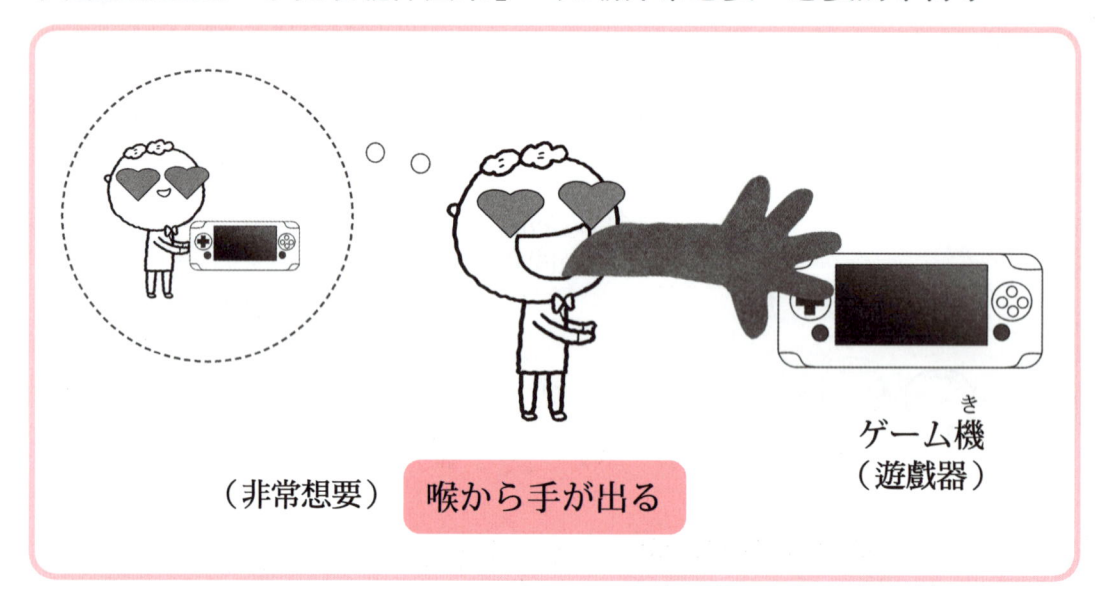

（非常想要）　喉から手が出る

ゲーム機（遊戲器）

活用句

喉から手が出るほど ほしい。

像**手從喉嚨伸出來**那樣，很想要。（＝非常想要）

・から：助詞，從～。　　・ほど：助詞，像～那樣的。　　・ほしい：想要。

212 歯が立たない

原字義

牙齒 → 歯
無法刺入、無法咬入 → 立たない

引申義

原意為咬不動。引申為能力無法對抗。比不上、打不過。無法匹敵。

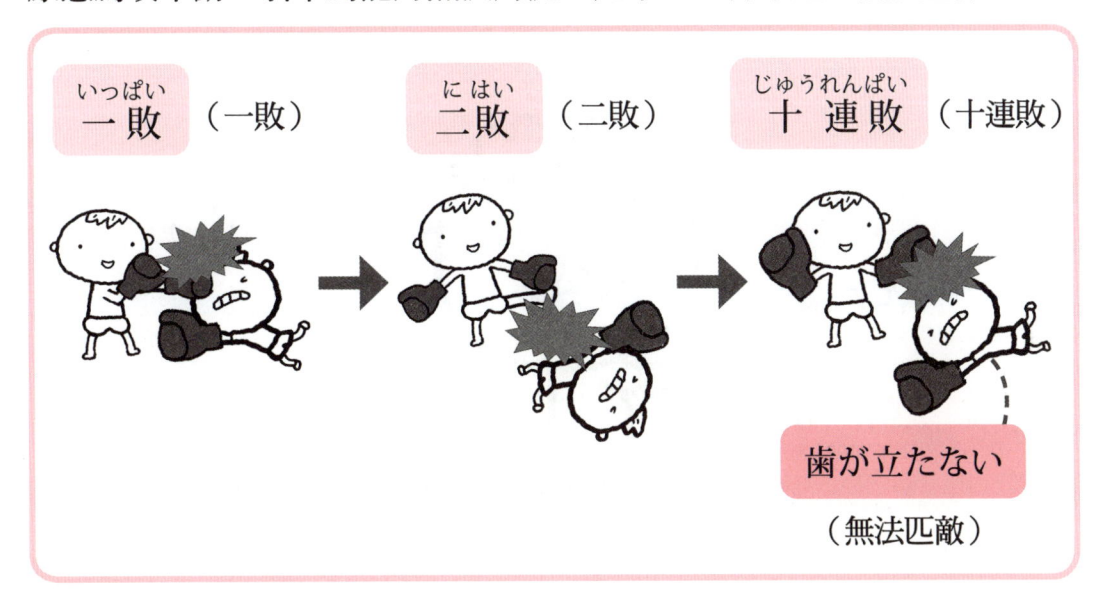

一敗（一敗） → 二敗（二敗） → 十連敗（十連敗）

歯が立たない
（無法匹敵）

活用句

誰も歯が立たない。

誰都無法匹敵。

・誰：誰。　・も：助詞，全都～。

213 歯（は）を食（く）いしばる

原字義

牙齒 — 歯　咬緊 — 食いしばる

引申義

疼痛時，咬緊牙根忍耐。遇到不甘心或是痛苦的事，一直忍耐。

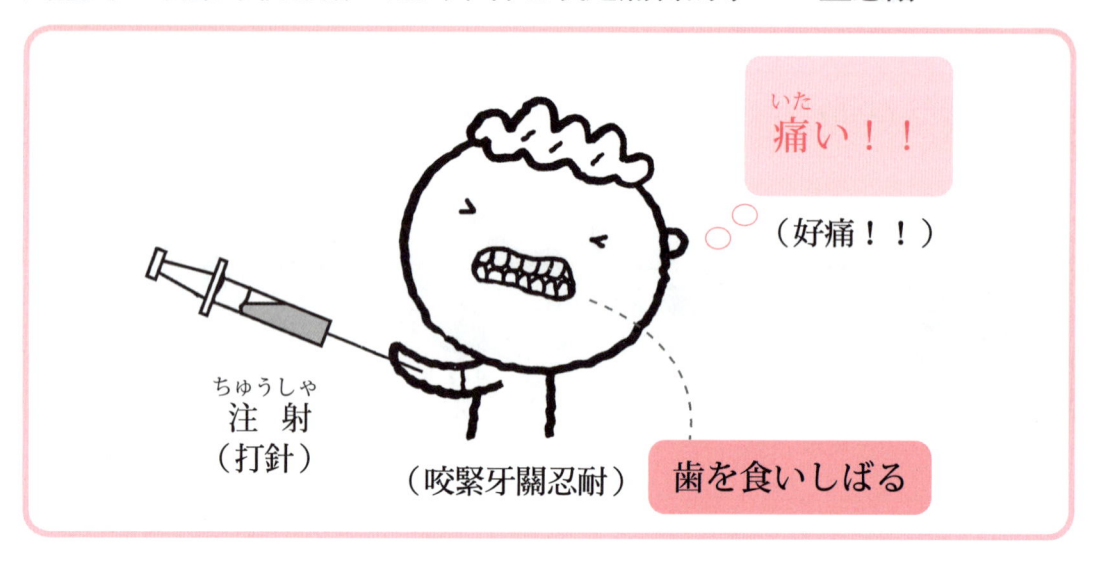

注射（ちゅうしゃ）（打針）
痛い！！（好痛！！）
（咬緊牙關忍耐）歯を食いしばる

活用句

歯（は）を食（く）いしばって痛（いた）みに耐（た）えた。咬緊牙關忍住疼痛。

- 食いしばって：是「食いしばる」（咬緊）的「て形」，此處表示「描述狀態」。
- 痛み：疼痛。　　・に：助詞，表示「對於～、面對～」。
- ～に耐える：忍耐～、忍住～。
- 耐えた：是「耐える」（忍耐）的「た形」，此處表示「過去」。

214 歯止(は ど)めをかける

原字義

車輪斜坡止滑板	架上
歯止め	かける

を

引申義

預做防範，抑止事情的發生、事態的發展。

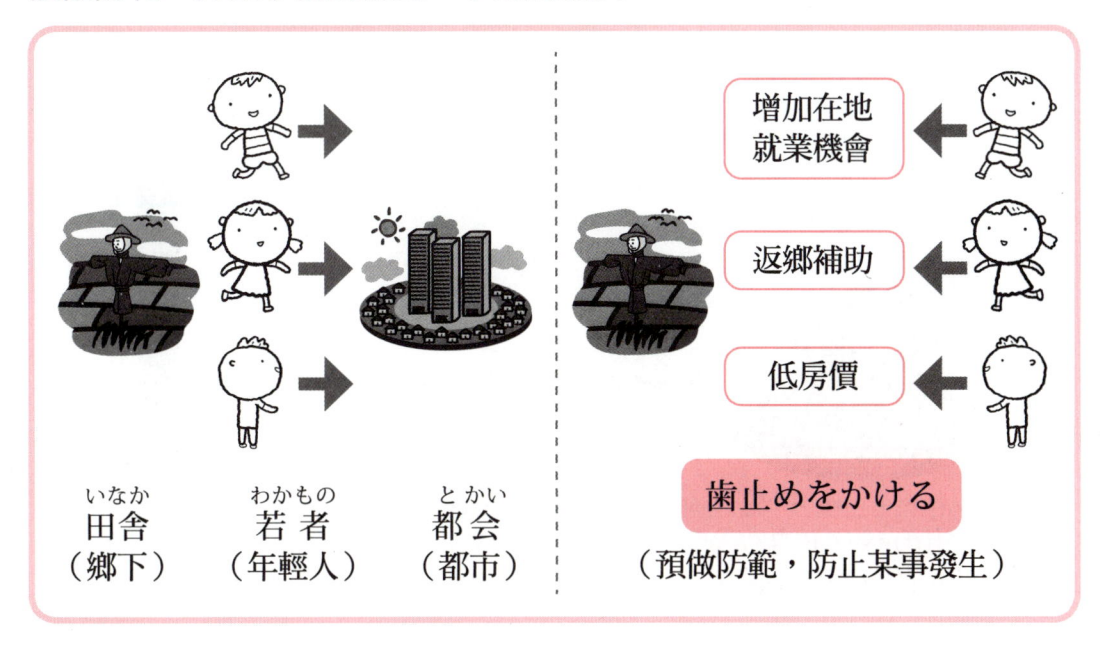

田舎（いなか）（鄉下）　若者（わかもの）（年輕人）　都会（とかい）（都市）

増加在地就業機會
返鄉補助
低房價

歯止めをかける
（預做防範，防止某事發生）

活用句

若者(わかもの)の 流出(りゅうしゅつ) に 歯止(は ど)めをかける。預做防範防止年輕人外流。

・に：助詞，表示「對於～、面對～」。
・～＋に＋歯止めをかける：防範～的發生。

215 鼻の先(はなさき)

MP3 215

原字義

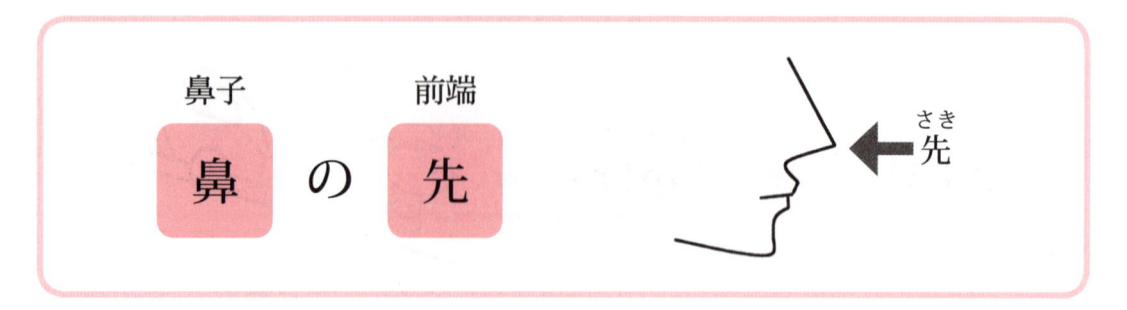

鼻子 → 鼻
前端 → 先
の
さき → 先

引申義

不遠的距離。

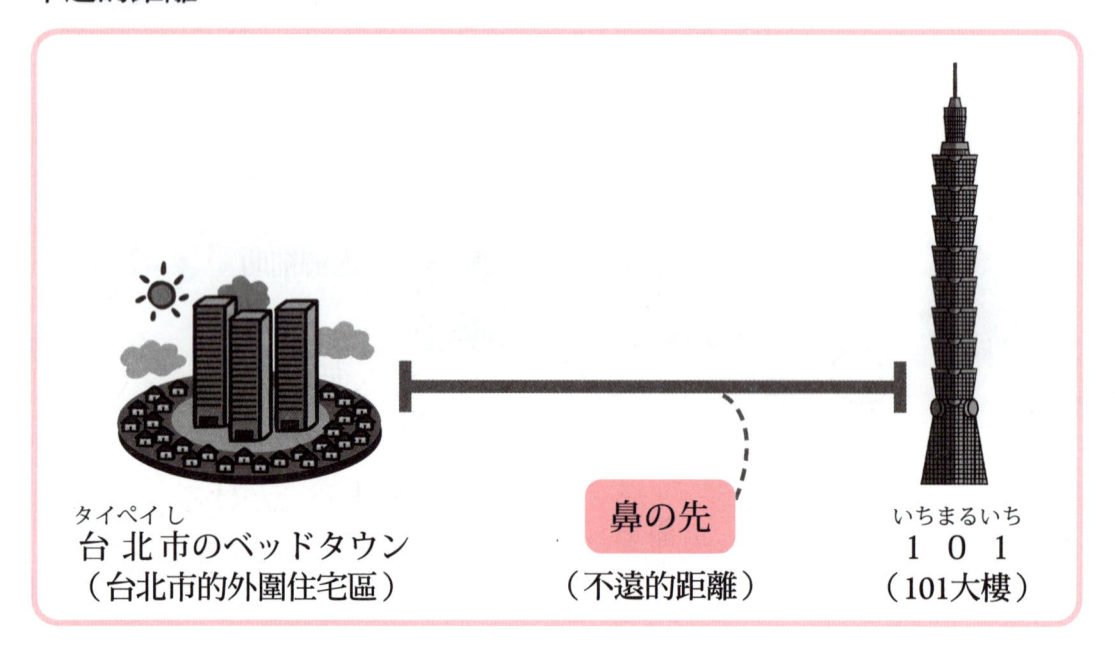

タイペイし
台北市のベッドタウン
（台北市的外圍住宅區）

鼻の先
（不遠的距離）

いちまるいち
１０１
（101大樓）

活用句

台北市(タイペイし)は鼻(はな)の先(さき)だ。

距離台北市不遠。

・だ：斷定的語氣。

234

216 鼻が高い

原字義

鼻子	高的
鼻 が	高い

引申義

十分得意的樣子。驕傲。洋洋得意。

東大（東大）
息子（兒子）
隣の人（鄰居）
両親（父母親）
鼻が高い（十分得意）

活用句

両親は鼻が高い。

父母親十分得意。

217　鼻につく

MP3 217

原字義

鼻子　　　附著
鼻 に **つく**

引申義

特殊的味道撲鼻，馬上就聞到。同義語是「鼻をつく」。

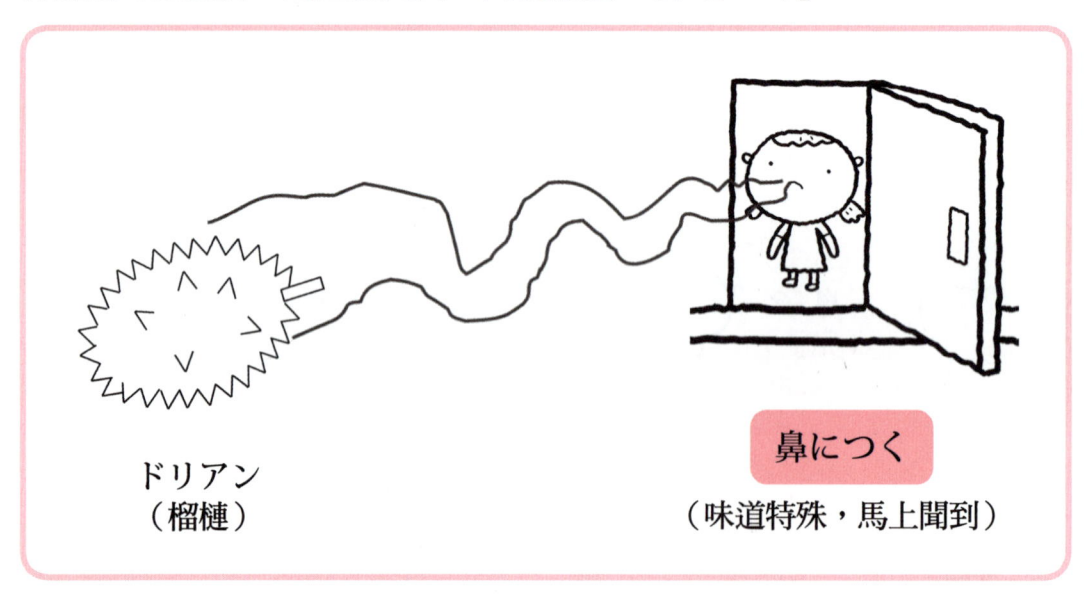

ドリアン
（榴槤）

鼻につく
（味道特殊，馬上聞到）

活用句

においが鼻につく。

味道撲鼻，一下子就聞到。

・におい：味道。　・が：助詞，表示「主語」。

218　鼻を折る

原字義

鼻子　　弄斷
鼻　を　折る

引申義

信心受到打擊。挫其銳氣。受創。

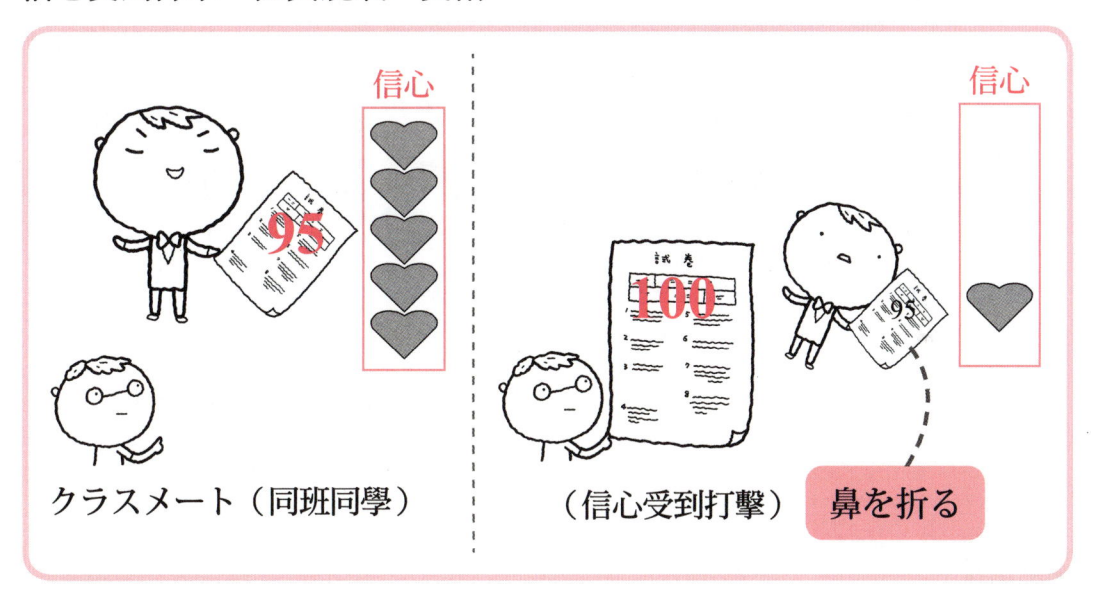

クラスメート（同班同學）　　（信心受到打擊）　鼻を折る

活用句

彼の鼻を折ってやる。

（我）要挫挫他的銳氣。

・折って：是「折る」（弄斷）的「て形」。
・動詞て形＋やる：此處表示「自己以高姿態對對方做某種行為」。

219　鼻が曲がる

MP3 219

はな　ま

原字義

鼻子	彎曲
鼻 が	曲がる

引申義

字面的意思是「鼻子歪了」。形容味道很臭，難聞的不得了。惡臭撲鼻。

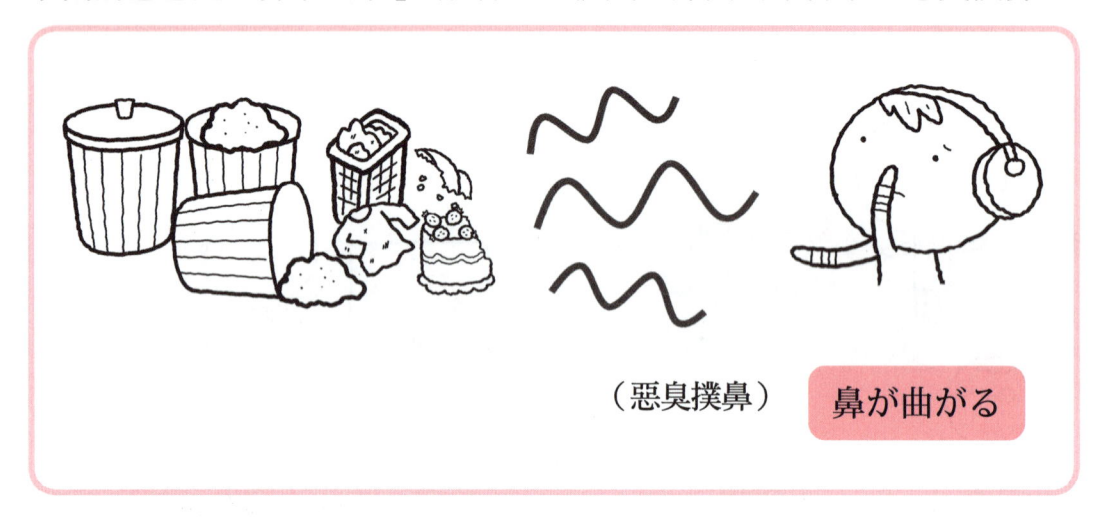

（惡臭撲鼻）　鼻が曲がる

活用句

鼻が曲がるほど臭い。
はな　ま　　　　くさ

像鼻子歪了那樣，很臭。（＝臭到難聞的不得了）

・ほど：助詞，像～那樣的。　　・臭い：臭的。

220 鼻であしらう

原字義

鼻子	輕蔑
鼻	で あしらう

引申義

嗤之以鼻。冷淡對待。不理。

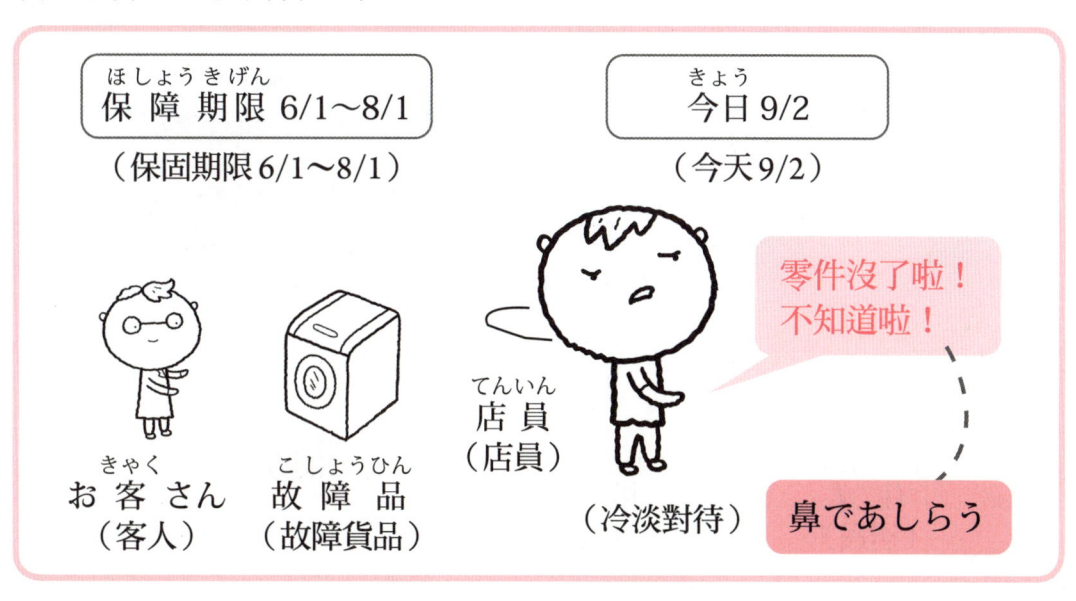

- 保障期限 6/1～8/1（保固期限6/1～8/1）
- 今日 9/2（今天9/2）
- お客さん（客人）
- 故障品（故障貨品）
- 店員（店員）：「零件沒了啦！不知道啦！」
- （冷淡對待）鼻であしらう

活用句

保障期限切れを理由に鼻であしらわれた。

以保固到期為理由，被冷淡對待。

- 保障期限切れ：保固到期。　　・～を理由に：把～當成理由。
- あしらわれた：是「あしらう」（輕蔑）的「被動形（あしらわれる）的た形」，此處表示「過去被～」。

221 腹が黒い
はら くろ

MP3 221

原字義

腹（心） が 黒い（黒的）

引申義

指個性心術不正。內心骯髒。存心不良。慣用句中的「が」可以省略。

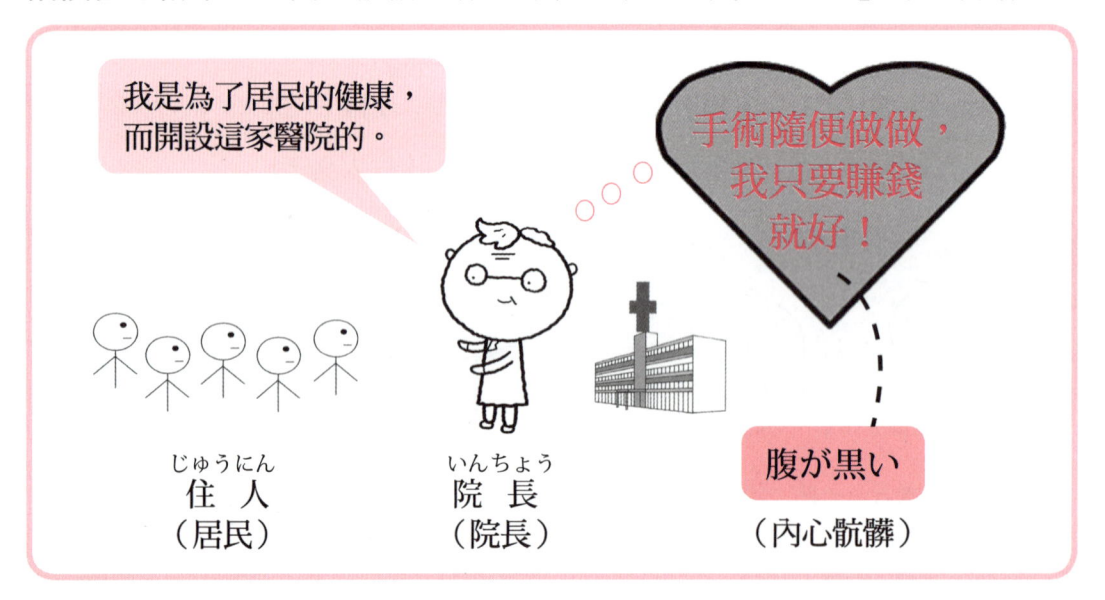

我是為了居民的健康，而開設這家醫院的。

手術隨便做做，我只要賺錢就好！

住人（居民）
じゅうにん

院長（院長）
いんちょう

腹が黒い（內心骯髒）

活用句

あの院長は腹が黒い。
いんちょう　　　　はら　くろ

那個院長內心骯髒，存心不良。

・あの：那個～。

222 腹が立つ

原字義

心情、情緒 **腹** が 激動 **立つ**

引申義

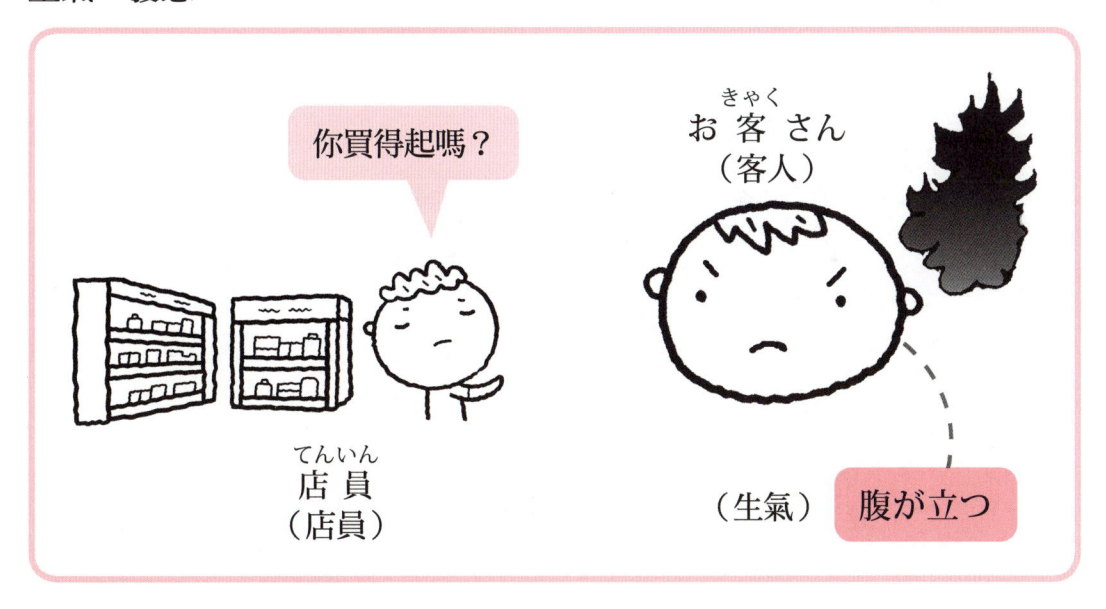

生氣。發怒。

活用句

失礼な態度に腹が立った。

對沒禮貌的態度感到生氣。

- 失礼：沒禮貌（な形容詞，接續名詞時，中間要有「な」）。
- に：助詞，表示「對於～、面對～」。
- 立った：是「立つ」（激動）的「た形」，此處表示「過去」。

223 腹を割る

原字義

腹部 → 腹
割開、分開 → 割る

を

割る

引申義

坦誠。坦白內心。開誠布公。

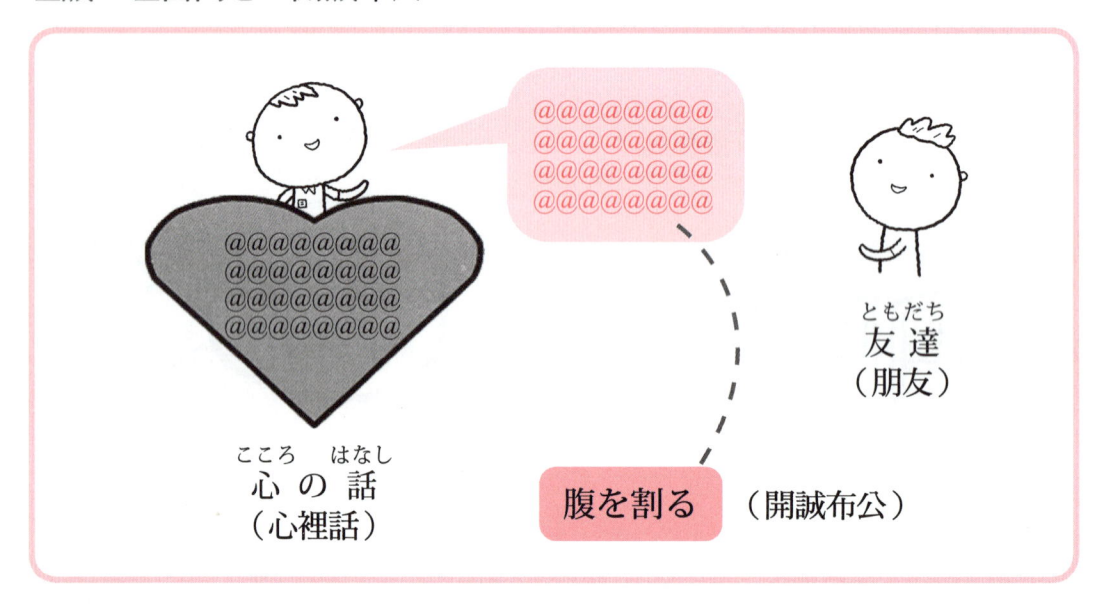

心の話（心裡話） 腹を割る（開誠布公） 友達（朋友）

活用句

腹を割って話す。

坦白說心裡話。

・割って：是「割る」（割開、分開）的「て形」，此處表示「描述狀態」。　・話す：說。

224 腹を抱える

MP3 224

原字義

腹部　　　　抱住
腹 を **抱える**

引申義

非常滑稽好笑。捧腹大笑。

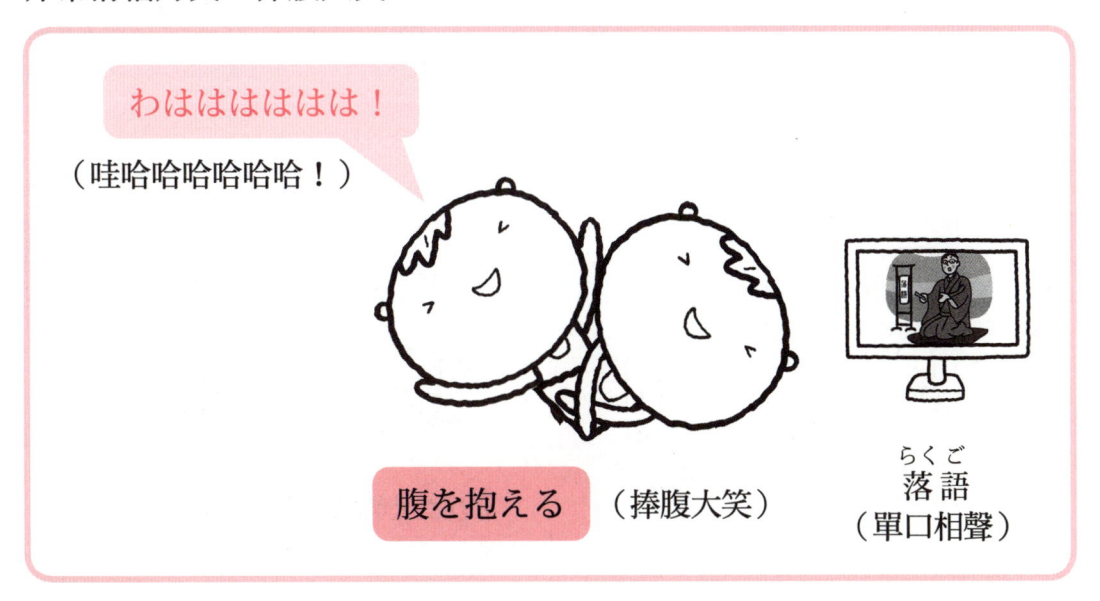

わははははははは！
（哇哈哈哈哈哈哈！）

腹を抱える（捧腹大笑）

落語（單口相聲）

活用句

腹を抱えて笑っている。

捧腹大笑著。

・抱えて：是「抱える」（抱住）的「て形」，此處表示「描述狀態」。
・笑っている：是「笑う」（笑）的「ている形」，此處表示「目前狀態」。

243

225 腹を決める
はら き

MP3 225

原字義

心情、情緒 ： 腹
決定 ： 決める

引申義

面臨恐懼前，先做好心理準備。做好決定。下定決心。

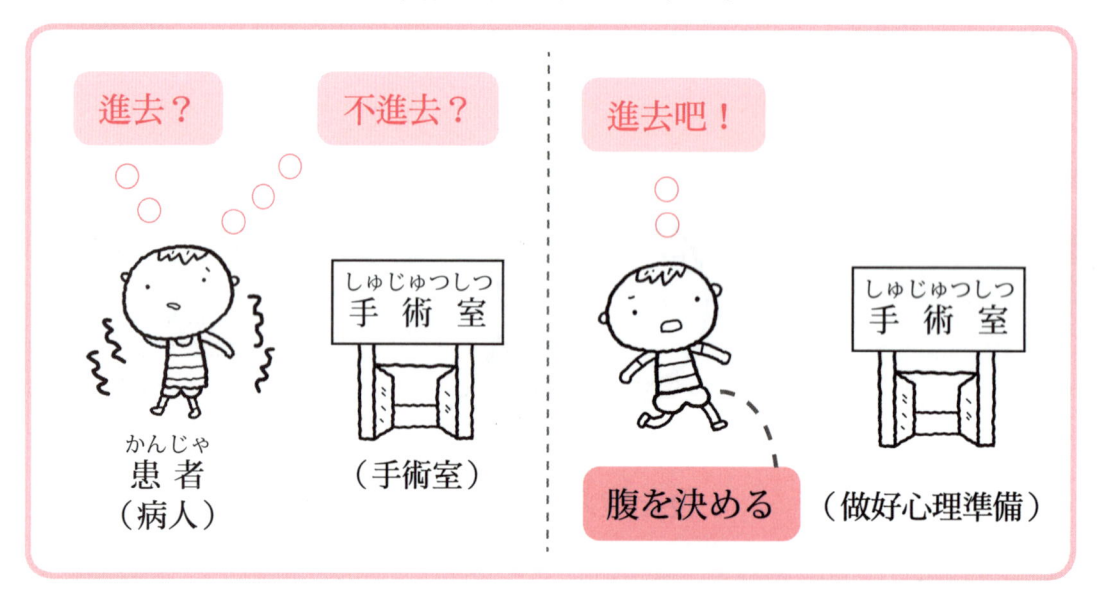

活用句

腹を決めて　手術室に入った。　下定決心後進了手術室。
はら き　　しゅじゅつしつ　はい

- 決めて：是「決める」（決定）的「て形」，此處表示「做～之後」。
- 場所＋に＋入る：要進入某場所。
- 入った：是「入る」（進入）的「た形」，此處表示「過去」。

226 羽目を外す(はめをはずす)

MP3 226

原字義

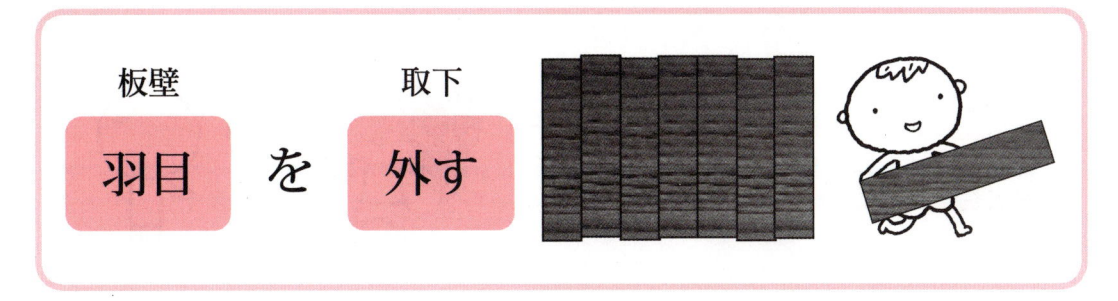

板壁	取下
羽目	を外す

引申義

開心過了頭。過於得意忘形。

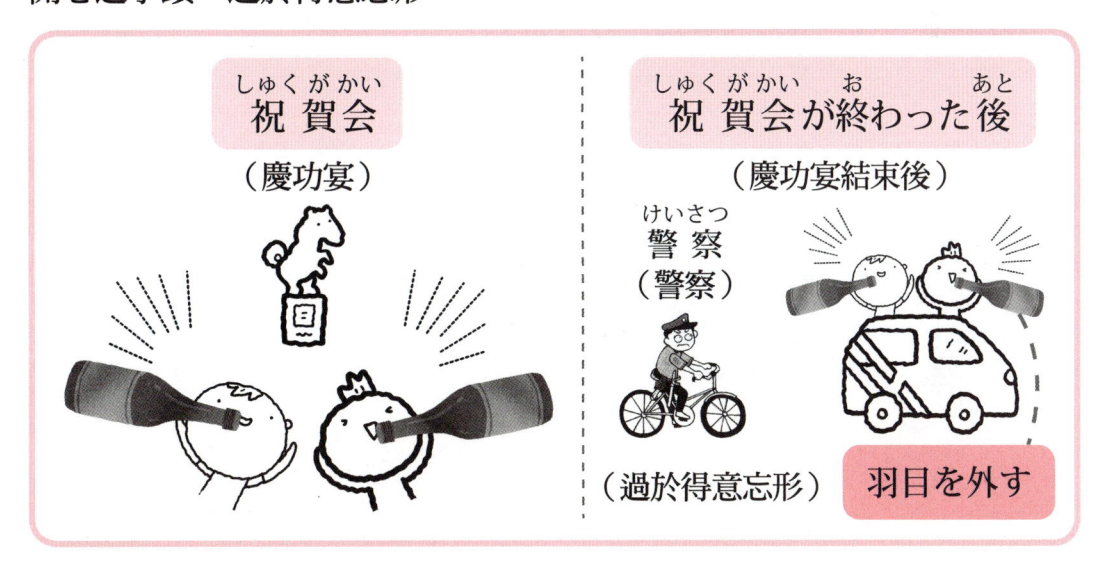

祝賀会(しゅくがかい)（慶功宴）

祝賀会が終わった後(しゅくがかいがおわったあと)（慶功宴結束後）

警察(けいさつ)（警察）

（過於得意忘形）　羽目を外す

活用句

羽目を外し(はめをはず)**すぎて飲酒運転**(いんしゅうんてん)**で捕**(つか)**まった。**

因為開心過頭，因酒駕被逮捕。

- 動詞+すぎる：表示「太過於～」。動詞接續「すぎる」的原則，和接續「ます」一樣。
- 外しすぎて：是「外す＋すぎる」（外しすぎる）（太過於取下～）的「て形」，此處表示「原因」。
- で：助詞，因為～。
- 捕まった：是「捕まる」（被逮捕）的「た形」，此處表示「過去」。

227　花を持たせる

原字義

花　　　　譲〜持有〜

花 を **持たせる**

引申義

把功勞讓給別人。讓某人增光。給人面子。

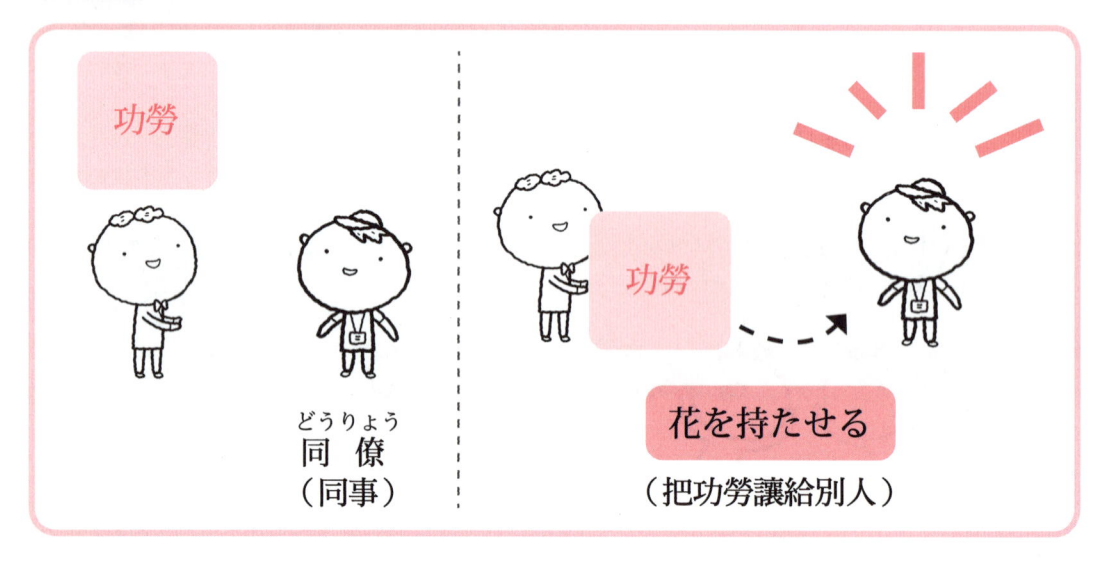

功勞

どうりょう
同　僚
（同事）

花を持たせる
（把功勞讓給別人）

活用句

同僚に花を持たせた。

把功勞讓給同事。

- に：助詞，前面接「動作對象」。
- 持たせた：是「持たせる」（讓〜持有〜）的「た形」，此處表示「過去」。
- 某人＋に＋花を持たせた：把功勞讓給某人。

228　腫物に触るよう
（はれもの　さわ）

原字義

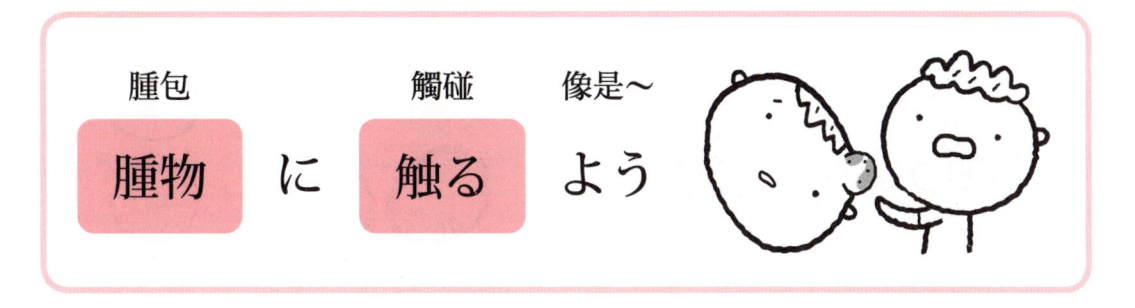

腫物（腫包） に 触る（觸碰） よう（像是～）

引申義

對於不容易取悅的人，採取小心翼翼的態度。

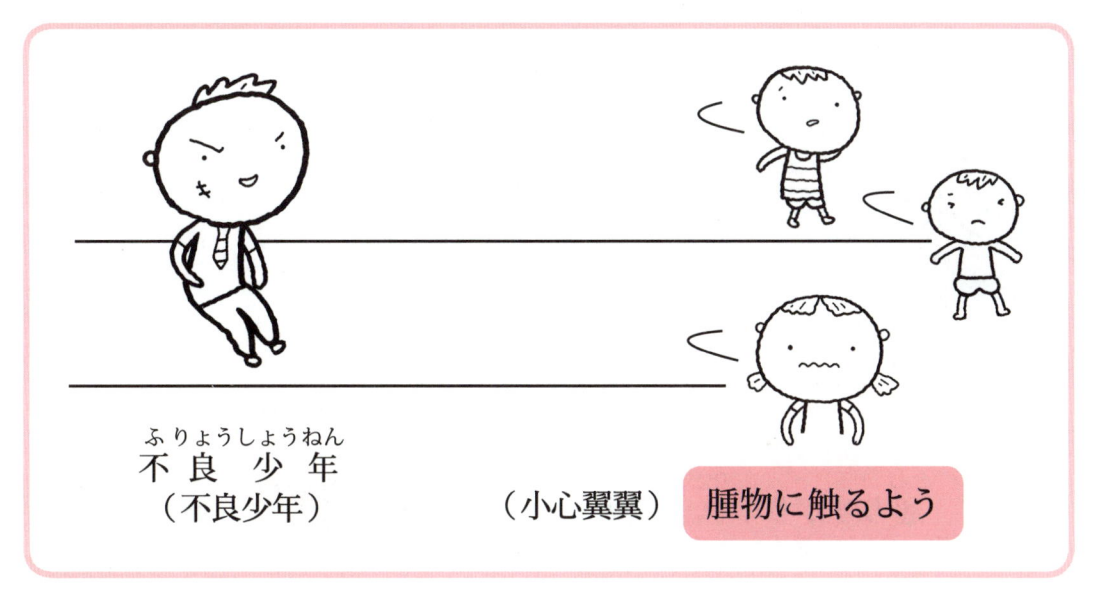

不良少年（ふりょうしょうねん）
（不良少年）　　（小心翼翼）　腫物に触るよう

活用句

みんなは 腫物に触るように 扱う。
（はれもの　さわ）　　（あつか）

大家小心翼翼地對應。

・みんな：大家。　　・扱う：對應、對待。
・此慣用句接續「動詞」時：腫物に触るよう＋に＋動詞

229　ばつが悪い(わる)

原字義

| ばつ（情況） | が | 悪い（不好的） |

引申義

難為情。尷尬。丟臉。侷促不安。

通(とお)りすがりの人(ひと)（路人）　｜　ばつが悪い（難為情）

活用句

人(ひと)に 見(み)られて、ばつが悪(わる)い。

因為被別人看到而感到尷尬。

・に：助詞，前面接「動作對象」。　・某人＋に＋見られる：被某人看到。
・見られて：是「見られる」（被看到）的「て形」，此處表示「原因」。

230　バトンを手渡(てわた)す

MP3 230

原字義

棒子		親手交出
バトン	を	手渡す

引申義

交棒。親手交接工作。讓給後任。

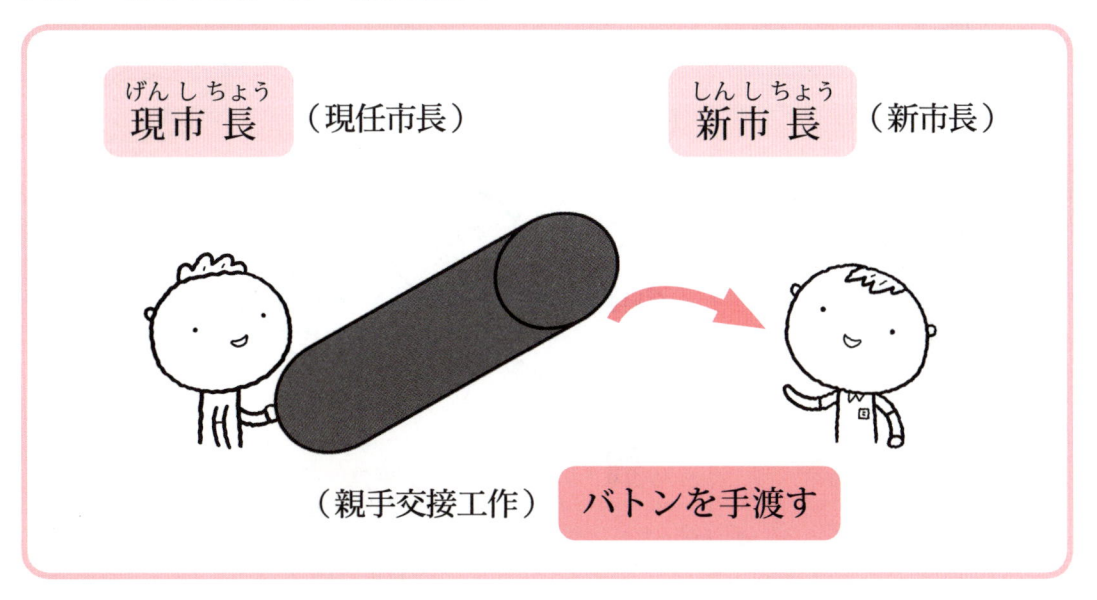

現市長(げんしちょう)（現任市長）　　新市長(しんしちょう)（新市長）

（親手交接工作）　バトンを手渡す

活用句

新市長(しんしちょう)にバトンを手渡(てわた)した。

交棒給新市長。

・に：助詞，前面接「動作對象」。　　・某人＋に＋バトンを手渡す：交棒給某人。
・手渡した：是「手渡す」（親手交出）的「た形」，此處表示「過去」。

231　火がつく

MP3 231

原字義

火　　　附著
火 が **つく**

引申義

比喻引發騷動、事件等，感覺像著火一樣。

火がつく
（引發事件）

活用句

抗争に火がついた。引發了鬥爭。

・抗争：（各派）鬥爭。　　・〜＋に（助詞）＋火がつく：在〜引發糾紛。
・ついた：是「つく」（附著）的「た形」，此處表示「過去」。

232 火花を散らす
　　　ひばな　ち

MP3 232

原字義

火花　　　　四散

火花 を 散らす

引申義

互相激戰。刀刃相向。激烈競爭。

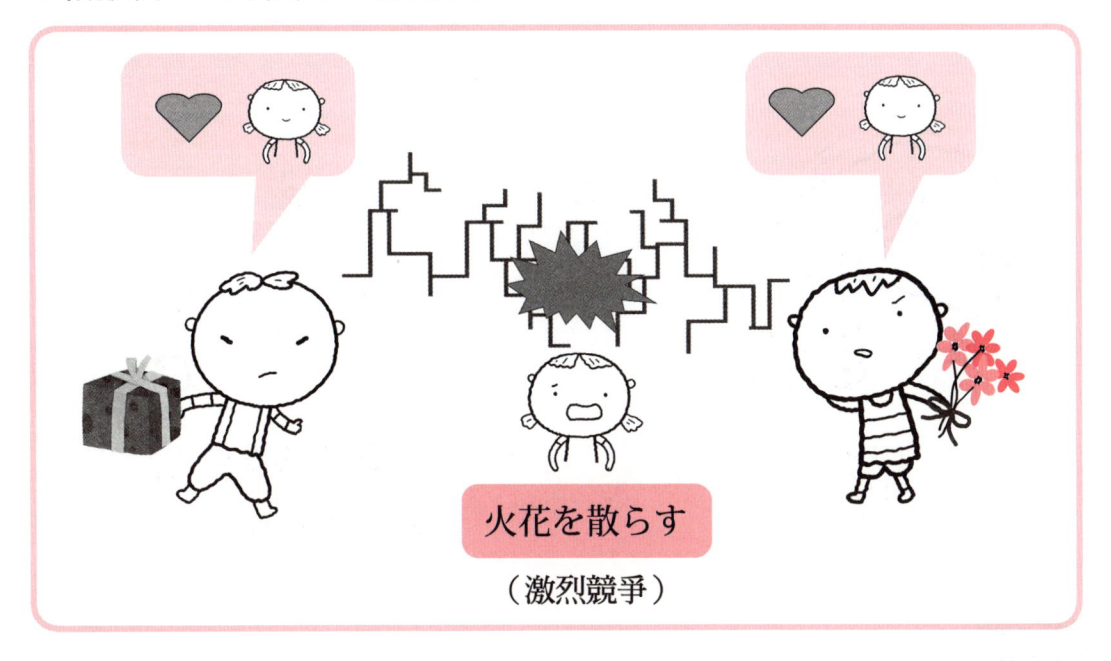

火花を散らす
（激烈競爭）

活用句

二人の 男が 火花を散らしている。
ふたり　おとこ　　ひばな　ち

兩個男人激烈競爭中。

・散らしている：是「散らす」（四散）的「ている形」，此處表示「目前狀態」。

233 一溜まりもない

原字義

支撐住一小段時間	沒有
一溜まり	も	ない

一秒（一秒）

引申義

即使時間很短，也撐不下去。撐不了多久，馬上垮掉。

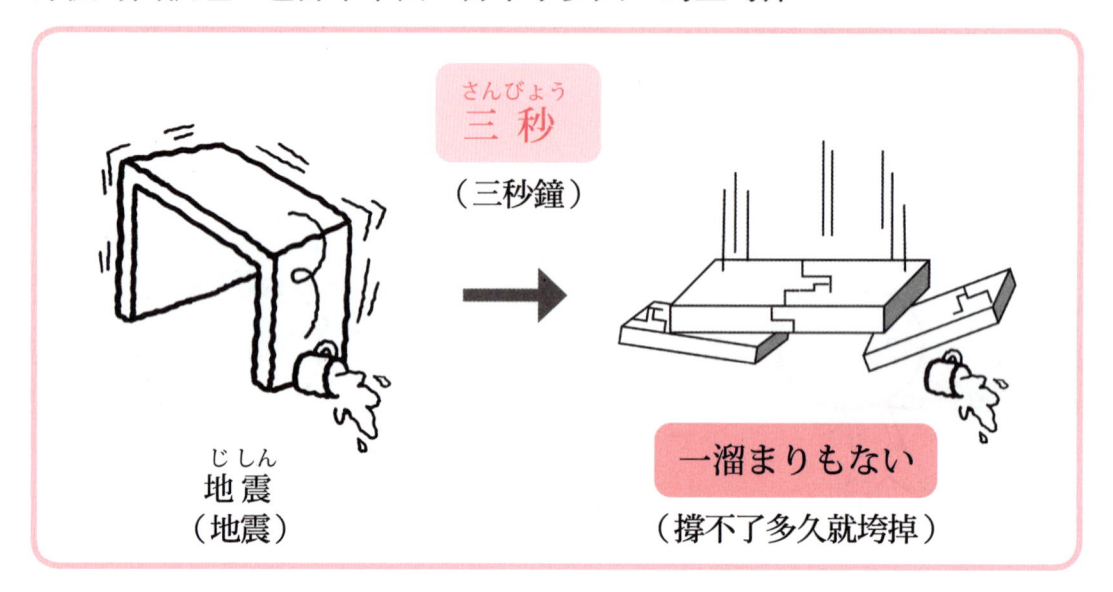

三秒（三秒鐘）

地震（地震）

一溜まりもない
（撐不了多久就垮掉）

活用句

地震が 来たら、一溜まりもない。

地震來的話，撐不了多久就會垮掉。

・来(き)た：是「来(く)る」（來）的「た形」。
・動詞た形＋ら：此處表示「如果做～的話」。

234 一肌脱ぐ（ひとはだぬぐ）

原字義

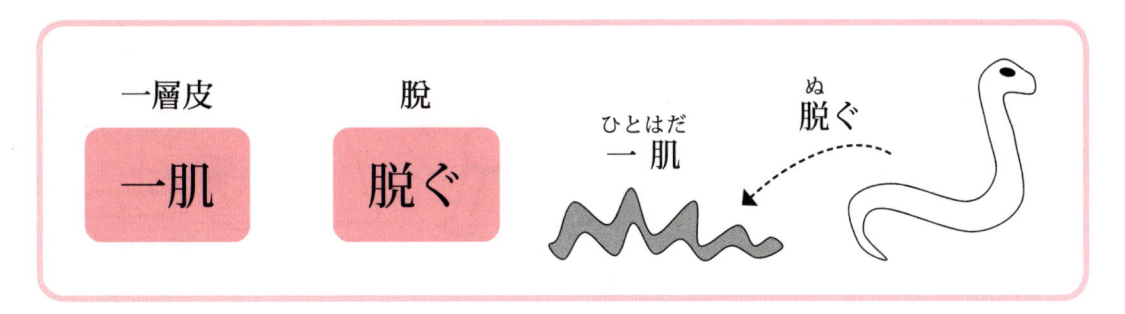

一層皮　脱
一肌　脱ぐ

引申義

助人一臂之力。奮力相助。兩肋插刀。

親友（好友）　一肌脱ぐ（助人一臂之力）

活用句

親友（しんゆう）の私（わたし）が一肌脱（ひとはだぬ）ごう。

身為好友的我，助你一臂之力吧。

・脱ごう：是「脱ぐ」（脱）的「意向形」，此處表示「做～吧」。

235　膝を崩す（ひざ　くず）

MP3 235

原字義

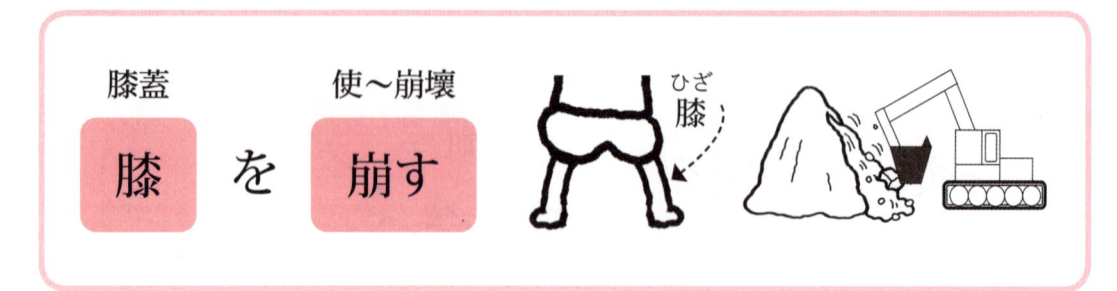

膝蓋	使～崩壞
膝	を 崩す

引申義

不需要跪坐，可以伸腿或盤腿，維持輕鬆的坐姿。

正座（せいざ）（跪坐）　　膝を崩す（維持輕鬆坐姿）

活用句

どうぞ膝を崩してください。
（ひざ　くず）

請放輕鬆坐。

- どうぞ：請。　　・崩して：是「崩す」（使～崩壞）的「て形」。
- 動詞て形＋ください：此處表示「請做～」。

236　百も承知
ひゃく　しょうち

原字義

一百　　　知道
百 も **承知**　　100 ○○ 😊

引申義

清楚知道。心知肚明。十分清楚。知之甚詳。

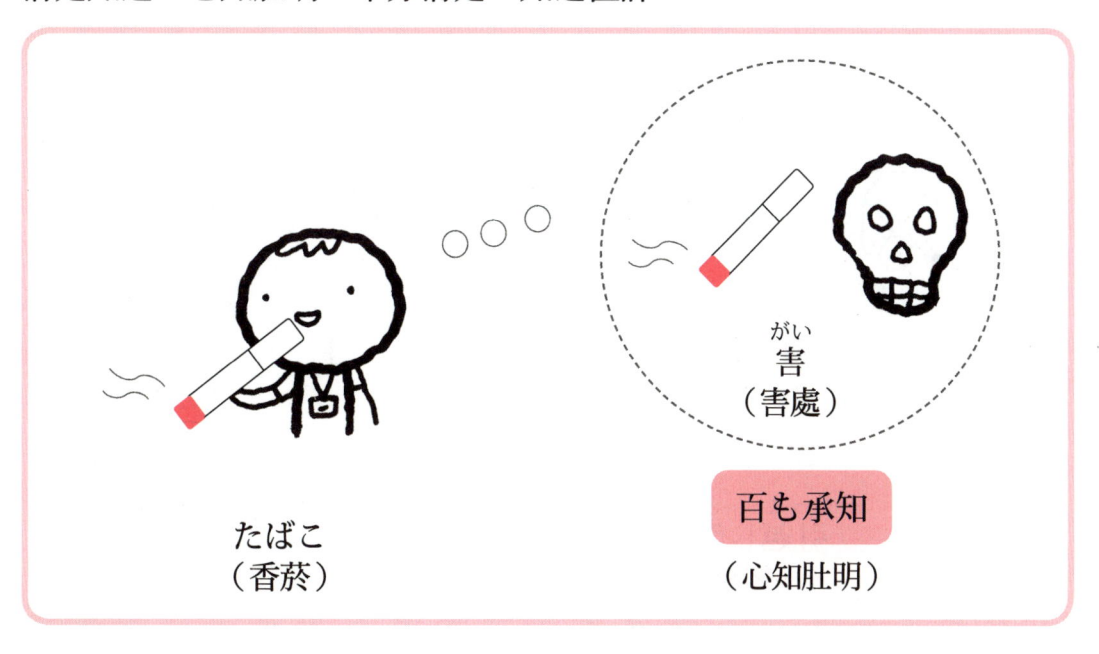

たばこ
（香菸）

がい
害
（害處）

百も承知
（心知肚明）

活用句

たばこの害は百も承知だ。
がい　　ひゃく しょうち

香菸的害處是心知肚明。

・だ：斷定的語氣。

237　ピッチを上げる

原字義

効率、節奏、次數　　増加

ピッチ を **上げる**

引申義

加快工作腳步。加速。加快節奏。

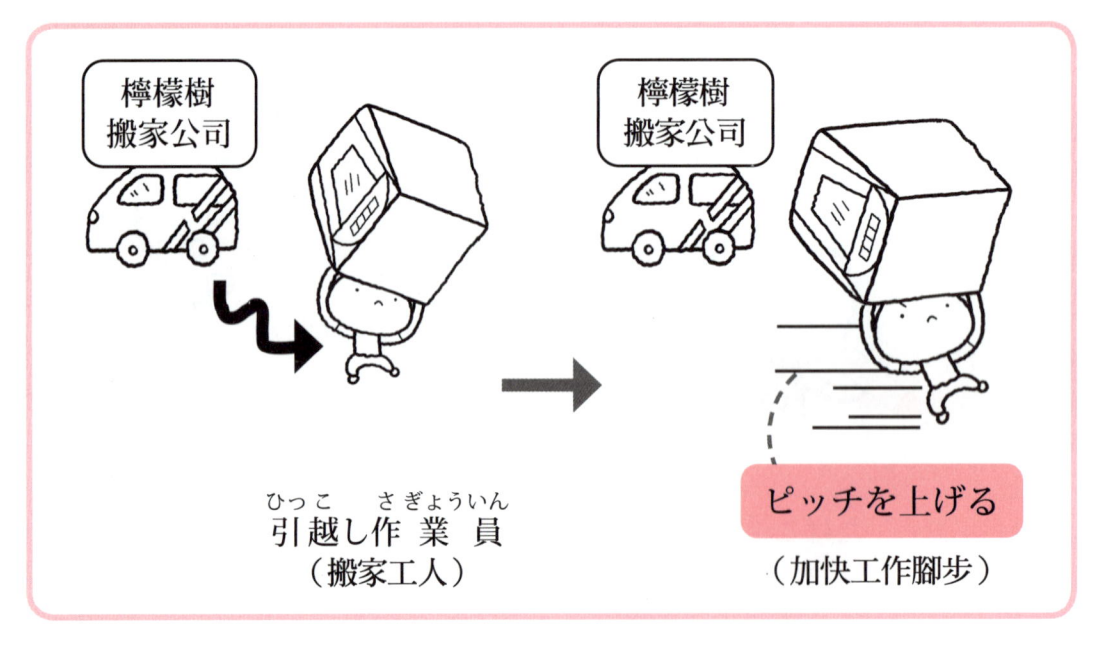

引越し作業員（搬家工人）　→　ピッチを上げる（加快工作腳步）

活用句

仕事の ピッチを上げる。

加快工作的腳步。

・仕事：工作。

238　ピンからキリまで

原字義

ピン	から	キリ	まで

第一個、最好　　最後、最差　　ピン（最好）　　キリ（最差）

引申義

從開始到結束。從第一到最後。從最好到最差。

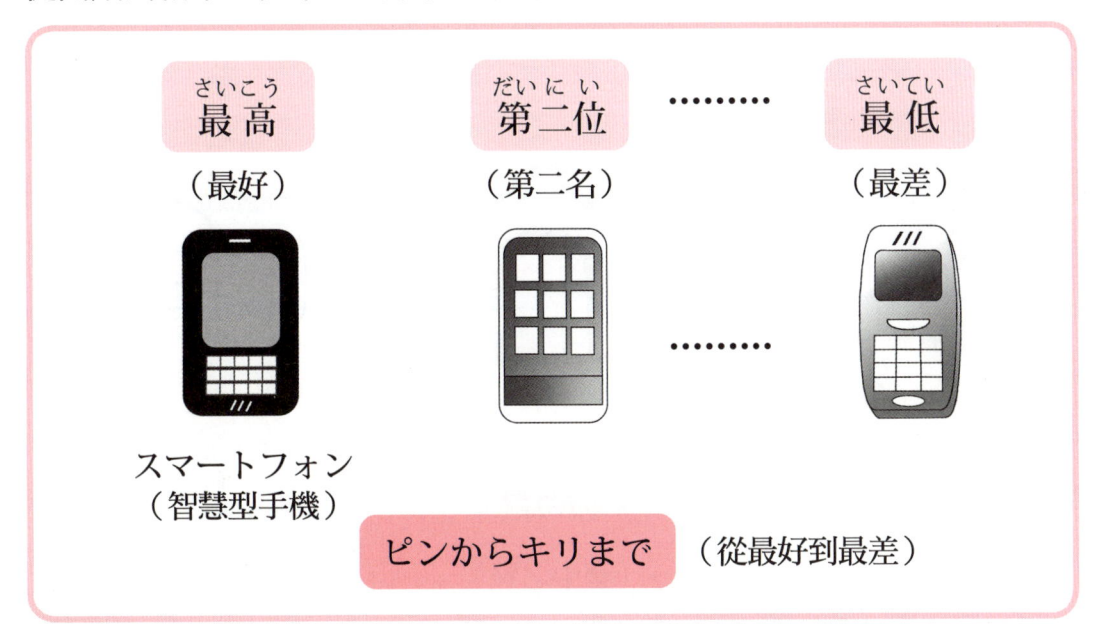

最高（最好）　　第二位（第二名）　　……　　最低（最差）

スマートフォン（智慧型手機）

ピンからキリまで（從最好到最差）

活用句

携帯電話は ピンからキリまで ある。

手機從最好到最差都有。

・携帯電話：手機。　　・〜から〜まで：助詞，從〜到〜。　　・ある：有。

257

239 袋の鼠(ふくろのねずみ)

原字義

袋子 老鼠
袋 の 鼠

引申義

原意為袋中鼠，比喻無法脫逃的狀態。甕中之鱉。囊中物。

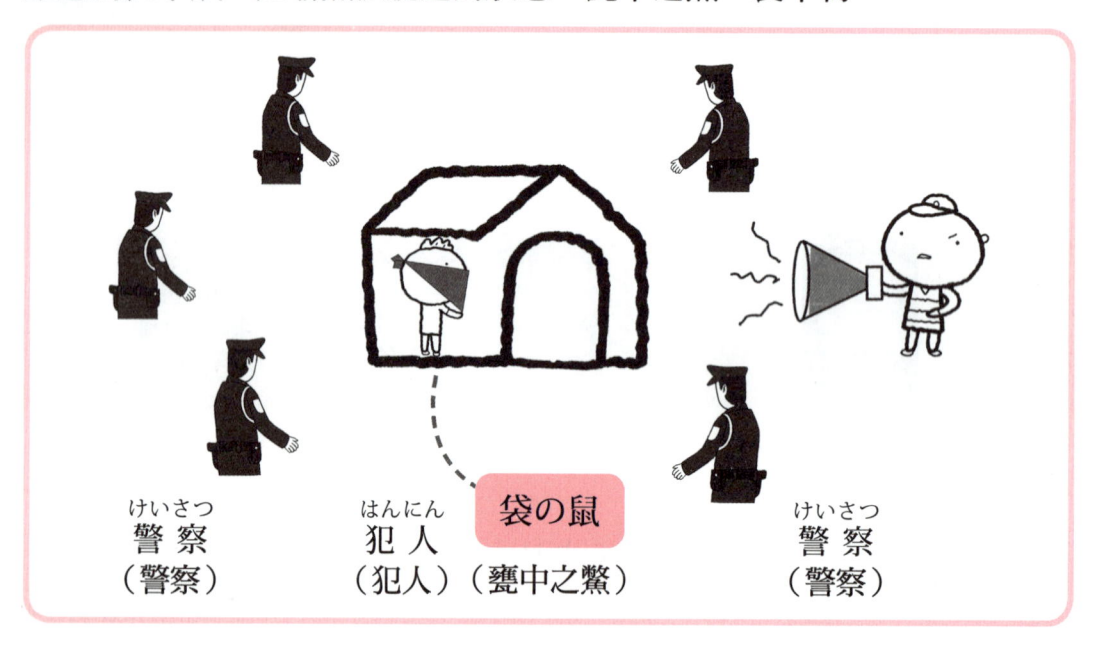

警察（警察） 犯人（犯人） 袋の鼠（甕中之鱉） 警察（警察）

活用句

お前(まえ)は もう 袋(ふくろ)の 鼠(ねずみ) だ。 你已經是囊中物，跑不掉了。

・お前：對不需要客氣的對方稱「你」時使用，是比較不客氣的說話方式。
・もう：已經。　・だ：斷定的語氣。

240 懐(ふところ)が寂(さび)しい

原字義

懐、胸 → 懐　　空虚 → 寂しい

ふところ 懐 / 沒有東西

引申義

手頭吃緊。個人經濟狀況吃緊。

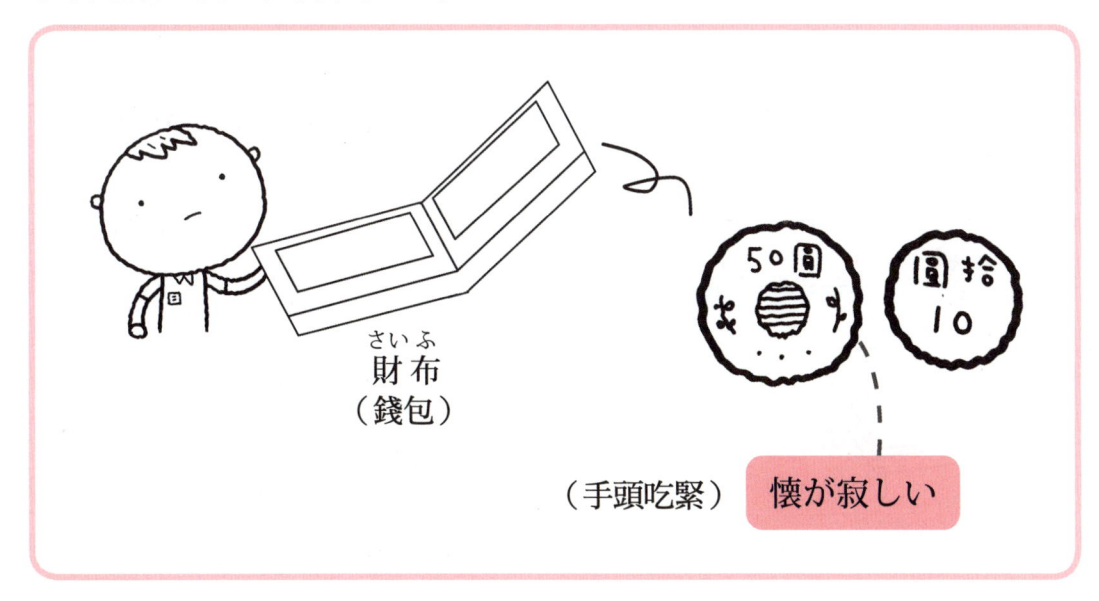

さいふ
財布（錢包）

（手頭吃緊）懐が寂しい

活用句

今(いま)は 懐(ふところ)が寂(さび)しい。

現在手頭吃緊。

・今：現在。

241 船を漕ぐ(ふね を こ)

MP3 241

原字義

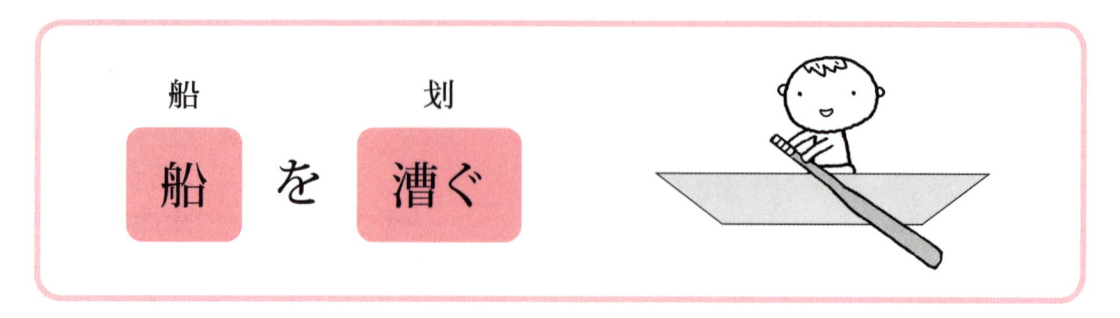

船 划
[船] を [漕ぐ]

引申義

打瞌睡。打盹兒。

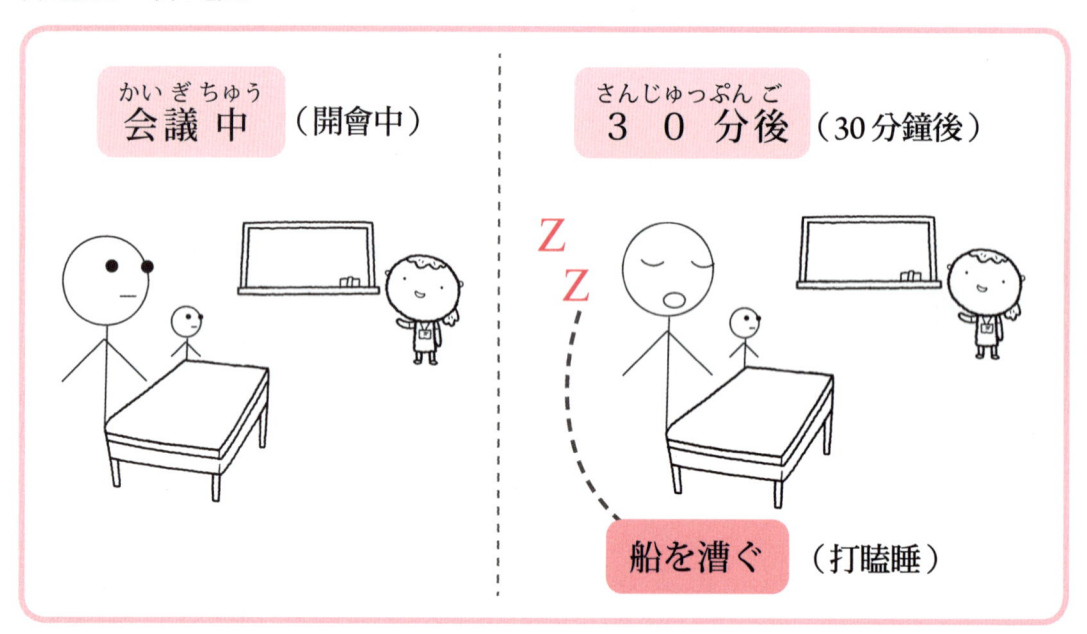

会議中(かいぎちゅう)（開會中）　　３０分後(さんじゅっぷんご)（30分鐘後）

船を漕ぐ（打瞌睡）

活用句

彼(かれ)は 船(ふね)を漕(こ)いでいる。

他在打瞌睡。

・漕いでいる：是「漕ぐ」（划）的「ている形」，此處表示「目前狀態」。

242 不意を突く
ふいをつく

MP3 242

原字義

出其不意、突然 → 不意
攻擊 → 突く

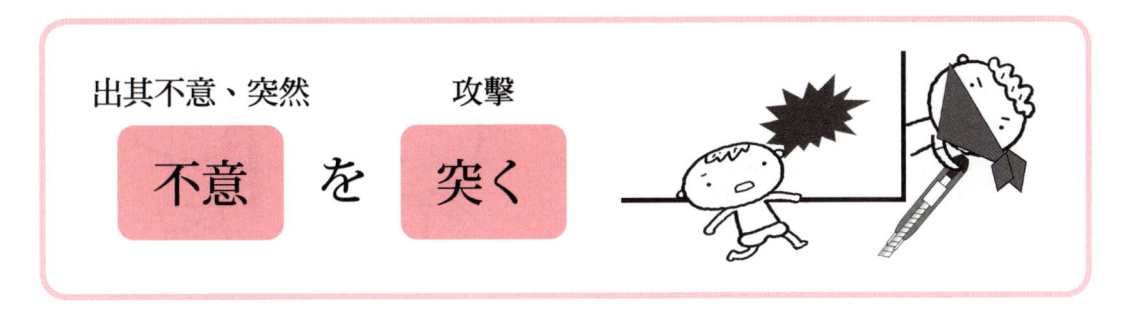

引申義

趁對方不注意時，採取意想不到的行動。出其不意。

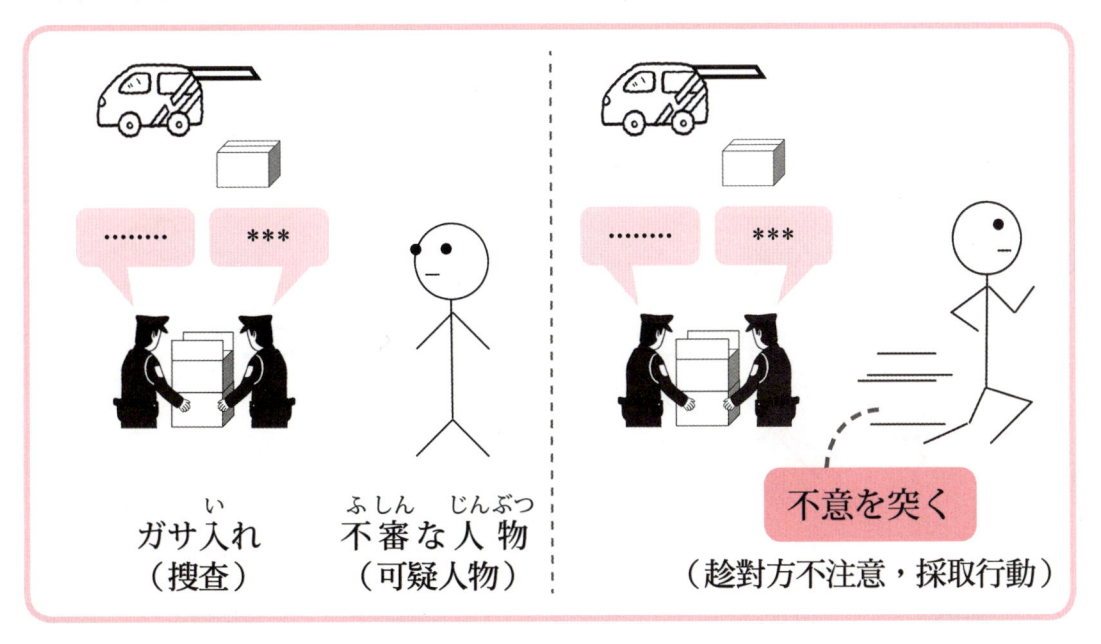

ガサ入れ（捜査）
不審な人物（可疑人物）
不意を突く（趁對方不注意，採取行動）

活用句

警察の不意を突いて逃げた。趁警察不注意逃跑了。
けいさつ ふいをついて にげた

・突いて：是「突く」（攻擊）的「て形」，此處表示「描述狀態」。
・逃げた：是「逃げる」（逃跑）的「た形」，此處表示「過去」。

243　臍を曲げる
へそ　ま

原字義

臍（肚臍） を 曲げる（弄彎）

引申義

心裡不痛快，覺得自卑、委屈而鬧彆扭。

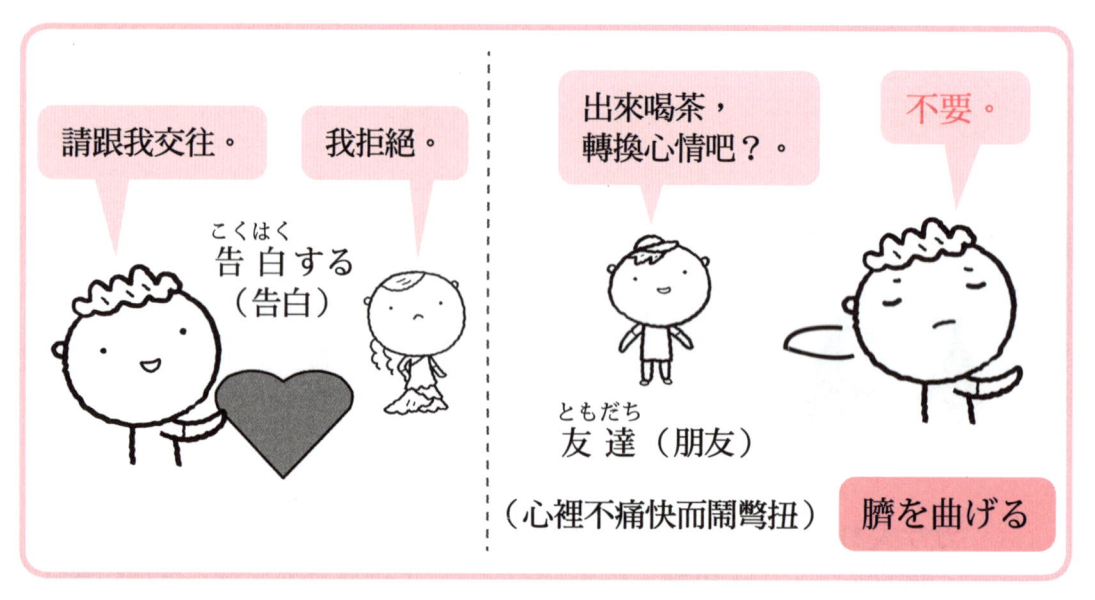

請跟我交往。　我拒絕。
こくはく
告白する（告白）

出來喝茶，轉換心情吧？。　不要。
ともだち
友達（朋友）
（心裡不痛快而鬧彆扭）　臍を曲げる

活用句

臍を曲げたら 口をきいてくれない。
へそ　ま　　　　　くち

鬧彆扭之後（對方）就不跟我說話。

- 曲げた：是「曲げる」（弄彎）的「た形」。　・動詞た形＋ら：此處表示「～之後」。
- 口をきく：說話。「口をきいて」是「口をきく」的「て形」。
- 動詞て形＋くれない：「動詞て形＋くれる」（對方給我～）的「否定形」，此處表示「對方不給我～」。

244 屁理屈をこねる
へりくつ

MP3 244

原字義

屁理屈（歪理） を こねる（捏、桿（黏黏的東西））

工廠排放廢水到河裡是不小心的。

引申義

強詞奪理。說一大堆狗屁不通的道理。

抽菸不好，趕快戒了吧。

抽菸可以轉換心情，可以提升工作效率，賺更多錢、更幸福，就會更健康長壽啊！

友達（朋友）
ともだち

屁理屈をこねる
（強詞奪理）

活用句

彼は いつも 屁理屈をこねる。
かれ　　　　　へりくつ

他總是強詞奪理。

・彼：他。　・いつも：總是。

245 平行線をたどる
へいこうせん

MP3 245

原字義

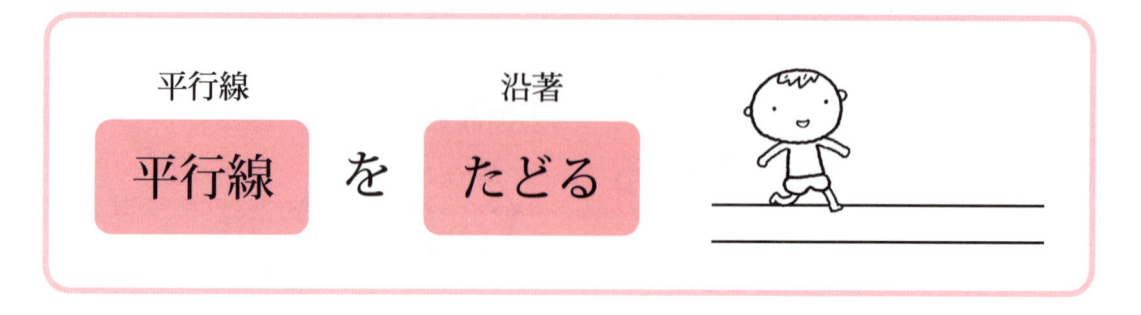

平行線		沿著
平行線	を	たどる

引申義

雙方的立場對立，無法取得共識。

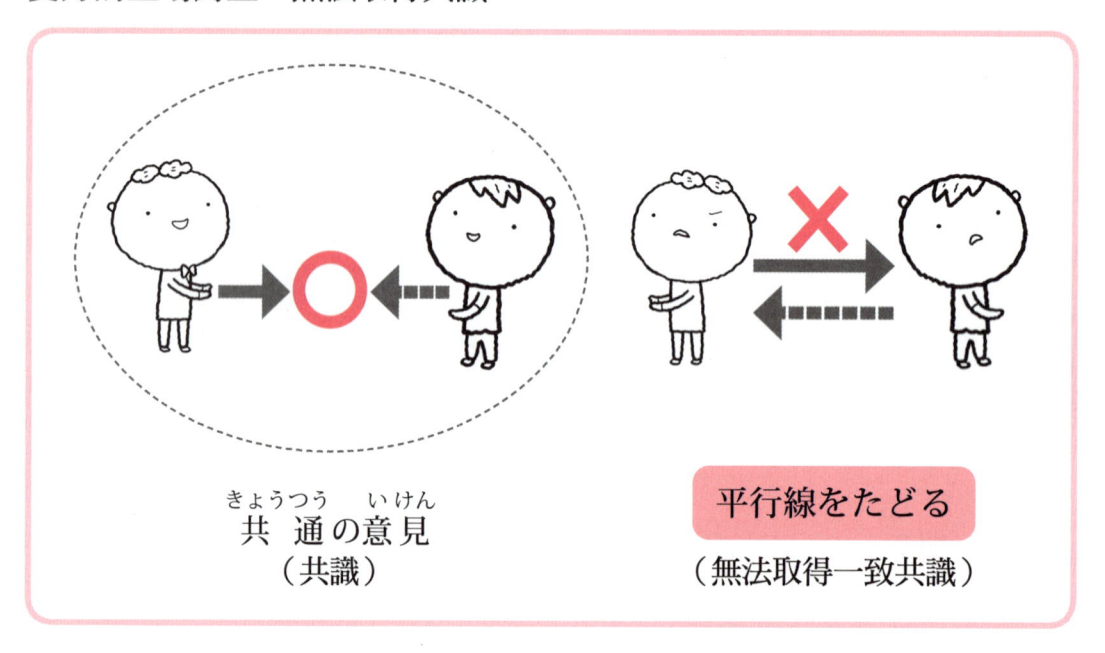

共通の意見
きょうつう　いけん
（共識）

平行線をたどる
（無法取得一致共識）

活用句

交渉は 平行線をたどっている。談判無法取得共識。
こうしょう　へいこうせん

・交渉：談判。
・たどっている：是「たどる」（沿著）「ている形」，此處表示「目前狀態」。

246　ベストを尽くす

MP3 246

原字義

全力　　　　盡力
ベスト　を　尽くす

引申義

全力以赴。盡力而為。竭盡全力。

活用句

今度の試合でベストを尽くす。

在這次的比賽要全力以赴。

・今度：這次。　・で：助詞，在某個領域範圍以內。

247　頬が落ちる
ほお　お

原字義

臉頰		掉下來
頬	が	落ちる

引申義

原意為臉頰掉下來。比喻非常好吃。

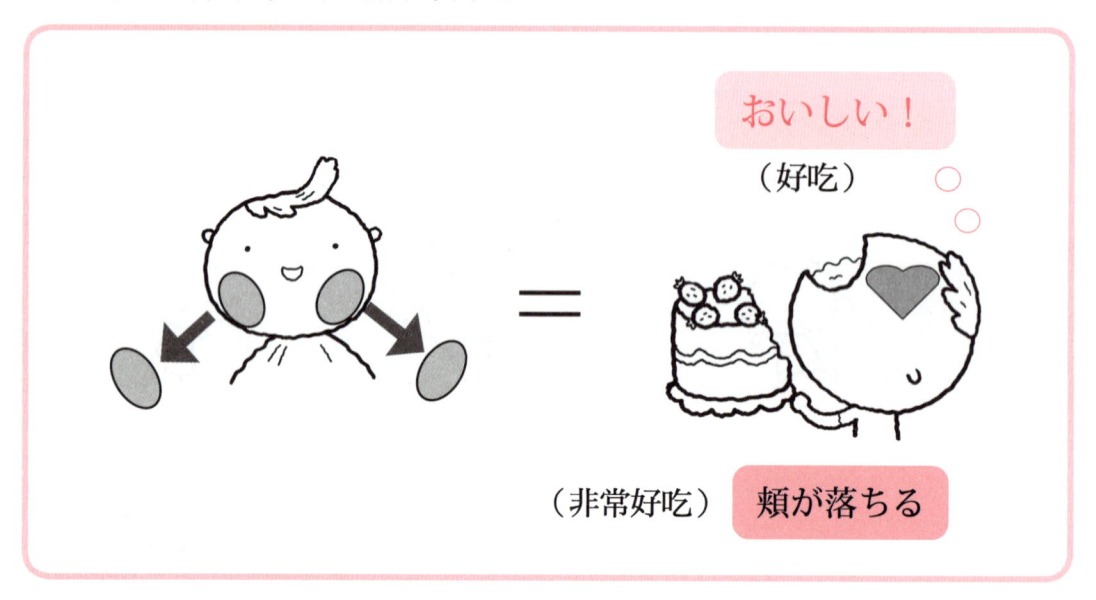

（非常好吃）＝ おいしい！（好吃）　頬が落ちる

活用句

頬が落ちるほど おいしい。
ほお　お

像臉頰要掉下來那樣的好吃。（＝非常好吃）

・ほど：助詞，像〜那樣的。

248 骨が折れる

原字義

骨頭 骨　が　折斷 折れる

引申義

很辛苦。費力氣。吃力。困難。棘手。

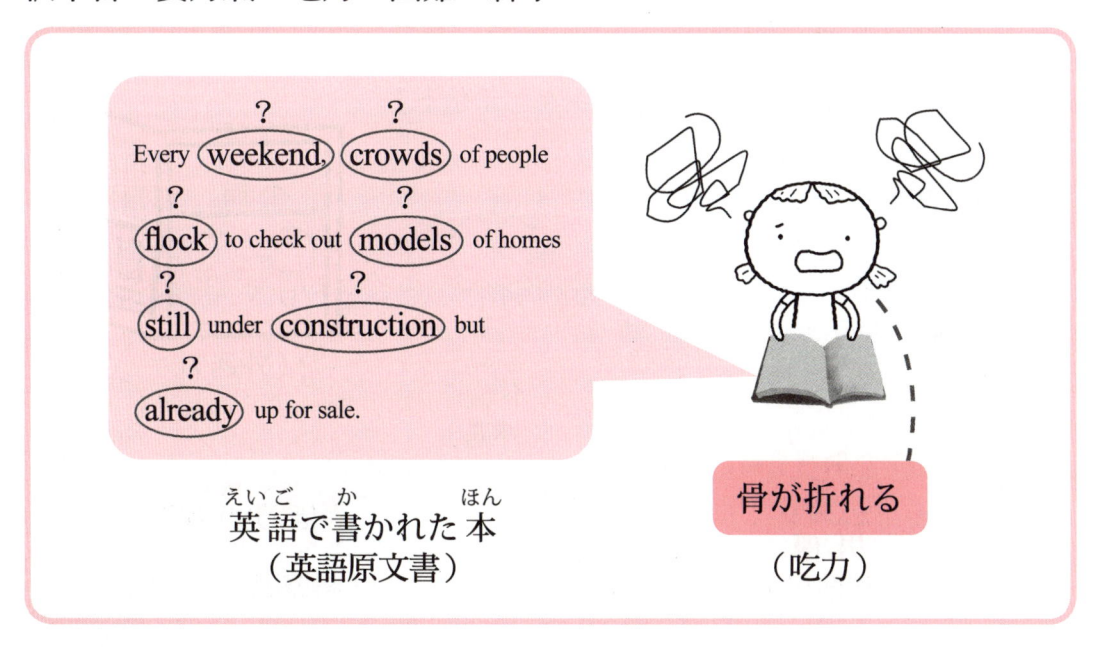

Every weekend, crowds of people flock to check out models of homes still under construction but already up for sale.

英語で書かれた本（英語原文書）

骨が折れる（吃力）

活用句

理解するのは骨が折れる。要看懂內容很吃力。

・理解する：了解、理解。
・の：「動詞」接續「助詞」時，形式上需要的名詞（形式名詞）。
・は：助詞，表示「主題」。

249 ぼろが出る

原字義

破爛衣服		露出來
ぼろ	が	出る

引申義

曝露原本隱瞞、掩蓋起來的缺點。露出破綻。顯現缺點。

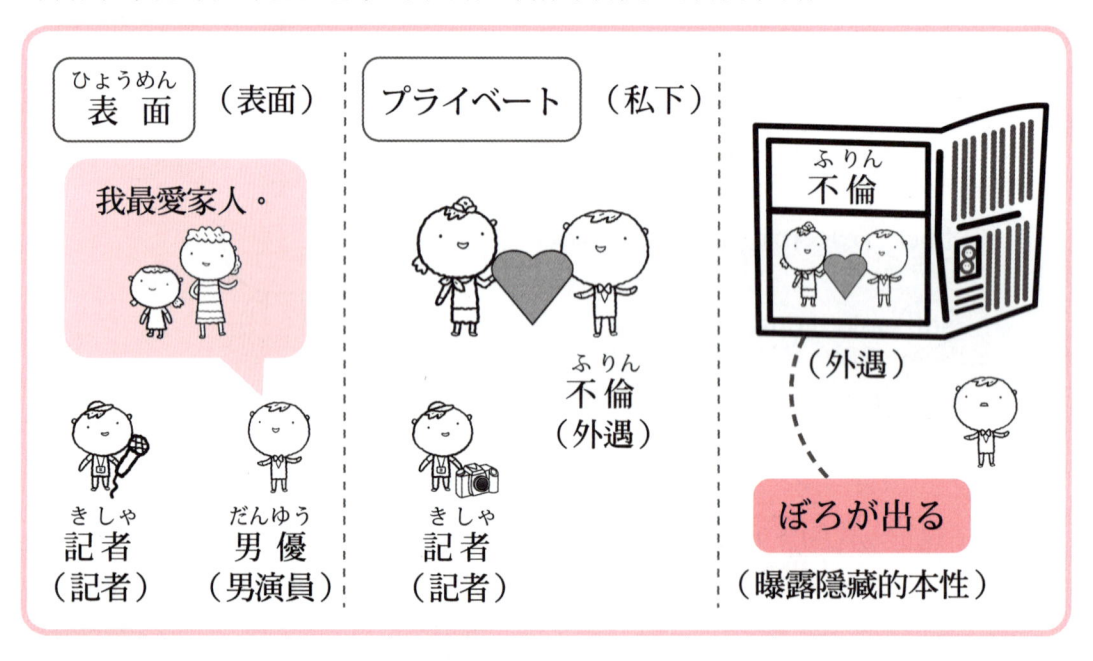

表面（表面） ／ プライベート（私下）

- 我最愛家人。
- 記者／男優（男演員）
- 不倫（外遇）
- 記者
- 不倫（外遇）
- ぼろが出る（曝露隱藏的本性）

活用句

あの俳優はぼろが出た。

那個演員露出了隱藏的本性。

・俳優：演員。　・出た：是「出る」（露出來）的「た形」，此處表示「過去」。

250 　負け犬の遠吠え
まけいぬ とおぼえ

MP3 250

原字義

鬥輸的狗　　　在遠方吠叫
負け犬 の **遠吠え**

汪汪！

引申義

氣勢較弱的人，在背後虛張聲勢。背地裡裝英雄。

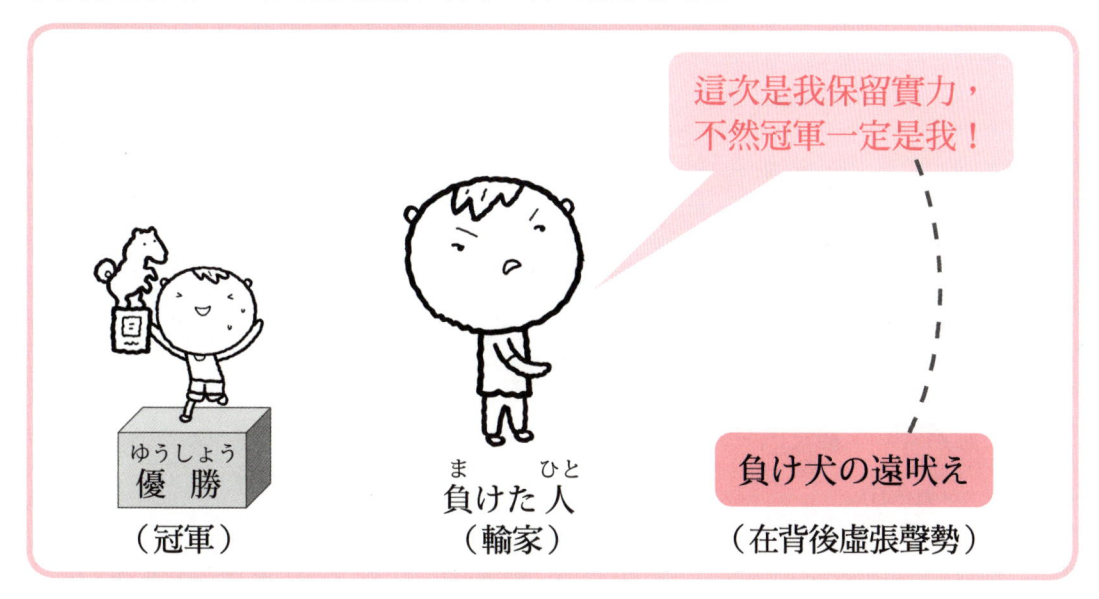

這次是我保留實力，不然冠軍一定是我！

ゆうしょう
優　勝
（冠軍）

ま　ひと
負けた人
（輸家）

負け犬の遠吠え
（在背後虛張聲勢）

活用句

なに　　い　　　　ま　いぬ　とおぼ
何を言っても 負け犬の遠吠えだ。

不管說什麼，都是虛張聲勢。

・何：什麼。　　・言って：是「言う」（說）的「て形」。
・動詞て形＋も：此處表示「即使做～」。　　・だ：斷定的語氣。

251 股に かける
また

MP3 251

原字義

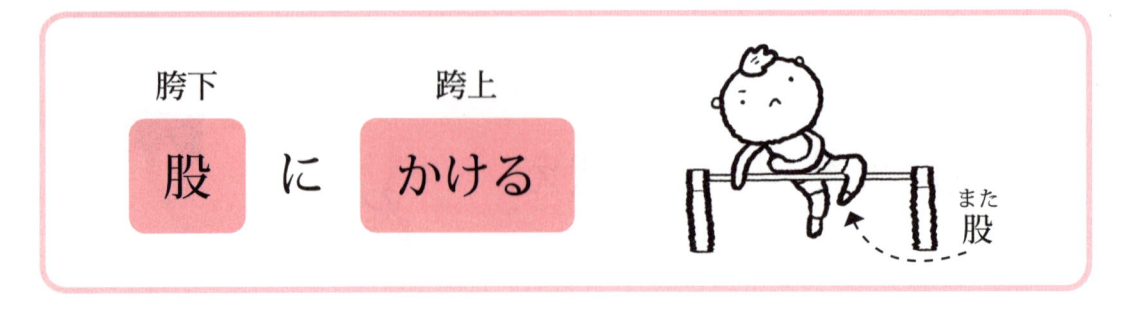

股(胯下) に かける(跨上)

引申義

活躍於各國。漫遊～。走遍～。

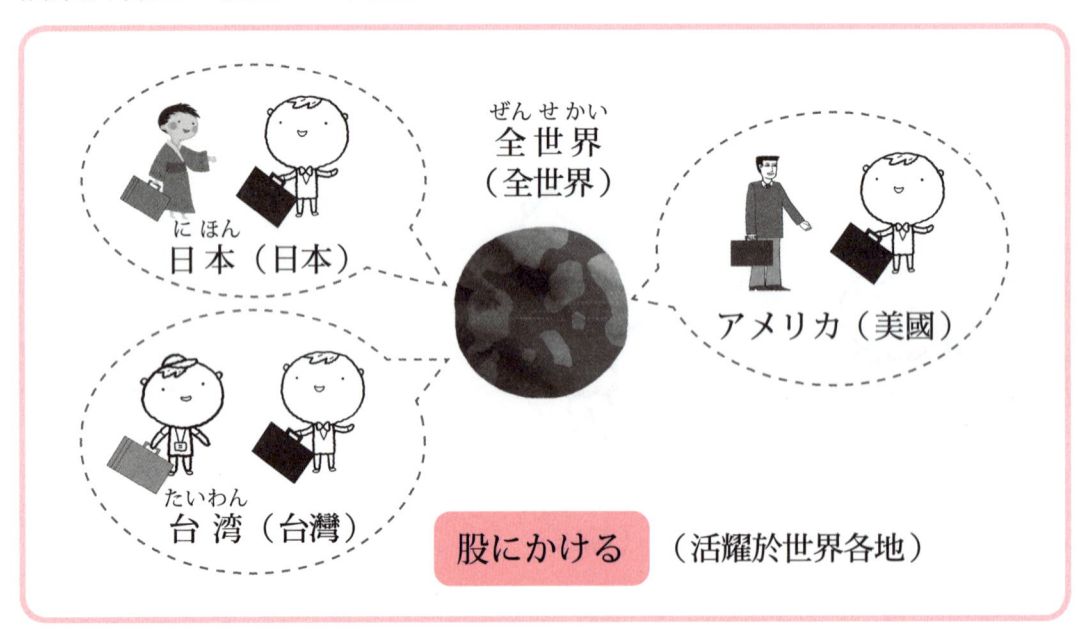

股にかける（活耀於世界各地）

活用句

彼は世界を股にかけるビジネスマンだ。
かれ　せかい　また

他是<u>走遍世界各地</u>的商務人士。

・ビジネスマン：商務人士。　・だ：斷定的語氣。

252 眉を顰める
まゆ　ひそ

MP3 252

原字義

眉毛　　　　　皺
眉 を **顰める**

引申義

因不滿、不悅或擔心，而皺起眉頭。眉頭深鎖。

手紙（信）
てがみ

眉を顰める　（眉頭深鎖）

活用句

社長は眉を顰めた。
しゃちょう　まゆ　ひそ

社長眉頭深鎖。

・顰めた：是「顰める」（皺）的「た形」，此處表示「過去」。

253 丸く収める
まる おさ

MP3 253

原字義

圓滿地	結束
丸く	収める

對不起

引申義

事情圓滿解決，皆大歡喜。避免爭執，採取不計較的態度解決事情。

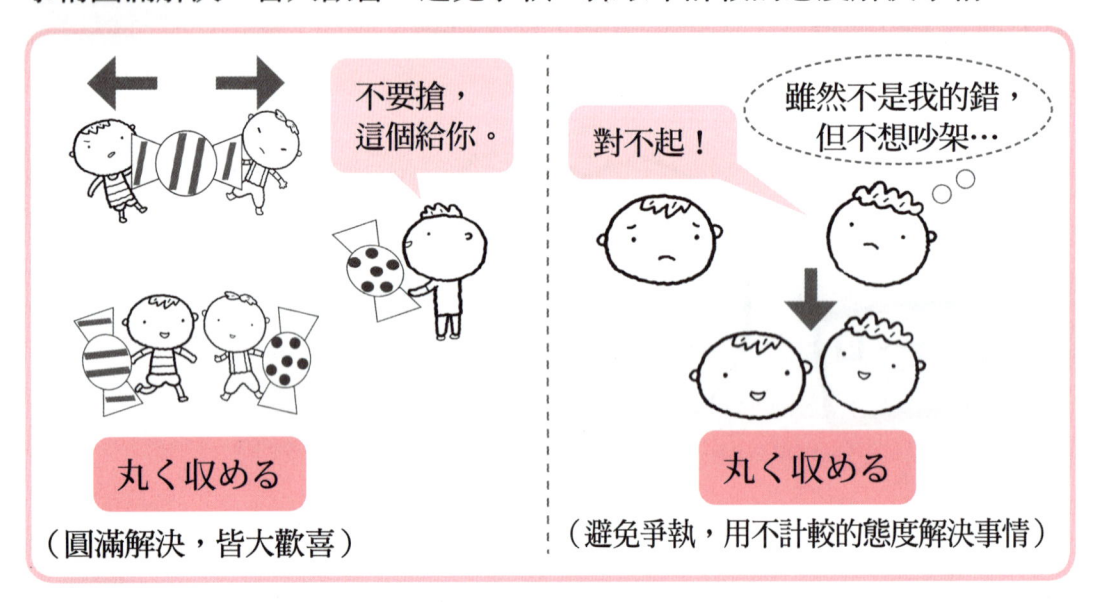

不要搶，這個給你。

對不起！

雖然不是我的錯，但不想吵架…

丸く収める
（圓滿解決，皆大歡喜）

丸く収める
（避免爭執，用不計較的態度解決事情）

活用句

彼が 丸く収めた。他把事情圓滿解決了。
かれ　まる おさ

・収めた：是「収める」（結束）的「た形」，此處表示「過去」。

私が 謝って、丸く収めた。我道歉並圓滿解決了。
わたし　あやま　　　　まる おさ

・謝って：是「謝る」（道歉）的「て形」，此處表示「方法、手段」。

254　水に流す
みず　なが

MP3 254

原字義

水　流走
水 に **流す**

引申義

過去的事讓它過去。付諸流水。既往不咎。

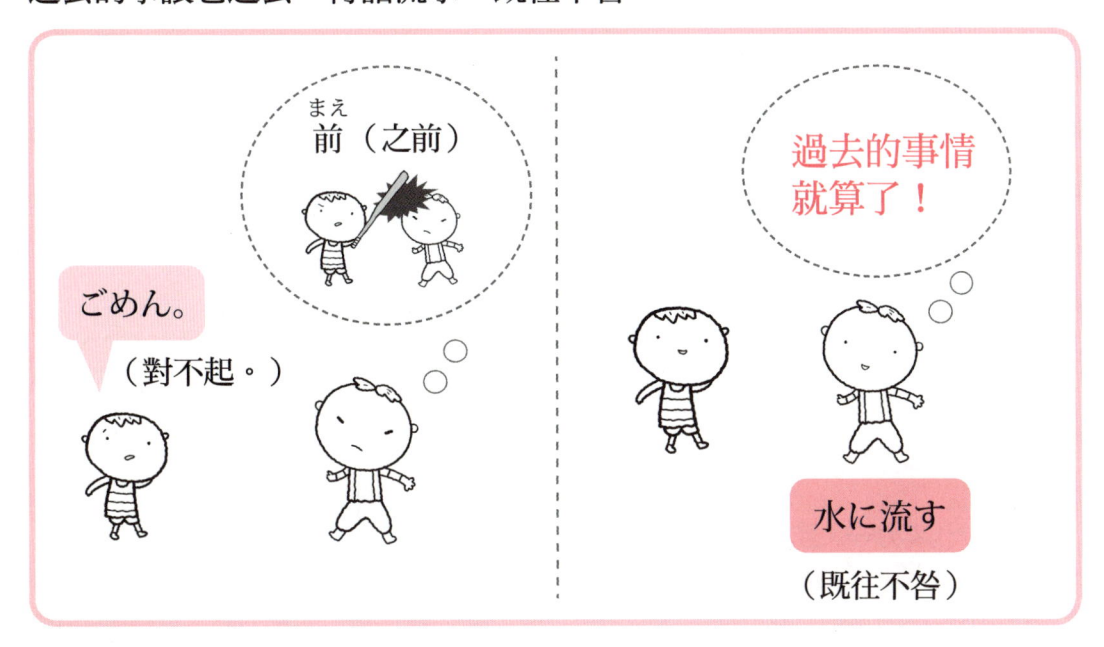

前（之前）
まえ

ごめん。
（對不起。）

過去的事情就算了！

水に流す
（既往不咎）

活用句

過ぎたこと は 水に流そう。已經過去的事，就讓它過去吧。
す　　　　　　みず　なが

・過ぎた：是「過ぎる」（過去）的「た形」，後面接續「名詞」，用來「修飾名詞」。
・こと：事情。　・流そう：是「流す」（流走）的「意向形」，此處表示「做～吧」。

255 水を打（みず）った（う）よう

原字義

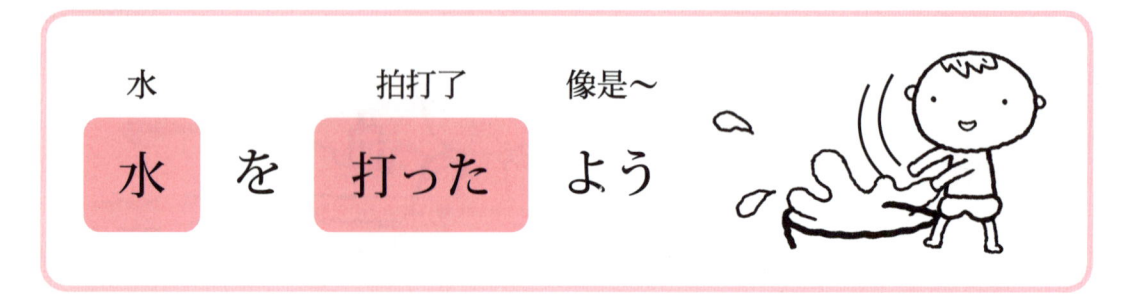

水	拍打了	像是〜
水	を 打った	よう

引申義

鴉雀無聲。

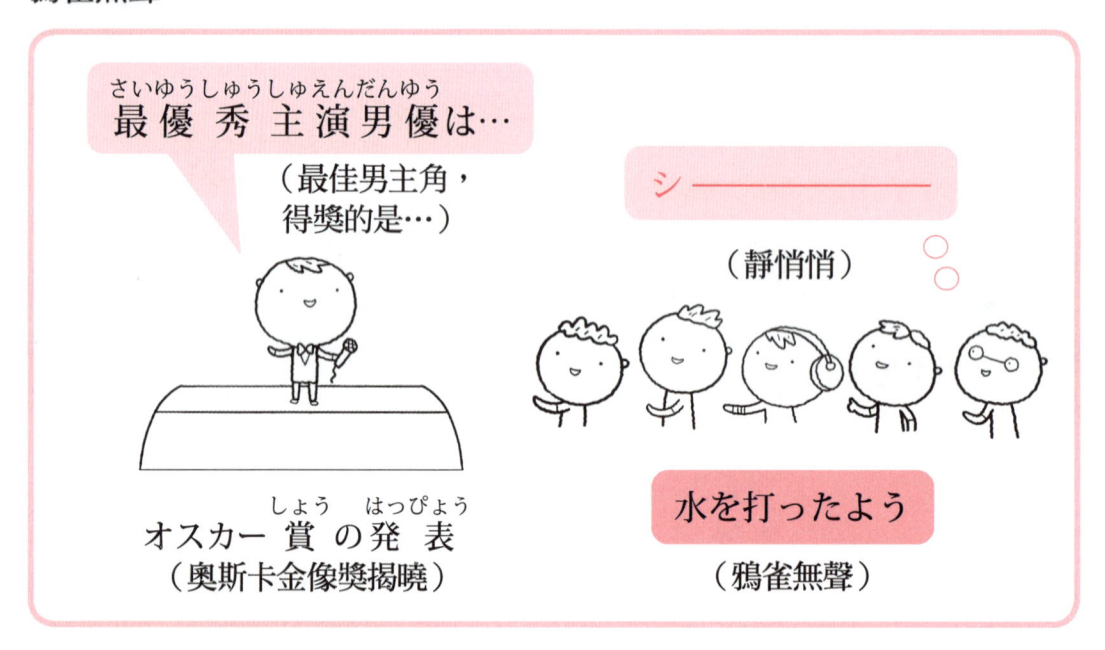

最優秀主演男優は…
（さいゆうしゅうしゅえんだんゆう）
（最佳男主角，得獎的是…）

オスカー賞の発表
（しょう はっぴょう）
（奧斯卡金像獎揭曉）

シ———
（靜悄悄）

水を打ったよう
（鴉雀無聲）

活用句

会場（かいじょう）は水（みず）を打（う）ったような静（しず）けさだ。會場鴉雀無聲靜悄悄。

・静けさ：安靜。　・だ：斷定的語氣。
・此慣用句接續「名詞」時：水を打ったよう＋な＋名詞。

274

256　耳が痛い
みみ　いた

MP3 256

原字義

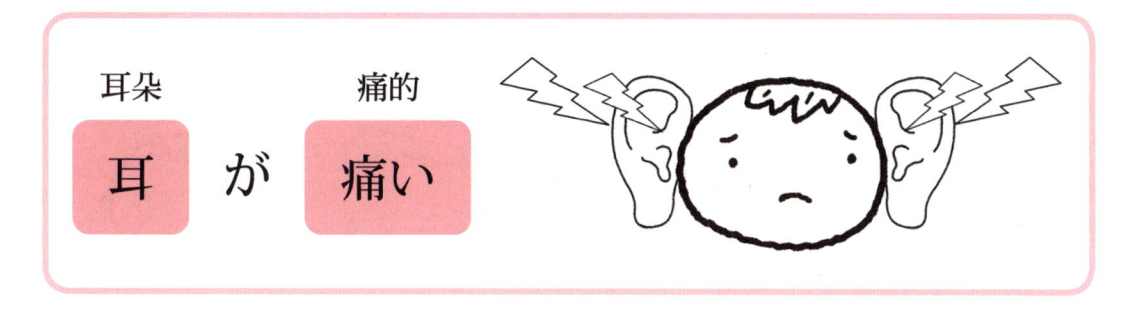

耳朵　　痛的
耳 が **痛い**

引申義

聽到別人說自己的缺點、短處時，聽起來感覺很刺耳。不愛聽。

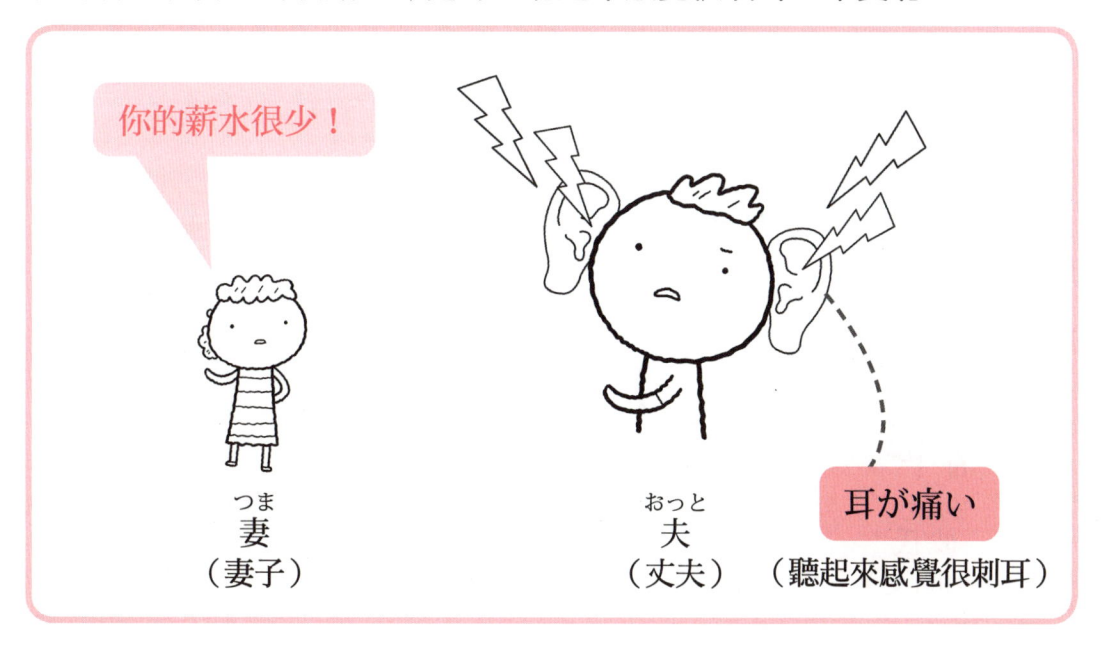

你的薪水很少！

つま
妻
（妻子）

おっと
夫
（丈夫）

耳が痛い
（聽起來感覺很刺耳）

活用句

言われる と 耳が痛い。　一被說，就聽起來覺得很刺耳。
い　　　　　みみ いた

・言われる：是「言う」（說）的「被動形」，此處表示「被～」。
・と：助詞，一～就～。

257　耳が早い
みみ　はや

MP3 257

原字義

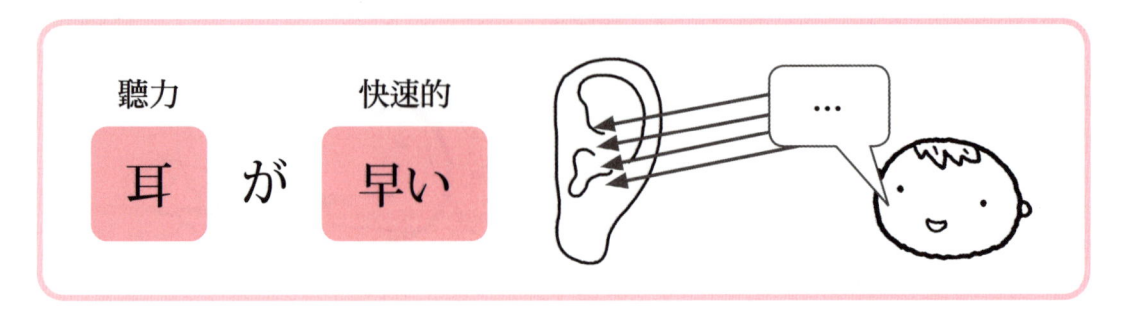

聽力　快速的
耳　が　早い

引申義

消息靈通。

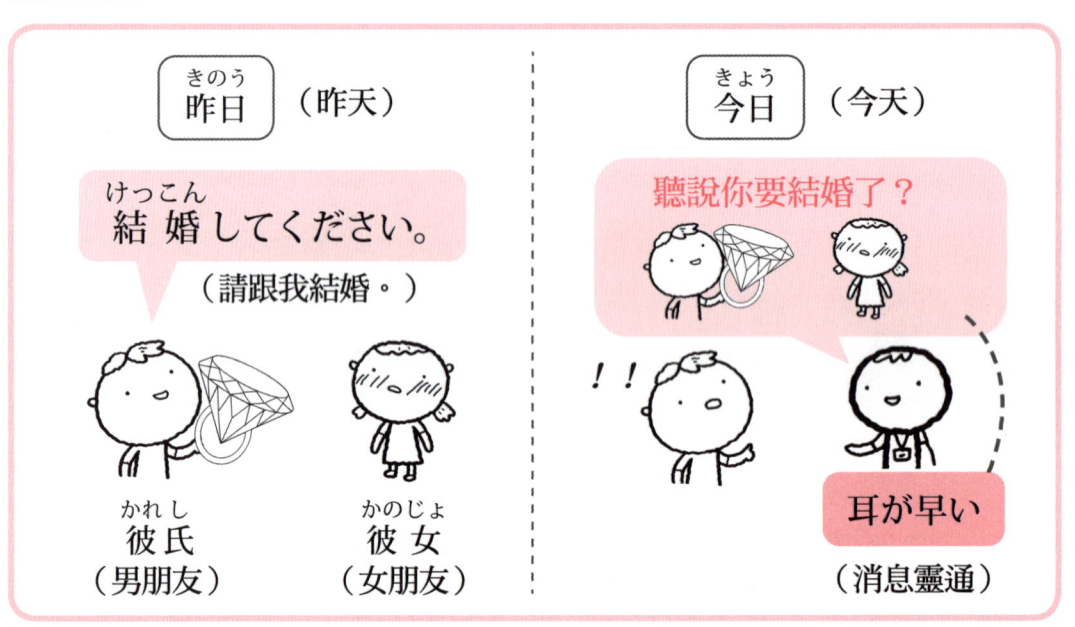

昨日（昨天）
結婚してください。
（請跟我結婚。）
彼氏（男朋友）　彼女（女朋友）

今日（今天）
聽說你要結婚了？
！！
耳が早い
（消息靈通）

活用句

耳が早いね。

消息真靈通呀！

・ね：感到意外的語氣。

258 耳に障る

MP3 258

原字義

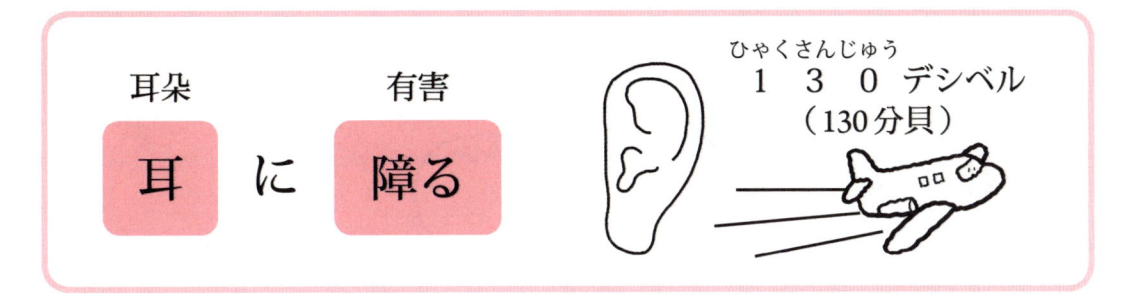

耳朶	有害
耳	に	障る

１３０デシベル（130分貝）

引申義

聽了覺得好煩、不舒服、刺耳。

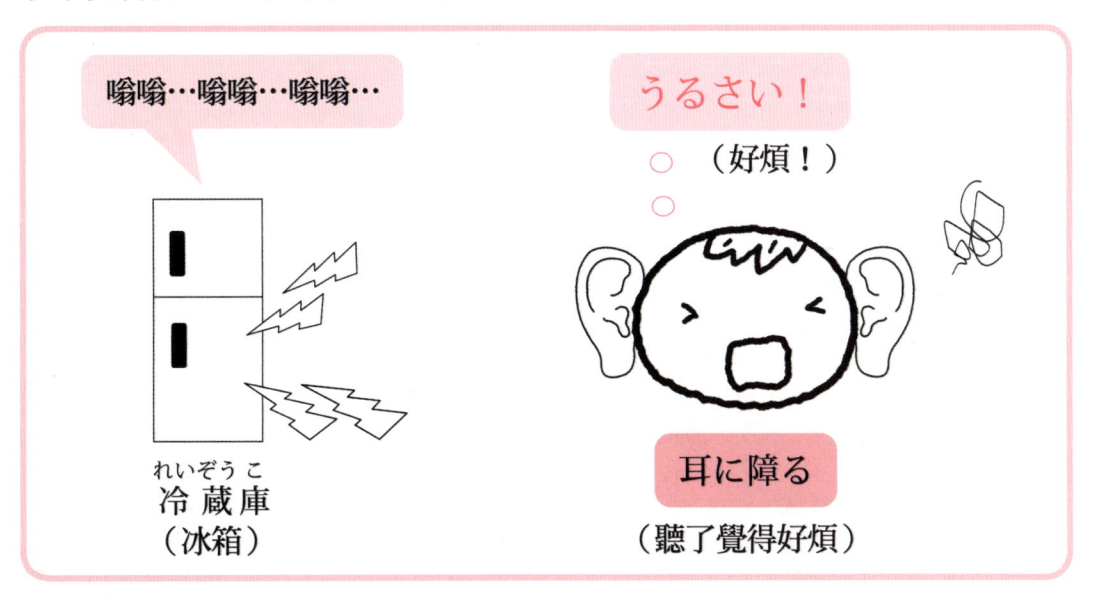

嗡嗡…嗡嗡…嗡嗡…

冷蔵庫（冰箱）

うるさい！
（好煩！）

耳に障る
（聽了覺得好煩）

活用句

冷蔵庫の音が耳に障る。

冰箱的聲音聽了覺得好煩。

259 耳に付く

MP3 259

原字義

耳(耳朵) に 付く(附著)

引申義

耳朵聽到的語言、聲音等，聽了之後忘不掉。

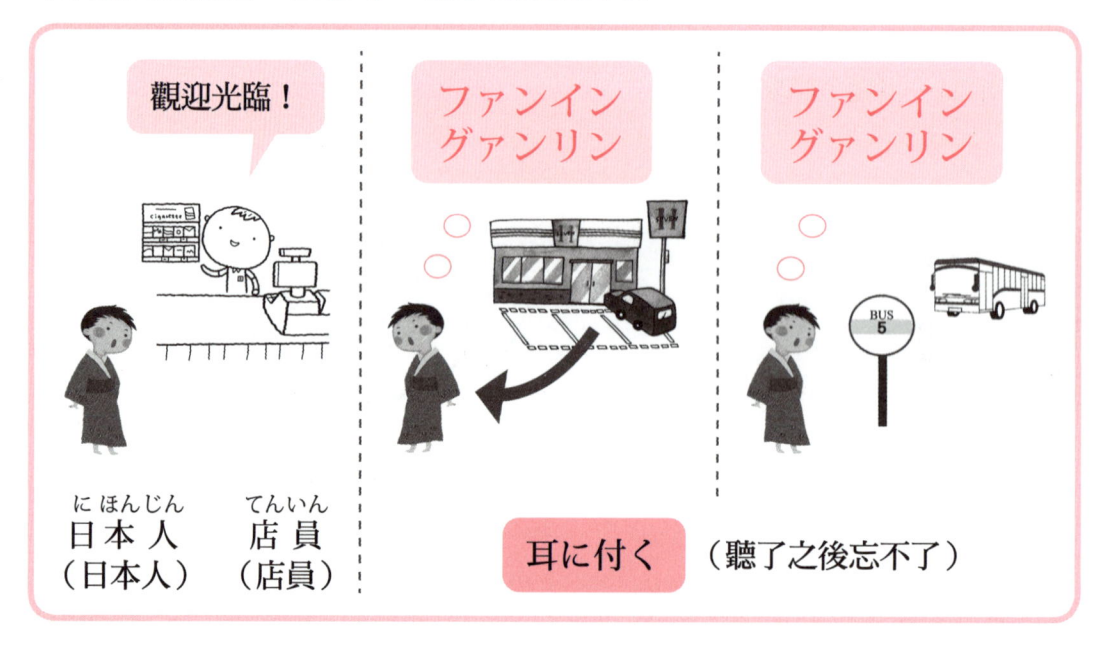

觀迎光臨！
ファンイン グァンリン
ファンイン グァンリン

にほんじん
日本人（日本人）
てんいん
店員（店員）

耳に付く （聽了之後忘不了）

活用句

ことば　みみ　つ
言葉が 耳に付く。

話語聽了之後忘不掉。

・言葉：話語。

260 耳に挟む

原字義

耳朵　　　夾
耳 に 挟む

引申義

略微聽到一些。

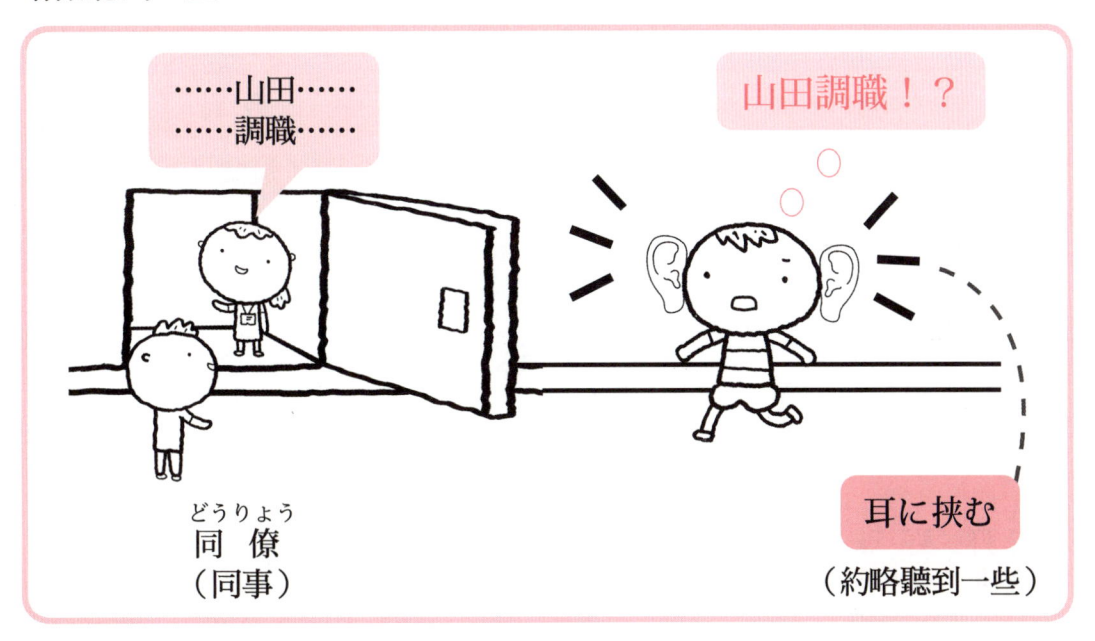

（約略聽到一些）

同僚（同事）

耳に挟む

活用句

話を耳に挟んだ。

稍微聽到了一些傳言。

・話：傳言。　・挟んだ：是「挟む」（夾）的「た形」，此處表示「過去」。

261　耳にたこができる

MP3 261

原字義

耳朵	繭	形成、出現
耳 に	たこ が	できる

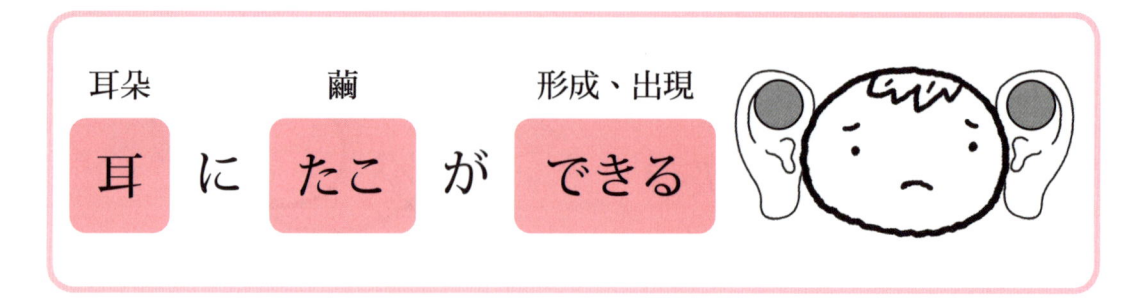

引申義

字面的意思為耳朵快要長繭。比喻相同的話聽了好多遍，聽膩了。

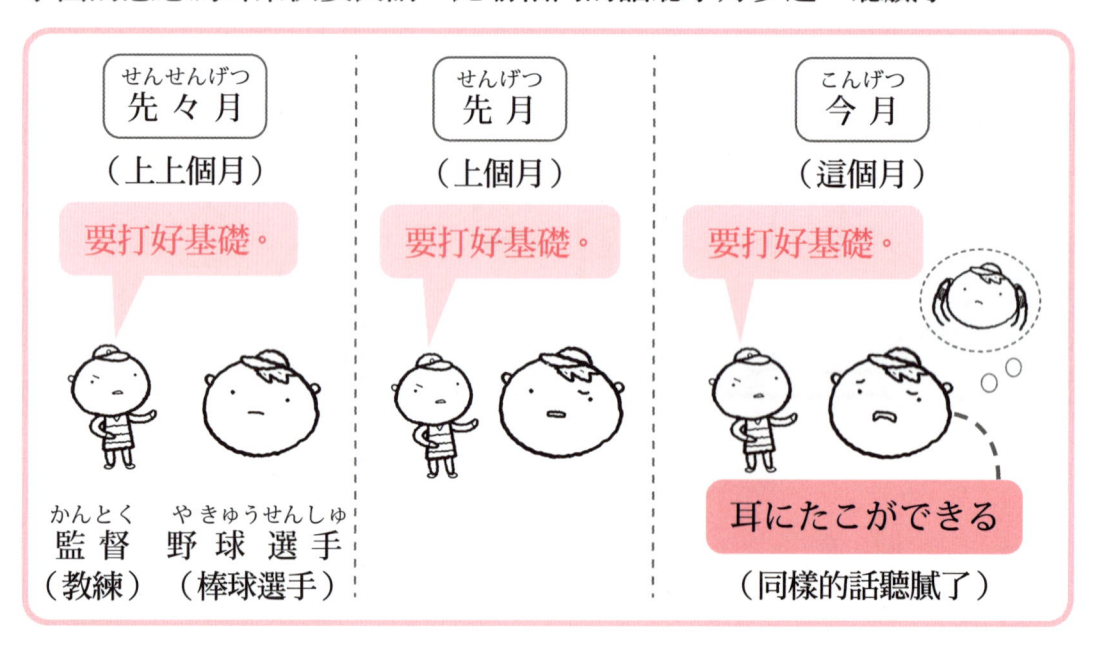

先々月（上上個月）　要打好基礎。
先月（上個月）　要打好基礎。
今月（這個月）　要打好基礎。→ 耳にたこができる（同樣的話聽膩了）

監督（教練）　野球選手（棒球選手）

活用句

耳にたこができるほど説教されている。

像耳朵要長繭那樣，經常被訓話。

・説教されている：是「説教する」（訓話）的「被動形（説教される）的ている形」，此處表示「經常被～的行為」。

262 耳を塞ぐ

MP3 262

原字義

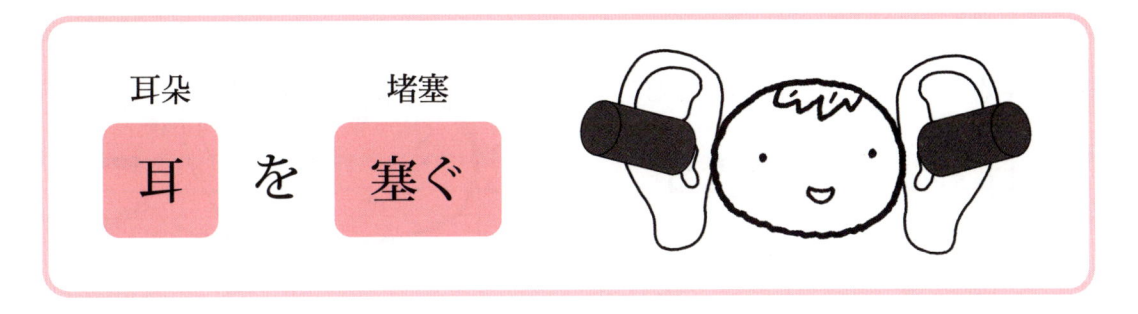

耳朵　堵塞
耳 を 塞ぐ

引申義

刻意不聽。充耳不聞。塞住耳朵，假裝沒聽見。堵住耳朵，不想聽。

母（はは）（媽媽）　　耳を塞ぐ（刻意不聽）

活用句

大統領（だいとうりょう）は国民（こくみん）の批判（ひはん）に耳（みみ）を塞（ふさ）いでいる。

總統對於人民的批判聲浪刻意不聽、充耳不聞。

・大統領：總統。　　・〜＋に＋耳を塞ぐ：對〜刻意不聽、對〜充耳不聞。
・塞いでいる：是「塞ぐ」（堵塞）的「ている形」，此處表示「目前狀態」。

281

263 耳を澄ます　　MP3 263

原字義

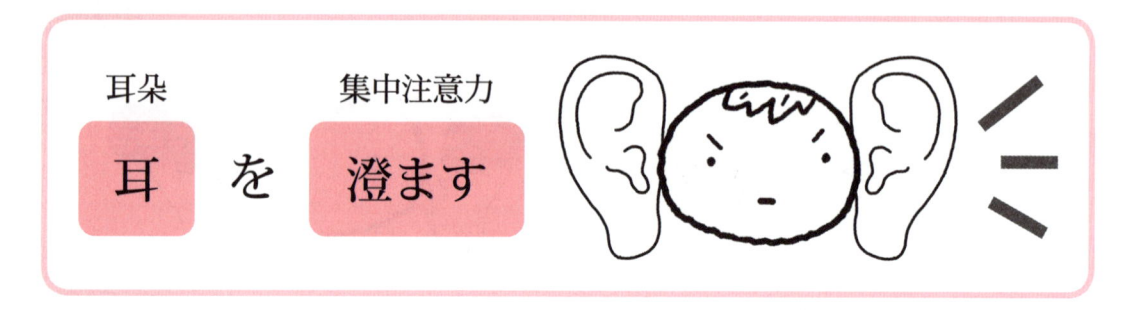

耳朵	集中注意力
耳	を 澄ます

引申義

集中注意力專心聽些微的聲音。側耳靜聽。

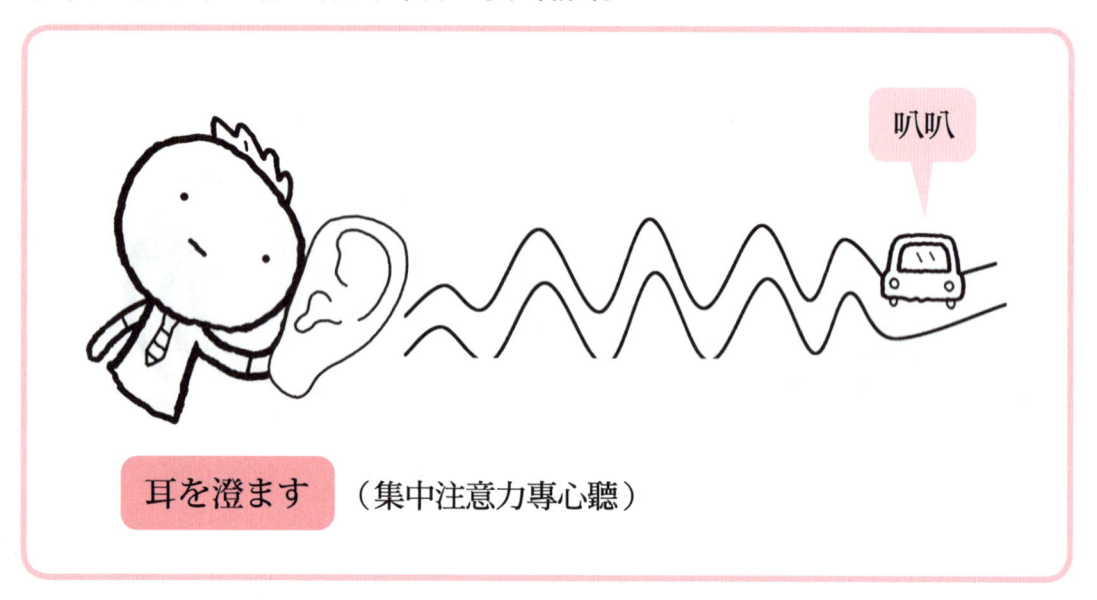

耳を澄ます（集中注意力專心聽）

活用句

耳を澄ませば、聞こえる。

集中注意力專心聽的話，就聽得到。

・澄ませば：是「澄ます」（集中注意力）的「ば形」（假定形），此處表示「如果做～的話」。

264 耳を疑う

原字義

耳朵	懷疑
耳 を	疑う

引申義

懷疑自己的耳朵聽錯。

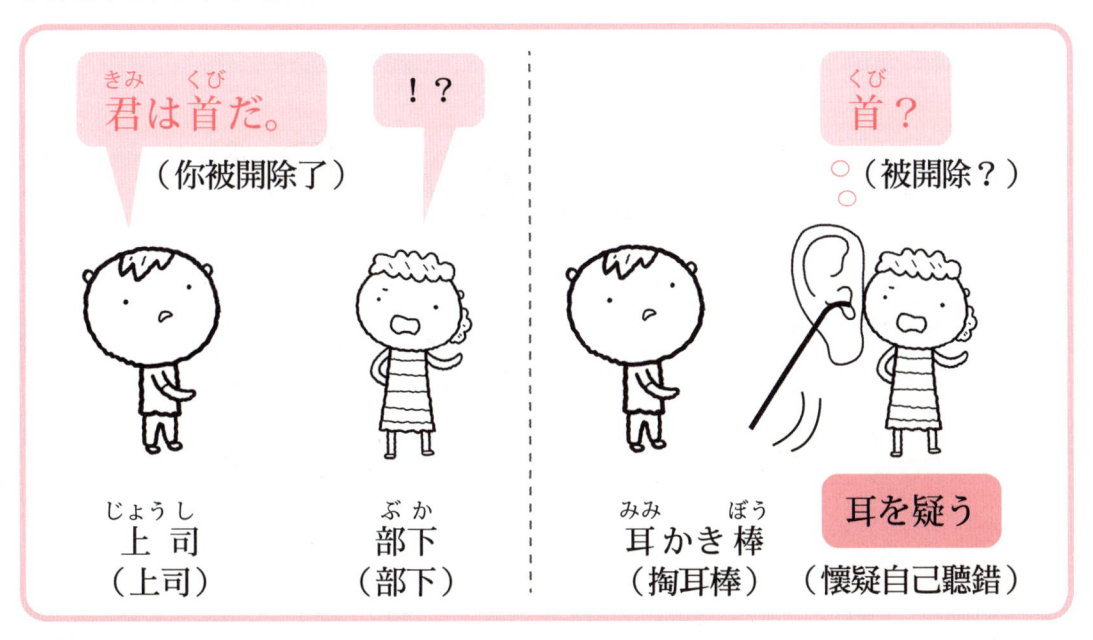

君は首だ。（你被開除了）
！？
首？（被開除？）

上司（上司）
部下（部下）
耳かき棒（掏耳棒）
耳を疑う（懷疑自己聽錯）

活用句

聞いて耳を疑った。聽到之後懷疑自己聽錯了。

・聞いて：是「聞く」（聽）的「て形」，此處表示「做～之後」。
・疑った：是「疑う」（懷疑）的「た形」，此處表示「過去」。

265　耳を揃える

原字義

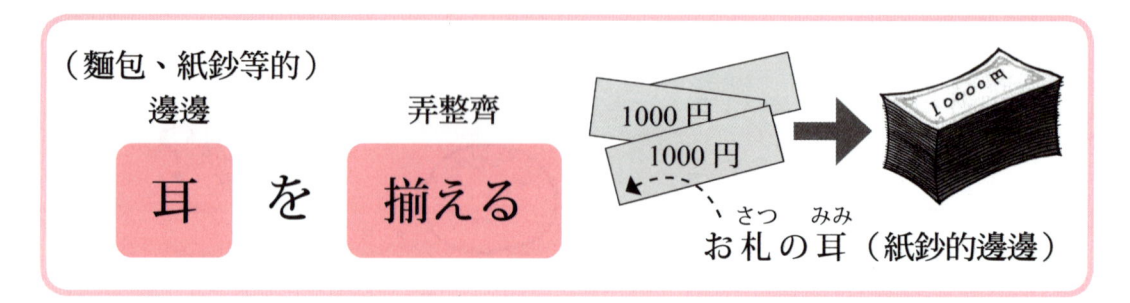

（麵包、紙鈔等的）邊邊　弄整齊

耳 を 揃える

お札の耳（紙鈔的邊邊）

引申義

一毛不差。一塊錢不少。湊齊。

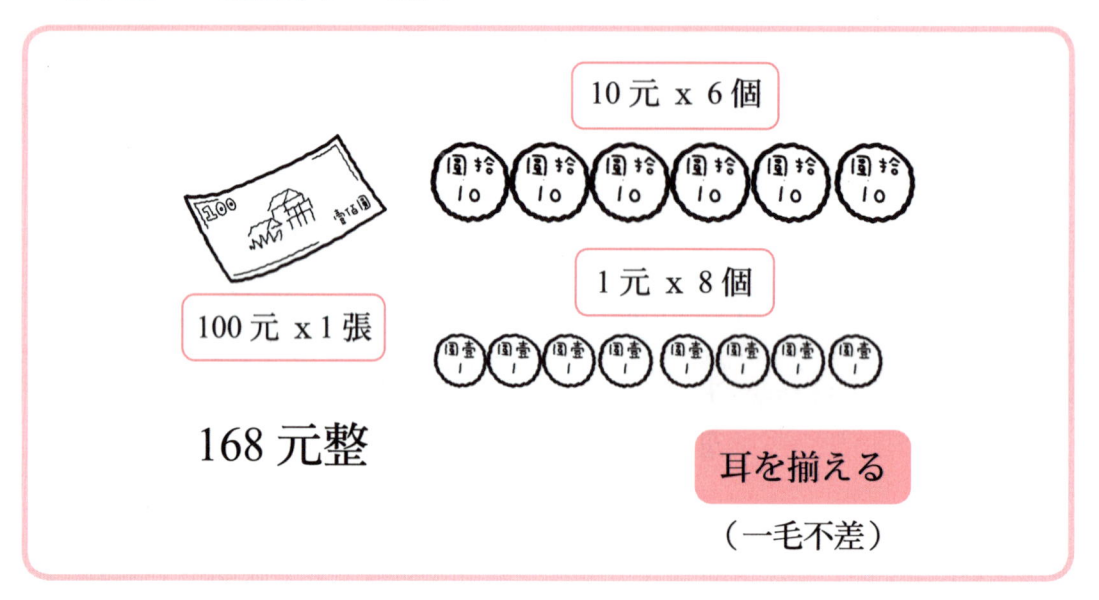

100元 x 1張

10元 x 6個

1元 x 8個

168 元整

耳を揃える
（一毛不差）

活用句

耳を揃えて返してください。請一毛不差地歸還。

・揃えて：是「揃う」（弄整齊）的「て形」，此處表示「描述狀態」。
・返して：是「返す」（歸還）的「て形」。
・動詞て形＋ください：此處表示「請做～」。

266 耳を傾ける

みみ　かたむ

MP3 266

原字義

耳朵　　　使〜傾斜
耳 を **傾ける**

引申義

專注聆聽。傾聽。

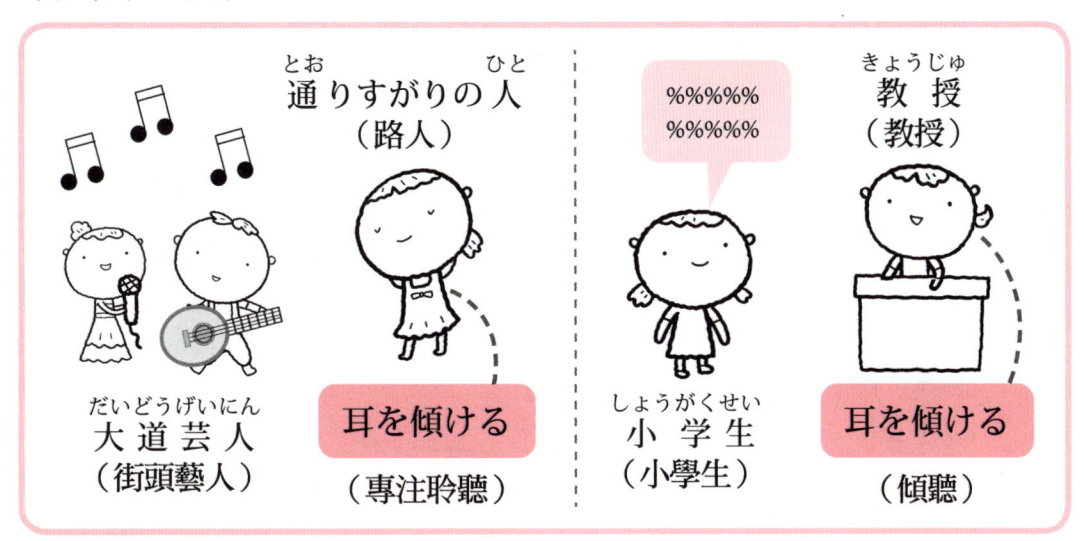

| 大道芸人（街頭藝人）／通りすがりの人（路人） 耳を傾ける（專注聆聽） | 小学生（小學生）／教授（教授） 耳を傾ける（傾聽） |

活用句

彼らの音楽に耳を傾けていた。 專注聆聽著他們的音樂。
かれ　おんがく　みみ　かたむ

・傾けていた：是「傾ける」（使〜傾斜）的「ている形的過去形」，此處表示「過去持續到目前的行為」。

あの教授は小学生の意見にも耳を傾ける。
きょうじゅ　しょうがくせい　いけん　みみ　かたむ
那位教授也傾聽小學生的意見。

・〜＋に＋耳を傾ける：傾聽〜。　・も：助詞，列舉某人事物也〜。

285

267　三日坊主(みっかぼうず)

MP3 267

> 原字義

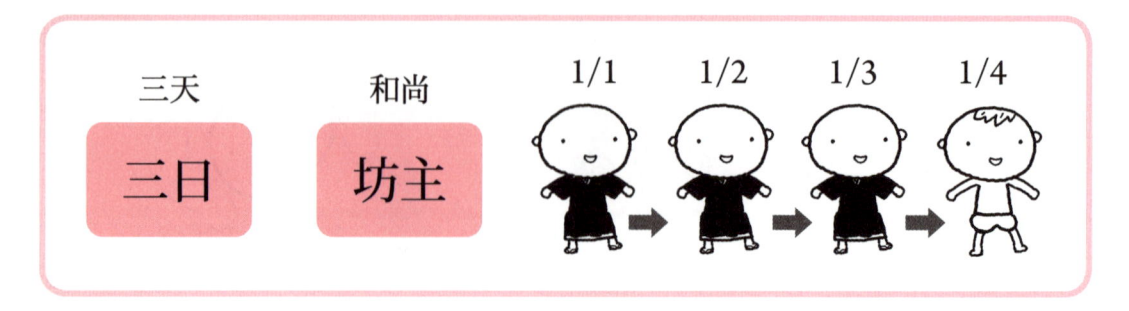

三天	和尚	1/1 → 1/2 → 1/3 → 1/4
三日	坊主	

> 引申義

三天打魚，兩天曬網。形容三分鐘熱度的行為或人。

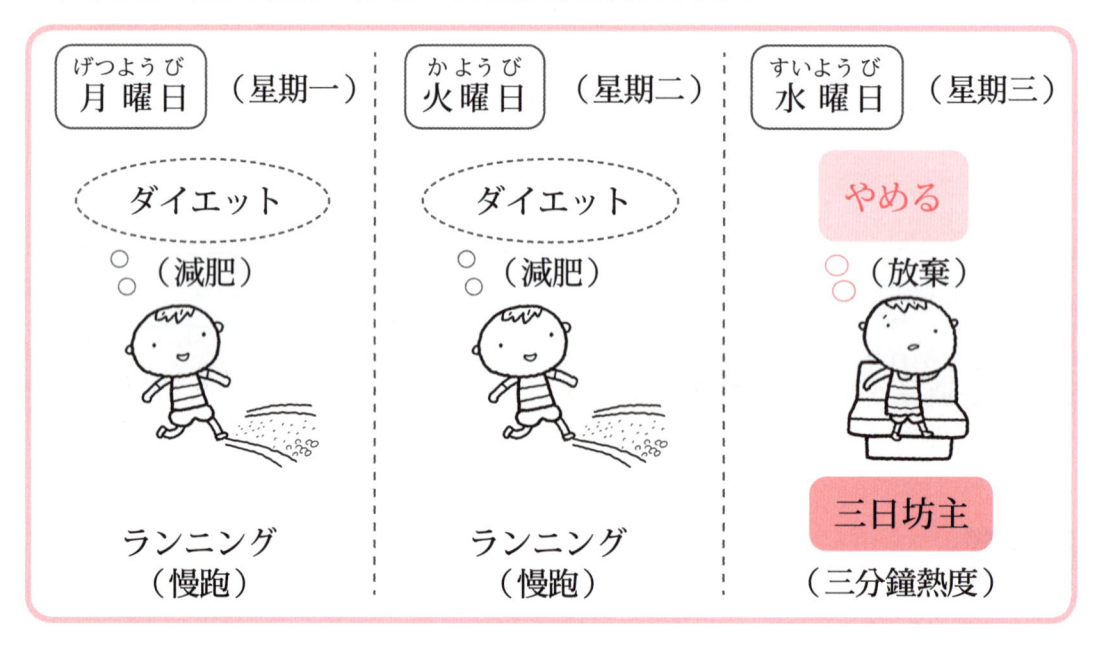

月曜日(げつようび)（星期一）	火曜日(かようび)（星期二）	水曜日(すいようび)（星期三）
ダイエット（減肥）ランニング（慢跑）	ダイエット（減肥）ランニング（慢跑）	やめる（放棄）三日坊主（三分鐘熱度）

> 活用句

何(なに)をやっても三日坊主(みっかぼうず)だ。　不管做什麼都是三分鐘熱度。

- 何：什麼。　　・やって：是「やる」（做）的「て形」。
- 動詞て形＋も：此處表示「即使做～」。

268 実を結ぶ
みむす

MP3 268

原字義

果實 — 実
結成 — 結ぶ

引申義

顯現出努力的成果。成功。實現。開花結果。

追いかける
（追求）

実を結ぶ
（開花結果）

活用句

努力が実を結んだ。
どりょく　みむす

努力開花結果了。

・結んだ：是「結ぶ」（結成）的「た形」，此處表示「過去」。

269 身に付ける

原字義

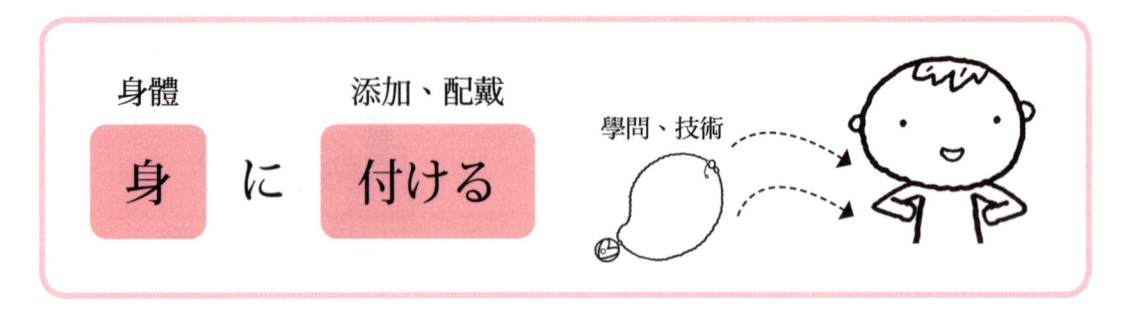

身體		添加、配戴
身	に	付ける

學問、技術

引申義

學會某種學問或技術。或指把裝飾配件戴在身上。

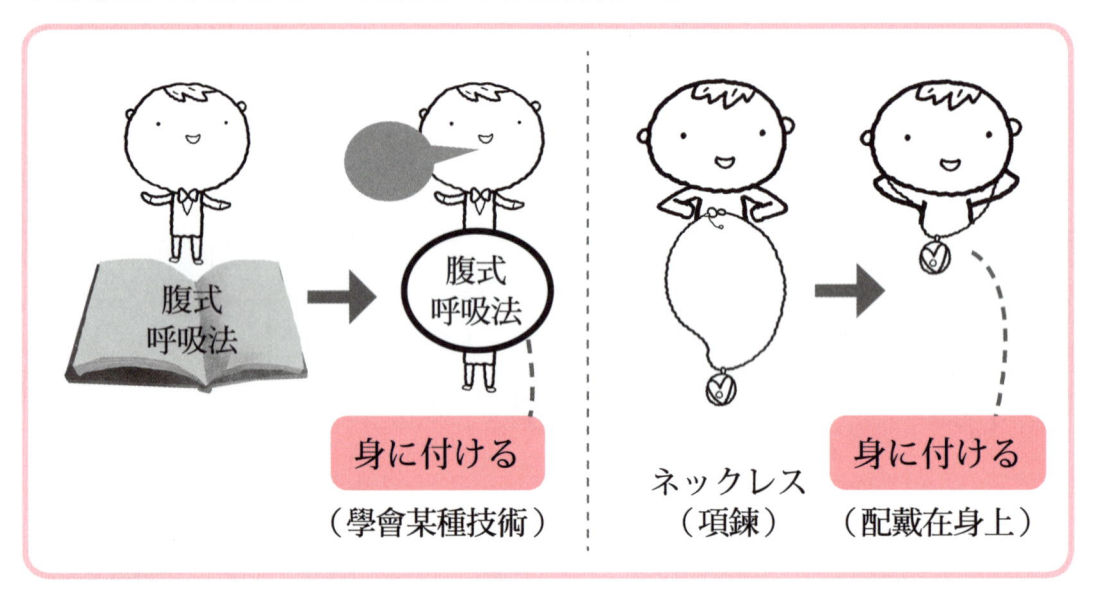

身に付ける
（學會某種技術）

ネックレス
（項錬）

身に付ける
（配戴在身上）

活用句

腹式呼吸を身に付ける。要學會腹式呼吸。

ネックレスを身に付ける。配戴項錬。

270 御輿を担ぐ
みこし かつ

MP3 270

原字義

御輿（神轎）を担ぐ（扛）

引申義

拱、捧他人。給人戴高帽。

- 山田最適合當會長！
- 山田能力強，又熱心！
- 山田經驗豐富，做事面面俱到！

御輿を担ぐ（捧他人、戴高帽）

活用句

御輿を担いで彼を会長にならせた。捧他，讓他成了會長。
みこし かつ　　かれ　かいちょう

- 担いで：是「担ぐ」（扛）的「て形」，此處表示「方法、手段」。
- （某人）を～に（助詞，前面接「變化結果」）＋ならせた：使某人成為了～。
- ならせた：是「なる」（成為）的「使役形（ならせる）的た形」，表示「使成為～了」。

271　道草を食う
　　　みちくさ　く

原字義

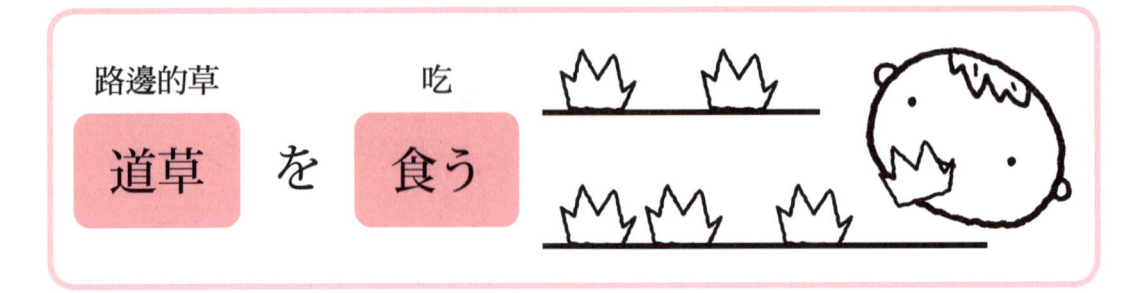

路邊的草		吃
道草	を	食う

引申義

在前往目的地途中，因為做其他事情而耽擱了。

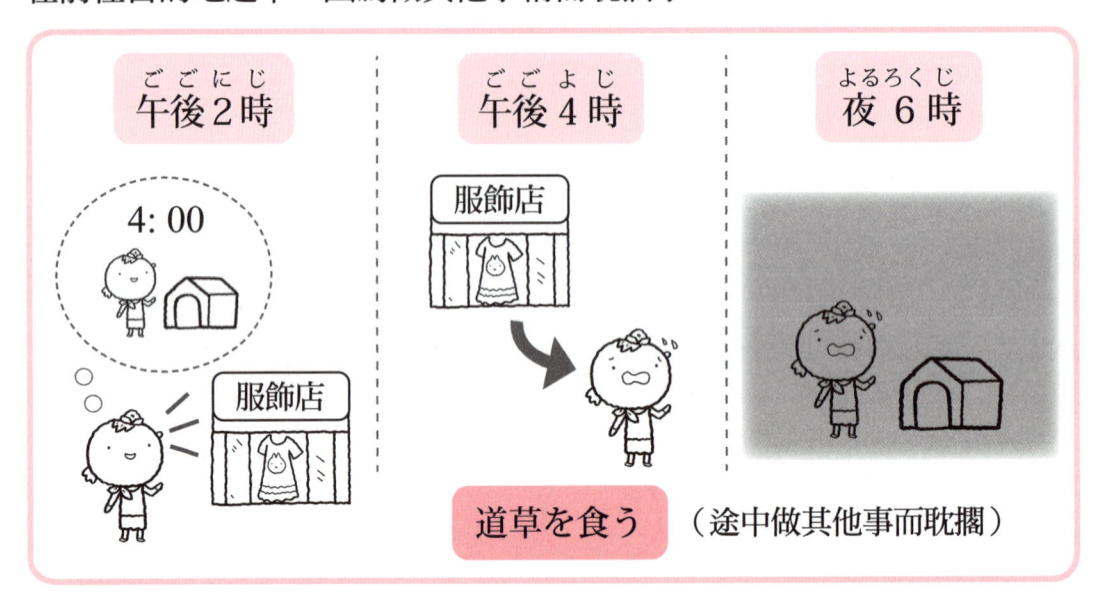

午後2時（ごごにじ）

午後4時（ごごよじ）

夜6時（よるろくじ）

道草を食う（途中做其他事而耽擱）

活用句

どこで 道草を食っていた の？　你在哪裡鬼混到現在啊？
　　　みちくさ　く

- どこ：哪裡。　・で：助詞，表示「地點」。
- の？：抱持強烈興趣而提出疑問的語氣。
- 食っていた：是「食う」（吃）的「ている形（食っている）的た形」，此處表示「過去持續到目前的行為」。

272 脈がある

原字義

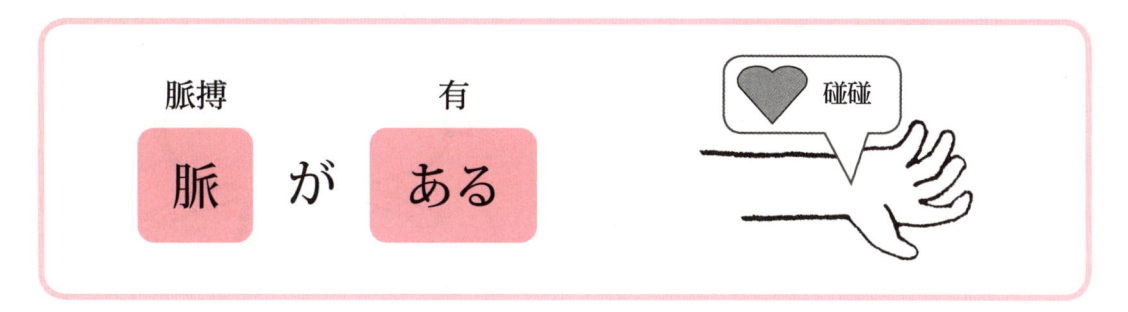

脈搏　有
脈 が ある　　碰碰

引申義

有希望。

片思い
（單戀）

脈がある
（有希望）

活用句

脈がある と 思った。覺得有希望。

- と：助詞，前面接「所覺得的內容」。
- 思った：是「思う」（覺得）的「た形」，此處表示「過去」。

273 虫がいい

原字義

虫	が	いい
昆蟲		很棒的

引申義

只重視自己的事，完全不管、不在意別人的事。只顧自己方便。

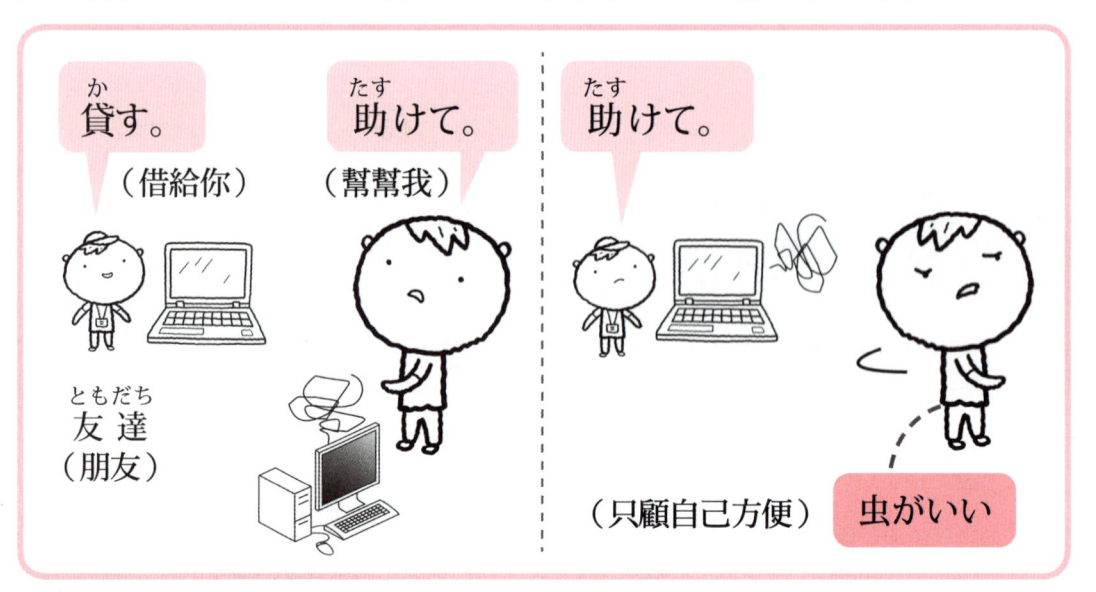

貸す。（借給你）
助けて。（幫幫我）
友達（朋友）

助けて。
（只顧自己方便）虫がいい

活用句

そんな虫がいい考え方ではいけない。

不可以有那種只顧自己方便的想法。

・そんな：那種～。　・考え方：想法。　・～ではいけない：不可以～、不行～。

274 虫の居所が悪い

むし　いどころ　わる

MP3 274

原字義

昆蟲	所在地點	不好的
虫 の	居所 が	悪い

（平常）→（今天）

引申義

原指蟲子每天都在相同的地方，今天卻跑到別的地方。比喻容易生氣。心情不好，很不高興。

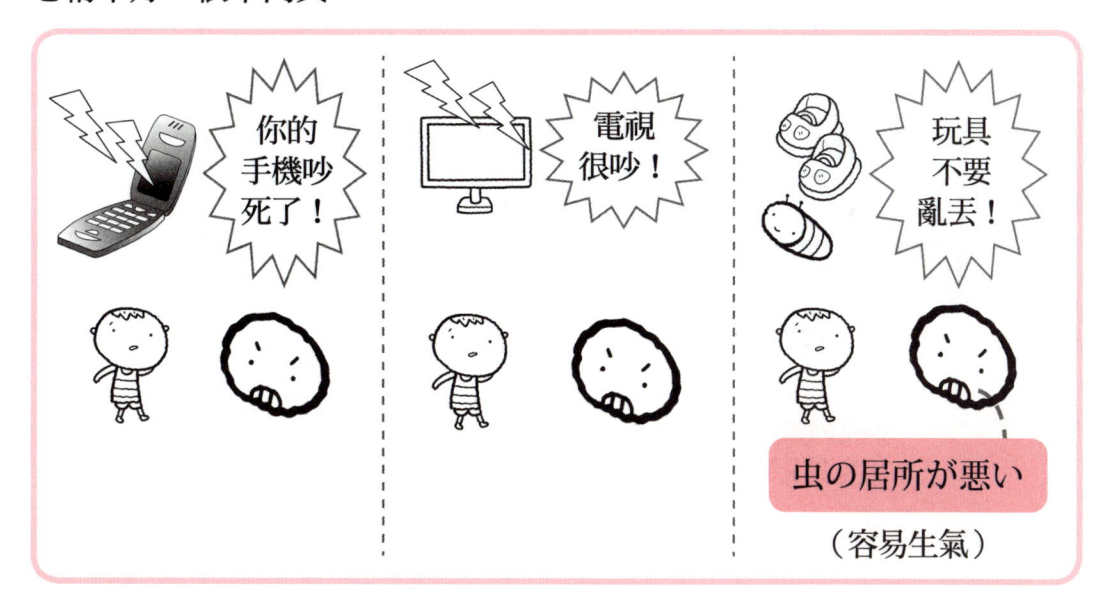

你的手機吵死了！

電視很吵！

玩具不要亂丟！

虫の居所が悪い（容易生氣）

活用句

父は虫の居所が悪いみたいだ。爸爸好像心情不好。
ちち　むし　いどころ　わる

・だ：斷定的語氣。
・〜みたい：好像（指看到某種狀況，經過判斷後覺得好像是…的樣子，但事實可能並非如此）。

275 胸が痛む

原字義

| 內心 | 疼痛 |
| 胸 | が | 痛む |

引申義

心情悲傷，十分難過，沈重又悲痛。痛心。傷心。

事故の犠牲者の遺族
（意外罹難者的家屬）

胸が痛む
（感到沉重又悲痛）

活用句

胸が痛む。

感到十分沈重與悲痛。

276 胸が騒ぐ

MP3 276

原字義

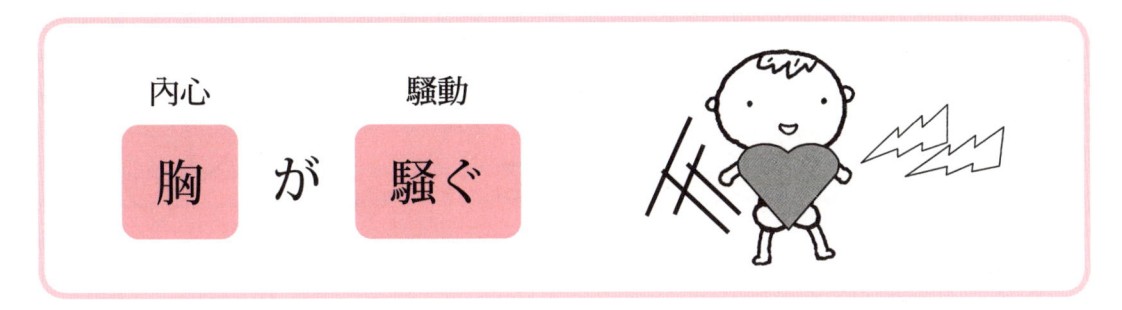

胸(內心) が 騒ぐ(騒動)

引申義

因為期待或不安，導致內心不平靜。蠢蠢欲動。忐忑不安。

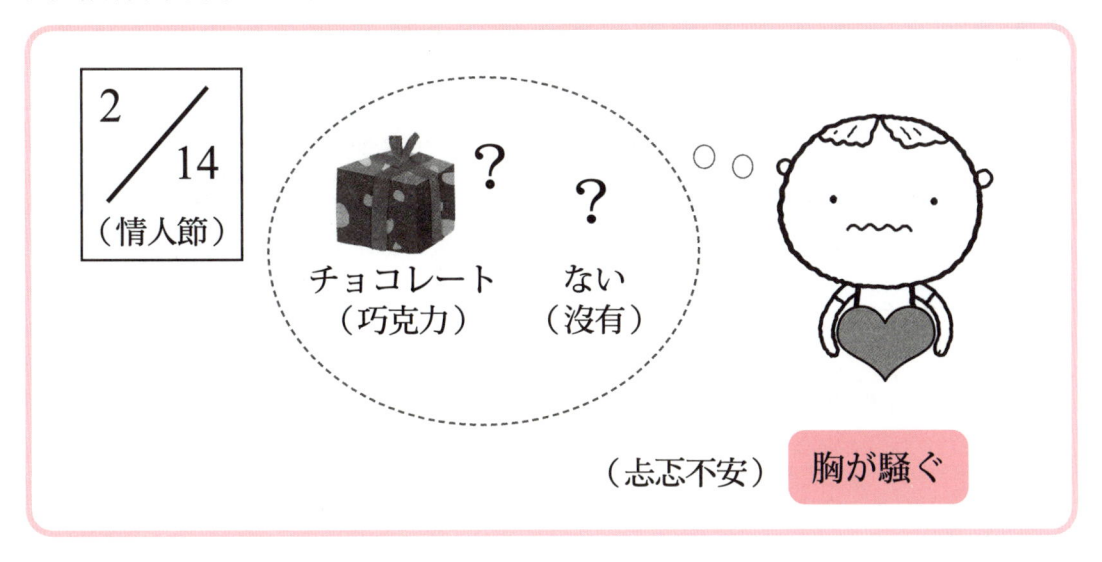

2/14（情人節）

チョコレート（巧克力） ？ ない（沒有）

（忐忑不安）胸が騒ぐ

活用句

バレンタインデーが近くなると胸が騒ぐ。

一接近情人節，就會**內心期待，蠢蠢欲動**。

・バレンタインデー：情人節。　・近い：接近的。　・なる：變成。
・と：助詞，一～就～。
・い形容詞去掉字尾い＋く＋なる：變成～。「近い＋く＋なる」表示「變成接近的」。

277　胸がいっぱいになる

MP3 277

原字義

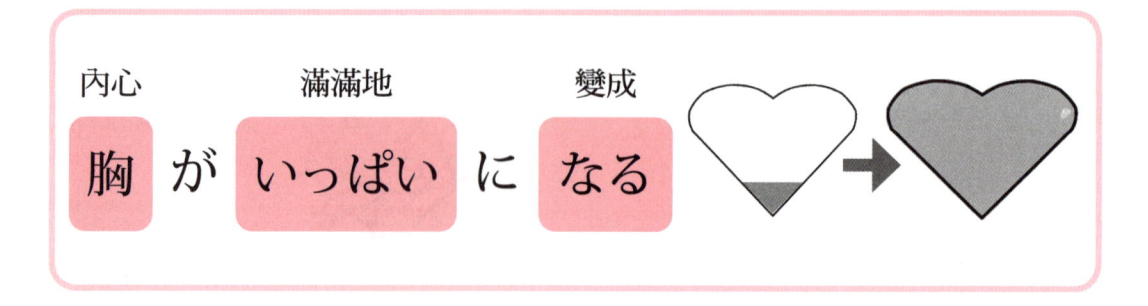

內心	滿滿地	變成
胸 が	いっぱい に	なる

引申義

內心充滿某種情緒。激動。受感動。

胸がいっぱいになる
（內心充滿某種情緒）

活用句

罪悪感で胸がいっぱいになった。

內心充滿了罪惡感。

- 某種情緒＋で＋胸がいっぱいになる：內心充滿某種情緒。
- なった：是「なる」（變成）的「た形」，此處表示「過去」。

278 胸に刻む (むね きざ)

MP3 278

原字義

胸 → 胸
雕刻 → 刻む

引申義

銘記在心。牢記。同義語是「肝に銘ずる（きも めい）」。

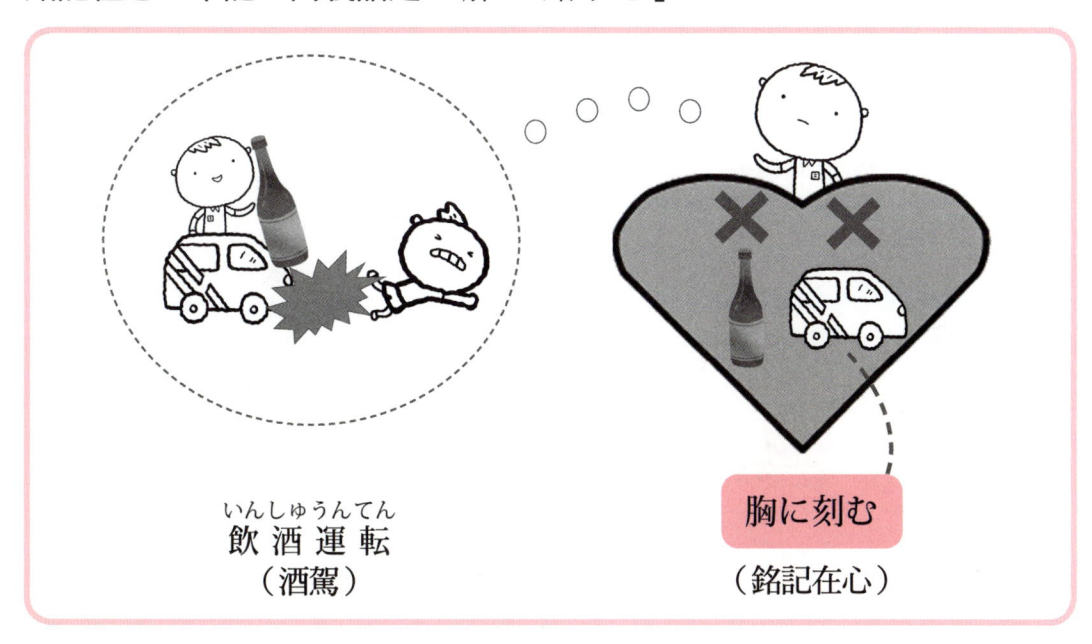

飲酒運転（いんしゅうんてん）
（酒駕）

胸に刻む
（銘記在心）

活用句

この過ちを胸に刻む。
（あやま）（むね きざ）

把這個過錯銘記在心。

・この：這個〜。　・過ち：過錯。　・を：助詞，表示「動作作用對象」。

279　胸に秘める
むね　ひ

MP3 279

原字義

胸　　　　隱藏
胸 に **秘める**

引申義

從沒對任何人說過、深藏在內心的事。藏在心裡。

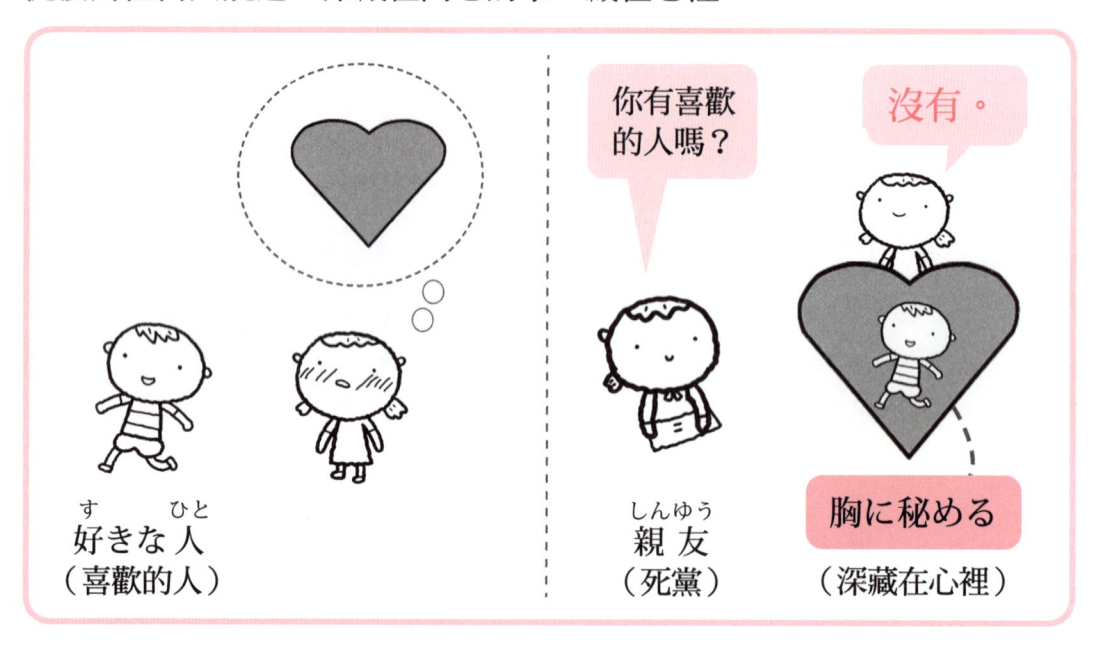

好きな人
す　　ひと
（喜歡的人）

親友
しんゆう
（死黨）

你有喜歡的人嗎？　沒有。

胸に秘める
（深藏在心裡）

活用句

胸に秘めた想いを告白する。坦白深藏內心的想法。
むね　ひ　　　おも　　　こくはく

・秘めた：是「秘める」（隱藏）的「た形」，後面接續「名詞」，用來「修飾名詞」。
・想い：想法。　・告白する：坦白。

280　胸に手を置く
むね　て　お

MP3 280

原字義

胸	手	放置
胸 に	手 を	置く

引申義

自己摸著良心想想看。捫心自問。仔細思量。

おとうと
弟
（弟弟）

あに
兄
（哥哥）

（捫心自問）　胸に手を置く

活用句

胸に手を置いて よく 考えてください。
むね　て　お　　　　　かんが

請捫心自問好好地想一想。

- 置いて：是「置く」（放置）的「て形」，此處表示「描述狀態」。
- よく：好好地。
- 考えて：是「考える」（想）的「て形」。
- 動詞て形＋ください：此處表示「請做～」。

299

281 胸を打つ

原字義

内心　　　打撃
胸 を 打つ

引申義

感動。打動、心動。

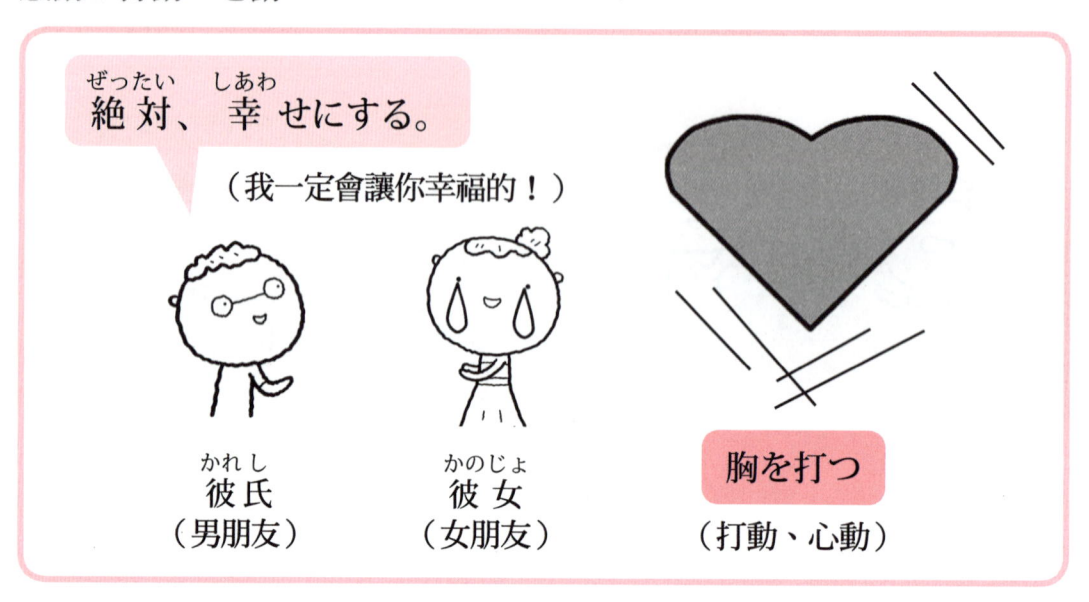

絶対、幸せにする。
（我一定會讓你幸福的！）

彼氏（男朋友）　彼女（女朋友）　胸を打つ（打動、心動）

活用句

彼の言葉が 彼女の胸を打った。

他的話打動了她的心。

・彼：他。　・言葉：話語。　・彼女：她、女朋友。
・打った：是「打つ」（打撃）的「た形」，此處表示「過去」。

282 胸を張る（むね は）

MP3 282

原字義

胸	挺起
胸	を 張る

引申義

挺起胸膛，很有信心的樣子。

我有把握，本公司的服務，絕對不會輸給其他任何一間公司！

社長（しゃちょう）（社長）
お客さん（きゃく）（客戶）

胸を張る
（挺起胸膛，自信滿滿地）

活用句

「負（ま）けない」と 胸（むね）を張（は）っている。

挺起胸膛自信滿滿地說：「不會輸」。

- 負けない：是「負ける」（輸）的「ない形」，此處表示「現在否定」。
- と：助詞，前面接「所說的內容」。
- 張っている：是「張る」（挺起）的「ている形」，此處表示「目前狀態」。

301

283 胸を躍らせる

むね おど

MP3 283

原字義

內心 — 胸
使～雀躍 — 躍らせる

引申義

對於即將發生的事，感到歡欣雀躍、滿心期待，高興到想要跳起來。

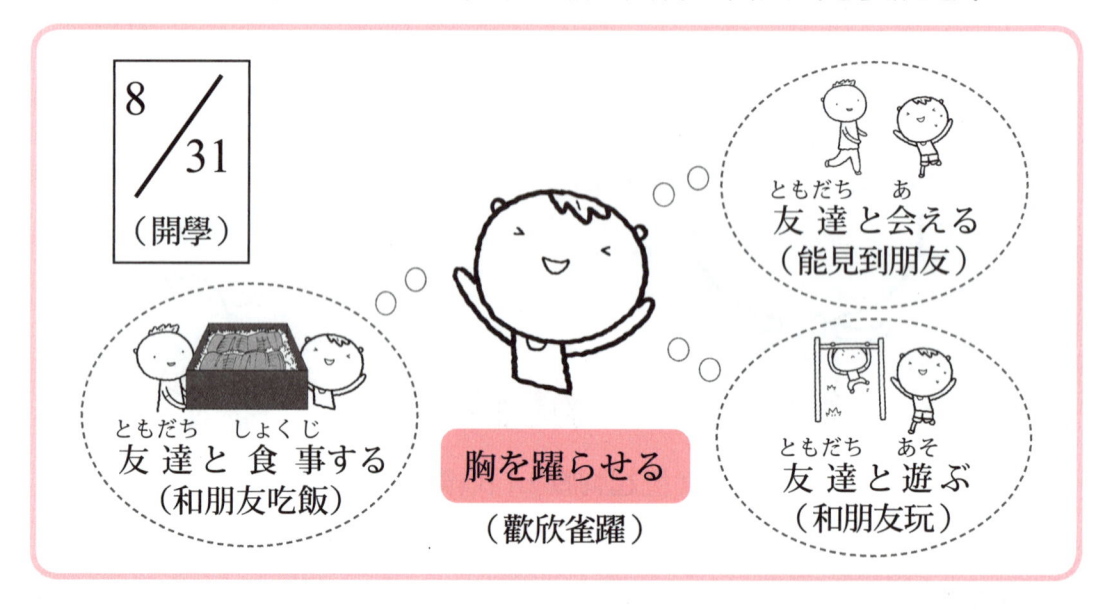

8/31（開學）

友達と食事する（和朋友吃飯）
友達と会える（能見到朋友）
胸を躍らせる（歡欣雀躍）
友達と遊ぶ（和朋友玩）

活用句

新生活に 胸を躍らせている。
しんせいかつ　むね　おど

對於新生活感到歡欣雀躍。

・に：助詞，表示「對於～、面對～」。
・躍らせている：是「躍らせる」（使～雀躍）的「ている形」，此處表示「目前狀態」。

284 胸を撫で下ろす
むね　な　お

MP3 284

原字義

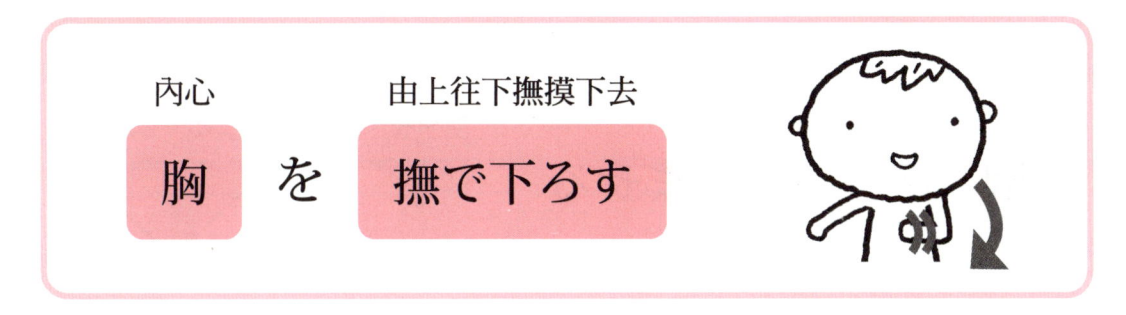

內心　　　由上往下撫摸下去
胸 を **撫で下ろす**

引申義

原本擔心的事情解決了。鬆了一口氣，能夠放下心來。

爺爺去哪了？
まご
孫（孫子）

お爺ちゃん（爺爺）
じい

胸を撫で下ろす
（鬆了一口氣）

活用句

胸を撫で下ろしている。鬆了一口氣。
むね　な　お

・撫で下ろしている：是「撫で下ろす」（由上往下撫摸下去）的「ている形」，此處表示「目前狀態」。

285 胸をふくらませる

原字義

内心 胸 を 使〜膨脹 ふくらませる

引申義

指喜悅的心情不斷膨脹，已經滿滿地，但還是在變大，好像快要爆發。意思接近滿心歡喜、滿懷期待。

8/31（開學日）

学校（學校）　新入生（新生）　胸をふくらませる（滿心歡喜）

喜悅的心

活用句

期待に胸をふくらませる。

充滿期待，滿心歡喜。

・に：助詞，表示「對於〜、面對〜」。

286 目が無い

MP3 286

原字義

眼睛		沒有
目	が	無い

引申義

非常喜歡某事物，著迷到完全無法思考。整顆心被奪走似的無法抗拒。

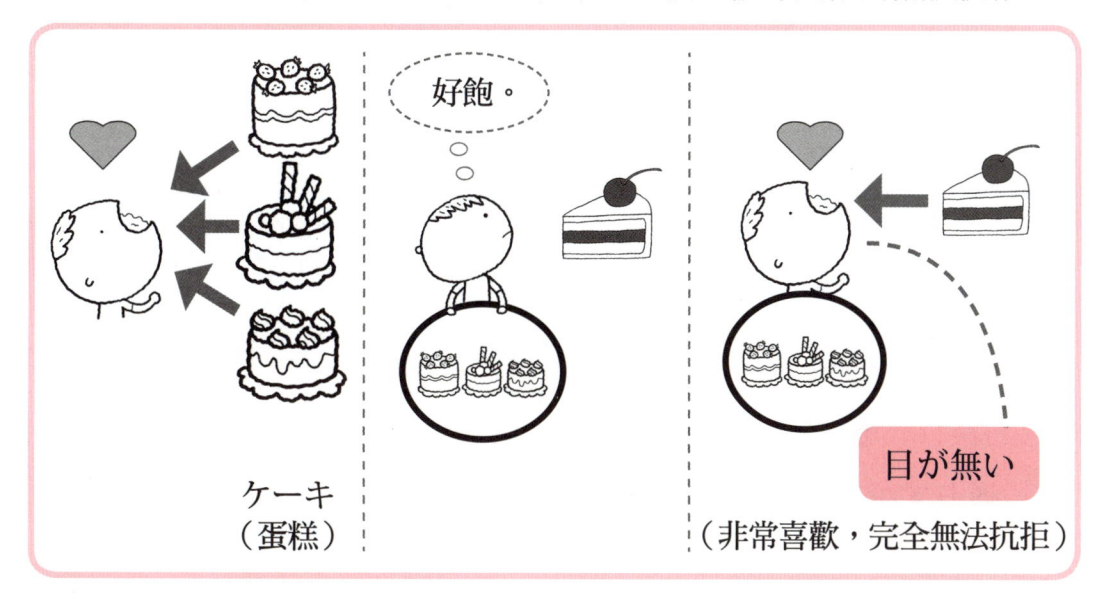

ケーキ
（蛋糕）

好飽。

目が無い

（非常喜歡，完全無法抗拒）

活用句

甘いもの に 目が無い。

對甜食完全無法抗拒。

・に：助詞，表示「對於～、面對～」。
・～に目が無い：對～完全無法抵抗。

305

287　目が早い
め　はや

MP3 287

原字義

視線　　快速的

目　が　早い　　　　一瞬（一瞬間）
いっしゅん

引申義

很快就發現。很快注意到。眼睛的敏銳度高。眼尖。

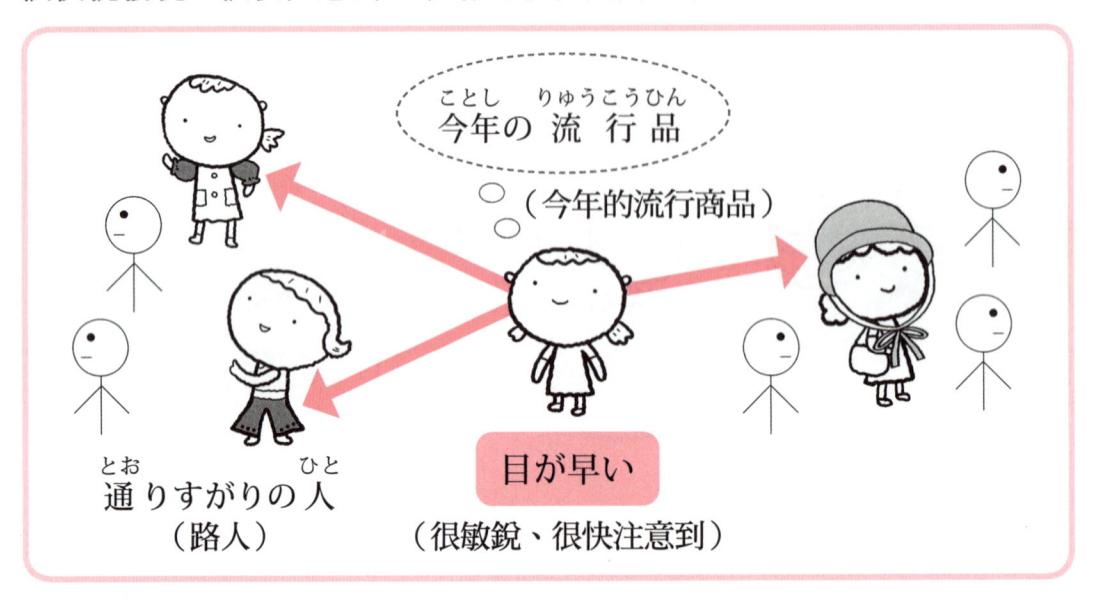

今年の流行品
ことし　りゅうこうひん
（今年的流行商品）

通りすがりの人
とお　　　　　ひと
（路人）

目が早い
（很敏銳、很快注意到）

活用句

最近の女子高生は　流行品に　目が早い。
さいきん　じょしこうせい　　りゅうこうひん　　め　はや

最近的高中女生對流行商品<u>很敏銳</u>。

- に：助詞，表示「對於～、面對～」。
- ～に目が早い：對～很敏銳、很快注意到。

288　目が利く

原字義

眼睛：目
敏銳：利く

引申義

有鑑賞眼光。鑑賞力佳。有眼光。多用於藝術品、文物等的鑑賞力。

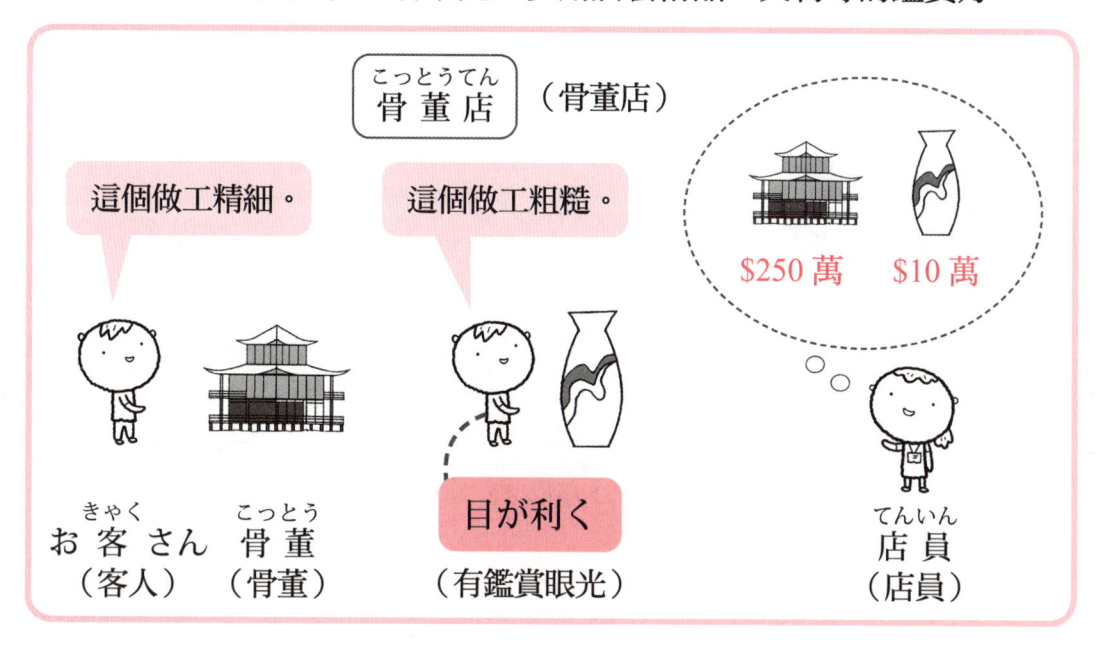

骨董店（骨董店）

這個做工精細。
這個做工粗糙。
$250萬　$10萬

お客さん（客人）　骨董（骨董）　目が利く（有鑑賞眼光）　店員（店員）

活用句

彼は骨董に目が利く。
他對於古董很有鑑賞眼光。

・に：助詞，表示「對於～、面對～」。　　・～に目が利く：對～有鑑賞眼光。

289 目が眩む

めくら

MP3 289

原字義

眼睛　眩暈
目　が　眩む

引申義

原意為看到亮亮的東西很刺眼。引伸為被金錢、欲望等迷惑，沖昏頭。

目が眩む（被沖昏頭）

ぎんこう
銀行（銀行）

活用句

彼は金に目が眩んだ。他被金錢沖昏了頭。
かれ　かね　め　くら

- に：助詞，表示「對於～、面對～」。　・～に目が眩む：被～沖昏頭。
- 眩んだ：是「眩む」（眩暈）的「た形」，此處表示「過去」。

290 目（め）が光（ひか）る

原字義

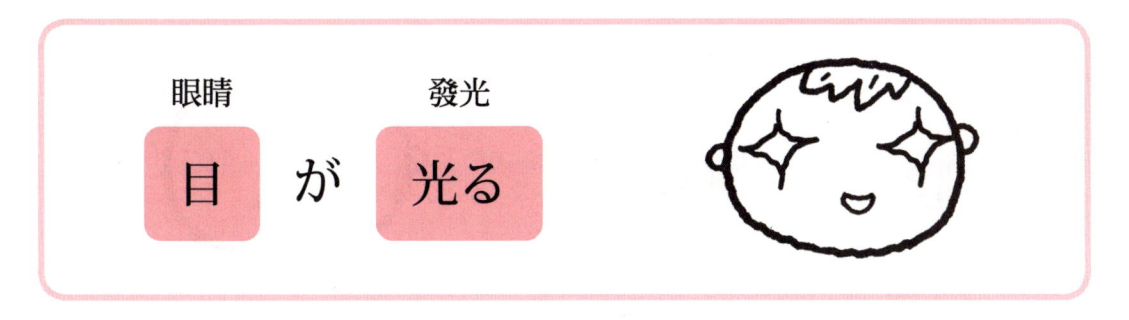

眼睛		發光
目	が	光る

引申義

聽到某個好主意後眼睛為之一亮，心中浮現肯定與讚賞。

> 我不知道該怎麼求婚…

ともだち
友達
（朋友）

いいアイデア！
（好主意！）

目が光る
（眼睛一亮，大感讚賞）

活用句

彼（かれ）は その 話（はなし） を 聞（き）いて 目（め）が光（ひか）った。

他因為聽到那段話，眼睛為之一亮，大感讚賞。

- 聞いて：是「聞く」（聽）的「て形」，此處表示「原因」。
- 光った：是「光る」（發光）的「た形」，此處表示「過去」。

291 目が回る

原字義

眼睛 — 目
旋轉 — 回る

引申義

腦筋一直裝東西進去，感到頭昏眼花，暈頭轉向。比喻非常忙碌。

（是、是）
仕事（工作）
目が回る（忙到頭昏眼花）

活用句

昨日は目が回るほど忙しかった。

昨天忙到頭昏眼花。

- ほど：助詞，像～那樣的。
- 忙しかった：是「忙しい」（忙碌的）的「た形」，此處表示「過去」。

292 目が冴える
めさ

MP3 292

原字義

眼睛　　　　清醒
目 が **冴える**

引申義

形容睡不著時，眼神很清醒，很有精神的樣子。

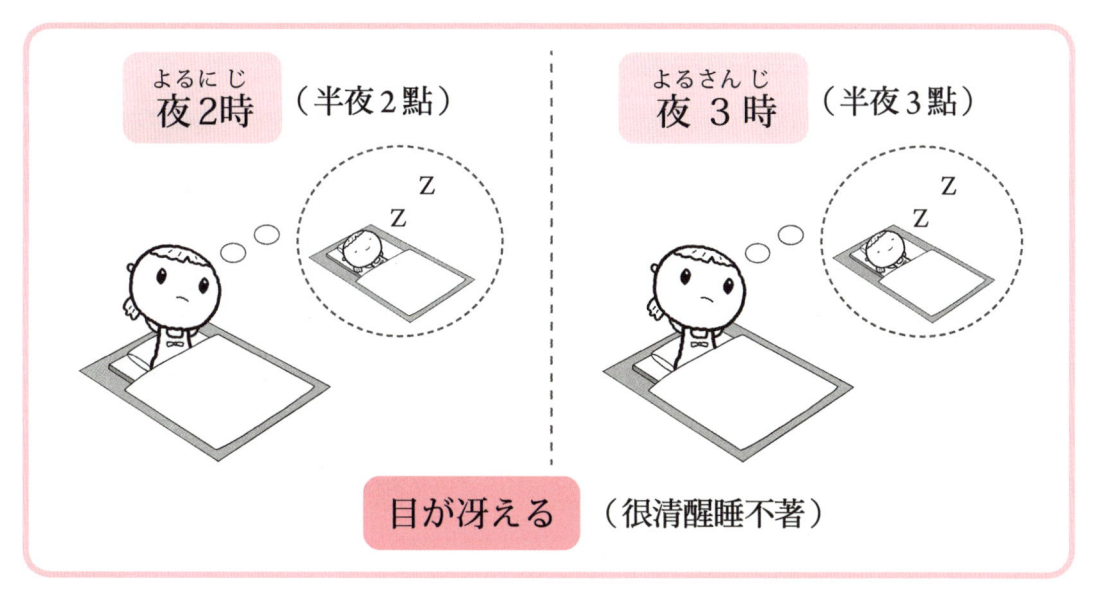

夜2時（半夜2點）　　夜3時（半夜3點）
よるにじ　　　　　　　よるさんじ

目が冴える（很清醒睡不著）

活用句

目が冴えて眠れない。很清醒無法入睡。
めさ　　　ねむ

・冴えて：是「冴える」（清醒）的「て形」，此處表示「描述狀態」。
・眠れない：是「眠る」（睡覺）的「可能形（眠れる）的否定形」，此處表示「不能夠做～」。

293 目が覚める
め　さ

MP3 293

原字義

眼晴　醒過來
目 が **覚める**

引申義

醒來。覺醒。覺悟。

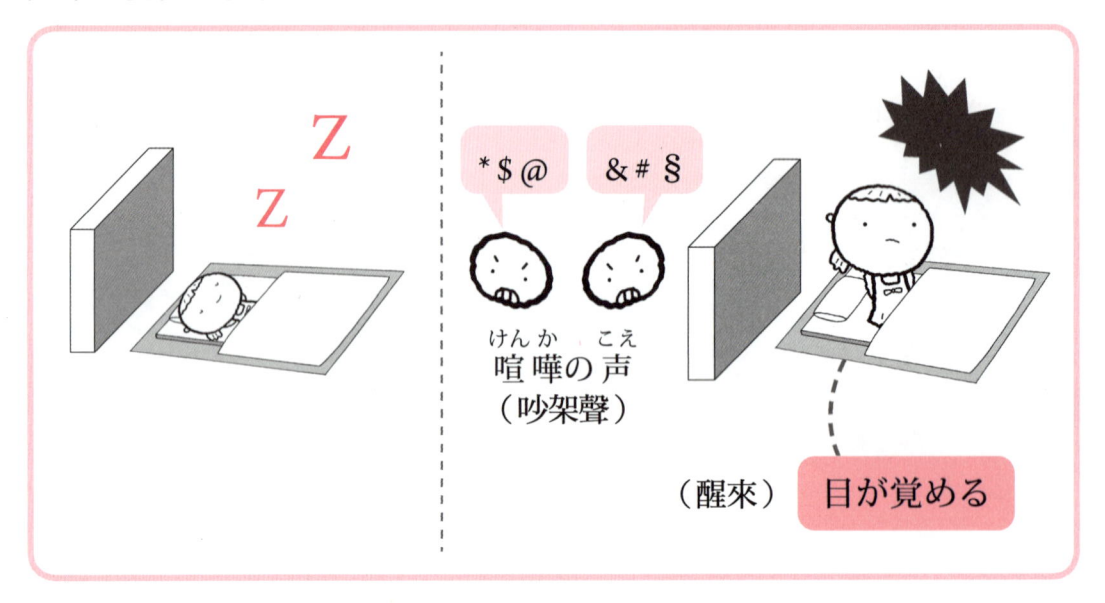

活用句

隣のうちの喧嘩の声で目が覚めた。
となり　　　　けんか　こえ　　め　さ

因為隔壁人家的吵架聲而醒來了。

・隣：鄰家、鄰居。　　・うち：房子。　　・で：助詞，因為～。
・覚めた：是「覚める」（醒過來）的「た形」，此處表示「過去」。

294　目に付く

原字義

眼睛　　附著
目　に　**付く**

引申義

一看就看得到。非常明顯，引人注目。顯眼。

白髪だ。
（有白頭髪）

目に付く
（非常明顯）

活用句

白髪が 目に付く。

白頭髮很明顯。

295　目(め)に留(と)まる

原字義

視覺　殘留
目 に **留まる**

引申義

東看西看，剛好看到。沒有用眼睛尋找的意思。

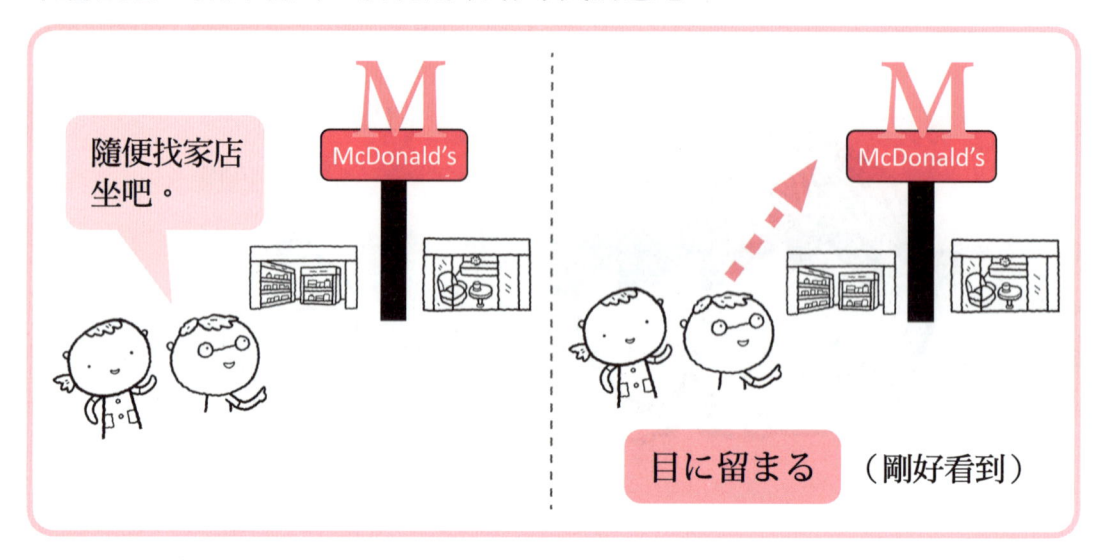

隨便找家店坐吧。

目に留まる　（剛好看到）

活用句

マクドナルドの看板(かんばん)が 目(め)に留(と)まった。
剛好看到了麥當勞的招牌。

・留まった：是「留まる」（殘留）的「た形」，此處表示「過去」。

296 目に入れても痛くない

原字義

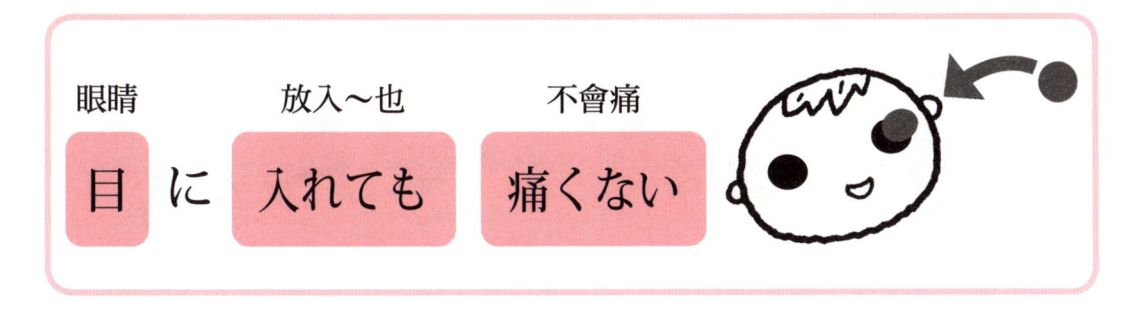

眼睛	放入～也	不會痛
目 に	入れても	痛くない

引申義

比喩非常疼愛小孩子或是小動物。

孫（孫子）　お爺ちゃん（爺爺）　　目に入れても痛くない（非常疼愛）

公園（公園）

活用句

孫は目に入れても痛くないほど かわいい。

孫子很可愛，可愛到我非常寶貝、非常疼愛。

・ほど：助詞，像～那樣的。　　・かわいい：可愛的。

297 目を引く

原字義

視線 — 目
吸引 — 引く

引申義

引人注目。吸引目光。

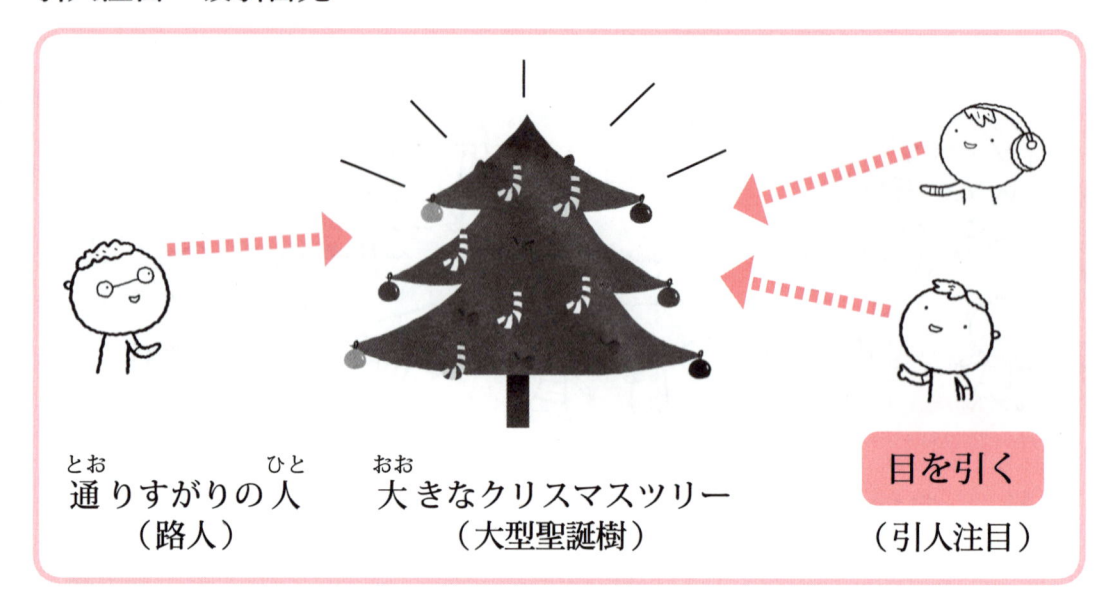

通りすがりの人（路人）
大きなクリスマスツリー（大型聖誕樹）
目を引く（引人注目）

活用句

大きなクリスマスツリーが目を引いている。

大型聖誕樹引人注目。

・大きな：（體積、規模）大的〜。
・引いている：是「引く」（吸引）的「ている形」，此處表示「目前狀態」。

298 目を通す（め を とお）

MP3 298

原字義

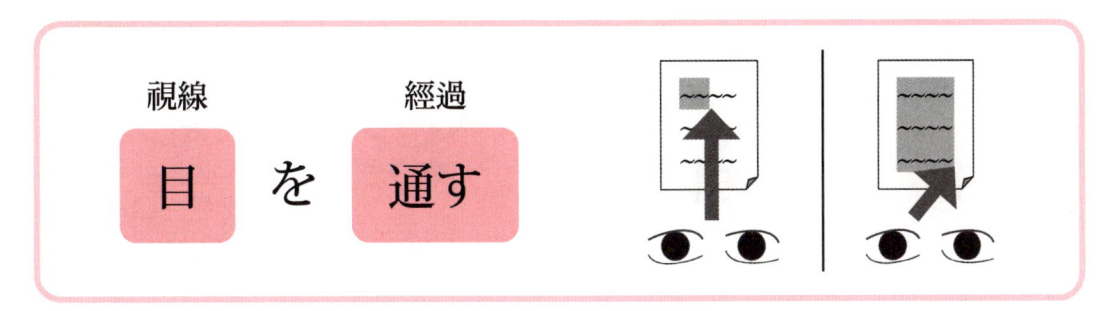

視線：目　經過：通す

引申義

瀏覽、從頭到尾看過一遍。沒有仔細看，但也不是隨便看看，每個字都有看到，但是不會停下來想其中的涵義。

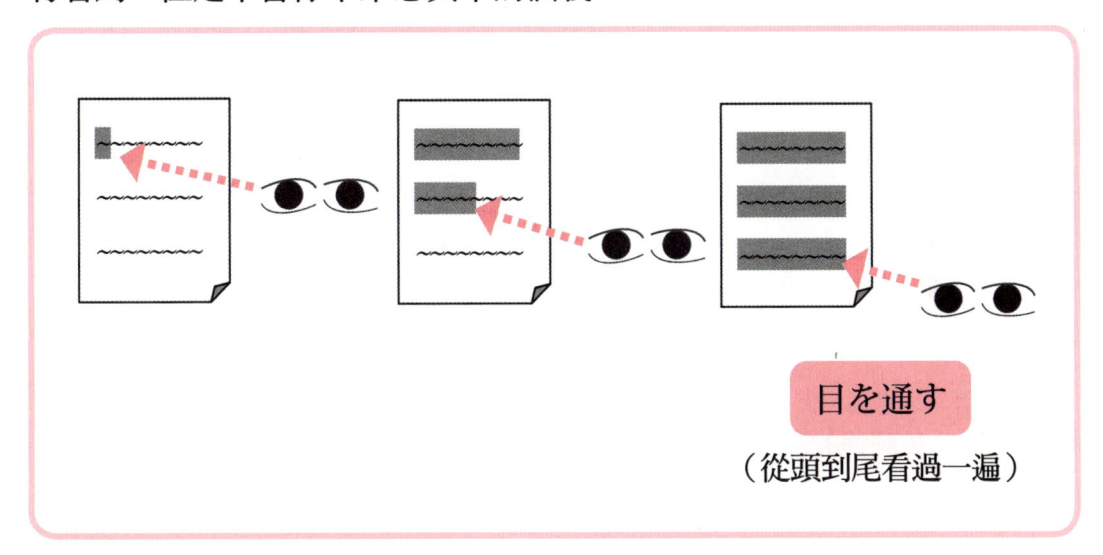

目を通す
（從頭到尾看過一遍）

活用句

この書類に目を通す。
しょるい　　め とお

瀏覽一遍這份資料。

・この：這個～。　・書類：資料。　・～に目を通す：從頭到尾看過一遍～。

299 目を離す

MP3 299

原字義

視線　　　離開
目 を **離す**

引申義

視線離開一下。稍微沒注意到。放鬆注意。

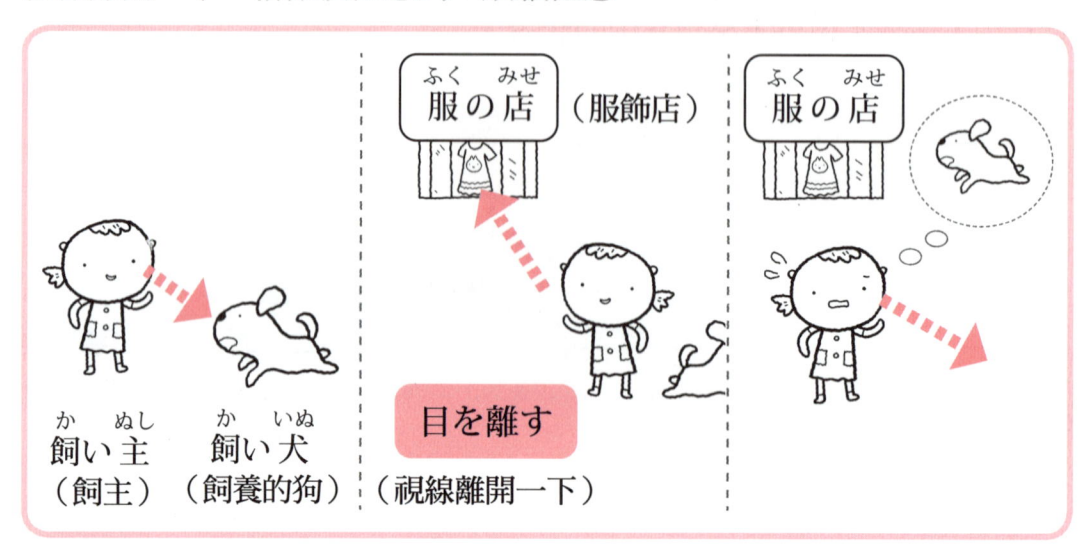

飼い主（飼主）　飼い犬（飼養的狗）

目を離す（視線離開一下）

活用句

目を離した隙に飼い犬がいなくなった。

在視線稍微離開的空檔，所養的狗就不見了。

- 離した：是「離す」（離開）的「た形」，後面接續「名詞」，用來「修飾名詞」。
- 隙：空檔。　・〜隙に：在〜空檔。
- 有生命物＋が＋いなくなった：有生命物變成不見了。
- いなくなった：是「いなくなる」（有生命物變成不見）的「た形」，此處表示「過去」。

300　目を盗む
め　ぬす

MP3 300

原字義

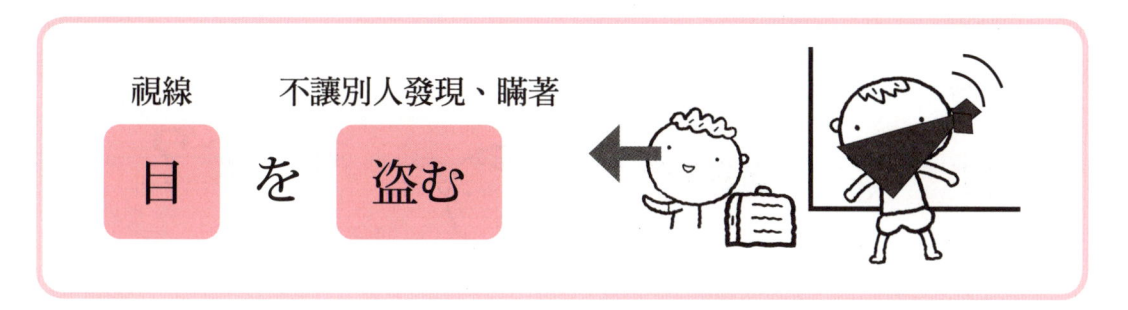

視線　　不讓別人發現、瞞著

目　を　盗む

引申義

不讓別人發現，偷偷摸摸做某些事。避人耳目。偷偷。悄悄。

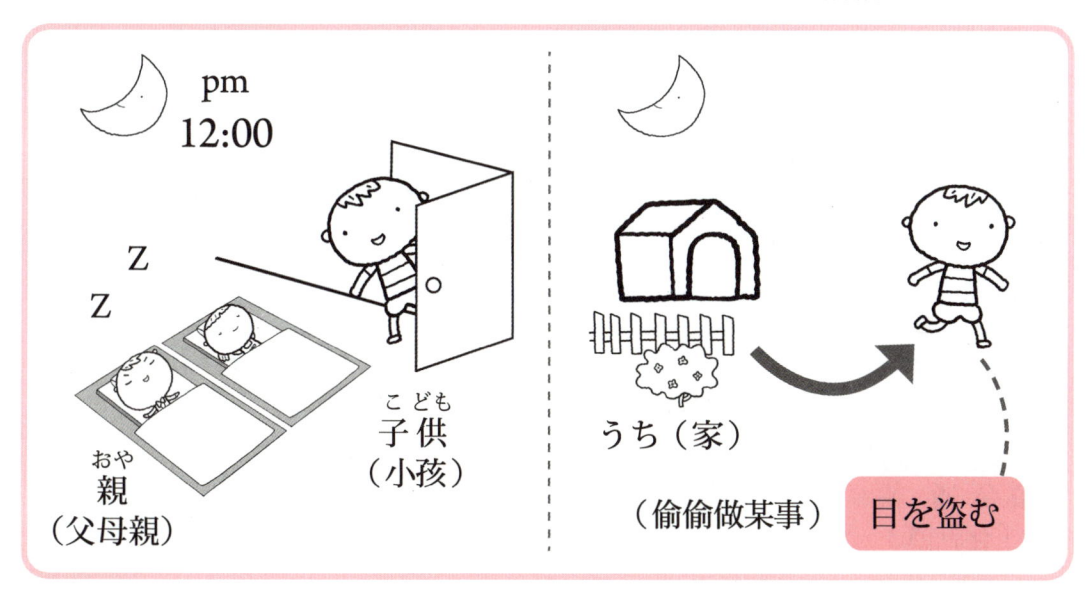

活用句

親の目を盗んでうちを抜け出した。
おや　め ぬす　　　　　　ぬ　だ

避開父母的耳目，偷偷溜出家門了。

・盗んで：「盗む」（不讓別人發現、瞞著）的「て形」，此處表示「做～之後」。
・抜け出した：是「抜け出す」（偷溜）的「た形」，此處表示「過去」。

301 目を疑う

原字義

目(眼睛) を 疑う(懷疑)

引申義

懷疑自己的眼睛看錯。看了之後感到不可置信，不相信眼前所見的。

預金通帳
よきんつうちょう
預金通帳（存款簿）

目を疑う（懷疑自己看錯）

活用句

残高を見て、目を疑った。

看了餘額後，不敢相信自己眼睛所看到的。

・残高：餘額。　・見て：是「見る」（看）的「て形」，此處表示「做～之後」。
・疑った：是「疑う」（懷疑）的「た形」，此處表示「過去」。

302 目を晦ます

MP3 302

原字義

眼睛 — 目
矇蔽 — 晦ます

引申義

騙過他人的眼睛。使人看不見。打馬虎眼。

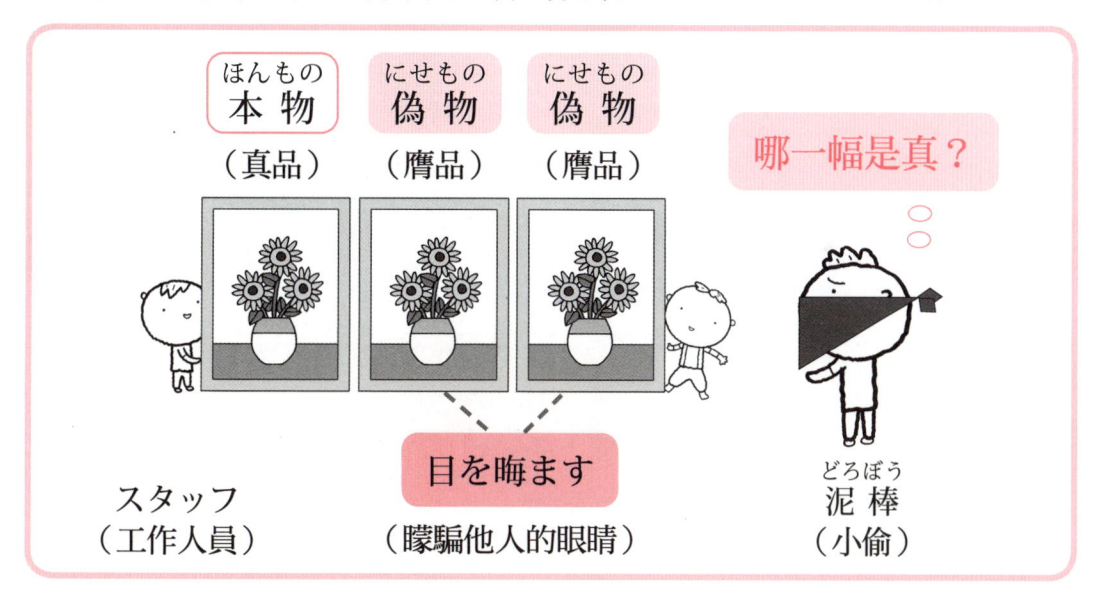

活用句

敵の目を晦ます。

矇騙敵人的眼睛。

・敵：敵人。

303　目を凝らす

原字義

目（視線）を 凝らす（聚集）

引申義

很專心、眼睛盯著看。凝視。

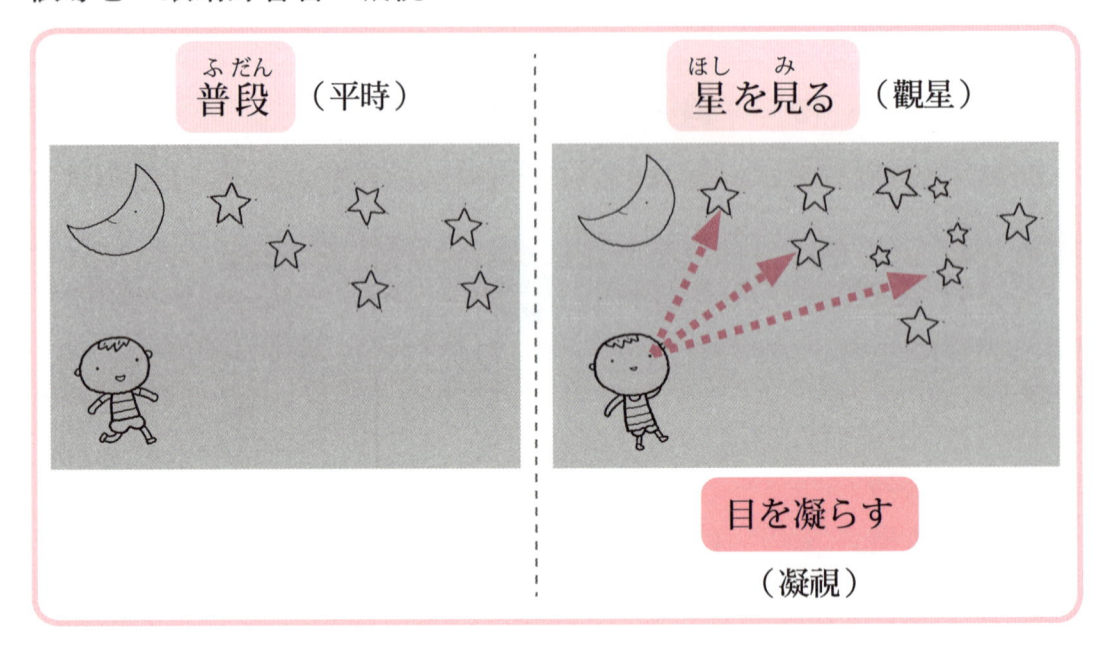

普段（平時）

星を見る（觀星）

目を凝らす（凝視）

活用句

目を凝らして見る。

專心盯著看。

・凝らして：是「凝らす」（聚集）的「て形」，此處表示「描述狀態」。　　・見る：看。

304 目を付ける

原字義

眼睛	附著上
目 を	付ける

引申義

特別注意到。對～有興趣。察覺到。著眼。注目。

活用句

この植物の脱臭作用に目を付けた。
察覺到這株植物的除臭作用。

・に：助詞，表示「對於～、面對～」。　・～に目を付けた：察覺到～。
・付けた：是「付ける」（附著上）的「た形」，此處表示「過去」。

305　目を[め]つぶる

原字義

眼睛　　閉起來
目 を **つぶる**

引申義

對於別人的缺點或過失，當作沒看到。睜一隻眼閉一隻眼。

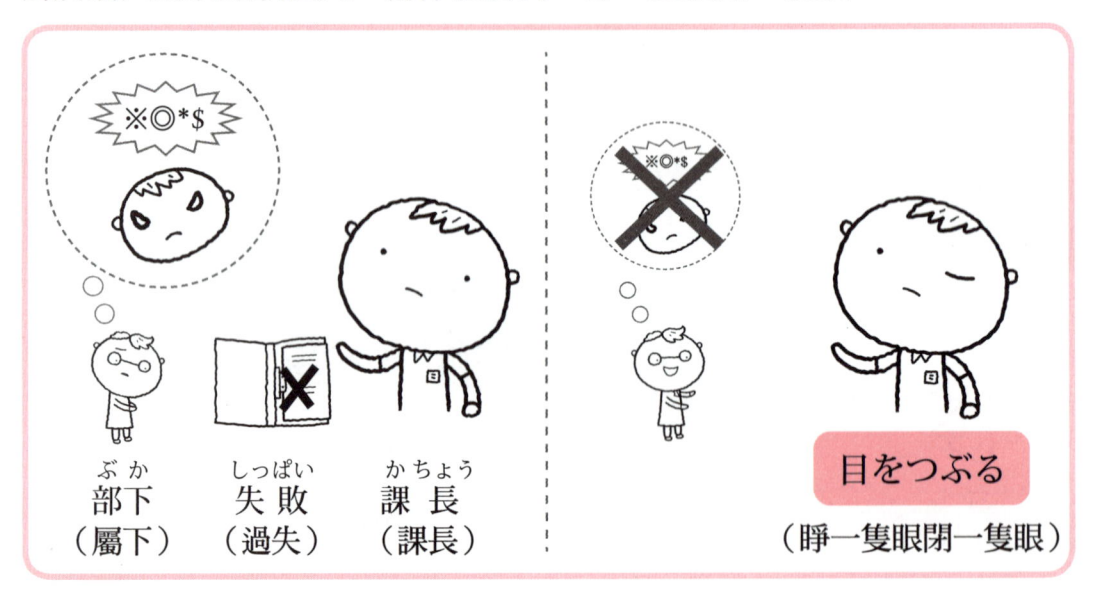

部下[ぶか]（屬下）　失敗[しっぱい]（過失）　課長[かちょう]（課長）　　目をつぶる（睜一隻眼閉一隻眼）

活用句

課長[かちょう]は　失敗[しっぱい]に　目[め]をつぶってくれる。

對於過失，課長對我睜一隻眼閉一隻眼。

- に：助詞，表示「對於〜、面對〜」。　・つぶって：是「つぶる」（閉起來）的「て形」。
- 動詞て形＋くれる：此處表示「對方給我〜」。
- 〜に目をつぶってくれる：對方對於〜對我睜一隻眼閉一隻眼。

306 　目を見張る
　　　　　め　み　は

MP3 306

原字義

眼睛	睜大看
目	を　見張る

引申義

形容感到驚奇、讚嘆、敬佩等，而睜大眼睛。

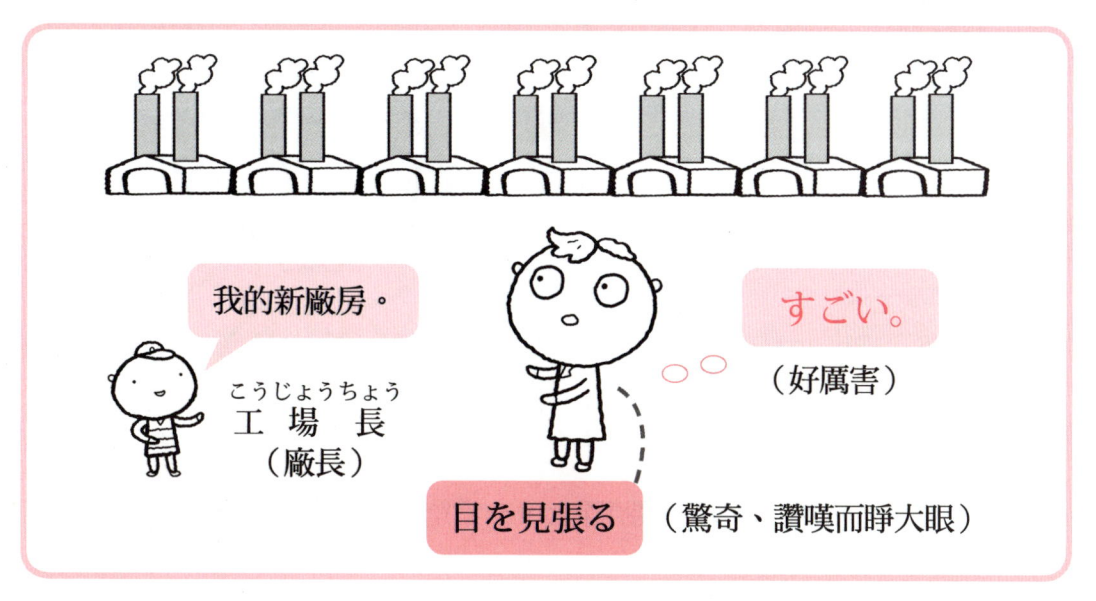

我的新廠房。
工場長（廠長）
　こうじょうちょう

すごい。（好厲害）

目を見張る　（驚奇、讚嘆而睜大眼）

活用句

社長は メーカーの工場 に 目を見張った。
しゃちょう　　　　こうじょう　　　め　み　は

社長對製造商的工廠感到欽佩而睜大了眼睛。

・メーカー：製造商。　　・に：助詞，表示「對於～、面對～」。
・見張った：是「見張る」（睜大看）的「た形」，此處表示「過去」。

325

307　目を丸くする

原字義

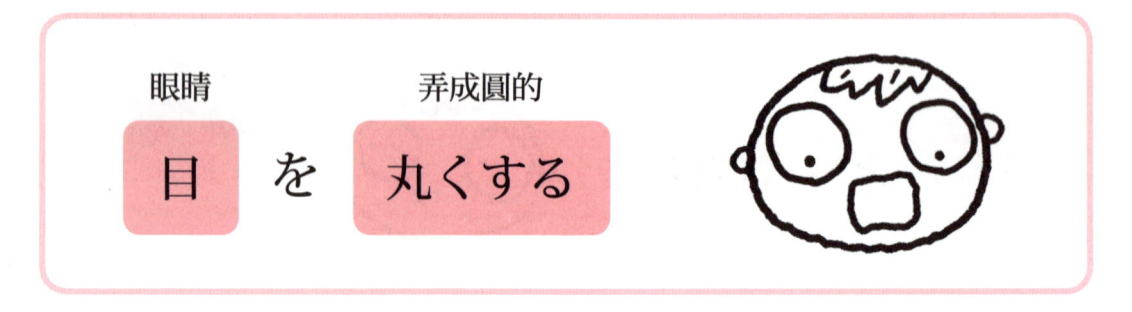

目（眼睛）を 丸くする（弄成圓的）

引申義

形容感到吃驚、訝異，而睜大眼睛。

電話代（電話費）
$60,000

（眼睛睜大，非常驚訝）目を丸くする

活用句

母は 電話代を見て 目を丸くした。

媽媽看到電話費後，睜大眼睛、非常驚訝。

・見て：是「見る」（看）的「て形」，此處表示「做～之後」。
・丸くした：是「丸くする」（弄成圓的）的「た形」，此處表示「過去」。

308　目と鼻の先
め　はな　さき

MP3 308

原字義

眼晴　　　鼻子　　　前方
目　と　鼻　の　先

引申義

形容距離很近。非常近。近在咫尺。是比「鼻の先」更強調的說法。
　　　　　　　　　　　　　　　はな　さき

目と鼻の先　（距離非常近）

活用句

うちから会社まで目と鼻の先だ。
　　　　かいしゃ　　め　はな　さき

從我家到公司，距離非常近。

・〜から：助詞，從〜。　・〜まで：助詞，到〜為止。　・だ：斷定的語氣。

309 目もくれない

MP3 309

原字義

視線：目
不給予：くれない

引申義

一點都不感興趣。連看都不看。不屑一顧。不理不睬。不理會。無視。

長相不到標準。
ラブレター（情書）

長相不到標準。
（不屑一顧）目もくれない

活用句

標準以下のレベルの女の子には目もくれない。

對未達標準的女生不屑一顧。

・標準以下：未達標準、標準以下。　・レベル：水準、程度。　・女の子：女生。
・に：助詞，表示「對於～、面對～」。　・～には目もくれない：對～不屑一顧。

310 目（め）も当（あ）てられない

MP3 310

原字義

眼睛	無法面對
目	も 当てられない

引申義

情況太糟糕，讓人看不下去。慘不忍睹。

お酒（さけ）（酒）　ゴキブリ（蟑螂）　ケーキ（蛋糕）　目も当てられない（慘不忍睹）

活用句

目（め）も当（あ）てられない 状態（じょうたい）に なった。變成慘不忍睹的情況。

・に：助詞，前面接「變化結果」。　・〜になった：變成了〜。
・なった：是「なる」（變成）的「た形」，此處表示「過去」。

311　目の付け所(めつどころ)

MP3 311

原字義

眼睛　　注目的地方
目 の **付け所**

引申義

著眼點。想法。注目的地方。

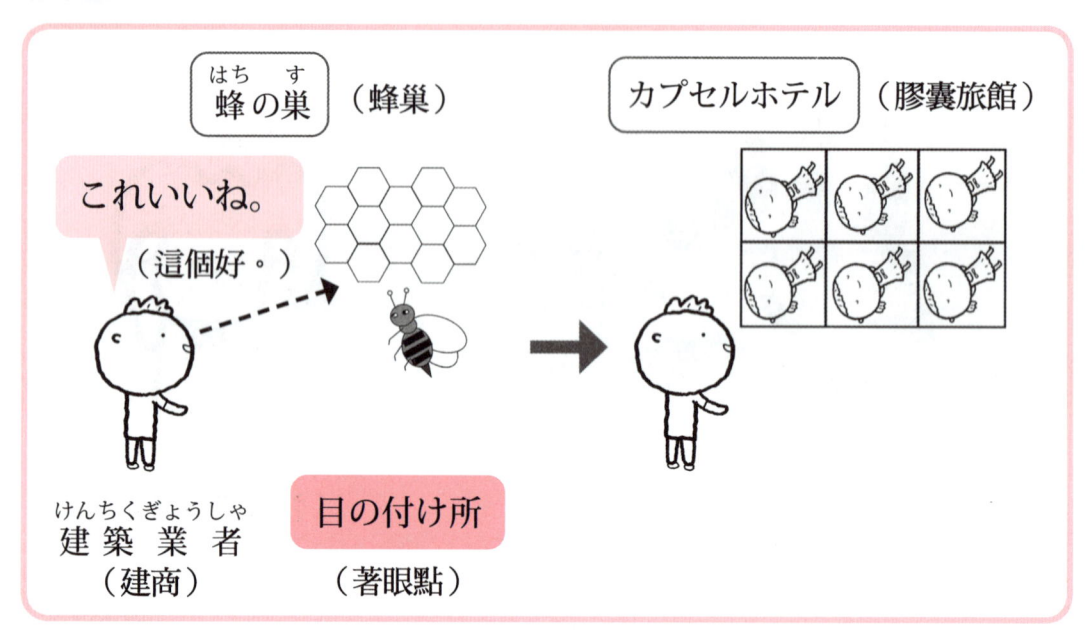

蜂の巣(はちす)（蜂巢）　　カプセルホテル（膠囊旅館）

これいいね。
（這個好。）

建築業者(けんちくぎょうしゃ)
（建商）

目の付け所
（著眼點）

活用句

彼(かれ)は目(め)の付(つ)け所(どころ)が違(ちが)う。

他的著眼點不一樣。

・違う：不一樣。

312 目の上のこぶ
めうえ

MP3 312

原字義

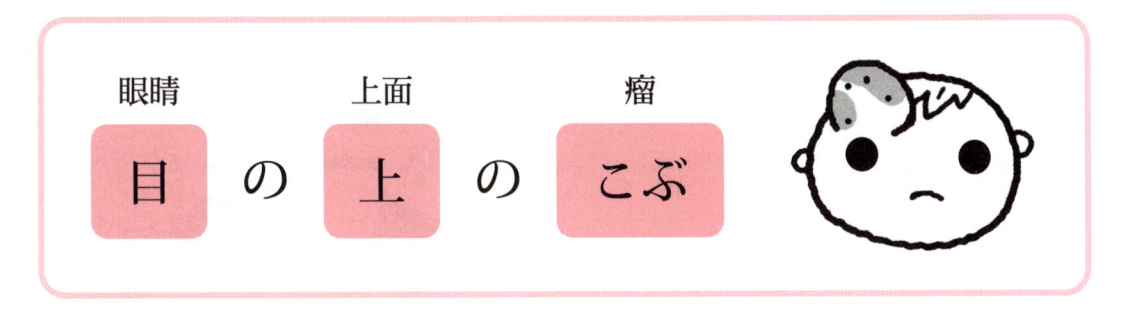

眼睛		上面		瘤
目	の	上	の	こぶ

引申義

眼中釘。比喻地位或實力在自己之上的人事物，對自己造成妨礙。

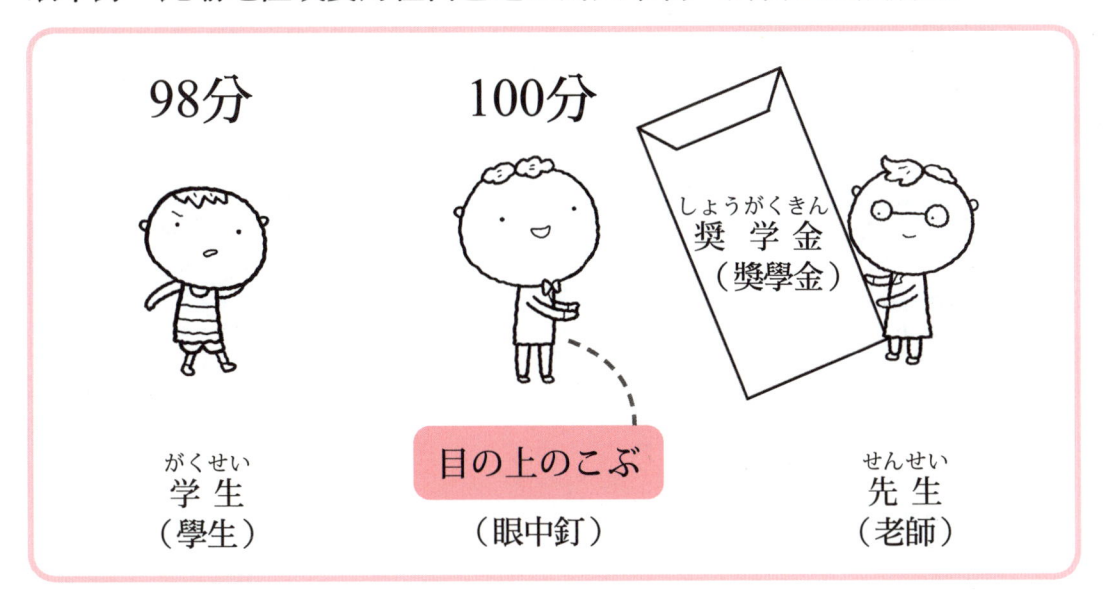

98分　　　100分

しょうがくきん
奨学金
（獎學金）

目の上のこぶ
（眼中釘）

がくせい
学生
（學生）

せんせい
先生
（老師）

活用句

みんしゅうとう　みんけんとう　めうえ
民衆党は民権党の目の上のこぶだ。

民眾黨是民權黨的眼中釘。

・だ：斷定的語氣。

313 目の敵にする
め かたき

MP3 313

原字義

看到就覺得可惡的東西　　當作
目の敵　に　**する**　　かたき 敵！（敵人！）

引申義

將～視為既礙眼又可恨的東西。將～視為眼中釘。

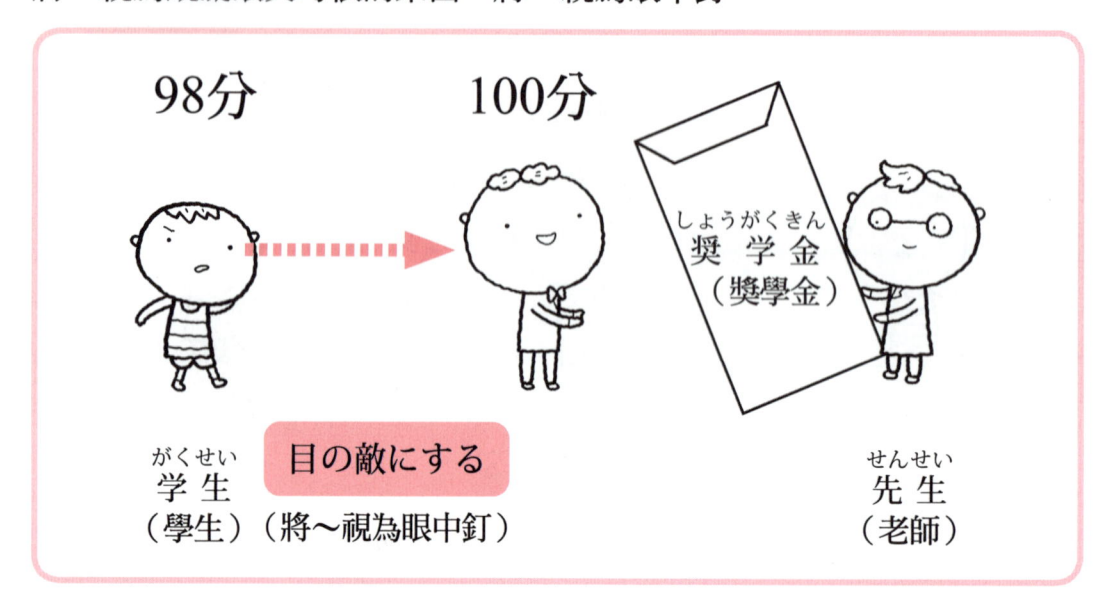

98分　　100分

しょうがくきん
奨学金
（獎學金）

がくせい
学生
（學生）　**目の敵にする**（將～視為眼中釘）　　せんせい
先生
（老師）

活用句

かれ　　め　かたき
彼を 目の敵 にしている。

把他視為眼中釘。

・している：是「する」（當作）的「ている形」，此處表示「目前狀態」。
・某人＋を＋目の敵にする：把某人視為眼中釘。

314 目の色を変える

原字義

眼睛	顏色	改變
目	の 色	を 変える

引申義

改變態度變得很熱衷某事。也可以是變得很生氣，但較少這樣使用。

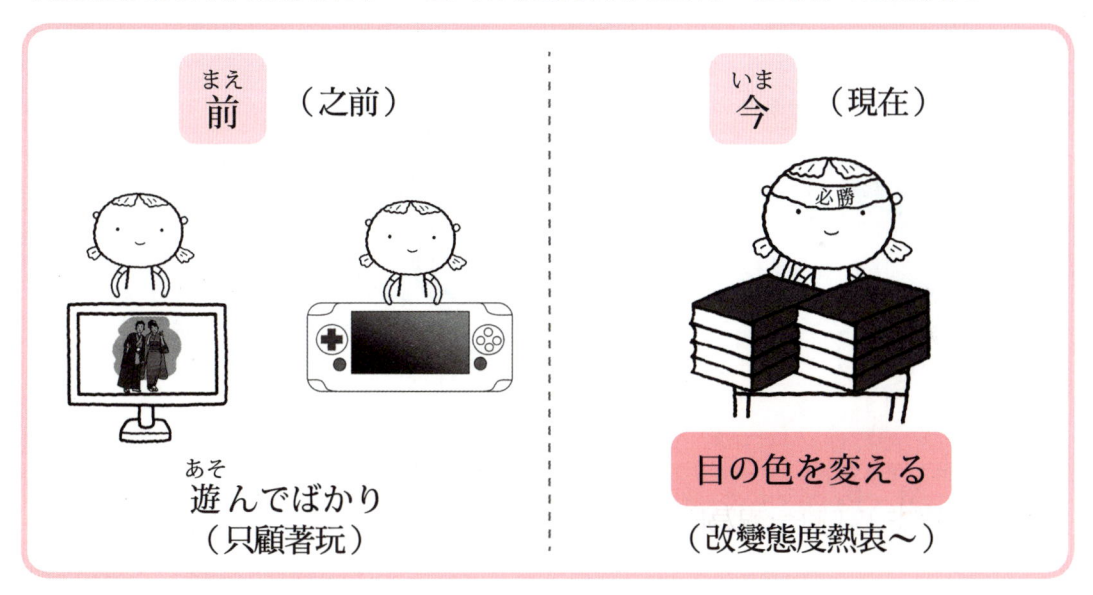

前（之前）
遊んでばかり
（只顧著玩）

今（現在）
目の色を変える
（改變態度熱衷〜）

活用句

目の色を変えて 受験勉強 を始めた。

改變態度，開始用功讀書準備考試。

・変えて：是「変える」（改變）的「て形」，此處表示「描述狀態」。
・始めた：是「始める」（開始）的「た形」，此處表示「過去」。

315 目の前が暗くなる

めまえくら

MP3 315

原字義

眼前	變暗
目の前	が　暗くなる

引申義

比喻感到絕望，不知如何是好。前途一片黑暗。

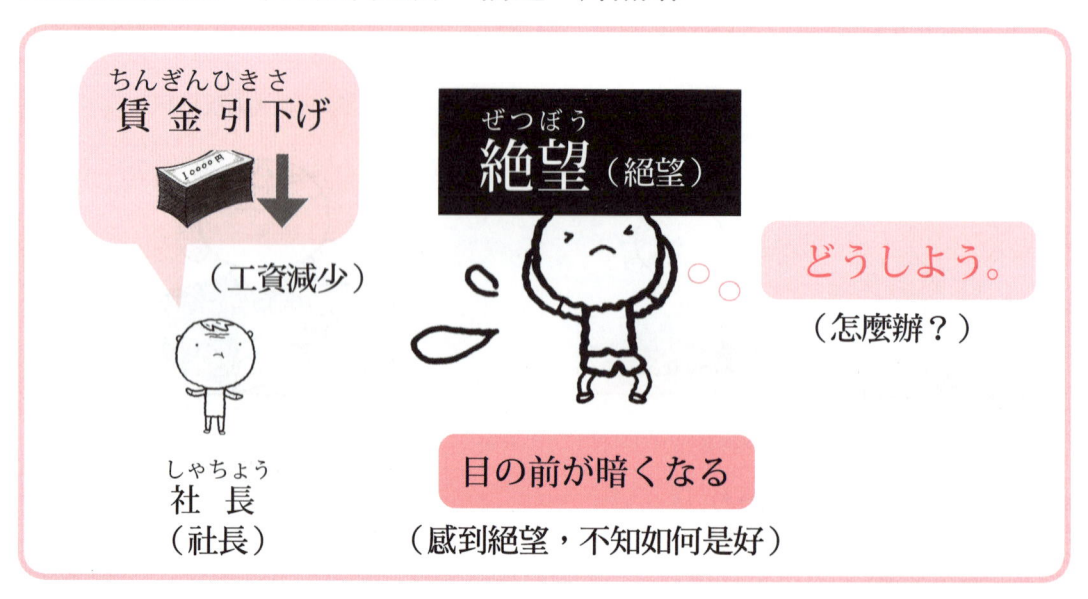

ちんぎんひきさげ
賃金引下げ
（工資減少）

しゃちょう
社長
（社長）

ぜつぼう
絶望（絕望）

どうしよう。
（怎麼辦？）

目の前が暗くなる
（感到絕望，不知如何是好）

活用句

はなし　き　　　め　まえ　くら
話を聞き、目の前が暗くなった。

聽到消息，感到絕望，不知如何是好。

・話：消息。　　・聞き：是「聞く」（聽）的「中止形」，此處表示「句中停頓」。
・暗くなった：是「暗くなる」（變暗）的「た形」，此處表示「過去」。

316　目(め)から鱗(うろこ)が落(お)ちる

原字義

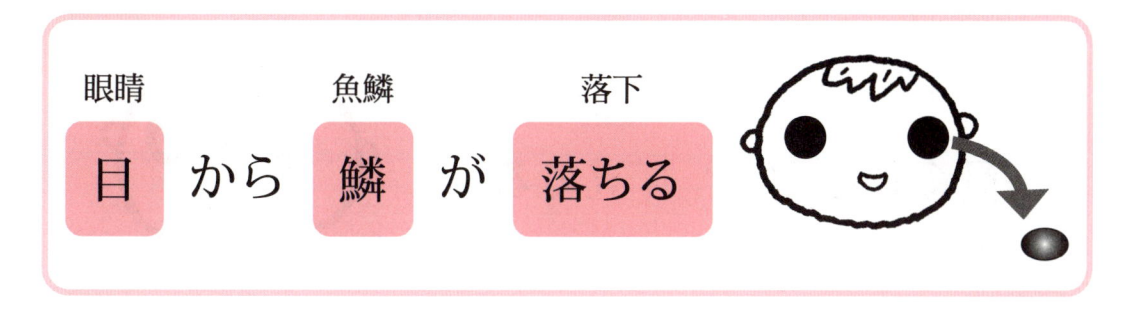

眼睛		魚鱗		落下
目	から	鱗	が	落ちる

引申義

原本一知半解，親眼所見後完全瞭解真相而恍然大悟。或發現自己深信不疑的事情是大錯特錯的。

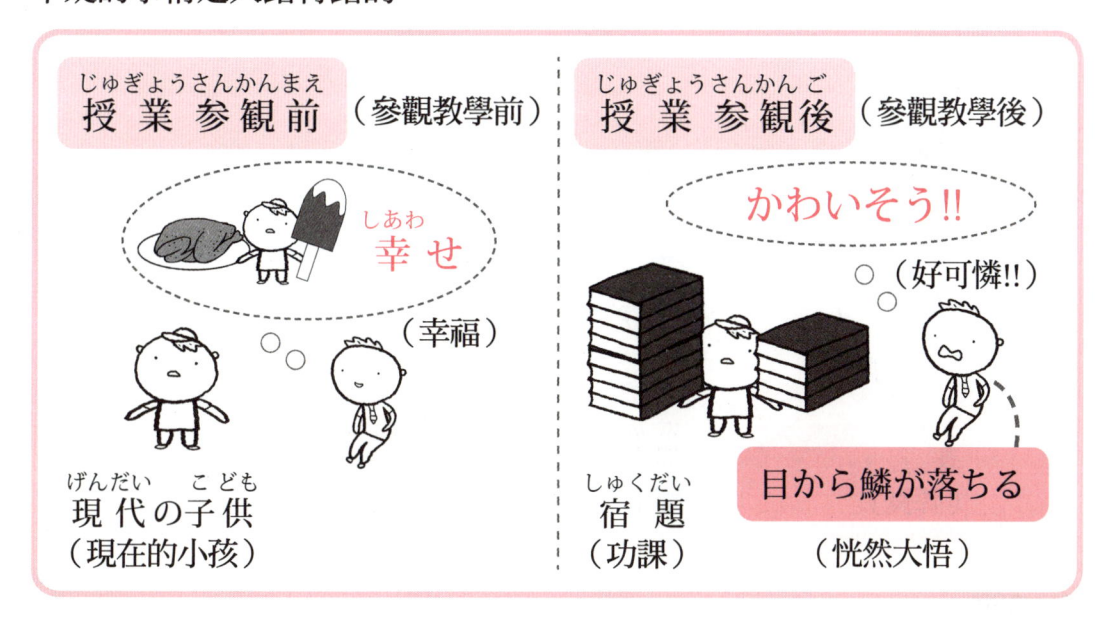

授業参観前(じゅぎょうさんかんまえ)（參觀教學前）
幸(しあわ)せ（幸福）
現代(げんだい)の子供(こども)（現在的小孩）

授業参観後(じゅぎょうさんかんご)（參觀教學後）
かわいそう!!（好可憐!!）
宿題(しゅくだい)（功課）
目から鱗が落ちる（恍然大悟）

活用句

見(み)て目(め)から鱗(うろこ)が落(お)ちた。看了之後恍然大悟。

・見て：是「見る」（看）的「て形」，此處表示「做～之後」。
・から：助詞，從～。
・落ちた：是「落ちる」（落下）的「た形」，此處表示「過去」。

317 目(め)くじらを立(た)てる

原字義

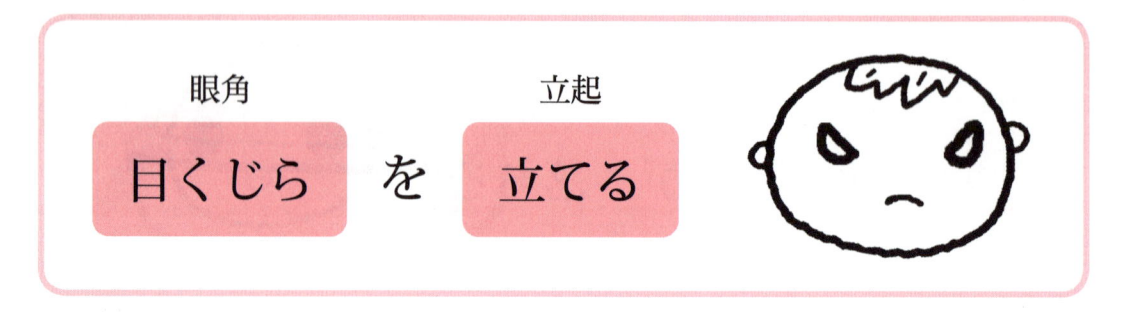

眼角		立起	
目くじら	を	立てる	

引申義

挑一些瑣碎的小事來罵人。吹毛求疵。找碴。對無聊的小事生氣。

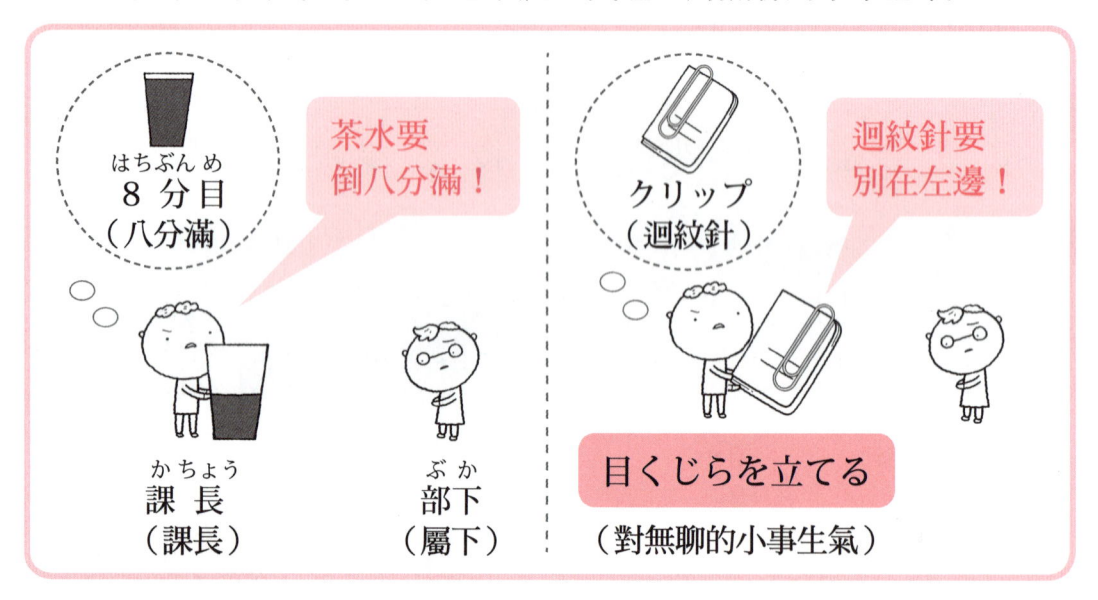

- はちぶんめ　8分目（八分滿）　茶水要倒八分滿！
- かちょう　課長（課長）
- ぶか　部下（屬下）
- クリップ（迴紋針）　迴紋針要別在左邊！
- 目くじらを立てる（對無聊的小事生氣）

活用句

課長(かちょう)は細(こま)かいミスに目(め)くじらを立(た)てる。

課長會對一些芝麻綠豆的小錯生氣。

- 細かい：細微的。
- ミス：錯誤。
- に：助詞，表示「對於～、面對～」。
- ～に目くじらを立てる：對～無聊的小事生氣。

318　芽が出る
　　　　め　で

MP3 318

原字義

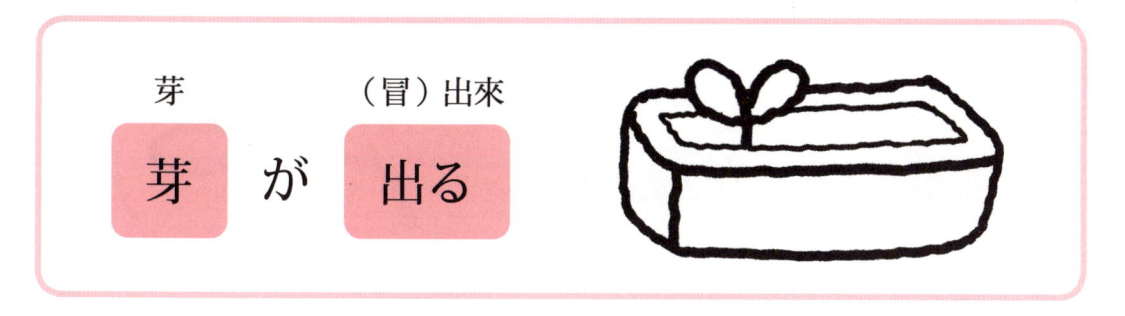

芽　　　（冒）出來

芽 が 出る

引申義

幸運降臨，成功的開始。出名。出頭。發跡。

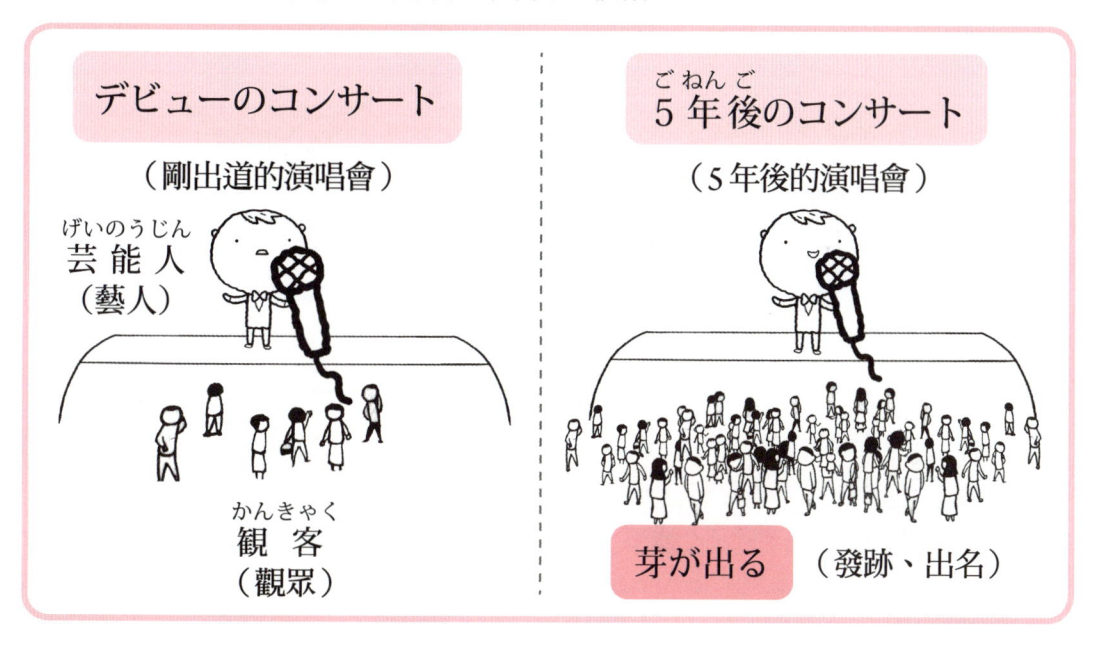

デビューのコンサート
（剛出道的演唱會）
芸能人（げいのうじん）（藝人）
観客（かんきゃく）（觀眾）

5年後（ごねんご）のコンサート
（5年後的演唱會）
芽が出る（發跡、出名）

活用句

あの芸能人は やっと芽が出た。　那個藝人終於熬出頭了。
　　 げいのうじん　　　　　め　で

・芸能人：藝人。　　・やっと：終於。
・出た：是「出る」（（冒）出來）的「た形」，此處表示「過去」。

319 芽を摘む

原字義

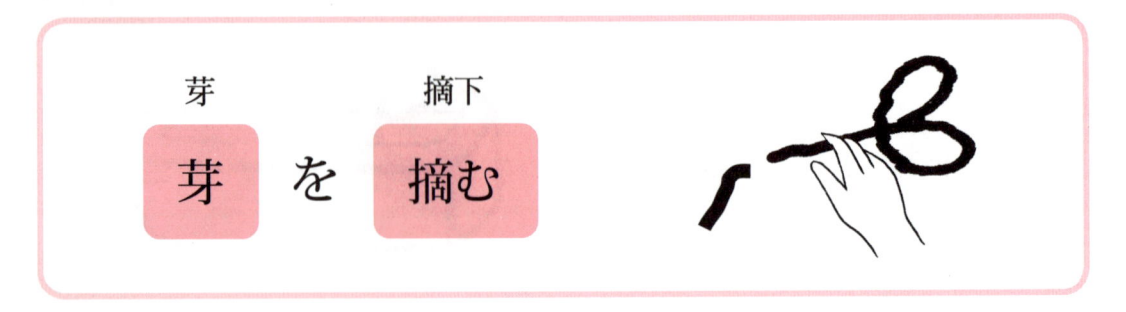

芽 を 摘む
(芽) (摘下)

引申義

抑止將來發展及成長的可能性。扼殺在搖籃裡。

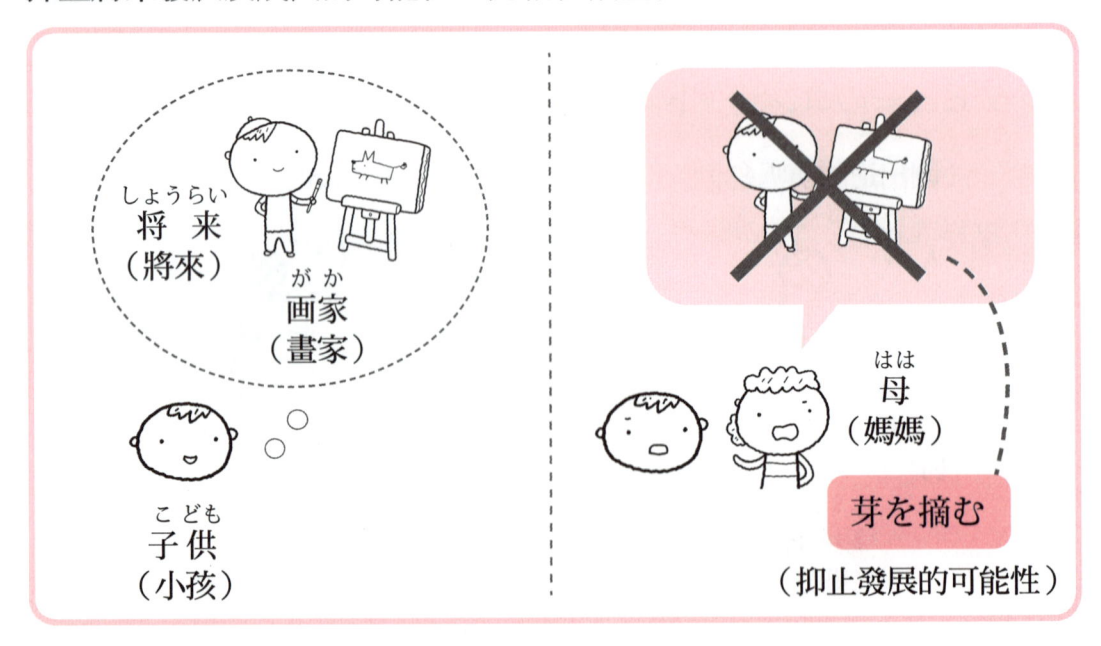

將来（將來）
画家（畫家）
子供（小孩）
母（媽媽）
芽を摘む（抑止發展的可能性）

活用句

子供の芽を摘んではいけない。
不可以扼殺孩子的發展可能性。

・摘んで：是「摘む」（摘下）的「て形」。　・動詞て形＋は＋いけない：不可以做～。

320 元も子もない

原字義

本金	利息	沒有	本金	利息
元	も 子	も ない	✗	✗ = $0

引申義

本利全無。什麼都沒了。虧損。一無所得。也有因小失大的意思。

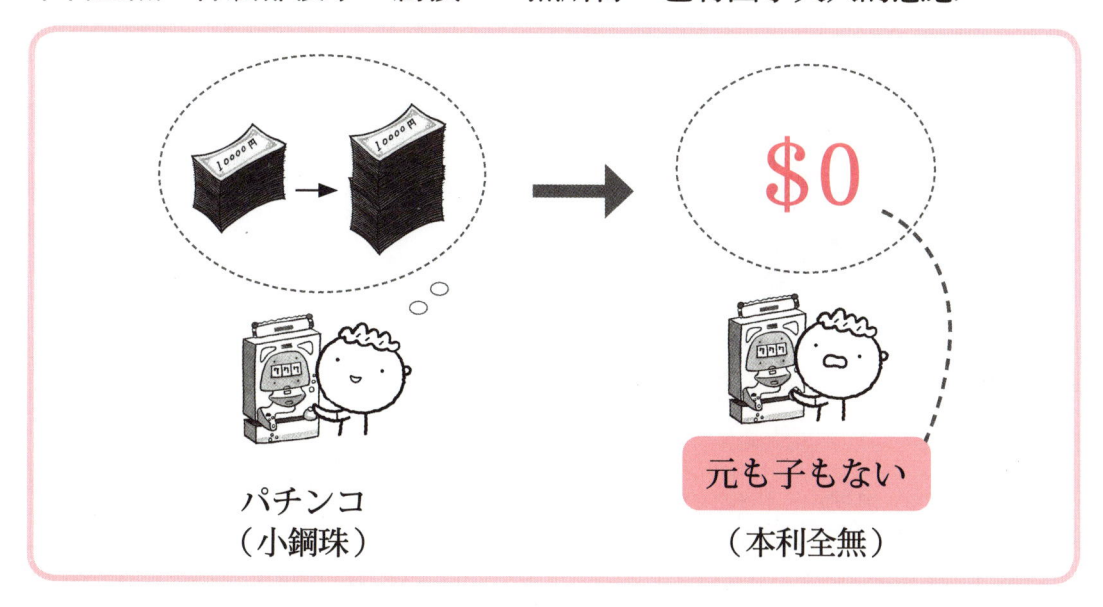

パチンコ（小鋼珠） → 元も子もない（本利全無）$0

活用句

全部負けたら元も子もない。

全部輸掉的話，就什麼都沒了。

- 負けた：是「負ける」（輸）的「た形」。
- 動詞た形＋ら：此處表示「如果做～的話」。

321　門を叩く
もん　たた

MP3 321

原字義

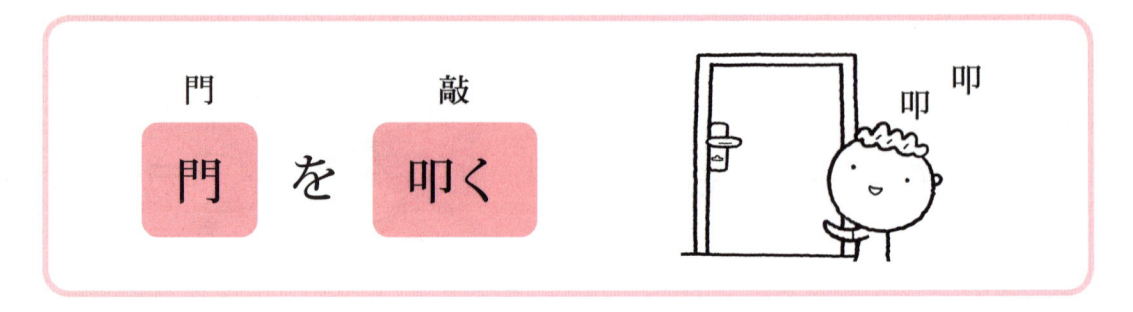

門（門） を 叩く（敲）

引申義

拜訪名師，請求收為徒弟。拜師學藝。

真鍋道場（まなべどうじょう）
有名な先生（ゆうめい せんせい）（名師）
弟子（でし）（弟子）
門を叩く（拜師學藝）

活用句

有名な真鍋道場の門を叩いた。
ゆうめい　まなべどうじょう　もん　たた

登門拜訪有名的真鍋道場請求收為徒弟。

- 有名：有名的（な形容詞，接續名詞時，中間要有「な」）。
- 叩いた：是「叩く」（敲）的「た形」，此處表示「過去」。

322　やけを起こす

原字義

自暴自棄		萌生某種感情
やけ	を	起こす

引申義

因為事情未如自己所願，憤而做出不理性的行為。

ウサギ（兔子）　ハンター（獵人）　怒る（生氣）　やけを起こす（憤而胡亂做出舉動）

活用句

彼は やけを起こして 目くらめっぽうに 打ち始めた。

他因為事情未如自己所願，憤而開始胡亂射擊。

- 起こして：是「起こす」（萌生某種感情）的「て形」，此處表示「原因」。
- 目くらめっぽう：胡搞（な形容詞，接續動詞時，中間要有「に」）。
- 打ち始めた：是「打ち始める」（開始射擊）的「た形」，此處表示「過去」。

323　山を張る
やま　は

原字義

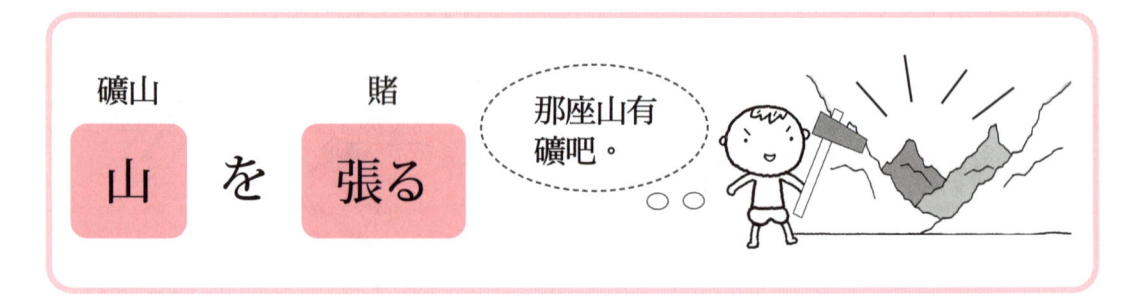

礦山　　　賭
山 を **張る**　　那座山有礦吧。

引申義

預測結果並做準備。碰運氣。押寶。賭一賭。同義語是「山を掛ける」。
やま　か

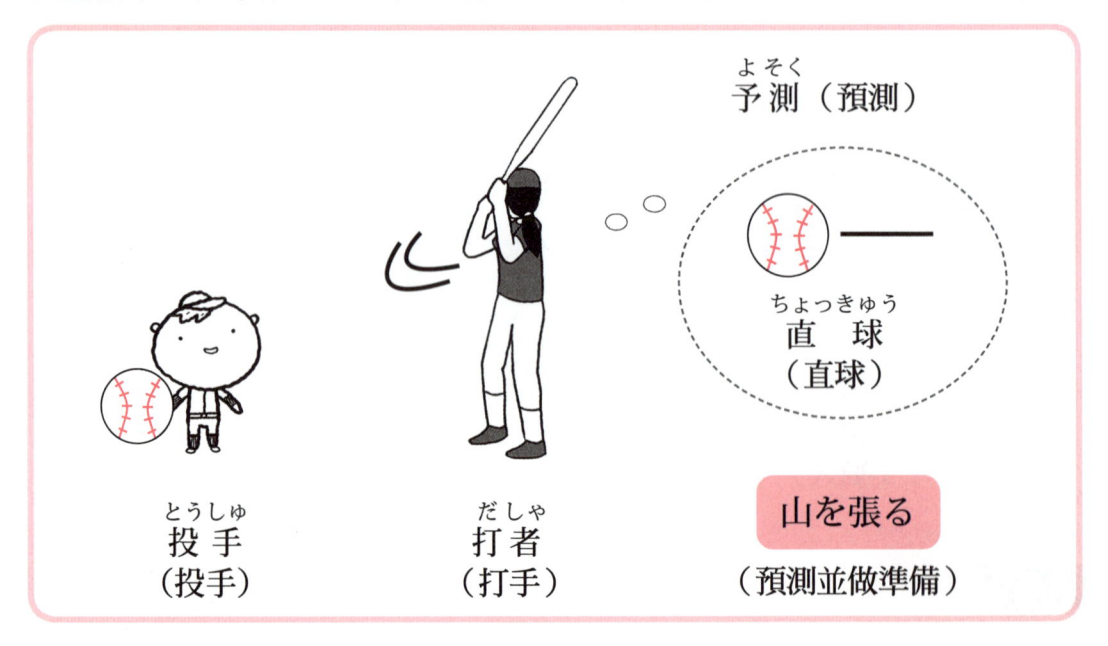

とうしゅ　　　　だしゃ
投手　　　　　打者
（投手）　　　（打手）

よそく
予測（預測）

ちょっきゅう
直球（直球）

山を張る
（預測並做準備）

活用句

だいいっきゅう　ちょっきゅう　　　やま　は
第一球は直球だと山を張る。

預測第一球是直球。

・と：助詞，前面接「所猜測的內容」。　・だ：斷定的語氣。

324 指をくわえる

原字義

手指	嘴巴含住
指 を	くわえる

引申義

光是在一旁羨慕，沒有任何行動。

好きな人（喜歡的人）

追求者（追求者）

羨ましい（好羨慕）

（不行動，光在一旁羨慕） 指をくわえる

活用句

指をくわえて見ているだけだ。 只是在一旁羨慕看著而已。

・くわえて：是「くわえる」（嘴巴含住）的「て形」，此處表示「描述狀態」。
・見ている：是「見る」（看）的「ている形」，此處表示「目前狀態」。
・だけ：助詞，僅僅、只是。　・だ：斷定的語氣。

325　読みが深い

原字義

洞悉人心及事物的未來發展　（程度）深的

読み が **深い**

引申義

洞悉人心及事情未來發展的卓越能力。深謀遠慮。

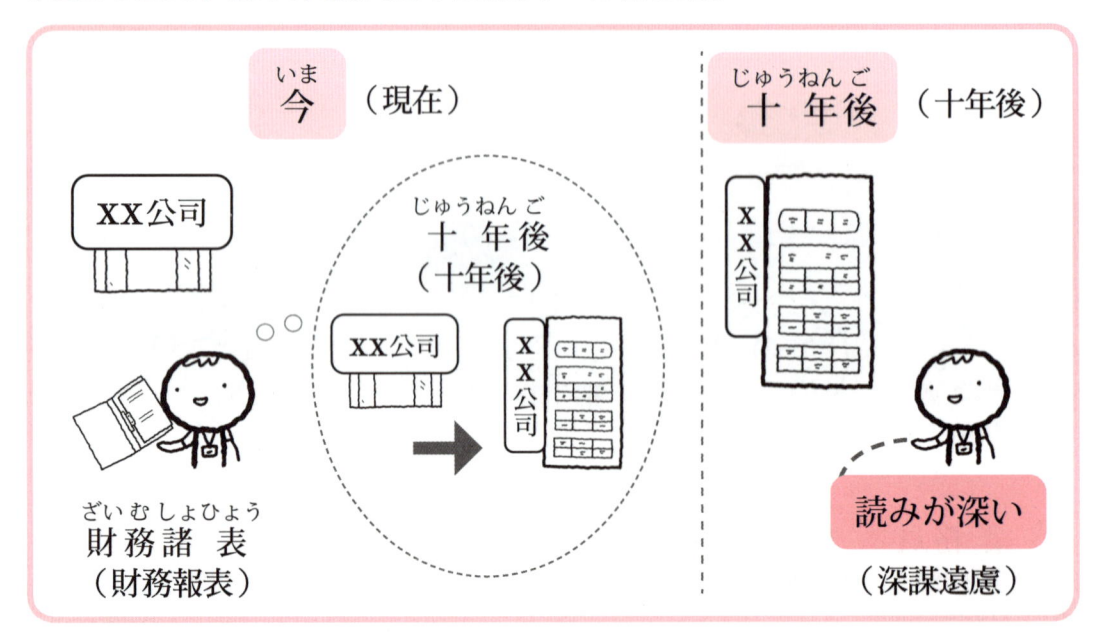

今（現在）　　　　　十年後（十年後）

財務諸表（財務報表）　　読みが深い（深謀遠慮）

活用句

さすが彼だ、読みが深い。

真不愧是他，深謀遠慮。

・さすが：真不愧。　・彼：他。　・だ：斷定的語氣。

326 埒が明かない

原字義

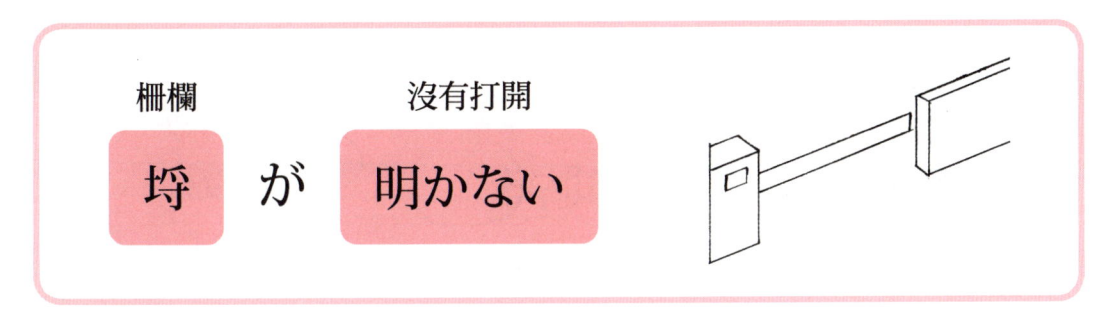

柵欄		沒有打開
埒	が	明かない

引申義

事情毫無進展，沒有結果。

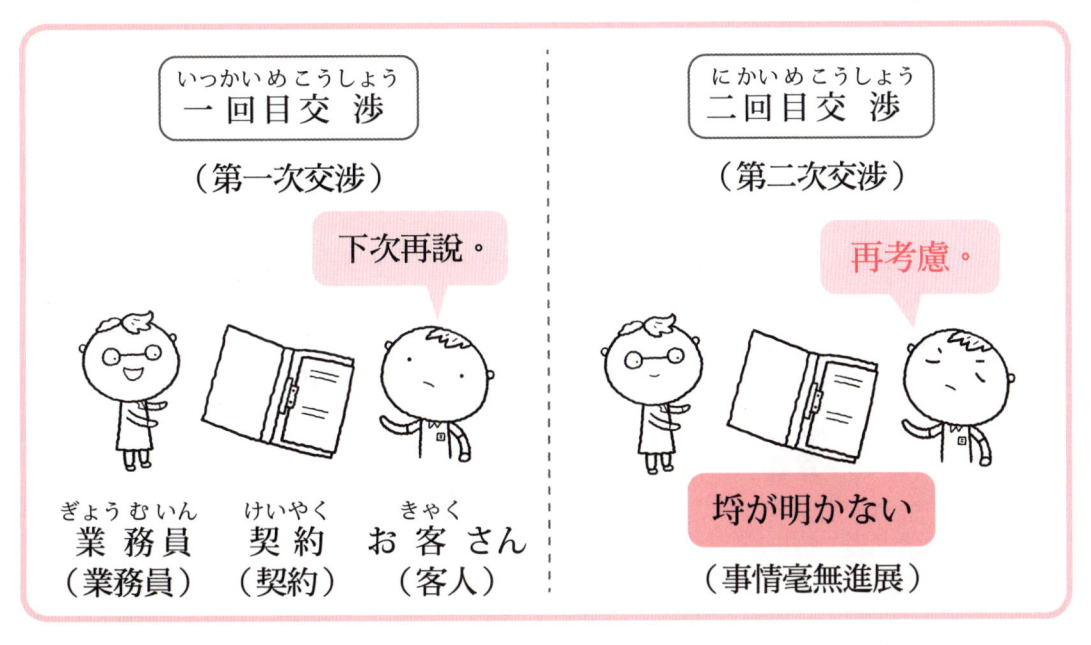

一回目交渉（第一次交渉）
下次再説。
業務員（業務員）　契約（契約）　お客さん（客人）

二回目交渉（第二次交渉）
再考慮。
埒が明かない（事情毫無進展）

活用句

この交渉は埒が明かない。

這個交涉毫無進展。

・この：這個～。

345

327　レッテルを貼る

原字義

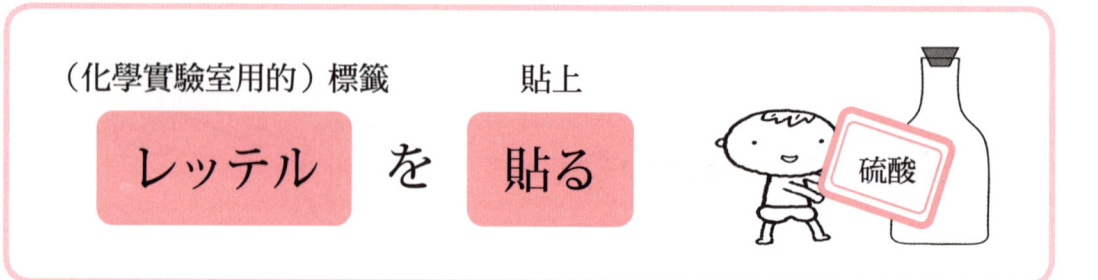

（化學實驗室用的）標籤　貼上

レッテル を 貼る

引申義

貼標籤。單方面對某人主觀地做出評價。

ふりょうしょうじょ
不良少女
（不良少女）

レッテルを貼る（貼標籤）

活用句

かのじょ　ふりょうしょうじょ　　　　　　　は
彼女は不良少女のレッテルを貼られている。

她被貼上不良少女的標籤。

・貼られている：是「貼る」（貼上）的「被動形（貼られる）的ている形」，此處表示「目前被～的狀態」。

328 呂律が回らない

原字義

發音、語音		不流利、不順暢
呂律	が	回らない

各位童鞋大家好，偶素小明。

引申義

語音含糊。口齒不清。

偶才咪何醉……
偶門再驅何下一他！

（我才沒喝醉……
我們再去喝下一攤！）

呂律が回らない
（口齒不清）

活用句

酔いすぎて、呂律が回らない。因為喝太醉，所以口齒不清。

・動詞＋すぎる：表示「太過於～」。動詞接續「すぎる」的原則，和接續「ます」一樣。
・酔いすぎて：是「酔う（醉）＋すぎる」（酔いすぎる）（太醉）的「て形」，此處表示「原因」。

檸檬樹

赤系列 38

全圖解！日語慣用語句最佳用法：
328 個「超越字面意思」的日語必學「固定表現」
（附東京音朗讀 QR 碼線上音檔）

初版1刷　2025年7月17日

作者	福長浩二・檸檬樹日語教學團隊
封面設計	陳文德
版型設計	洪素貞
責任主編	黃冠禎
社長・總編輯	何聖心
發行人	江媛珍
出版發行	檸檬樹國際書版有限公司
	lemontree@treebooks.com.tw
	電話：02-29271121　傳真：02-29272336
	地址：新北市235中和區中安街80號3樓
法律顧問	第一國際法律事務所 余淑杏律師
	北辰著作權事務所 蕭雄淋律師
全球總經銷	知遠文化事業有限公司
	電話：02-26648800　傳真：02-26648801
	地址：新北市222深坑區北深路三段155巷25號5樓
港澳地區經銷	和平圖書有限公司
	電話：852-28046687　傳真：850-28046409
	地址：香港柴灣嘉業街12號百樂門大廈17樓
定價	台幣480元／港幣160元
劃撥帳號	戶名：19726702・檸檬樹國際書版有限公司
	・單次購書金額未達400元，請另付60元郵資
	・ATM・劃撥購書需7-10個工作天

版權所有・侵害必究　本書如有缺頁、破損，請寄回本社更換

全圖解!日語慣用語句最佳用法 / 福長浩二, 檸
檬樹日語教學團隊作. -- 初版. -- 新北市：
檸檬樹國際書版有限公司, 2025.07

面；　公分. -- (赤系列；38)
ISBN 978-626-98008-2-7(平裝)

1.CST: 日語 2.CST: 慣用語

803.135　　　　　　　　　　　　114002087

檸檬樹

檸檬樹